LES MYSTÈRES DE PARIS

PARIS.

CHARLES GOSSELIN, ÉDITEUR,

30, RUE JACOB.

SE VEND ÉGALEMENT A LA LIBRAIRIE GARNIER FRÈRES.

LES

MYSTÈRES DE PARIS.

SECONDE PARTIE.

PARIS, IMPRIMÉ PAR BÉTHUNE ET PLON.

À la Ferme de Bonneval.

LES
MYSTÈRES
DE PARIS

NOUVELLE ÉDITION REVUE ET CORRIGÉE

LES
MYSTÈRES
DE PARIS

PAR M. EUGÈNE SÜE.

NOUVELLE ÉDITION, REVUE PAR L'AUTEUR.

SECONDE PARTIE.

PARIS,

LIBRAIRIE DE CHARLES GOSSELIN,

ÉDITEUR, 30, RUE JACOB.

SE VEND ÉGALEMENT A LA LIBRAIRIE GARNIER FRÈRES.

MDCCCXLIV.

CHAPITRE PREMIER.

LA LETTRE.

Neuf heures du matin sonnaient à l'horloge de la ferme de Bouqueval, lorsque madame Georges entra doucement dans la chambre de Fleur-de-Marie. Le sommeil de la jeune fille était si léger qu'elle s'éveilla presque à l'instant. Un brillant soleil d'hiver, dardant ses rayons à travers les persiennes et les rideaux de toile perse doublée de guingan rose, répandait une teinte vermeille dans la chambre de la Goualeuse, et donnait à son pâle et doux visage les couleurs qui lui manquaient.

— Eh bien ! mon enfant — dit madame Georges en s'asseyant sur le lit de la jeune fille et en la baisant au front — comment vous trouvez-vous ?

— Mieux, madame... je vous remercie...

— Vous n'avez pas été réveillée ce matin de très-bonne heure ?

— Non, madame...

— Tant mieux. Ce malheureux aveugle et son fils, auxquels on a donné hier à coucher, ont voulu quitter la ferme au point du jour ; je craignais que le bruit qu'on a fait en ouvrant les portes ne vous eût éveillée...

— Pauvres gens ! pourquoi sont-ils partis sitôt ?

— Je ne sais ; hier soir, en vous laissant un peu calmée, je suis descendue à la cuisine pour les voir ; mais tous deux s'étaient trouvés si fatigués qu'ils avaient demandé la permission de se retirer. Le père Châtelain m'a dit que l'aveugle paraissait ne pas avoir la tête très-saine ; et tous nos gens ont été frappés des soins touchants que l'enfant de ce malheureux lui donnait. Mais, dites-moi, Marie, vous avez eu un peu de fièvre ; je ne veux pas que vous vous exposiez au froid aujourd'hui ; vous ne sortirez pas du salon.

— Madame, pardonnez-moi ; il faut que je me rende ce soir, à cinq heures, au presbytère ; M. le curé m'attend.

— Cela serait imprudent ; vous avez, j'en suis sûre, passé une mauvaise nuit ; vos yeux sont fatigués, vous avez mal dormi.

— Il est vrai... j'ai encore eu des rêves effrayants. J'ai revu en songe la femme qui m'a tourmentée quand j'étais enfant ; je me suis réveillée en sursaut tout épouvantée... c'est une faiblesse ridicule dont j'ai honte.

— Et moi, cette faiblesse m'afflige, puisqu'elle vous fait souffrir, pauvre petite ! — dit madame Georges avec un tendre intérêt, en voyant les yeux de la Goualeuse se remplir de larmes.

Celle-ci, se jetant au cou de sa mère adoptive, cacha son visage dans son sein.

— Mon Dieu! qu'avez-vous, Marie? vous m'effrayez!

— Pardon, madame; mais je ne sais pourquoi, depuis deux jours, par instants mon cœur se brise... Malgré moi les larmes me viennent aux yeux... J'ai de noirs pressentiments... Il me semble qu'il va m'arriver quelque malheur...

— Marie... Marie... je vous gronderai si vous vous affectez ainsi de terreurs imaginaires.

A ce moment, Claudine entra, après avoir frappé à la porte.

— Que voulez-vous, Claudine?

— Madame, c'est Pierre qui arrive d'Arnouville dans le cabriolet de madame Dubreuil; il apporte cette lettre pour vous, il dit que c'est très-pressé.

Madame Georges lut tout haut ce qui suit :

— « Ma chère madame Georges, vous me rendriez bien service et vous pourriez me tirer d'un grand embarras en venant tout de suite à la ferme; Pierre vous emmènerait et vous reconduirait cette après-dînée. Je ne sais vraiment où donner de la tête. M. Dubreuil est à Pontoise pour la vente de ses laines; j'ai donc recours à vous et à Marie. Clara embrasse sa bonne petite sœur et l'attend avec impatience. Tâchez de venir à onze heures pour déjeuner.

      » Votre bien sincère amie,

               » Femme DUBREUIL. »

— De quoi peut-il être question? dit madame Georges à Fleur-de-Marie.

— Heureusement le ton de la lettre de madame Dubreuil prouve qu'il ne s'agit pas de quelque chose de grave...

— Vous accompagnerai-je, madame? — demanda la Goualeuse.

— Cela n'est peut-être pas prudent, car il fait très-froid. Mais après tout — reprit madame Georges — cela vous distraira; en vous enveloppant bien, cette petite course ne vous sera que favorable...

— Mais, madame — dit la Goualeuse en réfléchissant — M. le curé m'attend ce soir, à cinq heures, au presbytère.

— Vous avez raison; nous serons de retour avant cinq heures, je vous le promets.

— Oh! merci, madame; je serai si contente de revoir mademoiselle Clara...

— Encore — dit madame Georges d'un ton de doux reproche — *mademoiselle* Clara!.. Est-ce qu'elle dit *mademoiselle* Marie en parlant de vous?

— Non, madame... — répondit la Goualeuse en baissant les yeux. — C'est que, moi... je...

— Vous!.. vous êtes une cruelle enfant qui ne songez qu'à vous tourmenter; vous oubliez déjà les reproches que je vous ai faits tout à l'heure encore. Habillez-vous vite et bien chaudement. Nous pourrons arriver avant onze heures à Arnouville.

Puis, sortant avec Claudine, madame Georges lui dit :

— Que Pierre attende un moment, nous sommes prêtes dans quelques minutes.

Une demi-heure après cette conversation, madame Georges et Fleur-de-Marie montaient dans un de ces grands cabriolets dont se servent les riches fermiers des environs de Paris. Bientôt cette voiture, attelée d'un vigoureux cheval de trait conduit par Pierre, roula rapidement sur le chemin gazonné qui de Bouqueval conduit à Arnouville. Les vastes bâtiments et les nombreuses dépendances de la ferme exploitée par M. Dubreuil dans ce village témoignaient de l'importance de cette magnifique propriété, que mademoiselle Césarine de Noirmont avait apportée en mariage à M. le duc de Lucenay.

Le bruit retentissant du fouet de Pierre avertit madame Dubreuil de l'arrivée de Fleur-de-Marie et de madame Georges. Celles-ci, en descendant de voiture, furent joyeusement accueillies par la fermière et par sa fille. Madame Dubreuil avait cinquante ans environ ; sa physionomie était douce et affable ; les traits de sa fille, jolie brune aux yeux bleus, aux joues vermeilles, respiraient la candeur et la bonté. A son grand étonnement, lorsque Clara vint lui sauter au cou, la Goualeuse vit son amie vêtue comme elle en paysanne, au lieu d'être habillée en *demoiselle*.

— Comment, vous aussi, Clara, vous voici *déguisée* en campagnarde ? — dit madame Georges en embrassant la jeune fille.

— Est-ce qu'il ne faut pas qu'elle imite en tout sa sœur Marie ! — dit madame Dubreuil. — Elle n'a pas eu de cesse qu'elle n'ait eu aussi son casaquin de drap, sa jupe de futaine, tout comme votre Marie... Mais il s'agit bien des caprices de ces petites filles, ma pauvre madame Georges ! — dit madame Dubreuil en soupirant — venez que je vous conte tous mes embarras.

En arrivant dans le salon avec sa mère et madame Georges, Clara s'assit auprès de Fleur-de-Marie, lui donna la meilleure place au coin du feu, l'entoura de mille soins, prit ses mains dans les siennes pour s'assurer si elles n'étaient plus froides, l'embrassa encore et l'appela sa méchante petite sœur, en lui faisant tout bas de doux reproches sur le long intervalle qu'elle mettait entre ses visites... Si l'on se souvient de l'entretien de la pauvre Goualeuse et du curé, on comprendra qu'elle devait recevoir ces caresses tendres et ingénues avec un mélange d'humilité, de bonheur et de crainte.

— Et que vous arrive-t-il donc, ma chère madame Dubreuil — dit madame Georges — et à quoi pourrais-je vous être utile ?

— Mon Dieu ! à bien des choses. Je vais vous expliquer cela. Vous ne savez pas, je crois, que cette ferme appartient en propre à madame la duchesse de Lucenay. C'est à elle que nous avons directement affaire... sans passer par les mains de l'intendant de M. le duc.

— En effet, j'ignorais cette circonstance.

— Vous allez savoir pourquoi je vous en instruis... C'est donc à madame la duchesse ou à madame Simon, sa première femme de chambre, que nous payons les fermages. Madame la duchesse est si bonne, si bonne, quoique un peu vive, que c'est un vrai plaisir d'avoir des rapports avec elle ; Dubreuil et moi nous nous mettrions dans le feu pour l'obliger... Dame ! c'est tout simple : je l'ai vue petite fille, madame la duchesse, quand elle venait ici avec son père, feu M. le prince de Noirmont... Dernièrement elle nous a demandé six mois de fermage d'avance... Quarante mille francs, ça ne se trouve pas sous le pas d'un cheval, comme on dit... mais nous avions cette somme en réserve, la dot de notre Clara, et du jour au lendemain madame la duchesse a eu son argent en beaux louis d'or... Ces grandes dames, ça a tant de besoins de luxe !... Pourtant il n'y a guère que depuis un an que madame la duchesse est exacte à toucher ses fermages aux échéances ; autrefois elle paraissait n'avoir jamais besoin d'argent... Mais maintenant c'est bien différent.

— Jusqu'à présent, ma chère madame Dubreuil, je ne vois pas encore à quoi je puis vous être bonne.

— M'y voici, m'y voici ; je vous disais cela pour vous faire comprendre que madame la duchesse a toute confiance en nous... Sans compter qu'à l'âge de douze ou treize ans elle a été, avec son père pour compère, marraine de Clara... qu'elle a toujours comblée... Hier soir donc je reçois par un exprès cette lettre de madame la duchesse :

« Il faut absolument, ma chère madame Dubreuil, que le petit pavillon du verger soit en état d'être occupé après-demain soir ; faites-y transporter tous les meubles nécessaires , tapis, rideaux , etc., etc. Enfin que rien n'y manque, et qu'il soit surtout aussi *confortable* que possible... "

— *Confortable!* vous entendez , madame Georges ; et c'est souligné encore ! — dit madame Dubreuil, en regardant son amie d'un air à la fois méditatif et embarrassé ; puis elle continua :

« Faites faire du feu jour et nuit dans le pavillon pour en chasser l'humidité, car il y a long-temps qu'on ne l'a habité. Vous traiterez la personne qui viendra s'y établir comme vous me traiteriez *moi-même ;* une lettre que cette personne vous remettra vous instruira de ce que j'attends de votre zèle toujours si obligeant. J'y compte cette fois encore, sans crainte d'en abuser ; je sais combien vous êtes bonne et dévouée. Adieu, ma chère madame Dubreuil. Embrassez ma jolie filleule , et croyez à mes sentiments bien affectionnés.

" NOIRMONT DE LUCENAY.

" *P. S.* La personne dont il s'agit arrivera après-demain dans la soirée. Surtout n'oubliez pas , je vous prie , de rendre le pavillon aussi *confortable* que possible. "

— *Confortable !* Vous voyez , encore ce diable de mot souligné ! — dit madame Dubreuil en remettant dans sa poche la lettre de la duchesse de Lucenay.

— Eh bien! rien de plus simple — reprit madame Georges.

— Comment, rien de plus simple !... Vous n'avez donc pas entendu? madame la duchesse veut surtout que le pavillon soit aussi *confortable* que possible ; c'est pour ça que je vous ai priée de venir. Nous deux Clara nous nous sommes tuées à chercher ce que voulait dire *confortable* , et nous n'avons pu y parvenir... Clara a pourtant été en pension à Villiers-le-Bel , et a remporté je ne sais combien de prix d'histoire et de géographie... eh bien! c'est égal , elle n'est pas plus avancée que moi au sujet de ce mot baroque : il faut que ce soit un mot de la cour ou du grand monde... Mais c'est égal , vous concevez combien c'est embarrassant : madame la duchesse veut surtout que le pavillon soit *confortable* , elle souligne le mot , elle le répète deux fois, et nous ne savons pas ce que cela veut dire !

— Dieu merci! je puis vous expliquer ce grand mystère — dit madame Georges en souriant ; — *confortable*, dans cette occasion, veut dire un appartement commode, bien arrangé, bien clos , bien chaud; une habitation enfin où rien ne manque de ce qui est nécessaire et même superflu...

— Ah mon Dieu! je comprends, mais alors je suis encore plus embarrassée !

— Comment cela?

— Madame la duchesse parle de tapis, de meubles et de beaucoup d'*et cætera ;* mais nous n'avons pas de tapis ici, nos meubles sont des plus communs; et puis enfin je ne sais pas si la personne que nous devons attendre est un monsieur ou une dame, et il faut que tout soit prêt demain soir... Comment faire? comment faire? ici il n'y a aucune ressource. En vérité, madame Georges, c'est à en perdre la tête !

— Mais, maman — dit Clara — si tu prenais les meubles qui sont dans ma chambre, en attendant qu'elle soit remeublée j'irais passer trois ou quatre jours à Bouqueval avec Marie.

— Ta chambre! ta chambre, mon enfant, est-ce que c'est assez beau! — dit madame Dubreuil en haussant les épaules — est-ce que c'est assez... assez *confortable!*... comme dit madame la duchesse... Mon Dieu! mon Dieu! où va-t-on chercher des mots pareils!

— Ce pavillon est donc ordinairement inhabité! — demanda madame Georges.

— Sans doute; c'est cette petite maison blanche qui est toute seule au bout du verger. M. le prince l'a fait bâtir pour madame la duchesse quand elle était demoiselle; lorsqu'elle venait à la ferme avec son père, c'est là qu'ils se reposaient. Il y a trois jolies chambres, et au bout du jardin une laiterie suisse, où madame la duchesse, étant enfant, s'amusait à jouer à la laitière. Depuis son mariage nous ne l'avons vue à la ferme que deux fois, et chaque fois elle a passé quelques heures dans le petit pavillon. La première fois, il y a de cela six ans, elle est venue à cheval avec...

Puis, comme si la présence de Fleur-de-Marie et de Clara l'empêchait d'en dire davantage, madame Dubreuil reprit :

— Mais je cause, je cause, et tout cela ne me sort pas d'embarras... Venez donc à mon secours, ma pauvre madame Georges, venez donc à mon secours!

— Voyons, dites-moi comment à cette heure est meublé ce pavillon?...

— Il l'est à peine; dans la pièce principale, une natte de paille sur le carreau, un canapé de jonc, des fauteuils pareils, une table, quelques chaises, voilà tout. De là à être confortable il y a joliment loin, comme vous voyez.

— Eh bien! moi, à votre place, voici ce que je ferais : il est onze heures, j'enverrais à Paris un homme intelligent.

— Notre *prend-garde-à-tout...* [1]; il n'y en a pas de plus actif.

— A merveille... en deux heures au plus tard il est à Paris; il va chez un tapissier de la Chaussée-d'Antin, peu importe lequel; il lui remet la liste que je vais vous faire après avoir vu ce qui manque dans le pavillon, et il lui dira que, coûte que coûte...

— Oh! bien sûr... pourvu que madame la duchesse soit contente, je ne regarderai à rien...

— Il lui dira donc que, coûte que coûte, il faut que ce qui est noté sur cette liste soit ici ce soir ou dans la nuit, ainsi que trois ou quatre garçons tapissiers pour tout mettre en place.

— Ils pourront venir par la voiture de Gonesse, elle part à huit heures du soir de Paris...

— Et comme il ne s'agit que de transporter des meubles, de clouer des tapis et de poser des rideaux, tout peut être facilement prêt demain soir.

— Ah! ma bonne madame Georges, de quel embarras vous me sauvez!...

[1] Sorte de surveillant employé dans les grandes exploitations des environs de Paris.

Je n'aurais jamais pensé à cela... Vous êtes ma Providence... Vous allez avoir la bonté de me faire la liste de ce qu'il faut pour que le pavillon soit...

— Confortable?... oui, sans doute.

— Ah, mon Dieu! une autre difficulté!... Encore une fois, nous ne savons pas si c'est un monsieur ou une dame que nous attendons. Dans sa lettre, madame la duchesse dit *une personne;* c'est bien embrouillé!...

— Agissez comme si vous attendiez une femme, ma chère madame Dubreuil; si c'est un homme, il ne s'en trouvera que mieux.

— Vous avez raison... toujours raison...

Une servante de ferme vint annoncer que le déjeuner était servi.

— Nous déjeunerons tout à l'heure — dit madame Georges; — mais, pendant que je vais écrire la liste de ce qui est nécessaire, faites prendre la mesure des trois pièces en hauteur et en étendue, afin qu'on puisse d'avance disposer les rideaux et les tapis.

— Bien, bien... je vais aller dire tout cela à notre *prend-garde-à-tout.*

— Madame — reprit la servante de ferme — il y a aussi là cette laitière de Stains : son ménage est dans une petite charrette traînée par un âne!... Dame... il n'est pas lourd, son ménage!

— Pauvre femme!... — dit madame Dubreuil avec intérêt.

— Quelle est donc cette femme? — demanda madame Georges.

— Une paysanne de Stains, qui avait quatre vaches et qui faisait un petit commerce en allant vendre tous les matins son lait à Paris. Son mari était maréchal-ferrant; un jour, ayant besoin d'acheter du fer, il accompagne sa femme à Paris, convenant avec elle de venir la reprendre au coin de la rue où d'habitude elle vendait son lait. Malheureusement la laitière s'était établie dans un vilain quartier, à ce qu'il paraît; quand son mari revient, il la trouve aux prises avec des mauvais sujets ivres qui avaient eu la méchanceté de renverser son lait dans le ruisseau. Le forgeron tâche de leur faire entendre raison, ils le maltraitent; il se défend, et dans la rixe il reçoit un coup de couteau qui l'étend roide mort.

— Ah! quelle horreur!... — s'écria madame Georges. — Et a-t-on arrêté l'assassin?

— Malheureusement non : dans le tumulte il s'est échappé; la pauvre veuve assure qu'elle le reconnaîtrait bien, car elle l'a vu plusieurs fois avec d'autres de ses camarades, habitués de ce quartier; mais jusqu'ici toutes les recherches ont été inutiles pour le découvrir. Bref, depuis la mort de son mari, la laitière a été obligée, pour payer diverses dettes, de vendre ses vaches et quelques morceaux de terre qu'elle avait; le fermier du château de Stains m'a recommandé cette brave femme comme une excellente créature, aussi honnête que malheureuse, car elle a trois enfants dont le plus âgé n'a pas douze ans; j'avais justement une place vacante, je la lui ai donnée, et elle vient s'établir à la ferme.

— Cette bonté de votre part ne m'étonne pas, ma chère madame Dubreuil.

— Dis-moi, Clara — reprit la fermière — veux-tu aller installer cette brave femme dans son logement, pendant que je vais prévenir le *prend-garde-à-tout* de se préparer à partir pour Paris ?

— Oui, maman ; Marie va venir avec moi.

— Sans doute : est-ce que vous pouvez vous passer l'une de l'autre ! — dit la fermière.

— Et moi — reprit madame Georges en s'asseyant devant une table — je vais commencer ma liste pour ne pas perdre de temps, car il faut que nous soyons de retour à Bouqueval à quatre heures.

— A quatre heures !... vous êtes donc bien pressée ? — dit madame Dubreuil.

— Oui, il faut que Marie soit au presbytère à cinq heures.

— Oh ! s'il s'agit du bon abbé Laporte... c'est sacré... — dit madame Dubreuil — Je vais donner les ordres en conséquence... Ces deux enfants ont bien... bien des choses à se dire... il faut leur donner le temps de se parler.

— Nous partirons donc à trois heures, ma chère madame Dubreuil.

— C'est entendu... Mais que je vous remercie donc encore !... quelle bonne idée j'ai eue de vous prier de venir à mon aide ! — dit madame Dubreuil. — Allons, Clara ; allons, Marie !...

Pendant que madame Georges écrivait, madame Dubreuil sortit d'un côté, les deux jeunes filles d'un autre, avec la servante qui avait annoncé l'arrivée de la laitière de Stains.

— Où est-elle, cette pauvre femme ? — demanda Clara.

— Elle est, avec ses enfants, sa petite charrette et son âne, dans la cour des granges, mademoiselle.

— Tu vas la voir, Marie, la pauvre femme — dit Clara en prenant le bras de la Goualeuse — comme elle est pâle et comme elle a l'air triste avec son grand deuil de veuve. La dernière fois qu'elle est venue voir maman, elle m'a navrée ; elle pleurait à chaudes larmes en parlant de son mari ; et puis tout à coup ses larmes s'arrêtaient, et elle entrait dans des accès de fureur contre l'assassin. Alors... elle me faisait peur, tant elle avait l'air méchant ; mais, au fait, son ressentiment est bien naturel !... l'infortunée !... Comme il y a des gens malheureux !... n'est-ce pas, Marie ?

— Oh ! oui, oui... sans doute... — répondit la Goualeuse en soupirant d'un air distrait. — Il y a des gens bien malheureux, vous avez raison, mademoiselle...

— Allons ! — s'écria Clara en frappant du pied avec une impatience chagrine — voilà encore que tu me dis *vous*... et que tu m'appelles mademoiselle ; mais tu es donc fâchée contre moi, Marie ?

— Moi ! grand Dieu !!!

— Eh bien ! alors, pourquoi me dis-tu *vous* ?... Tu le sais, ma mère et madame Georges t'ont déjà réprimandée pour cela... Je t'en préviens, je te ferai encore gronder : tant pis pour toi...

— Clara, pardon, j'étais distraite...

— Distraite… quand tu me revois après plus de huit grands jours de séparation ! — dit tristement Clara. — Distraite… cela serait déjà bien mal ; mais non, non, ce n'est pas cela : tiens, vois-tu, Marie… je finirai par croire que tu es fière.

Fleur-de-Marie ne répondit pas à son amie et devint pâle comme une morte…

A sa vue, une femme portant le deuil de veuve avait poussé un cri de colère et d'horreur.

Cette femme était la laitière qui, chaque matin, vendait du lait à la Goualeuse lorsque celle-ci demeurait chez l'ogresse du tapis-franc.

La scène que nous allons raconter se passait dans une des cours de la ferme, en présence des laboureurs et des femmes de service qui rentraient de leurs travaux pour prendre leur repas de midi. Sous un hangar, on voyait une petite charrette attelée d'un âne, et contenant le rustique mobilier de la veuve ; un petit garçon de douze ans, aidé de deux enfants moins âgés, commençait à décharger cette voiture. La laitière, complétement vêtue de noir, était une femme de quarante ans environ, à la figure rude, virile et résolue ; ses paupières semblaient rougies par des larmes récentes. En apercevant Fleur-de-Marie, elle jeta d'abord un cri d'effroi ; mais bientôt la douleur, l'indignation, la colère, contractèrent ses traits ; elle se précipita sur la Goualeuse, la prit brutalement par le bras, et s'écria en la montrant aux gens de la ferme :

— Voilà une malheureuse qui connaît l'assassin de mon pauvre mari... je l'ai vue vingt fois parler à ce brigand quand je vendais du lait au coin de la rue de la Vieille-Draperie ! elle venait m'en acheter pour un sou tous les matins ; elle doit savoir quel est le scélérat qui a fait le coup ; comme toutes ses pareilles, elle est de la clique de ces bandits... Oh ! tu ne m'échapperas pas, coquine que tu es !.. — s'écria la laitière exaspérée par d'injustes soupçons ; et elle saisit l'autre bras de Fleur-de-Marie, qui, tremblante, éperdue, voulait fuir.

Clara, stupéfaite de cette brusque agression, n'avait pu jusqu'alors dire un mot ; mais, à ce redoublement de violence, elle s'écria en s'adressant à la veuve :

— Mais vous êtes folle !... le chagrin vous égare !... vous vous trompez !...

— Je me trompe !... — reprit la paysanne avec une ironie amère — je me trompe !... Oh ! que non !... Tenez, regardez comme la voilà déjà pâle... la misérable !... comme ses dents claquent !.. La justice te forcera de parler ; tu vas venir avec moi chez monsieur le maire... entends-tu ?... Oh ! il ne s'agit pas de résister... j'ai une bonne poigne... je t'y porterai plutôt...

— Insolente que vous êtes ! — s'écria Clara exaspérée — sortez d'ici... Oser ainsi manquer à mon amie, à ma sœur !

— Votre sœur... mademoiselle, allons donc !... c'est vous, vous qui êtes folle ! — répondit grossièrement la veuve. — Votre sœur !... une fille des rues, que, durant six semaines, j'ai vue traîner dans la Cité !

A ces mots, les laboureurs firent entendre de longs murmures contre Fleur-de-Marie ; ils prenaient naturellement parti pour la laitière, qui était de leur classe et dont le malheur les intéressait. Les trois enfants, entendant leur mère élever la voix, accoururent auprès d'elle et l'entourèrent en pleurant, sans savoir de quoi il s'agissait. L'aspect de ces pauvres petits, aussi vêtus de deuil, redoubla la sympathie qu'inspirait la veuve et augmenta l'indignation des paysans contre Fleur-de-Marie. Clara, effrayée de ces démonstrations presque menaçantes, dit aux gens de la ferme, d'une voix émue :

— Faites sortir cette femme d'ici ; je vous répète que le chagrin l'égare. Marie, Marie, pardon ! Mon Dieu, cette folle ne sait pas ce qu'elle dit...

La Goualeuse, la tête baissée, inerte, anéantie, pâle, ne faisait pas un mouvement pour échapper aux rudes étreintes de la robuste laitière. Clara, attribuant cet abattement à l'effroi qu'une pareille scène devait inspirer à son amie, dit de nouveau aux laboureurs :

— Vous ne m'entendez donc pas ! Je vous ordonne de chasser cette femme... Puisqu'elle persiste dans ses injures, pour la punir de son insolence, elle n'aura pas ici la place que ma mère lui avait promise ; de sa vie elle ne remettra les pieds à la ferme.

Aucun laboureur ne bougea pour obéir aux ordres de Clara ; l'un d'eux osa même dire :

— Dame... mademoiselle, si c'est une fille des rues et qu'elle connaisse l'assassin du mari de cette pauvre femme... faut qu'elle vienne s'expliquer chez le maire...

— Je vous répète que vous n'entrerez jamais à la ferme — dit Clara à la laitière — à moins qu'à l'instant vous ne demandiez pardon à mademoiselle Marie de vos grossièretés.

— Vous me chassez, mademoiselle !.. à la bonne heure — répondit la veuve avec amertume. — Allons, pauvres orphelins — ajouta-t-elle en embrassant ses enfants — rechargez la charrette, nous irons gagner notre pain ailleurs, le bon Dieu aura pitié de nous; mais au moins, en nous en allant, nous emmènerons chez M. le maire cette malheureuse, qui va bien être forcée de dénoncer l'assassin de mon pauvre mari... puisqu'elle connaît toute la bande !... Parce que vous êtes riche, mademoiselle — reprit-elle en regardant insolemment Clara — parce que vous avez des amies dans ces créatures-là... faut pas pour cela... être si dure aux pauvres gens !

— C'est vrai — dit un laboureur — la laitière a raison...

— Pauvre femme !

— Elle est dans son droit...

— On a assassiné son mari... faut-il pas qu'elle soit contente ?

— On ne peut pas l'empêcher de faire son possible pour découvrir les brigands qui ont fait le coup.

— C'est une injustice de la renvoyer.

— Est-ce que c'est sa faute, à elle, si l'amie de mademoiselle Clara se trouve être... une fille des rues ?

— On ne met pas à la porte une honnête femme... une mère de famille... à cause d'une malheureuse pareille !

Et les murmures devenaient menaçants, lorsque Clara s'écria :

— Dieu soit loué... voici ma mère...

En effet, madame Dubreuil, revenant du pavillon du verger, traversait la cour.

— Eh bien ! Clara, eh bien ! Marie — dit la fermière en approchant du groupe — venez-vous déjeuner ?... Allons, mes enfants... il est déjà tard !

— Maman — s'écria Clara — défendez ma sœur des insultes de cette femme — et elle montra la veuve — de grâce, renvoyez-la d'ici. Si vous saviez toutes les insolences qu'elle a l'audace de dire à Marie...

— Comment ! elle oserait..?

— Oui, maman... Voyez, pauvre petite sœur, comme elle est tremblante... elle peut à peine se soutenir... Ah ! c'est une honte qu'une telle scène se passe chez nous... Marie, pardonne-nous... je t'en supplie !..

— Mais, qu'est-ce que cela signifie ? — demanda madame Dubreuil en regardant autour d'elle d'un air inquiet, après avoir remarqué l'accablement de la Goualeuse.

— Madame sera juste, elle... bien sûr... — murmurèrent les laboureurs.

— Voilà madame Dubreuil… c'est toi qui vas être mise à la porte — dit la veuve à Fleur-de-Marie.

— Il est donc vrai ! — s'écria madame Dubreuil à la laitière, qui tenait toujours Fleur-de-Marie par le bras — vous osez parler de la sorte à l'amie de ma fille ! Est-ce ainsi que vous reconnaissez mes bontés ? Voulez-vous laisser cette jeune personne tranquille !

— Je vous respecte, madame, et j'ai de la reconnaissance pour vos bontés — dit la veuve en abandonnant le bras de Fleur-de-Marie; — mais avant de m'accuser et de me chasser de chez vous avec mes enfants, interrogez donc cette malheureuse… Elle n'aura peut-être pas le front de nier que je la connais et qu'elle me connaît aussi…

— Mon Dieu, Marie, entendez-vous ce que dit cette femme ? — demanda madame Dubreuil au comble de la surprise.

— T'appelles-tu, oui ou non, la Goualeuse ? — dit la laitière à Marie.

— Oui… — dit la malheureuse à voix basse d'un air atterré, sans oser regarder madame Dubreuil — oui, on m'appelait ainsi…

— Voyez-vous ! — s'écrièrent les laboureurs courroucés — elle l'avoue ! elle l'avoue !…

— Elle avoue… mais quoi ? qu'avoue-t-elle ? — s'écria madame Dubreuil à demi effrayée de l'aveu de Fleur-de-Marie.

— Laissez-la répondre, madame — reprit la veuve — elle va encore avouer qu'elle était pensionnaire dans une maison infâme de la rue aux Fèves, dans la Cité, où je lui vendais pour un sou de lait tous les matins ; elle va encore avouer qu'elle a parlé devant moi à l'assassin de mon pauvre mari... Oh ! elle le connaît bien, j'en suis sûre... un jeune homme pâle qui fumait toujours et qui portait une casquette, une blouse et de grands cheveux ; elle doit savoir son nom... Est-ce vrai ? répondras-tu ? — s'écria la laitière.

— J'ai pu parler à l'assassin de votre mari, car il y a malheureusement plus d'un meurtrier dans la Cité — dit Fleur-de-Marie d'une voix défaillante — mais je ne sais pas de qui vous voulez parler.

— Comment... que dit-elle ? — s'écria madame Dubreuil avec effroi. — Elle a parlé à des assassins...

— Les créatures comme elle ne connaissent que ça... — répondit la veuve.

D'abord stupéfaite d'une si étrange révélation, confirmée par les dernières paroles de Fleur-de-Marie, madame Dubreuil, comprenant tout alors, se recula avec dégoût et horreur, attira violemment et brusquement à elle sa fille Clara, qui s'était approchée de la Goualeuse pour la soutenir, et s'écria :

— Ah ! quelle horreur... Clara, prenez garde ! N'approchez pas de cette infâme... Mais comment madame Georges a-t-elle pu la recevoir chez elle ? Comment a-t-elle osé me la présenter, et souffrir que ma fille... Mon Dieu ! mon Dieu ! mais c'est horrible, cela !!! C'est à peine si je peux croire ce que je vois ! Mais non, non, madame Georges est incapable d'une telle indignité ! elle aura été trompée comme nous... Sans cela... oh ! ce serait abominable de sa part !

Clara, désolée, effrayée de cette scène cruelle, croyait rêver. Dans sa candide ignorance elle ne comprenait pas les terribles récriminations dont on accablait son amie ; son cœur se brisa, ses yeux se remplirent de larmes en voyant la stupeur de la Goualeuse, muette, atterrée comme une criminelle devant ses juges.

— Viens... viens, ma fille — dit madame Dubreuil à Clara ; puis se retournant vers Fleur-de-Marie : — Et vous, indigne créature, le bon Dieu vous punira de votre hypocrisie. Oser souffrir que ma fille... un ange de vertu, vous appelle son amie, sa sœur... son amie !... sa sœur !... vous... le rebut de ce qu'il y a de plus vil au monde ! quelle effronterie !!! Oser vous mêler aux honnêtes gens, quand vous méritez sans doute d'aller rejoindre vos semblables en prison !...

— Oui, oui — s'écrièrent les laboureurs ; — il faut qu'elle aille en prison... elle connaît l'assassin.

— Elle est peut-être sa complice, seulement !

— Vois-tu qu'il y a une justice au ciel ! — dit la veuve en montrant le poing à la Goualeuse.

— Quant à vous, ma brave femme — dit madame Dubreuil à la laitière — loin de vous renvoyer, je reconnaîtrai le service que vous me rendez en dévoilant cette malheureuse.

— A la bonne heure ! notre maîtresse est juste, elle... — murmurèrent les laboureurs.

— Viens, Clara — reprit la fermière — madame Georges va nous expliquer sa conduite, ou sinon je ne la revois de ma vie ; car si elle n'a pas été trompée, elle se conduit envers nous d'une manière affreuse !

— Mais, ma mère, voyez donc cette pauvre Marie...

— Qu'elle meure de honte si elle veut, tant mieux ! Méprise-la... Je ne veux pas que tu restes un moment auprès d'elle. C'est une de ces créatures auxquelles une jeune fille comme toi ne parle pas sans se déshonorer.

— Mon Dieu ! mon Dieu ! maman — dit Clara en résistant à sa mère qui voulait l'emmener — je ne sais pas ce que cela signifie... Marie peut être coupable, puisque vous le dites ; mais voyez, voyez... elle est défaillante... ayez pitié d'elle, au moins.

— Oh ! mademoiselle Clara, vous êtes bonne, vous me pardonnez. C'est bien malgré moi. croyez-le, que je vous ai trompée... Je me le suis bien souvent reproché. . — dit Fleur-de-Marie en jetant sur sa protectrice un regard de reconnaissance ineffable.

— Mais, ma mère, vous êtes donc sans pitié ! — s'écria Clara d'une voix déchirante.

— De la pitié .. pour elle ! Allons donc... sans madame Georges qui va nous en débarrasser, je ferais jeter cette misérable à la porte de la ferme comme une pestiférée — répondit durement madame Dubreuil ; et elle entraîna sa fille, qui, se retournant une dernière fois vers la Goualeuse, s'écria :

— Marie ! ma sœur ! je ne sais pas de quoi l'on t'accuse, mais je suis sûre que tu n'es pas coupable, et je t'aime toujours.

— Tais-toi... tais-toi... — dit madame Dubreuil en mettant sa main sur la bouche de sa fille — tais-toi ! Heureusement que tout le monde est témoin qu'après cette odieuse révélation tu n'es pas restée un moment seule avec cette fille perdue... n'est-ce pas, mes amis ?

— Oui, oui, madame — dit un laboureur — nous sommes témoins que mademoiselle Clara n'est pas restée un moment avec cette fille, qui est, bien sûr, une voleuse, puisqu'elle connaît des assassins.

Madame Dubreuil entraîna Clara. La Goualeuse resta seule au milieu du groupe hostile qui s'était formé autour d'elle. Malgré les reproches dont l'accablait madame Dubreuil, la présence de la fermière et de Clara avait quelque peu rassuré Fleur-de-Marie sur les suites de cette scène ; mais, après le départ des deux femmes, se trouvant à la merci des paysans, les forces lui manquèrent ; elle fut obligée de s'appuyer sur le parapet du profond abreuvoir des chevaux de la ferme... Rien de plus touchant que la pose de cette infortunée. Rien de plus menaçant que les paroles, que l'attitude des paysans qui l'entouraient. Assise, ou plutôt appuyée sur cette margelle de pierre, la tête baissée, cachée entre ses deux mains, son cou et son sein voilés par les bouts carrés du mouchoir d'indienne rouge qui entourait son petit bonnet rond, la

Goualeuse, immobile, offrait l'expression la plus saisissante de la douleur et de la résignation.

A quelques pas d'elle, la veuve de l'assassiné, triomphante et encore exaspérée contre Fleur-de-Marie par les imprécations de madame Dubreuil, montrait la jeune fille à ses enfants et aux laboureurs avec des gestes de haine et de mépris... Les gens de la ferme, groupés en cercle, ne dissimulaient pas leurs méchants ressentiments; leurs rudes physionomies exprimaient à la fois l'indignation, le courroux et une sorte de raillerie grossière; les femmes se montraient les plus furieuses, les plus révoltées : la beauté touchante de la Goualeuse n'était pas une des moindres causes de leur acharnement contre elle. Hommes et femmes ne pouvaient pardonner à Fleur-de-Marie d'avoir été jusqu'alors traitée d'égal à égal par leurs maîtres. Et puis encore, quelques laboureurs d'Arnouville n'ayant pu justifier d'assez bons antécédents pour obtenir à la ferme de Bouqueval une de ces places si enviées dans le pays, il existait chez ceux-là, contre madame Georges, un sourd mécontentement dont sa protégée devait se ressentir.

Les premiers mouvements des natures incultes sont toujours extrêmes... excellents ou détestables... Mais ils deviennent horriblement dangereux lorsque la multitude croit ses brutalités autorisées par les torts réels ou apparents de ceux que poursuit sa haine ou sa colère. Quoique la plupart des laboureurs de cette ferme n'eussent peut-être pas tous les droits possibles à afficher une susceptibilité farouche à l'endroit de la Goualeuse, ils semblaient contagieusement souillés par sa seule présence; leur pudeur se révoltait en songeant à quelle classe avait appartenu cette infortunée, qui, de plus, avouait qu'elle parlait souvent à des assassins. En fallait-il davantage pour exalter les colères de cette foule, encore excitée par l'exemple de madame Dubreuil?

— Il faut la conduire chez le maire — s'écria l'un.

— Oui, oui... et si elle ne veut pas marcher... *on la poussera...*

— Et ça ose s'habiller comme nous autres honnêtes filles de campagne — ajouta une des plus laides maritornes de la ferme.

— Avec son air de sainte-nitouche — reprit un autre — on lui aurait donné le bon Dieu sans confession.

— Est-ce qu'elle n'avait pas le front d'aller à la messe !

— L'effrontée !... pourquoi pas communier tout de suite !

— Et il lui fallait frayer avec les maîtres encore...

— Comme si nous étions de trop petites gens pour elle !...

— Heureusement chacun a son tour.

— Oh! il faudra bien que tu parles et que tu dénonces l'assassin !.. — s'écria la veuve. — Vous êtes tous de la même bande... Je ne suis pas même bien sûre... de ne pas t'avoir vue ce jour-là avec eux. Allons, allons, il ne s'agit pas de pleurnicher, maintenant que tu es reconnue. Montre-nous ta face, elle est belle à voir !

Et la veuve abaissa violemment les deux mains de la jeune fille, qui cachait son visage baigné de larmes. La Goualeuse, d'abord écrasée de honte, commençait à trembler d'effroi en se trouvant seule à la merci de ces forcenés; elle joignit les mains, tourna vers la laitière ses yeux suppliants et craintifs, et dit de sa voix douce :

— Mon Dieu, madame... il y a deux mois que je suis retirée à la ferme de Bouqueval... Je n'ai donc pu être témoin du malheur dont vous parlez... et...

La timide voix de Fleur-de-Marie fut couverte par ces cris furieux :

— Menons la chez M. le maire... elle s'expliquera.

— Allons, en marche, la belle !

Et le groupe menaçant se rapprocha de plus en plus de la Goualeuse; celle-ci, croisant ses mains par un mouvement machinal, regardait de côté et d'autre avec épouvante, et semblait implorer du secours.

— Oh ! — reprit la laitière — tu as beau chercher autour de toi, mademoiselle Clara n'est plus là pour te défendre; tu ne nous échapperas pas.

— Hélas ! madame — dit Fleur-de-Marie toute tremblante — je ne veux pas vous échapper; je ne demande pas mieux que de répondre à ce qu'on me demandera... puisque cela peut vous être utile... Mais quel mal ai-je fait à toutes les personnes qui m'entourent et me menacent ?...

— Tu nous as fait que tu as eu le front d'aller avec nos maîtres, quand nous, qui valons mille fois mieux que toi, nous n'y allons pas... Voilà ce que tu nous as fait.

— Et puis, pourquoi as-tu voulu que l'on chasse d'ici cette pauvre veuve et ses enfants ? — dit un autre.

— Ce n'est pas moi, c'est mademoiselle Clara... qui voulait...

— C'est pas vrai !! — reprit le laboureur en l'interrompant — tu n'as pas seulement demandé grâce pour elle; tu étais contente de lui voir ôter son pain !

— Non, non, elle n'a pas demandé grâce !

— Est-elle mauvaise !

— Une pauvre veuve... mère de trois enfants !

— Si je n'ai pas demandé sa grâce — dit Fleur-de-Marie — c'est que je n'avais pas la force de dire un mot.

— Tu avais bien la force de parler à des assassins !

Ainsi qu'il arrive souvent dans les émotions populaires, ces paysans, plus bêtes que méchants, s'irritaient, s'excitaient, se *grisaient* au bruit de leurs propres paroles, et s'animaient en raison des injures et des menaces qu'ils prodiguaient à leur victime.

Le cercle menaçant des métayers se rapprochait de plus en plus de Fleur-de-Marie; tous gesticulaient en parlant; la veuve du forgeron ne se possédait plus. Seulement séparée du profond abreuvoir par le parapet où elle s'appuyait, la Goualeuse eut peur d'être renversée dans l'eau, et s'écria, en étendant vers eux des mains suppliantes :

— Mon Dieu ! que voulez-vous de moi ? Par pitié, ne me faites pas de mal !...

Et comme la laitière, gesticulant toujours, s'approchait de plus en plus et

Leur de la Lakaire

Paul Girardet

… Fleur-de-Marie …

… Ne pensez-vous … faire …
… vous laissons à … mort …

— Un pigeon !… Ih …

— Oui… oui… l'…
et des applaudissements …

— C'est …

… le … gare ce matin.

— La fille … les …

En entendant ces cris le marinier … la fille …
pération de toutes … façons stupides et …
lever, Fleur-de-Marie …
… sorte de … pour …

… remercia, non de …

lui mettait ses deux poings presque sur le visage, Fleur-de-Marie s'écria, en se renversant en arrière avec effroi :

— Je vous en supplie, madame... n'approchez pas autant, vous allez me faire tomber à l'eau.

Ces paroles de Fleur-de-Marie éveillèrent chez ces gens grossiers une idée cruelle. Ne pensant qu'à faire une de ces *plaisanteries* de paysans qui souvent vous laissent à moitié mort sur la place, un des plus enragés s'écria :

— Un plongeon !... Donnons-lui un plongeon !...

— Oui... oui... à l'eau !... à l'eau !... — répéta-t-on avec des éclats de rire et des applaudissements frénétiques.

— C'est ça, un bon plongeon !... Elle n'en mourra pas !

— Ça lui apprendra à venir se mêler aux honnêtes gens !

— Oui, oui !... A l'eau ! à l'eau !

— Justement on a cassé la glace ce matin.

— La fille des rues se souviendra des braves gens de la ferme d'Arnouville !

En entendant ces cris inhumains, ces railleries barbares, en voyant l'exaspération de toutes ces figures stupidement irritées qui s'avançaient pour l'enlever, Fleur-de-Marie se crut morte... A son premier effroi succéda bientôt une sorte de contentement amer : elle entrevoyait l'avenir sous de si noires couleurs, qu'elle remercia mentalement le ciel d'abréger ses peines ; elle ne prononça plus un mot de plainte, se laissa glisser à genoux, croisa religieusement ses deux mains sur sa poitrine, ferma les yeux et attendit en priant. Les laboureurs, surpris de l'attitude et de la résignation muette de la Goualeuse, hésitèrent un moment à accomplir leurs projets sauvages ; mais, gourmandés sur leur faiblesse par la partie féminine de l'assemblée, ils recommencèrent à vociférer pour se donner le courage d'accomplir leurs méchants desseins.

Deux des plus furieux allaient saisir Fleur-de-Marie, lorsqu'une voix émue, vibrante, leur cria :

— Arrêtez !

Au même instant madame Georges, qui s'était frayé un passage au milieu de cette foule, arriva auprès de la Goualeuse toujours agenouillée, la prit dans ses bras, la releva en s'écriant :

— Debout, mon enfant !... debout, ma fille chérie ! on ne s'agenouille que devant Dieu.

L'expression, l'attitude de madame Georges furent si courageusement impérieuses, que les paysans reculèrent et restèrent muets devant elle. L'indignation colorait vivement ses traits, ordinairement pâles. Elle jeta sur les laboureurs un regard ferme, en leur disant d'une voix haute et menaçante :

— Malheureux !... n'avez-vous pas honte de vous porter à de telles violences contre cette malheureuse enfant !...

— C'est une...

— C'est ma fille ! — s'écria sévèrement madame Georges en interrompant un des laboureurs. — M. l'abbé Laporte, que tout le monde bénit et vénère, l'aime et la protège, et ceux qu'il estime doivent être respectés par tout le monde!

Ces simples paroles imposèrent à la foule. Le curé de Bouqueval était, dans le pays, regardé comme un saint; plusieurs paysans n'ignoraient pas l'intérêt qu'il portait à la Goualeuse. Pourtant quelques sourds murmures se firent encore entendre; madame Georges en comprit le sens, et s'écria :

— Cette malheureuse jeune fille fût-elle la dernière des créatures, fût-elle abandonnée de tous, votre conduite envers elle n'en serait pas moins odieuse. De quoi voulez-vous la punir? Et d'ailleurs quel est votre droit? La force? N'est-il pas lâche, honteux à des hommes de prendre pour victime une jeune fille sans défense! Viens, Marie, viens, mon enfant bien-aimée, retournons chez nous; là, du moins, tu es connue et appréciée...

Madame Georges prit le bras de Fleur-de-Marie; les laboureurs, confus et reconnaissant la brutalité de leur conduite, s'écartèrent respectueusement. La veuve seule s'avança et dit résolument à madame Georges :

— Je ne m'embarrasse pas de tout ça, moi! Cette fille ne sortira d'ici qu'a-près avoir fait sa déposition chez le maire au sujet de l'assassinat de mon pauvre mari.

— Ma chère amie — dit madame Georges en se contraignant — ma fille n'a aucune déposition à faire ici; plus tard, si la justice trouve bon d'invoquer son témoignage, on la fera appeler, et je l'accompagnerai... Jusque-là personne n'a le droit de l'interroger.

— Mais, madame... je vous dis...

Madame Georges interrompit la laitière et lui répondit sévèrement :

— Le malheur dont vous êtes victime peut à peine excuser votre con-duite; un jour vous regretterez les violences que vous avez si imprudemment excitées. Mademoiselle Marie demeure avec moi à la ferme de Bouqueval, instruisez-en le juge qui a reçu votre première déclaration, nous attendrons ses ordres.

La veuve ne put rien répondre à ces sages paroles; elle s'assit sur le pa-rapet de l'abreuvoir, et se mit à pleurer amèrement en embrassant ses enfants. Quelques minutes après cette scène, Pierre amena le cabriolet, madame Georges et Fleur-de-Marie y montèrent pour retourner à Bouqueval.

En passant devant la maison de la fermière d'Arnouville, la Goualeuse aperçut Clara; elle pleurait, à demi cachée derrière une persienne entr'ouverte, et fit à Fleur-de-Marie un signe d'adieu avec son mouchoir.

— Ah! madame! quelle honte pour moi! quel chagrin pour vous! — dit Fleur-de-Marie à sa mère adoptive, lorsqu'elle se retrouva seule avec elle dans le petit salon de la ferme de Bouqueval. — Vous êtes sans doute pour toujours fâchée avec madame Dubreuil, et cela à cause de moi. Oh! mes pres-sentiments!... Dieu m'a punie d'avoir ainsi trompé cette dame et sa fille... je suis un sujet de discorde entre vous et votre amie...

— Mon amie... est une excellente femme, ma chère enfant, mais une pauvre tête faible... Du reste, comme elle a très-bon cœur, demain elle regrettera, j'en suis sûre, son fol emportement d'aujourd'hui...

—Hélas! madame, ne croyez pas que je veuille la justifier en vous accusant, mon Dieu!... Mais votre bonté pour moi vous a peut-être aveuglée... Mettez-vous à la place de madame Dubreuil... Apprendre que la compagne de sa fille chérie... était... ce que j'étais... dites? peut-on blâmer son indignation maternelle?...

Madame Georges ne trouva malheureusement pas un mot à répondre à cette question de Fleur-de-Marie, qui reprit avec exaltation :

—Cette scène flétrissante que j'ai subie aux yeux de tous, demain tout le pays la saura! Ce n'est pas pour moi que je crains; mais qui sait maintenant si la réputation de mademoiselle Clara... ne sera pas à tout jamais entachée... parce qu'elle m'a appelée son amie, sa sœur! J'aurais dû suivre mon premier mouvement... résister au penchant qui m'attirait vers mademoiselle Dubreuil... et, au risque de lui inspirer de l'aversion, me soustraire à l'amitié qu'elle m'offrait... Mais j'ai oublié la distance qui me séparait d'elle... Aussi, vous le voyez, j'en suis punie, oh! cruellement punie... car j'aurai peut-être causé un tort irréparable à cette jeune personne, si vertueuse et si bonne. .

—Mon enfant — dit madame Georges après quelques moments de réflexion — vous avez tort de vous faire ces douloureux reproches : votre passé est coupable... oui... très-coupable... mais n'est-ce rien que d'avoir, par votre repentir, mérité la protection de notre vénérable curé? N'est-ce pas sous ses auspices, sous les miens, que vous avez été présentée à madame Dubreuil? vos seules qualités ne lui ont-elles pas inspiré l'attachement qu'elle vous avait librement voué?... N'est-ce pas elle qui vous a demandé d'appeler Clara votre sœur? Et puis enfin, ainsi que je le lui ai dit tout à l'heure, car je ne voulais ni ne devais rien lui cacher, pouvais-je, certaine que j'étais de votre repentir, ébruiter le passé, et rendre ainsi votre réhabilitation plus pénible... impossible peut-être, en vous désespérant, en vous livrant au mépris de gens qui, aussi malheureux, aussi abandonnés que vous l'avez été, n'auraient peut-être pas, comme vous, conservé le secret instinct de l'honneur et de la vertu? La révélation de cette femme est fâcheuse, funeste; mais devais-je, en la prévenant, sacrifier votre repos futur à une éventualité presque improbable?

—Ah! madame, ce qui prouve que ma position est à jamais fausse et misérable, c'est que, par affection pour moi, vous avez eu raison de cacher le passé, et que la mère de Clara a aussi raison de me mépriser au nom de ce passé; de me mépriser... comme tout le monde me méprisera désormais, car la scène de la ferme d'Arnouville va se répandre, tout va se savoir... Oh! je mourrai de honte... je ne pourrai plus supporter les regards de personne!

—Pas même les miens? Mon enfant! — dit madame Georges en fondant en larmes et en ouvrant ses bras à Fleur-de-Marie — tu ne trouveras pourtant jamais dans mon cœur que la tendresse, que le dévouement d'une mère... Courage donc, Marie! ayez la conscience de votre repentir. Vous êtes ici entourée d'amis, eh bien! cette maison sera le monde pour vous... Nous irons au-devant de la révélation que vous craignez : notre bon abbé assemblera les gens de la ferme, qui vous aiment déjà tant; il leur dira la vérité sur le passé... Croyez-moi, mon enfant, sa parole a une telle autorité, que cette révélation vous rendra plus intéressante encore.

— Je vous crois, madame, et je me résignerai. Hier, dans notre entretien, M. le curé m'avait annoncé de douloureuses expiations; elles commencent, je ne dois pas m'étonner. Il m'a dit encore que mes souffrances me seraient un jour comptées... Je l'espère... Soutenue dans ces épreuves par vous et par lui, je ne me plaindrai pas.

— Vous allez d'ailleurs le voir dans quelques moments, jamais ses conseils ne vous auront été plus salutaires... Voici déjà quatre heures et demie; disposez-vous à aller au presbytère, mon enfant... Je vais écrire à M. Rodolphe pour lui apprendre ce qui est arrivé à la ferme d'Arnouville... Un exprès lui portera ma lettre... puis j'irai vous rejoindre chez notre bon abbé... car il est urgent que nous causions tous trois.

Peu d'instants après, la Goualeuse sortait de la ferme afin de se rendre au presbytère par le chemin creux où la veille le Maître d'école et Tortillard étaient convenus de se retrouver.

. . . .

Ainsi qu'on a pu le voir par ses entretiens avec madame Georges et avec le curé de Bouqueval, Fleur-de-Marie avait si noblement profité des conseils de ses bienfaiteurs, s'était tellement assimilé leurs principes, qu'elle se désespérait de plus en plus en songeant à son abjection passée; son esprit s'était développé à mesure que ses excellents instincts grandissaient, fructifiaient au milieu de l'atmosphère d'honneur et de pureté où elle vivait. D'une intelligence moins élevée, d'une sensibilité moins exquise, d'une imagination moins vive, Fleur-de-Marie se serait facilement consolée; mais malheureusement elle ne passait pas un jour sans se rappeler, et pour ainsi dire sans ressentir, avec une souffrance mêlée de dégoût et d'épouvante, les honteuses misères de son existence d'autrefois. Qu'on se figure une enfant de seize ans, candide et pure, ayant la conscience de sa candeur et de sa pureté, jetée par quelque pouvoir infernal dans l'infâme taverne de l'ogresse et invinciblement soumise au pouvoir de cette mégère!... Telle était pour Fleur-de-Marie la réaction du passé sur le présent. Ferons-nous ainsi comprendre l'espèce de ressentiment rétrospectif, ou plutôt le *contre-coup* moral dont la Goualeuse souffrait si cruellement, qu'elle regrettait, plus souvent qu'elle n'avait osé l'avouer à l'abbé, de n'être pas morte étouffée dans la fange ?

Pour peu qu'on réfléchisse et qu'on ait d'expérience de la vie, on ne prendra pas ce que nous allons dire pour un paradoxe : Oui, Fleur-de-Marie était digne d'intérêt et de pitié, non-seulement parce qu'elle n'avait jamais aimé, mais parce que ses sens étaient toujours restés endormis et glacés. Si, bien souvent, chez des femmes peut-être moins délicatement douées que Fleur-de-Marie, d'invincibles répulsions succèdent long-temps aux brutalités légales du mariage, aux grossières violences d'une première nuit de noces... s'étonnera-t-on que cette infortunée, enivrée par l'ogresse, jetée à seize ans au milieu de la horde de bêtes sauvages ou féroces qui infestaient la Cité, n'ait éprouvé qu'horreur et effroi, et soit sortie moralement pure de ce cloaque?...

CHAPITRE II.

LE CHEMIN CREUX.

Le soleil se couchait à l'horizon ; la plaine était déserte, silencieuse. Fleur-de-Marie approchait de l'entrée du chemin creux qu'il lui fallait traverser pour se rendre au presbytère, lorsqu'elle vit sortir de la ravine un petit garçon boiteux, vêtu d'une blouse grise et d'une casquette bleue ; il semblait éploré, du plus loin qu'il aperçut la Goualeuse il accourut près d'elle.

— Oh ! ma bonne dame, ayez pitié de moi, s'il vous plaît — s'écria-t-il en joignant les mains d'un air suppliant.

— Que voulez-vous ? qu'avez-vous, mon enfant ? — lui demanda la Goualeuse avec intérêt.

— Hélas ! ma bonne dame, ma pauvre grand'mère, qui est bien vieille, bien vieille, est tombée là-bas, en descendant le ravin ; elle s'est fait beaucoup de mal... j'ai peur qu'elle se soit cassé la jambe... Je suis trop faible pour l'aider à se relever... Mon Dieu, comment faire, si vous ne venez pas à mon secours ? Pauvre grand'mère ! elle va mourir peut-être !

La Goualeuse, touchée de la douleur du petit boiteux, s'écria :

— Je ne suis pas très-forte non plus, mon enfant, mais je pourrai peut-être vous aider à secourir votre grand'mère... Allons vite près d'elle... Je demeure à cette ferme là-bas... si la pauvre vieille ne peut s'y transporter avec nous, je l'enverrai chercher.

—Oh ! ma bonne dame, le bon Dieu vous bénira, bien sûr... C'est par ici... à deux pas, dans le chemin creux, comme je vous le disais; c'est en descendant la berge qu'elle a tombé.

— Vous n'êtes donc pas du pays! — demanda la Goualeuse en suivant Tortillard, que l'on a sans doute déjà reconnu.

— Non, ma bonne dame, nous venons d'Écouen.

— Et où alliez-vous?

— Chez un bon curé qui demeure sur la colline là-bas... — dit le fils de Bras-Rouge, pour augmenter la confiance de Fleur-de-Marie.

— Chez M. l'abbé Laporte, peut-être?

— Oui, ma bonne dame, chez M. l'abbé Laporte; ma pauvre grand'mère le connaît beaucoup, beaucoup...

— J'allais justement chez lui; quelle rencontre! — dit Fleur-de-Marie en s'enfonçant de plus en plus dans le chemin creux.

— Grand'maman!... me voilà, me voilà!... Prends patience... je t'amène du secours... — cria Tortillard, pour prévenir le Maître d'école et la Chouette de se tenir prêts à saisir leur victime.

— Votre grand'mère n'est donc pas tombée loin d'ici? — demanda la Goualeuse.

— Non, ma bonne dame, derrière ce gros arbre là-bas, où le chemin tourne, à vingt pas d'ici.

Tout à coup Tortillard s'arrêta.

Le bruit du galop d'un cheval retentit dans le silence de la plaine.

— Tout est encore perdu! — se dit Tortillard.

Le chemin faisait un coude très-prononcé à quelques toises de l'endroit où le fils de Bras-Rouge se trouvait avec la Goualeuse. Un cavalier parut à ce détour; lorsqu'il fut auprès de la jeune fille il s'arrêta... On entendit alors le trot d'un autre cheval, et quelques moments après survint un domestique vêtu d'une redingote brune à boutons d'argent, d'une culotte de peau blanche et de bottes à revers. Une étroite ceinture de cuir fauve serrait derrière sa taille le *makintosh* de son maître. Celui-ci, vêtu simplement d'une épaisse redingote bronze et d'un pantalon gris-clair assez juste, montait avec une grâce parfaite un cheval bai, de pur sang, d'une beauté singulière; malgré la longue course qu'il venait de faire, le lustre éclatant de sa robe à reflets dorés ne se ternissait pas même d'une légère moiteur. Le cheval gris du groom, qui resta immobile à quelques pas de son maître, était aussi plein de race et de distinction. Dans ce cavalier, d'une figure brune et charmante, Tortillard reconnut M. le vicomte de Saint-Remy, que l'on supposait être l'amant de madame la duchesse de Lucenay.

— Ma jolie fille — dit le vicomte à la Goualeuse, dont la beauté le frappa — auriez-vous l'obligeance de m'indiquer la route du village d'Arnouville?

Fleur-de-Marie, baissant les yeux devant le regard profond et hardi de ce jeune homme, répondit:

— En sortant du chemin creux, monsieur, vous prendrez le premier sentier à main droite : ce sentier vous conduira à une avenue de cerisiers qui mène directement à Arnouville.

— Mille grâces, ma belle enfant... Vous me renseignez mieux qu'une vieille femme que j'ai trouvée à deux pas d'ici, étendue au pied d'un arbre; je n'ai pu tirer d'elle autre chose que des gémissements.

— Ma pauvre grand'mère!... — murmura Tortillard d'une voix dolente.

— Maintenant, encore un mot — reprit M. de Saint-Remy en s'adressant à la Goualeuse — pouvez-vous me dire si je trouverai facilement à Arnouville la ferme de M. Dubreuil?

La Goualeuse ne put s'empêcher de tressaillir à ces mots qui lui rappelaient la pénible scène de la matinée; elle répondit :

— Les bâtiments de la ferme bordent l'avenue que vous allez suivre pour vous rendre à Arnouville, monsieur.

— Encore une fois, merci, ma belle enfant! — dit M. de Saint-Remy; et il partit au galop, suivi de son groom.

Les traits charmants du vicomte s'étaient quelque peu déridés pendant qu'il parlait à Fleur-de-Marie; dès qu'il fut seul, ils redevinrent sombres et contractés par une inquiétude profonde. Fleur-de-Marie, se souvenant de la personne inconnue pour qui l'on préparait à la hâte un pavillon de la ferme d'Arnouville par les ordres de madame de Lucenay, ne douta pas qu'il ne s'agît de ce jeune et beau cavalier.

Le galop des chevaux ébranla quelque temps encore la terre durcie par la gelée; puis il s'amoindrit, cessa, et tout redevint silencieux... Tortillard respira. Voulant rassurer et avertir ses complices, dont l'un, le Maître d'école, s'était dérobé à la vue des cavaliers, le fils de Bras-Rouge s'écria :

— Grand'mère!... me voilà... avec une bonne dame qui vient à ton secours!...

— Vite, vite, mon enfant! ce monsieur à cheval nous a fait perdre quelques minutes... — dit la Goualeuse en hâtant le pas, afin d'atteindre le tournant du chemin creux.

A peine y arriva-t-elle, que la Chouette, qui s'y tenait embusquée, s'écria :
— A moi, fourline!

Puis, sautant sur la Goualeuse, la borgnesse la saisit au cou d'une main, et de l'autre lui comprima les lèvres, pendant que Tortillard, se jetant aux pieds de la jeune fille, se cramponnait à ses jambes pour l'empêcher de faire un pas.

Ceci s'était passé si rapidement que la Chouette n'avait pas eu le temps d'examiner les traits de la Goualeuse; mais dans le peu d'instants qu'il fallut au Maître d'école pour sortir du trou où il s'était tapi et pour venir à tâtons avec son manteau, la vieille reconnut son ancienne victime.

— La Pégriotte!... — s'écria-t-elle d'abord stupéfaite; puis elle ajouta avec une joie féroce : — C'est encore toi!... Ah! c'est le *boulanger* qui t'envoie... c'est ton sort de retomber toujours sous ma griffe!... J'ai mon vitriol dans le fiacre... cette fois, ta jolie frimousse y passera... car tu *m'enrhumes* avec ta figure de vierge... A toi, mon homme !... prends garde qu'elle ne te morde, et tiens-la bien pendant que nous allons l'embaluchonner...

De ses deux mains puissantes le Maître d'école saisit la Goualeuse; et avant qu'elle eût pu pousser un cri, la Chouette lui jeta le manteau sur la tête et l'enveloppa étroitement. En un instant, Fleur-de-Marie liée, bâillonnée, fut mise dans l'impossibilité de faire un mouvement ou d'appeler à son secours.

— Maintenant, à toi le paquet, fourline... — dit la Chouette. — Eh ! eh ! eh !... c'est pas si lourd que la *négresse* de la femme noyée du canal Saint-Martin... n'est-ce pas, mon homme ! — Et comme le brigand tressaillait à ces mots qui lui rappelaient son épouvantable rêve de la nuit, la borgnesse reprit : — Ah çà ! qu'est-ce que tu as donc, fourline !... on dirait que tu grelottes !... depuis ce matin, par instants les dents te claquent comme si tu avais la fièvre; et alors tu regardes en l'air comme si tu y cherchais quelque chose.

— Gros *feignant* !... il regarde les mouches voler — dit Tortillard.

— Allons vite, filons, mon homme ! emballe-moi la Pégriotte... A la bonne heure ! — ajouta la Chouette en voyant le brigand prendre Fleur-de-Marie entre ses bras comme on prend un enfant endormi. — Vite au fiacre... vite !

— Mais qui est-ce qui va me conduire... moi ! — demanda le Maître d'école d'une voix sourde, en étreignant son souple et léger fardeau dans ses bras d'hercule.

— Vieux têtard! il pense à tout — dit la Chouette.

Et. écartant son châle, elle dénoua un foulard rouge qui couvrait son cou

4

décharné, tordit à moitié ce mouchoir dans sa longueur, et dit au Maître d'école :

— Ouvre la gargoine, prends le bout de ce foulard entre tes quenottes, serre bien... Tortillard prendra l'autre bout à la main ; tu n'auras qu'à le suivre... A bon aveugle, bon chien... Ici, moutard !

Le petit boiteux fit une gambade, murmura à voix basse un jappement imitatif et grotesque, prit dans sa main l'autre bout du mouchoir, et conduisit ainsi le Maître d'école, pendant que la Chouette hâtait le pas pour aller prévenir Barbillon. Nous avons renoncé à peindre la terreur de Fleur-de-Marie lorsqu'elle s'était vue au pouvoir de la Chouette et du Maître d'école. Elle se sentit défaillir et ne put opposer la moindre résistance.

Quelques minutes après, la Goualeuse était transportée dans le fiacre conduit par Barbillon ; quoiqu'il fît nuit, les stores de cette voiture furent soigneusement fermés, et les trois complices se dirigèrent, avec leur victime presque expirante, vers la plaine Saint-Denis, où Thomas Seyton les attendait.

CHAPITRE III.

CLÉMENCE D'HARVILLE.

Le lecteur nous excusera d'abandonner une de nos héroïnes dans une situation si critique, situation dont nous dirons plus tard le dénoûment.

On se souvient que Rodolphe avait sauvé madame d'Harville d'un danger imminent; danger suscité par la jalousie de Sarah, qui avait prévenu M. d'Harville du rendez-vous si imprudemment accordé par la marquise à M. Charles Robert. Profondément ému de cette scène, le prince était rentré chez lui en sortant de la maison de la rue du Temple, remettant au lendemain la visite qu'il comptait faire à mademoiselle Rigolette et à la famille de malheureux artisans dont nous avons parlé; car il les croyait à l'abri du besoin, grâce à l'argent qu'il avait remis pour eux à la marquise afin de rendre sa prétendue visite de charité plus vraisemblable aux yeux de M. d'Harville. Malheureusement Rodolphe ignorait que Tortillard s'était emparé de cette bourse, et l'on sait comment le petit boiteux avait commis ce vol audacieux.

Vers les quatre heures, le prince reçut la lettre suivante...

Une femme âgée l'avait apportée, et s'en était allée sans attendre la réponse.

« Monseigneur,

« Je vous dois plus que la vie; je voudrais vous exprimer aujourd'hui même ma profonde reconnaissance. Demain peut-être la honte me rendrait muette..

Si V. A. R. pouvait me faire l'honneur de venir chez moi ce soir, elle finirait cette journée comme elle l'a commencée, par une généreuse action.

» D'ORBIGNY-D'HARVILLE.

» *P. S.* Ne prenez pas la peine de me répondre, monseigneur; je serai chez moi toute la soirée. · »

Rodolphe, heureux d'avoir rendu à madame d'Harville un service éminent, regrettait pourtant l'espèce d'intimité forcée que cette circonstance établissait tout à coup entre lui et la marquise. Incapable de trahir l'amitié de M. d'Harville, mais profondément touché de la grâce spirituelle et de l'attrayante beauté de Clémence, Rodolphe, s'apercevant de son goût trop vif pour elle, avait presque renoncé à la voir après un mois d'assiduités. Aussi se rappelait-il avec émotion l'entretien qu'il avait surpris à l'ambassade de *** entre Tom et Sarah... Celle-ci, pour motiver sa haine et sa jalousie, avait affirmé, non sans raison, que madame d'Harville ressentait toujours presque à son insu une sérieuse affection pour Rodolphe; Sarah était trop sagace, trop fine, trop initiée à la connaissance du cœur humain pour n'avoir pas compris que Clémence, se croyant oubliée, dédaignée peut-être par un homme qui avait fait sur elle une impression profonde; que Clémence, cédant par dépit aux obsessions d'une amie perfide, avait pu s'intéresser aux malheurs imaginaires de M. Charles Robert, sans pour cela oublier complétement Rodolphe. D'autres femmes, fidèles au souvenir de l'homme qu'elles avaient d'abord distingué, seraient restées indifférentes aux mélancoliques regards du *commandant*. Clémence d'Harville fut donc doublement coupable, quoiqu'elle n'eût cédé qu'à la séduction du malheur, et qu'un vif sentiment du devoir, joint peut-être au souvenir du prince, souvenir salutaire qui veillait au fond de son cœur, l'eût préservée d'une faute irréparable.

Rodolphe, en songeant à son entrevue avec madame d'Harville, était en proie à de bizarres contradictions. Bien résolu de résister au penchant qui l'entraînait vers elle, tantôt il s'estimait heureux de pouvoir la *désaimer*, en lui reprochant un choix aussi fâcheux que celui de M. Charles Robert; tantôt au contraire il regrettait amèrement de voir tomber le prestige dont il l'avait jusqu'alors entourée.

. . . .

Clémence d'Harville attendait aussi cet entretien avec anxiété, les deux sentiments qui prédominaient en elle étaient une douloureuse confusion lorsqu'elle pensait à Rodolphe... une aversion profonde lorsqu'elle pensait à M. Charles Robert. Beaucoup de raisons motivaient cette aversion, cette haine. Une femme risquera son repos, son honneur pour un homme; mais elle ne lui pardonnera jamais de l'avoir mise dans une position humiliante ou ridicule. Or, madame d'Harville, en butte aux sarcasmes et aux insultants regards de madame Pipelet, avait failli mourir de honte. Ce n'était pas tout. Recevant de Rodolphe l'avis du danger qu'elle courait, Clémence avait monté précipitamment au cinquième étage ; la direction de l'escalier était telle qu'en le gravissant elle aperçut M. Charles Robert vêtu de son éblouissante robe de chambre, au moment où, reconnaissant le pas léger de la femme qu'il attendait, il entre-bâillait sa porte d'un air souriant, confiant et conquérant .. L'insolente fatuité du costume *significatif* du *commandant* apprit à la marquise combien elle s'était grossièrement trompée sur cet homme. Entraînée par la bonté de son cœur, par la générosité de son caractère, à une démarche qui pouvait la perdre, elle lui avait accordé ce rendez-vous non par amour, mais seulement par commisération, afin de le consoler du rôle ridicule que le mauvais goût de M. le duc de Lucenay lui avait fait jouer devant elle à l'ambassade de ***. Qu'on juge de la déconvenue, du dégoût de madame d'Harville à l'aspect de M. Charles Robert... vêtu d'avance en triomphateur !...

Neuf heures venaient de sonner à la pendule du petit salon où madame d'Harville se tenait habituellement. Les modistes et les cabaretiers ont tellement abusé du style Louis XV et du style *Renaissance,* que la marquise, femme de beaucoup de goût, avait prohibé de son appartement cette espèce de luxe devenu si vulgaire, le reléguant dans la partie de l'hôtel d'Harville destinée aux grandes réceptions. Rien de plus élégant et de plus distingué que l'ameublement du salon où la marquise attendait Rodolphe. La tenture et les rideaux, sans pentes ni draperies, étaient d'une étoffe de l'Inde, couleur paille ; sur ce fond brillant se dessinaient, brodées en soie mate de même nuance, des arabesques du goût le plus charmant et le plus capricieux. De doubles rideaux de point d'Alençon cachaient entièrement les vitres. Les portes, en bois de rose, étaient rehaussées de moulures d'argent doré très-délicatement ciselées qui encadraient dans chaque panneau un médaillon ovale en porcelaine de Sèvres de près d'un pied de diamètre, représentant des oiseaux et des fleurs d'un fini, d'un éclat admirables. Les bordures des glaces et les baguettes de la tenture étaient aussi de bois de rose relevé des mêmes ornements d'argent doré. La frise de la cheminée de marbre blanc et ses deux cariatides d'une beauté antique et d'une grâce exquise, étaient dues au ciseau magistral de Marochetti : ce grand artiste avait consenti à sculpter ce délicieux chef-d'œuvre, se souvenant sans doute que Benvenuto ne dédaignait pas de modeler des aiguières et des armures. Deux candélabres et deux flambeaux de vermeil formant des groupes de figurines précieusement ciselées par *Gouttière*, accompagnaient la pendule, bloc carré de lapis-lazuli, élevé sur un socle de jaspe oriental et surmonté d'une large et magnifique coupe d'or émaillée, enrichie de perles et de rubis, et appartenant au plus beau temps de la Renaissance florentine. Plusieurs excellents tableaux de l'école vénitienne, de moyenne grandeur, complétaient cet ensemble de magnifique élégance.

Grâce à une innovation charmante, ce joli salon était doucement éclairé par une lampe dont le globe de cristal dépoli disparaissait à demi au milieu d'une touffe de fleurs naturelles contenues dans une profonde et immense coupe de Japon bleue, pourpre et or, suspendue au plafond, comme un lustre, par trois grosses chaînes de vermeil, auxquelles s'enroulaient les tiges vertes de plusieurs plantes grimpantes; quelques-uns de leurs rameaux flexibles et chargés de fleurs, débordant la coupe, retombaient gracieusement, comme une frange de fraîche verdure, sur la porcelaine émaillée d'or, de pourpre et d'azur. Nous insistons sur ces détails, sans doute puérils, pour donner une idée du bon goût naturel de madame d'Harville (symptôme presque toujours sûr d'un bon esprit), et parce que certains mystérieux malheurs semblent encore plus poignants lorsqu'ils contrastent avec les apparences de ce qui fait aux yeux de tous la vie heureuse et enviée.

Plongée dans un grand fauteuil totalement recouvert d'étoffe couleur paille, Clémence d'Harville, coiffée en cheveux, portait une robe de velours noir montante, sur laquelle se découpait le merveilleux travail de son large col et de ses manchettes plates en point d'Angleterre, qui empêchaient le noir du velours de trancher trop crûment sur l'éblouissante blancheur de ses mains et de son cou.

A mesure qu'approchait le moment de son entrevue avec Rodolphe, l'émotion de la marquise redoublait. Pourtant sa confusion fit place à des pensées plus résolues : après de longues réflexions, elle prit le parti de confier à Rodolphe un grand... un cruel secret, espérant que son extrême franchise lui concilierait peut-être une estime dont elle se montrait si jalouse. Ravivé par la reconnaissance, son premier penchant pour Rodolphe se réveillait avec une nouvelle force. Un de ces pressentiments qui trompent rarement les cœurs aimants lui disait que le hasard seul n'avait pas amené le prince si à point pour la sauver, et qu'en cessant depuis quelques mois de la voir il avait cédé à un sentiment tout autre qu'à celui de l'indifférence. Un vague instinct élevait aussi dans l'esprit de Clémence des doutes sur la sincérité de l'affection de Sarah.

Au bout de quelques minutes, un valet de chambre, après avoir discrètement frappé, entra et dit :

— Madame la marquise veut-elle recevoir madame Asthon et *mademoiselle?*

Madame d'Harville fit un signe de tête affirmatif, et sa fille entra lentement dans le salon.

C'était une enfant de quatre ans, qui eût été d'une figure charmante sans sa pâleur maladive et sa maigreur extrême. Madame Asthon, sa gouvernante, la tenait par la main; Claire (c'était le nom de l'enfant), malgré sa faiblesse, se hâta d'accourir vers sa mère en lui tendant les bras. Deux nœuds de rubans cerise rattachaient au-dessus de chaque tempe ses cheveux bruns, nattés et roulés de chaque côté de son front; sa santé était si frêle qu'elle portait une douillette de soie brune ouatée, au lieu d'une de ces jolies robes de mousseline blanche, garnies de rubans pareils à la coiffure, et bien décolletées, afin qu'on puisse voir ces petits bras roses, ces épaules fraîches et satinées, si charmants chez les enfants bien portants. Les grands yeux noirs de Claire semblaient énormes, tant ses joues étaient creuses. Malgré cette apparence débile, un sourire plein de gentillesse et de grâce épanouit ses traits lorsqu'elle fut placée sur les genoux de sa mère, qui l'embrassait avec une sorte de tendresse triste et passionnée.

— Comment a-t-elle été depuis tantôt, madame Asthon? — demanda madame d'Harville à la gouvernante.

— Assez bien, madame la marquise, quoiqu'un moment j'aie craint...

— Encore! — s'écria Clémence en serrant sa fille contre son cœur avec un mouvement d'effroi involontaire.

— Heureusement, madame, je m'étais trompée — dit la gouvernante; — l'accès n'a pas eu lieu; mademoiselle Claire s'est calmée, elle n'a éprouvé qu'un moment de faiblesse... Elle a peu dormi cette après-dînée; mais elle n'a pas voulu se coucher sans venir embrasser madame la marquise.

— Pauvre petit ange aimé! — dit madame d'Harville en couvrant sa fille de baisers.

Celle-ci lui rendait ses caresses avec une joie enfantine, lorsque le valet de chambre ouvrit les deux battants de la porte du salon, et annonça :

— Son Altesse Royale monseigneur le grand-duc de Gerolstein!

Claire, montée sur les genoux de sa mère, lui avait jeté ses deux bras autour du cou et l'embrassait étroitement. A l'aspect de Rodolphe, Clémence rougit, posa doucement sa fille sur le tapis, fit signe à madame Asthon d'emmener l'enfant, et se leva.

— Vous me permettrez, madame — dit Rodolphe en souriant après avoir salué respectueusement la marquise — de renouveler connaissance avec mon ancienne petite amie, qui, je le crains bien, m'aura oublié. — Et, se courbant un peu, il tendit la main à Claire... Celle-ci attacha d'abord curieusement sur lui ses deux grands yeux, puis, le reconnaissant, elle fit un gentil signe de tête, et lui envoya un baiser du bout de ses doigts amaigris.

— Vous reconnaissez monseigneur, mon enfant? — demanda Clémence à Claire. Celle-ci baissa la tête affirmativement, et envoya un nouveau baiser à Rodolphe.

— Sa santé paraît s'être améliorée depuis que je ne l'ai vue — dit-il avec intérêt en s'adressant à Clémence.

— Monseigneur, elle va un peu mieux, quoique toujours souffrante.

La marquise et le prince, aussi embarrassés l'un que l'autre en songeant à leur prochain entretien, étaient presque satisfaits de le voir reculé de quelques minutes par la présence de Claire; mais la gouvernante ayant discrètement emmené l'enfant, Rodolphe et Clémence se trouvèrent seuls.

Le fauteuil de madame d'Harville était placé à droite de la cheminée, où Rodolphe, resté debout, s'accoudait légèrement. Jamais Clémence n'avait été plus frappée du noble et gracieux ensemble des traits du prince; jamais sa voix ne lui avait semblé plus douce et plus vibrante. Sentant combien il était pénible pour la marquise de commencer cette conversation, Rodolphe lui dit :

— Vous avez été, madame, victime d'une trahison indigne : une lâche délation de la comtesse Sarah Mac-Gregor a failli vous perdre.

— Il serait vrai, monseigneur? — s'écria Clémence. — Mes pressentiments ne me trompaient donc pas... Et comment Votre Altesse a-t-elle pu savoir?...

— Hier, par hasard, au bal de la comtesse ***, j'ai découvert le secret de cette infamie. J'étais assis dans un endroit écarté du jardin d'hiver. Ignorant qu'un massif de verdure me séparait d'eux et me permettait de les entendre, la comtesse Sarah et son frère vinrent s'entretenir près de moi de leurs projets et du piége qu'ils vous tendaient. Voulant vous prévenir du péril dont vous étiez menacée, je me rendis à la hâte au bal de madame de Nerval, croyant vous y trouver : vous n'y aviez pas paru. Vous écrire ici, c'était exposer ma lettre à tomber entre les mains du marquis, dont les soupçons devaient être éveillés. J'ai préféré aller vous attendre rue du Temple, pour déjouer la trahison de la comtesse Sarah. Vous me pardonnez, n'est-ce pas, de vous entretenir si long-temps d'un sujet qui doit vous être désagréable! Sans la lettre que vous avez eu la bonté de m'écrire... de ma vie je ne vous eusse parlé de tout ceci

Après un moment de silence, madame d'Harville dit à Rodolphe : .

— Je n'ai qu'une manière, monseigneur, de vous prouver ma reconnaissance... c'est de vous faire un aveu que je n'ai fait à personne. Cet aveu ne me justifiera pas à vos yeux, mais il vous fera peut-être trouver ma conduite moins coupable.

— Franchement, madame — dit Rodolphe en souriant — ma position envers vous est très-embarrassante. .

Clémence, étonnée de ce ton presque léger, regarda Rodolphe avec surprise.

— Comment, monseigneur?

— Grâce à une circonstance que vous devinerez sans doute, je suis obligé de faire... un peu le grand-parent, à propos d'une aventure qui, dès que vous aviez échappé au piége odieux de la comtesse Sarah, ne méritait pas d'être prise si gravement... Mais — ajouta Rodolphe avec une nuance de gravité douce et affectueuse — votre mari est pour moi presque un frère; mon père avait voué à son père la plus affectueuse gratitude... C'est donc très-sérieusement que je vous félicite d'avoir rendu à votre mari le repos et la sécurité.

— Et c'est aussi parce que vous honorez M. d'Harville de votre amitié, monseigneur, que je tiens à vous apprendre la vérité tout entière... et sur un *intérêt* qui doit vous sembler aussi malheureusement choisi qu'il l'est réellement... et sur ma conduite, qui offense celui que Votre Altesse appelle presque son frère...

— Je serai toujours, madame, heureux et fier de la moindre preuve de votre confiance. Cependant, permettez-moi de vous dire, à propos de l'*intérêt* dont vous parlez, que je sais que vous avez cédé autant à un sentiment de pitié sincère qu'à l'obsession de la comtesse Sarah Mac-Gregor, qui avait ses raisons pour vouloir vous perdre... Je sais encore que vous avez hésité long-temps avant de vous résoudre à la démarche que vous regrettez tant à cette heure.

Clémence regarda le prince avec surprise.

— Cela vous étonne? Je vous dirai mon secret un autre jour, afin de ne pas passer à vos yeux pour sorcier — reprit Rodolphe en souriant. — Mais votre mari est-il complétement rassuré?

— Oui, monseigneur — dit Clémence en baissant les yeux avec confusion; — et, je vous l'avoue, il m'est pénible de l'entendre me demander pardon de m'avoir soupçonnée, et s'extasier sur mon modeste silence à propos de mes bonnes œuvres.

— Il est heureux de son illusion, ne vous la reprochez pas; maintenez-le toujours, au contraire, dans sa douce erreur... S'il ne m'était interdit de parler légèrement de cette aventure, et s'il ne s'agissait pas de vous, madame... je dirais que jamais une femme n'est plus charmante pour son mari que lorsqu'elle a quelque tort à dissimuler. On n'a pas idée de toutes les séduisantes câlineries qu'inspire une conscience un peu troublée... Quand j'étais *jeune* — ajouta Rodolphe en souriant — j'éprouvais toujours, malgré moi, une vague défiance lors de certains redoublements de tendresse; et comme de mon côté je ne me sentais jamais plus à mon avantage que lorsque j'avais quelque chose à me faire pardonner, dès qu'on se montrait pour moi aussi perfidement aimable que je voulais le paraître, j'étais bien sûr que ce charmant accord... cachait une infidélité mutuelle.

Madame d'Harville s'étonnait de plus en plus d'entendre Rodolphe parler en raillant d'une aventure qui aurait pu avoir pour elle des suites si terribles; mais, devinant bientôt que le prince, par cette affectation de légèreté, tâchait d'amoindrir l'importance du service qu'il lui avait rendu, elle lui dit, profondément touchée de cette délicatesse :

— Je comprends votre générosité, monseigneur... Permis à vous maintenant de plaisanter et d'oublier le péril auquel vous m'avez arrachée... Mais ce que j'ai à vous dire, moi, est si grave, si triste, cela a tant de rapport avec les événements de ce matin, vos conseils peuvent m'être si utiles, que je vous supplie de vous rappeler que vous m'avez sauvé l'honneur et la vie... oui, monseigneur, la vie... Mon mari était armé; il me l'a avoué dans l'excès de son repentir; il voulait me tuer!...

— Grand Dieu! — s'écria Rodolphe avec une vive émotion.

— C'était son droit... — reprit amèrement madame d'Harville.

— Je vous en conjure, madame — répondit Rodolphe très-sérieusement cette fois — croyez-moi, je suis incapable de rester indifférent à ce qui vous intéresse; si tout à l'heure j'ai plaisanté, c'est que je ne voulais pas appesantir tristement votre pensée sur cette matinée, qui a dû vous causer une si terrible émotion. Maintenant, madame, je vous écoute religieusement, puisque vous me faites la grâce de me dire que mes conseils peuvent vous être bons à quelque chose.

— Oh! bien utiles, monseigneur! Mais, avant de vous les demander, permettez-moi de vous dire quelques mots d'un passé que vous ignorez... des années qui ont précédé mon mariage avec M. d'Harville.

Rodolphe s'inclina, Clémence continua :

— A seize ans je perdis ma mère — dit-elle sans pouvoir retenir une larme ;
— je ne vous dirai pas combien je l'adorais ; figurez-vous, monseigneur, l'idéal
de la bonté sur la terre ; sa tendresse pour moi était extrême, elle y trouvait
une consolation profonde à d'amers chagrins... Aimant peu le monde, d'une
santé délicate, naturellement très-sédentaire, son plus grand plaisir avait été
de se charger seule de mon instruction ; car ses connaissances solides, variées,
lui permettaient de remplir mieux que personne la tâche qu'elle s'était imposée.
Jugez, monseigneur, de son étonnement et du mien lorsqu'à seize ans, au
moment où mon éducation était presque terminée, mon père, prétextant de la
faiblesse de la santé de ma mère, nous annonça qu'une jeune veuve fort distinguée, que de grands malheurs rendaient très-intéressante, se chargerait
d'achever ce que ma mère avait commencé... Ma mère se refusa d'abord au
désir de mon père. Moi-même je le suppliai de ne pas mettre entre elle et moi
une étrangère ; il fut inexorable, malgré nos larmes. Madame Roland, veuve
d'un colonel mort dans l'Inde... disait-elle, vint habiter avec nous, et fut chargée de remplir auprès de moi les fonctions d'institutrice...

— Comment ! c'est cette madame Roland que monsieur votre père a épousée
presque aussitôt après votre mariage ?

— Oui, monseigneur.
— Elle était donc très-belle !

— Médiocrement jolie, monseigneur.

— Très-spirituelle, alors ?

— De la dissimulation... de la ruse... rien de plus... Elle avait vingt-cinq ans environ, des cheveux blonds très-pâles, des cils presque blancs, de grands yeux ronds d'un bleu clair... sa physionomie était humble et doucereuse ; son caractère, perfide jusqu'à la cruauté, était en apparence prévenant jusqu'à la bassesse.

— Et son instruction ?

— Complétement nulle, monseigneur ; et je ne puis comprendre comment mon père, jusqu'alors si esclave des convenances, n'avait pas songé que l'incapacité de cette femme trahirait scandaleusement le véritable motif de sa présence chez lui. Ma mère lui fit observer que madame Roland était d'une ignorance profonde ; il lui répondit, avec un accent qui n'admettait pas de réplique, que, savante ou non, cette jeune et intéressante veuve garderait chez lui la position qu'il lui avait faite. Je l'ai su plus tard. Dès ce moment, ma pauvre mère comprit tout, et s'affecta profondément, déplorant moins, je pense, l'infidélité de mon père que les désordres intérieurs que cette liaison devait amener... et dont le bruit pouvait parvenir jusqu'à moi.

— Mais, en effet, même au point de vue de sa folle passion, monsieur votre père faisait, ce me semble, un mauvais calcul en introduisant cette femme chez lui.

— Votre étonnement redoublerait encore, monseigneur, si vous saviez que mon père est l'homme du caractère le plus formaliste et le plus entier que je connaisse ; il fallait, pour l'amener à un pareil oubli de toute convenance... l'influence excessive de madame Roland, influence d'autant plus certaine qu'elle la dissimulait sous les dehors d'une violente passion pour lui.

— Mais quel âge avait donc alors monsieur votre père ?

— Soixante ans environ.

— Et il croyait à l'amour de cette jeune femme ?

— Mon père a été un des hommes les plus à la mode de son temps... madame Roland, obéissant à son instinct ou à d'habiles conseils...

— Des conseils !... et qui pouvait la conseiller ?

— Je vous le dirai tout à l'heure, monseigneur. Devinant qu'un homme à bonnes fortunes, lorsqu'il atteint la vieillesse, aime d'autant plus à être flatté sur ses agréments extérieurs que ces louanges lui rappellent le plus beau temps de sa vie, cette femme, le croiriez-vous, monseigneur ! flatta mon père sur la grâce et sur le charme de ses traits, sur l'élégance inimitable de sa taille et de sa tournure ; et il avait soixante ans... Malgré la haute intelligence qu'on lui reconnaît, il a donné aveuglément dans ce piège grossier. Telle a été, telle est encore, je n'en doute pas, la cause de l'influence de cette femme sur lui... Tenez, monseigneur, malgré mes tristes préoccupations, je ne puis m'empêcher de sourire en me rappelant d'avoir, avant mon mariage, souvent entendu dire et soutenir par madame Roland que ce qu'elle appelait la *maturité réelle* était le plus bel âge de la vie... cette *maturité réelle* ne commençait guère, il est vrai, que vers cinquante-cinq ou soixante ans.

— L'âge de monsieur votre père?

— Oui, monseigneur .. Alors seulement, disait madame Roland, l'esprit et l'expérience avaient acquis leur dernier développement; alors seulement un homme éminemment placé dans le monde jouissait de toute la considération à laquelle il pouvait prétendre; alors seulement aussi l'ensemble de ses traits, la bonne grâce de ses manières atteignaient leur perfection, la physionomie offrant à cette époque de la vie un divin mélange de gracieuse sérénité et de douce gravité. Enfin une légère teinte de mélancolie, causée par les déceptions qu'amène toujours l'expérience... complétait le charme irrésistible de la *maturité réelle;* charme seulement appréciable, se hâtait d'ajouter madame Roland, pour les femmes d'esprit et de cœur qui ont le bon goût de hausser les épaules aux éclats de jeunesse effarée de ces petits étourdis de quarante ans dont le caractère n'offre aucune sûreté et dont les traits, d'une insignifiante juvénilité, ne se sont pas encore poétisés par cette majestueuse expression qui décèle la science profonde de la vie.

Rodolphe ne put s'empêcher de sourire de la verve ironique avec laquelle madame d'Harville traçait le portrait de sa belle-mère.

— Il est une chose que je ne pardonne jamais aux gens ridicules — dit-il à la marquise.

— Quoi donc, monseigneur?

— C'est d'être méchants... cela empêche de rire d'eux tout à son aise.

— C'est peut-être un calcul de leur part — dit Clémence.

— Je le croirais assez, et c'est dommage; car, par exemple, si je pouvais oublier que cette madame Roland vous a nécessairement fait beaucoup de mal, je m'amuserais fort de cette invention de *maturité réelle* opposée à la folle jeunesse de ces étourneaux de quarante ans, qui, selon cette femme, semblent à peine *sortir de page,* comme auraient dit nos grands-parents.

— Ce qui cause surtout mon aversion contre elle, c'est son odieuse conduite envers ma mère... c'est la part malheureusement trop active qu'elle a prise à mon mariage — dit madame d'Harville après un moment d'hésitation.

Rodolphe la regarda avec surprise.

— M. d'Harville est votre ami, monseigneur — reprit Clémence d'une voix ferme. — Je sais la gravité des paroles que je viens de prononcer... Tout à l'heure vous me direz si elles sont justes. Mais je reviens à madame Roland, établie auprès de moi comme institutrice, malgré son incapacité reconnue. Ma mère eut, à ce sujet, une explication pénible avec mon père, ensuite de laquelle il nous témoigna la plus grande froideur; et dès lors nous vécûmes retirées dans notre appartement, pendant que madame Roland faisait presque publiquement les honneurs de notre maison, toujours en qualité de mon institutrice.

— Combien votre mère devait souffrir!

— Plus encore pour moi que pour elle, monseigneur; car elle songeait à l'avenir... Sa santé, déjà très-délicate, s'affaiblit encore; elle tomba gravement malade; la fatalité voulut que le médecin de la maison, M. Sorbier, mourût; ma mère avait toute confiance en lui, elle le regretta vivement. Madame Roland avait pour médecin et pour ami un docteur italien d'un grand mérite, disait-elle; mon père circonvenu le consulta quelquefois, s'en trouva bien, et le proposa à ma mère, qui le prit, hélas! et ce fut lui qui la soigna pendant sa dernière maladie... — A ces mots, les yeux de madame d'Harville se remplirent de larmes. — J'ai honte de vous avouer cette faiblesse, monseigneur — ajouta-t-elle — mais, par cela seulement que ce médecin avait été donné à mon père par madame Roland, il m'inspirait (alors sans aucune raison) un éloignement involontaire; je vis avec une sorte de crainte ma mère lui accorder sa confiance; pourtant, sous le rapport de la science, le docteur Polidori...

— Que dites-vous, madame? — s'écria Rodolphe.

— Qu'avez-vous, monseigneur? — dit Clémence stupéfaite de l'expression des traits de Rodolphe.

— Mais non — se dit le prince en se parlant à lui-même — je me trompe sans doute... il y a cinq ou six ans de cela, tandis que l'on m'a dit que Polidori n'était à Paris que depuis deux ans environ, caché sous un faux nom... c'est bien lui que j'ai vu hier... ce charlatan Bradamanti... Pourtant... deux médecins de ce nom...[1], quelle singulière rencontre!... Madame, quelques mots sur ce docteur Polidori — dit Rodolphe à madame d'Harville, qui le regardait avec une surprise croissante — quel âge avait cet Italien?

— Mais cinquante ans environ.

— Et sa figure... sa physionomie?

— Sinistre... je n'oublierai jamais ses yeux d'un vert clair... son nez recourbé comme le bec d'un aigle...

— C'est lui!... c'est bien lui!... — s'écria Rodolphe. — Et croyez-vous, madame, que le docteur Polidori habite encore Paris?

— Je ne sais, monseigneur. Environ un an après le mariage de mon père, il a quitté Paris; une femme de mes amies, dont cet Italien était aussi le médecin à cette époque... madame de Lucenay...

— La duchesse de Lucenay! — s'écria Rodolphe.

— Oui, monseigneur... Pourquoi cet étonnement?

— Permettez-moi de vous en taire la cause... Mais à cette époque que vous disait madame de Lucenay sur cet homme?

— Qu'il lui écrivait souvent, depuis son départ de Paris, des lettres fort spirituelles sur les pays qu'il visitait; car il voyageait beaucoup... Maintenant... je me rappelle qu'il y a un mois environ, demandant à madame de Lucenay si elle recevait toujours des nouvelles de M. Polidori, elle me répondit

---

[1] Nous rappellerons au lecteur que Polidori était médecin distingué lorsqu'il se chargea de l'éducation de Rodolphe.

d'un air embarrassé que depuis long-temps on n'en entendait plus parler, qu'on ignorait ce qu'il était devenu, que quelques personnes même le croyaient mort...

— C'est singulier... — dit Rodolphe, se souvenant de la visite de madame de Lucenay au charlatan Bradamanti.

— Vous connaissez donc cet homme, monseigneur?

— Oui, malheureusement pour moi... Mais, de grâce, continuez votre récit; plus tard je vous dirai ce que c'est que ce Polidori...

— Comment? ce médecin...

— Dites plutôt cet homme souillé des crimes les plus odieux.

— Des crimes!... — s'écria madame d'Harville avec effroi; — il a commis des crimes, cet homme... l'ami de madame Roland, le médecin de ma mère! et ma mère est morte entre ses mains après quelques jours de maladie!... Ah! monseigneur, mes pressentiments ne me trompaient pas!

— Vos pressentiments?

— Oui... tout à l'heure, je vous parlais de l'éloignement que m'inspirait ce médecin parce qu'il avait été introduit chez nous par madame Roland... je ne vous disais pas tout, monseigneur...

— Comment?

— Je craignais d'accuser un innocent, de trop écouter l'amertume de mes regrets. Mais maintenant je vais tout vous dire, monseigneur. La maladie de ma mère durait depuis cinq jours; je l'avais toujours veillée. Un soir j'allai respirer l'air du jardin sur la terrasse de notre maison. Au bout d'un quart d'heure, je rentrai par un long corridor obscur. A la faible clarté d'une lumière qui s'échappait de la porte de l'appartement de madame Roland, je vis sortir M. Polidori. Cette femme l'accompagnait. J'étais dans l'ombre; ils ne m'apercevaient pas. Madame Roland lui dit à voix très-basse quelques paroles que je ne pus entendre. Le médecin répondit d'un ton plus haut ces seuls mots : *Après-demain*. Et comme madame Roland lui parlait encore à voix basse, il reprit avec un accent singulier : — *Après-demain, vous dis-je, après-demain*...

— Que signifiaient ces paroles?

— Ce que cela signifiait, monseigneur? Le mercredi soir, M. Polidori disait : *Après-demain*... Le vendredi... ma mère était morte!...

— Oh! c'est affreux!...

— Après ce funeste événement, on me conduisit chez une de nos parentes, qui, oubliant la réserve que mon âge lui commandait, m'apprit sans ménagement combien j'avais de raisons de haïr madame Roland, et m'éclaira sur les ambitieuses espérances que cette femme devait dès lors concevoir. Je compris enfin tout ce que ma mère avait dû souffrir. La première fois que je revis mon père, mon cœur se brisa : il venait me chercher pour m'emmener en Normandie, où nous devions passer les premiers temps de notre deuil. Pendant la route il m'apprit sans transition, et comme la chose la plus naturelle du monde,

que, par bonheur pour lui et pour moi, madame Roland consentait à prendre
la direction de sa maison et à me servir de guide et d'amie.

En arrivant aux *Aubiers* (c'est le nom de la terre de mon père), la première
personne qui vint à notre rencontre fut madame Roland. Elle avait été s'établir dans cette propriété le jour de la mort de ma mère. Malgré son air humble
et doucereux, elle laissait déjà percer une joie triomphante mal dissimulée. Je
n'oublierai jamais le regard à la fois ironique et méchant qu'elle me jeta lors
de mon arrivée; elle semblait me dire . — Je suis ici chez moi, c'est vous qui
êtes l'étrangère. — Un nouveau chagrin m'était réservé : soit manque de tact
impardonnable, soit impudence éhontée, cette femme occupait l'appartement
de ma mère. Dans mon indignation, je me plaignis à mon père d'une pareille
inconvenance; il me répondit sévèrement que cela devait d'autant moins m'é-
tonner qu'il fallait m'habituer à considérer et à respecter madame Roland
comme une seconde mère. Je lui dis que ce serait profaner ce nom sacré, et à
son grand courroux je ne manquai aucune occasion de témoigner mon aversion
à madame Roland; plusieurs fois il s'emporta et me réprimanda devant cette
femme. Il me reprochait mon ingratitude, ma froideur envers l'ange de consolation que la Providence *nous* avait envoyé. — Je vous en prie, mon père,
parlez pour vous — lui dis-je un jour. Il me traita durement. Madame Roland,
de sa voix mielleuse, intercéda pour moi avec une profonde hypocrisie. —
Soyez indulgent pour Clémence — disait-elle; — les regrets que lui inspire

l'excellente personne que nous pleurons tous sont si naturels, si louables,
qu'il faut avoir égard à sa douleur, et la plaindre même de ses injustes soupçons. — Eh bien! — me disait mon père en me montrant madame Roland
avec admiration — vous l'entendez! est-elle assez bonne, assez généreuse?
Faites-lui à l'instant vos excuses. — Ma mère me voit et m'entend... elle ne
me pardonnerait pas cette lâcheté — dis-je à mon père; et je sortis, le laissant
occupé de consoler madame Roland et d'essuyer ses larmes menteuses...
Pardon, monseigneur, de m'appesantir sur ces puérilités, mais elles peuvent
seules vous donner une idée de la vie que je menais alors.

— Je crois assister à ces scènes intérieures si tristement vraies... Dans combien de familles elles ont dû se renouveler, combien de fois elles se renouvel-
leront encore!... Mais en quelle qualité monsieur votre père présentait-il
madame Roland au voisinage?

— Comme mon institutrice et son amie... et on l'acceptait ainsi.

— Je n'ai pas besoin de vous demander s'il vivait dans le même isolement?

— A l'exception de quelques rares visites, forcées par des relations de
voisinage et d'affaires, nous ne voyions personne; mon père, dominé par
la passion, cédant sans doute aux instances de madame Roland, quitta au
bout de trois mois à peine le deuil de ma mère, sous prétexte que le deuil...
se portait dans le cœur... Sa froideur pour moi augmenta de plus en plus,
son indifférence allait à ce point qu'il me laissait une liberté incroyable pour
une jeune personne de mon âge. Je le voyais à l'heure du déjeuner; il rentrait ensuite chez lui avec madame Roland, qui lui servait de secrétaire
pour sa correspondance; puis il sortait avec elle en voiture ou à pied, et ne
rentrait qu'une heure avant le dîner... Madame Roland faisait une fraîche et
charmante toilette; mon père s'habillait avec une recherche étrange pour son
âge; quelquefois, après dîner, il recevait les gens qu'il ne pouvait s'empêcher
de voir, et faisait ensuite, jusqu'à dix heures, une partie de trictrac avec madame Roland; puis il lui offrait le bras pour la conduire à la chambre de ma
mère, et se retirait. Quant à moi, je pouvais disposer de ma journée, monter
à cheval suivie d'un domestique, ou faire à ma guise de longues promenades
dans les bois qui environnaient le château; quelquefois, accablée de tristesse,
je ne parus pas au déjeuner, mon père ne s'en inquiéta même pas...

— Quel singulier oubli!... quel abandon!...

— Ayant plusieurs fois de suite rencontré un de nos voisins dans les bois où
je montais ordinairement à cheval, je renonçai à ces promenades et je ne sortis
plus du parc.

— Mais quelle était la conduite de cette femme envers vous lorsque vous
étiez seule avec elle?

— Ainsi que moi elle évitait autant que possible ces rencontres. Une seule
fois, faisant allusion à quelques paroles dures que je lui avais adressées la
veille, elle me dit froidement. — Prenez garde; vous voulez lutter avec moi...
vous serez brisée. — Comme ma mère? lui dis-je; il est fâcheux, madame,

que M. Polidori ne soit pas là pour vous affirmer que ce sera... *après-de-main.*

— Et que vous répondit-elle lorsque vous lui avez rappelé ces mots de Polidori ?

— Elle rougit d'abord ; puis, surmontant son émotion, elle me demanda ce que je voulais dire. — Quand vous serez seule, madame, interrogez-vous à ce sujet ; vous vous répondrez. — A peu de temps de là eut lieu une scène qui décida pour ainsi dire de mon sort. Parmi un grand nombre de tableaux de famille ornant un salon où nous nous rassemblions le soir, se trouvait le portrait de ma mère. Un jour il disparut. Deux de nos voisins avaient dîné avec nous : l'un, M. Dorval, notaire du pays, avait toujours témoigné à ma mère la plus profonde vénération. En arrivant dans le salon : — Où est donc le portrait de ma mère ? — dis-je à mon père. — La vue de ce tableau me causait trop de regrets — me répondit mon père d'un air embarrassé, en me montrant d'un signe les étrangers témoins de cet entretien. — Et où est ce portrait maintenant, mon père ? — Se tournant vers madame Roland et l'interrogeant du regard avec un mouvement d'impatience : — Où a-t-on mis le portrait ? — lui demanda-t-il. — Au garde-meuble — répondit-elle en me jetant cette fois un coup d'œil de défi, croyant que la présence de nos voisins m'empêcherait de lui répondre. — Je conçois, madame — lui dis-je — que le souvenir de ma mère devait vous peser beaucoup ; mais ce n'était pas une raison pour reléguer au grenier le portrait d'une femme qui, lorsque vous étiez dans l'infortune, vous a charitablement permis de vivre dans sa maison.

— Très-bien !... — dit Rodolphe. — Ce dédain glacial était écrasant.

— Mademoiselle ! — s'écria mon père — vous oubliez que madame a veillé et veille encore sur votre éducation avec une sollicitude maternelle... vous oubliez enfin que je professe pour elle la plus respectueuse estime... Et puisque vous vous permettez une si inconvenante sortie devant des étrangers, je vous dirai, moi, que les ingrats sont ceux qui, oubliant les soins les plus tendres, osent reprocher une noble infortune à une personne qui mérite l'intérêt et le respect... — Je ne me permettrai pas de discuter cette question avec vous, mon père — dis-je d'une voix soumise. — Peut-être, mademoiselle, serai-je plus heureuse, moi ! — s'écria madame Roland, emportée cette fois par la colère au delà des bornes de sa prudence habituelle. — Peut-être me ferez-vous la grâce de reconnaître que, loin de devoir la moindre gratitude à votre mère, je n'ai à me souvenir que de l'éloignement qu'elle m'a toujours témoigné ; car c'est contre sa volonté que je suis restée dans sa maison... — Ah ! madame — lui dis-je en l'interrompant — par respect pour mon père, par pudeur pour vous-même... dispensez-vous de ces honteuses révélations... vous me feriez regretter de vous avoir exposée à de si humiliants aveux...

— De mieux en mieux ! — s'écria Rodolphe ; — c'était une exécution complète. Et cette femme ?...

— Madame Roland, par un moyen fort vulgaire, mais fort commode, termina

cet entretien; elle s'écria : — Mon Dieu ! mon Dieu ! — et se trouva mal...
Grâce à cet incident, les deux témoins de cette scène sortirent sous le prétexte
d'aller chercher des secours; je les imitai, pendant que mon père prodiguait à
madame Roland les soins les plus empressés.

— Quel dut être le courroux de votre père lorsque ensuite vous l'avez revu !

— Il vint chez moi le lendemain matin, et me dit : — Afin qu'à l'avenir
des scènes pareilles à celle d'hier ne se renouvellent plus, je vous déclare que,
dès que le temps rigoureux de mon deuil et du vôtre sera expiré, j'épouserai
madame Roland. Vous aurez donc désormais à la traiter avec le respect et les
égards que mérite... ma *femme*... Pour des raisons particulières, il est nécessaire que vous vous mariiez avant moi; la fortune de votre mère s'élève à
plus d'un million, c'est votre dot. Dès ce jour je m'occuperai activement de
vous assurer une union convenable en donnant suite à quelques propositions
qui m'ont été faites à votre sujet.

Après ce dernier entretien, je vécus encore plus isolée. Je ne voyais mon
père qu'aux heures des repas, qui se passaient dans un morne silence. Ma vie
était si triste que j'attendais avec impatience le moment où mon père me pro-
poserait un mariage quelconque, pour accepter... Madame Roland, ayant re-

noncé à mal parler de ma mère, se vengeait en me faisant souffrir un supplice de tous les instants ; elle affectait, pour m'exaspérer, de se servir de mille choses qui avaient appartenu à ma mère : son fauteuil, son métier à tapisserie, les livres de sa bibliothèque particulière, jusqu'à un écran à tablette que j'avais brodé pour elle, et au milieu duquel se voyait son chiffre. Cette femme profanait tout...

— Oh ! je conçois l'horreur que ces profanations devaient vous causer.

— Et puis l'isolement rend les chagrins plus douloureux encore...

— Et vous n'aviez personne... personne à qui vous confier ?

— Personne... Pourtant je reçus une preuve d'intérêt qui me toucha, et qui aurait dû m'éclairer sur l'avenir : un des deux témoins de cette scène où j'avais si durement traité madame Roland était M. Dorval, vieux et honnête notaire, à qui ma mère avait rendu quelques services. D'après la défense de mon père, je ne descendais jamais au salon lorsque des étrangers s'y trouvaient... je n'avais donc pas revu M. Dorval, lorsque, à ma grande surprise, il vint un jour, d'un air mystérieux, me trouver dans une allée du parc, lieu habituel de ma promenade. — Mademoiselle — me dit-il — je crains d'être surpris par M. le comte ; lisez cette lettre, brûlez-la ensuite, il s'agit d'une chose très-importante pour vous .. — Et il disparut. Dans cette lettre, il me disait qu'il s'agissait de me marier à M. le marquis d'Harville ; ce parti semblait convenable de tous points ; on me répondait des bonnes qualités de M. d'Harville : il était jeune, fort riche, d'un esprit distingué, d'une figure agréable ; et pourtant les familles des deux jeunes personnes que M. d'Harville avait dû épouser successivement avaient brusquement rompu le mariage projeté... Le notaire ne pouvait me dire la raison de cette rupture, mais il croyait de son devoir de m'en prévenir, sans toutefois prétendre que la cause de ces ruptures fût préjudiciable à M. d'Harville. Les deux jeunes personnes dont il s'agissait étaient filles, l'une de M. de Beauregard, pair de France ; l'autre, de lord Dudley. M. Dorval me faisait cette confidence, parce que mon père, très-impatient de conclure mon mariage, ne paraissait pas attacher assez d'importance aux circonstances qu'on me signalait.

— En effet — dit Rodolphe après quelques moments de réflexion — je me souviens maintenant que votre mari, à une année d'intervalle, me fit successivement part de deux mariages projetés qui, près de se conclure, avaient été brusquement rompus, m'écrivait-il, pour quelques discussions d'intérêt...

Madame d'Harville sourit avec amertume, et répondit :

— Vous saurez la vérité tout à l'heure, monseigneur... Après avoir lu la lettre du vieux notaire, je ressentis autant de curiosité que d'inquiétude. Qui était M. d'Harville ? Mon père ne m'en avait jamais parlé. J'interrogeais en vain mes souvenirs ; je ne me rappelais pas ce nom. Bientôt madame Roland, à mon grand étonnement, partit pour Paris. Son voyage devait durer huit jours au plus ; pourtant mon père ressentit un profond chagrin de cette séparation passagère : son caractère s'aigrit ; il redoubla de froideur envers moi. Il lui échappa même de me répondre, un jour que je lui demandais comment il se portait : — Je suis souffrant, et c'est de votre faute. — De ma faute, mon père? — Certes. Vous savez combien je suis habitué à la société de madame Roland, et cette admirable femme que vous avez outragée fait dans votre seul intérêt ce voyage qui la retient loin de moi. Cette marque d'*intérêt* de madame Roland m'effraya; j'eus vaguement l'instinct qu'il s'agissait de mon mariage. Je vous laisse à penser, monseigneur, la joie de mon père au retour de ma future belle-mère. Le lendemain il me fit prier de passer chez lui; il était seul avec elle. — J'ai, me dit-il, depuis long-temps songé à votre établissement. Votre deuil finit dans un mois. Demain arrivera ici M. le marquis d'Harville, jeune homme extrêmement distingué, fort riche, et en tout capable d'assurer votre bonheur. Il vous a vue dans le monde; il désire vivement cette union; toutes les affaires d'intérêt sont réglées. Il dépendra donc absolument de vous d'être mariée avant six semaines. Si, au contraire, par un caprice que je ne veux pas prévoir, vous refusiez ce parti presque inespéré, je me marierais toujours, selon mon intention, dès que le temps de mon deuil sera expiré. Dans ce dernier cas, je dois vous le déclarer... votre présence chez moi ne me serait agréable que si vous me promettiez de témoigner à *ma femme* la tendresse et le respect qu'elle mérite. — Je vous comprends, mon père. Si je n'épouse pas M. d'Harville, vous vous marierez; et alors il n'y a plus aucun inconvénient à ce que je me retire au Sacré-Cœur. — Aucun — me répondit-il froidement.

— Ah! ce n'est plus de la faiblesse, c'est de la cruauté!... — s'écria Rodolphe.

— Savez-vous, monseigneur, ce qui m'a toujours empêchée de garder contre mon père le moindre ressentiment? C'est qu'une sorte de prévision m'avertissait qu'un jour il payerait, hélas! bien cher son aveugle passion pour madame Roland... Et, Dieu merci, ce jour est encore à venir...

— Et ne lui dîtes-vous rien de ce que vous avait appris le vieux notaire sur les deux mariages si brusquement rompus par les familles auxquelles M. d'Harville devait s'allier?

— Si, monseigneur... Ce jour-là même je priai mon père de m'accorder un moment d'entretien particulier. Madame Roland se leva brusquement et sortit. — Je n'éprouve aucun éloignement pour l'union que vous me proposez, mon père — lui dis-je; — seulement j'ai appris que M. d'Harville ayant été deux fois sur le point d'épouser... — Bien, bien — reprit-il en m'interrompant; — je sais ce que c'est. Ces ruptures ont eu lieu ensuite de discussions d'intérêt dans lesquelles d'ailleurs la délicatesse de M. d'Harville a été complétement à couvert. Si vous n'avez pas d'autre objection que celle-là, vous pouvez vous regarder comme mariée... et heureusement mariée, car je ne veux que votre bonheur.

— Sans doute madame Roland fut ravie de cette union?

— Ravie? Oui, monseigneur — dit amèrement Clémence. — Oh! bien ravie!... car cette union était son œuvre. Elle en avait donné la première idée à mon père… Elle savait la véritab'e cause de la rupture des deux premiers mariages de M. d'Harville… voilà pourquoi elle tenait tant à me le faire épouser.

— Mais dans quel but ?

— Elle voulait se venger de moi en me vouant ainsi à un sort affreux…

— Mais, votre père… .

— Trompé par madame Roland, il crut qu'en effet des discussions d'intérêt avaient seules fait manquer les projets de M. d'Harville.

— Quelle horrible trame !… Mais cette raison mystérieuse ?

— Tout à l'heure je vous la dirai, monseigneur. M. d'Harville arriva *aux Aubiers ;* ses manières, son esprit, sa figure me plurent : il avait l'air bon ; son caractère était doux, un peu triste. Je remarquai en lui un contraste qui m'étonnait et m'agréait à la fois . son esprit était cultivé, sa fortune très-enviable, sa naissance illustre ; et pourtant quelquefois sa physionomie, ordinairement énergique et résolue, exprimait une sorte de timidité presque craintive, d'abattement et de défiance de soi, qui me touchait beaucoup. J'aimais aussi à le voir témoigner une bonté charmante à un vieux valet de chambre qui l'avait élevé, et duquel seul il voulait recevoir des soins. Quelque temps après son arrivée, M. d'Harville resta deux jours renfermé chez lui ; mon père désira le voir… Le vieux domestique s'y opposa, prétextant que son maître avait une migraine si violente qu'il ne pouvait recevoir absolument personne. Lorsque M d'Harville reparut, je le trouvai très-pâle, très-changé… Plus tard il éprouvait toujours une sorte d'impatience presque chagrine lorsqu'on lui parlait de cette indisposition passagère… A mesure que je connaissais M. d'Harville, je découvrais en lui des qualités qui m'étaient sympathiques… Il avait tant de raisons d'être heureux, que je lui savais gré de sa modestie dans le bonheur… L'époque de notre mariage convenue, il alla toujours au-devant de mes moindres volontés dans nos projets d'avenir. Si quelquefois je lui demandais la cause de sa mélancolie, il me parlait de sa mère, de son père, qui eussent été fiers et ravis de le voir marié selon son cœur et son goût. J'aurais eu mauvaise grâce à ne pas admettre des raisons si flatteuses pour moi… M. d'Harville devina les rapports dans lesquels j'avais d'abord vécu avec madame Roland et avec mon père, quoique celui-ci, heureux de mon mariage qui hâtait le sien, fût redevenu pour moi d'une grande tendresse. Dans plusieurs entretiens, M. d'Harville me fit sentir avec beaucoup de tact et de réserve qu'il m'aimait peut-être encore davantage en raison de mes chagrins passés…. Je crus devoir, à ce sujet, le prévenir que mon père songeait à se remarier ; et, comme je lui parlais du changement que cette union apporterait dans ma fortune, il ne me laissa pas achever, et fit preuve du plus noble désintéressement. Les familles auxquelles il avait été sur le point de s'allier devaient être bien sordides, pensais-je alors, pour avoir eu de graves difficultés d'intérêt avec lui.

— Le voilà bien tel que je l'ai toujours connu — dit Rodolphe — rempli de cœur, de dévouement, de délicatesse… Mais ne lui avez-vous jamais parlé de ces deux mariages rompus ?

— Je vous l'avoue, monseigneur, le voyant si loyal, si bon, plusieurs fois cette question me vint aux lèvres... mais bientôt, de crainte même de blesser cette loyauté, cette bonté, je n'osai aborder un tel sujet... Plus le jour fixé pour notre mariage approchait, plus M. d'Harville se disait heureux... Cependant deux ou trois fois je le vis accablé d'une morne tristesse... Un jour, entre autres, il attacha sur moi ses yeux, où roulait une larme : il semblait oppressé, on eût dit qu'il voulait et qu'il n'osait me confier un secret important... Le souvenir de la rupture de ses deux premiers mariages me revint à la pensée... Je l'avoue, j'eus peur... Un secret pressentiment m'avertit qu'il s'agissait peut-être du malheur de ma vie entière... mais j'avais tant de hâte de quitter la maison de mon père, que je surmontai mes craintes.

— Et M. d'Harville ne vous confia rien ?

— Rien... Quand je lui demandais la cause de sa mélancolie, il me répondait : — Pardonnez-moi, mais j'ai le bonheur triste... — Ces mots, prononcés d'une voix touchante, me rassurèrent un peu... Et puis, comment oser... à ce moment même, où ses yeux étaient baignés de larmes, lui témoigner une défiance outrageante à propos du passé ? Les témoins de M. d'Harville, M. de Lucenay et M. de Saint-Remy, arrivèrent aux Aubiers quelques jours avant mon mariage ; mes plus proches parents y furent seuls invités. Nous devions, aussitôt après la messe, partir pour Paris... Je n'éprouvais pas d'amour pour M. d'Harville, mais je ressentais pour lui de l'intérêt : son caractère m'inspirait de l'estime... Sans les événements qui suivirent cette fatale union, un sentiment plus tendre m'aurait sans doute attachée à lui... Nous fûmes mariés...

A ces mots, madame d'Harville pâlit légèrement, sa résolution parut l'abandonner. Puis elle reprit :

— Aussitôt après mon mariage, mon père me serra tendrement dans ses bras. Madame Roland aussi m'embrassa, je ne pouvais devant tant de monde me dérober à cette nouvelle hypocrisie ; de sa main sèche et blanche elle me serra la main à me faire mal, et me dit à l'oreille d'une voix doucereusement perfide ces paroles que je n'oublierai jamais : — Songez quelquefois à moi au milieu de votre bonheur, *car c'est moi qui fais votre mariage...* — Hélas ! j'étais loin de comprendre alors le véritable sens de ses paroles. Notre mariage avait eu lieu à onze heures ; aussitôt après nous montâmes en voiture... suivis d'une femme à moi et du vieux valet de chambre de M. d'Harville ; nous voyagions si rapidement que nous devions être à Paris avant dix heures du soir. J'aurais été étonnée du silence et de la mélancolie de M. d'Harville, si je n'avais su qu'il avait, comme il disait, le *bonheur triste.* J'étais moi-même péniblement émue, je revenais à Paris pour la première fois depuis la mort de ma mère ; j'y arrivais seule avec mon mari, que je connaissais depuis six semaines, et qui la veille encore ne m'eût pas dit un mot qui ne fût empreint d'une formalité respectueuse. Peut-être ne tient-on pas assez compte de la crainte que nous cause ce brusque changement de ton et de manières auquel les hommes bien élevés sont même sujets dès que nous leur appartenons... On ne songe pas que la jeune femme ne peut en quelques heures oublier sa timidité, ses scrupules de jeune fille.

— Rien ne m'a toujours paru plus barbare et plus sauvage que cette coutume d'emporter brutalement une jeune femme comme une proie, tandis que le mariage ne devrait être que la consécration du droit d'employer toutes les ressources de l'amour, toutes les séductions de la tendresse pour se faire aimer.

— Vous comprenez alors, monseigneur, la vague frayeur avec laquelle je revenais à Paris, dans cette ville où ma mère était morte il y avait un an à peine. Nous arrivons à l'hôtel d'Harville...

L'émotion de la jeune femme redoubla, ses joues se couvrirent d'une rougeur brûlante, et elle ajouta d'une voix déchirante :

— Il faut pourtant que vous sachiez tout... sans cela .. je vous paraîtrais trop méprisable... Eh bien!... — reprit-elle avec une résolution désespérée — on me conduisit dans l'appartement qui m'était destiné... on m'y laissa seule... Au bout d'une heure, M. d'Harville vint m'y rejoindre... Je me mourais d'effroi... les sanglots me suffoquaient... j'étais à lui... il fallut me résigner... Mais bientôt mon mari, poussant un cri terrible, me saisit le bras à me le briser... je veux en vain me délivrer de cette étreinte de fer... implorer sa pitié.. il ne m'entend plus... son visage est contracté par d'effrayantes convulsions... ses yeux roulent dans leurs orbites avec une rapidité qui me fascine... sa bouche contournée est remplie d'une écume sanglante... sa main m'étreint toujours... Je fais un effort désespéré... ses doigts roidis abandonnent enfin mon bras... et je m'évanouis au moment où M. d'Harville se débat dans le paroxysme de cette horrible attaque... Voilà ma nuit de noces, monseigneur... Voilà la vengeance de madame Roland!...

— Malheureuse femme! — dit Rodolphe avec accablement — je comprends... épileptique!... Ah! c'est affreux!...

— Et ce n'est pas tout... — ajouta Clémence d'une voix déchirante. — Oh! que cette nuit fatale... soit à jamais maudite!... Ma fille... ce pauvre petit ange a hérité de cette épouvantable maladie!...

— Votre fille... aussi? Comment! sa pâleur... sa faiblesse?

— C'est cela... mon Dieu! c'est cela; et les médecins pensent que le mal est incurable!... parce qu'il est héréditaire...

Madame d'Harville cacha sa tête dans ses mains; accablée par cette douloureuse révélation, elle n'avait plus le courage de dire une parole.

Rodolphe aussi resta muet.

Sa pensée reculait effrayée devant les terribles mystères de cette première nuit de noces...

Il se figurait cette jeune fille, déjà si attristée par son retour dans la ville où sa mère était morte, arrivant dans cette maison inconnue, seule avec un homme pour qui elle ressentait de l'intérêt, de l'estime, mais pas d'amour; mais rien de ce qui trouble délicieusement, rien de ce qui enivre, rien de ce qui fait qu'une femme oublie son chaste effroi dans le ravissement d'une passion légitime et partagée... Non, non; au contraire, tremblante d'une crainte pudique, Clémence arrive là... triste, glacée, le cœur brisé, le front pourpre de honte, les yeux remplis de larmes .. Elle se résigne... puis, au lieu d'entendre des paroles remplies de reconnaissance, d'amour et de tendresse, qui la consolent du bonheur qu'elle a donné... elle voit rouler à ses pieds un homme égaré, qui se tord, écume, rugit, dans les hideuses convulsions d'une des plus effrayantes infirmités dont l'homme soit incurablement frappé!...

Et ce n'est pas tout... Sa fille... pauvre petit ange innocent, est aussi flétrie en naissant...

Ces douloureux et tristes aveux faisaient naître chez Rodolphe des réflexions amères.

Telle est la loi de ce pays, se disait il.

Une jeune fille belle et pure, loyale et confiante victime d'une funeste dissimulation, unit sa destinée à celle d'un homme atteint d'une épouvantable maladie, héritage fatal qu'il doit transmettre à ses enfants; la malheureuse femme découvre cet horrible mystère...

Que peut-elle faire?

Rien...

Rien que souffrir et pleurer, rien que tâcher de surmonter son dégoût et son effroi... rien que passer ses jours dans des angoisses, dans des terreurs infinies... rien que chercher peut-être des consolations coupables en dehors de l'existence désolée qu'on lui a faite.

Encore une fois, disait Rodolphe, ces lois étranges forcent quelquefois à des rapprochements honteux, écrasants pour l'humanité...

Dans ces lois, les animaux semblent toujours supérieurs à l'homme par les soins qu'on leur donne, par les améliorations dont on les poursuit, par la protection dont on les entoure, par les garanties dont on les couvre... Ainsi achetez un animal quelconque; qu'une infirmité prévue par la loi se déclare chez lui après l'emplette... la vente est nulle... C'est qu'aussi, voyez donc, quelle indignité, quel crime de lèse-société! condamner un homme à conserver un animal qui parfois tousse, corne ou boite! Mais c'est un scandale, mais c'est un crime, mais c'est une monstruosité sans pareille! Jugez donc! être forcé de garder, mais de garder toujours, toute leur vie durant, un mulet qui tousse, un cheval qui corne, un âne qui boite! Quelles effroyables conséquences cela ne peut-il pas entraîner pour le salut de l'humanité tout entière!... Aussi il n'y a pas là de marché qui tienne, de parole qui fasse, de contrat qui engage... La loi toute-puissante vient délier tout ce qui était lié...

Mais qu'il s'agisse d'une créature faite à l'image de Dieu, mais qu'il s'agisse d'une jeune fille qui, dans son innocente foi à la loyauté d'un homme, s'est unie à lui, et qui se réveille la compagne d'un épileptique, d'un malheureux que frappe une maladie terrible, dont les conséquences morales et physiques sont effroyables; une maladie qui peut jeter le désordre et l'aversion dans la famille, perpétuer un mal horrible, vicier des générations... Oh! cette loi si inexorable à l'endroit des animaux boitants, cornants ou toussants; cette loi, si admirablement prévoyante, qui ne veut pas qu'un cheval taré soit apte à la reproduction... cette loi se gardera bien de délier la victime d'une pareille union...

Ces liens sont sacrés... indissolubles; c'est offenser les hommes et Dieu que de les briser.

En vérité — disait Rodolphe — l'homme est quelquefois d'une humilité bien honteuse et d'un égoïsme d'orgueil bien exécrable... Il se ravale au-dessous de la bête en la couvrant de garanties qu'il se refuse; et il impose, consacre, perpétue ses plus redoutables infirmités en les mettant sous la sauvegarde de l'immutabilité des lois divines et humaines.

Rodolphe blâmait beaucoup M. d'Harville, mais il se promit de l'excuser aux yeux de Clémence, quoique bien convaincu, d'après les tristes révélations de celle-ci, que le marquis s'était à jamais aliéné son cœur. De pensées en pensées, Rodolphe se dit : Par devoir, je me suis éloigné d'une femme que j'aimais... et qui déjà peut-être ressentait pour moi un secret penchant. Soit désœuvrement de cœur, soit commisération, elle a failli perdre l'honneur, la vie, pour un sot qu'elle croyait malheureux. Si, au lieu de m'éloigner d'elle, je l'avais entourée de soins, d'amour, de respects, ma réserve eût été telle que sa réputation n'aurait pas reçu la plus légère atteinte, les soupçons de son mari n'eussent jamais été éveillés; tandis qu'à cette heure elle est presque à la merci de la fatuité de M. Charles Robert, et il sera, je le crains, d'autant plus indiscret qu'il a moins de raisons de l'être. Et puis encore, qui sait maintenant si, malgré les périls qu'elle a courus, le cœur de madame d'Harville restera toujours inoccupé? Tout retour vers son mari est désormais impossible... Jeune, belle, entourée, d'un caractère sympathique à tout ce qui souffre... pour elle, que de dangers! que d'écueils! Pour M. d'Harville, que d'angoisses, que de chagrins! A la fois jaloux et amoureux de sa femme, qui ne peut vaincre l'éloignement, la frayeur qu'il lui inspire depuis la première et funeste nuit de son mariage... quel sort est le sien!

Clémence, le front appuyé sur sa main, les yeux humides, la joue brûlante de confusion, évitait le regard de Rodolphe, tant cette révélation lui avait coûté.

— Ah! maintenant — reprit Rodolphe après un long silence — je comprends la cause de la tristesse de M. d'Harville, tristesse que je ne pouvais pénétrer... Je comprends ses regrets...

— Ses regrets! — s'écria Clémence — dites donc ses remords, monseigneur... s'il en éprouve... car jamais crime pareil n'a été plus froidement médité...

— Un crime!... madame?

— Et qu'est-ce donc, monseigneur, que d'enchaîner à soi, par des liens

indissolubles, une jeune fille qui se fie à votre honneur, lorsqu'on se sait fatalement frappé d'une maladie qui inspire l'épouvante et l'horreur? Qu'est-ce
donc que de vouer sûrement un malheureux enfant aux mêmes misères?...
Qui forçait M. d'Harville à faire deux victimes? Une passion aveugle, insensée?... Non, il trouvait à son gré ma naissance, ma fortune et ma personne... il a voulu faire un *mariage convenable*, parce que la vie de garçon
l'ennuyait sans doute...

    — Madame... de la pitié au moins...

    — De la pitié!... Savez-vous qui la mérite, ma pitié!... c'est ma fille...
Pauvre victime de cette odieuse union, que de nuits, que de jours j'ai passés
près d'elle! que de larmes amères m'ont arrachées ses douleurs!...

    — Mais son père... souffrait des mêmes douleurs imméritées!

    — Mais c'est son père qui l'a condamnée à une enfance maladive, à une
jeunesse flétrie, et, si elle vit, à une vie d'isolement et de chagrins; car elle
ne se mariera pas. Oh! non, je l'aime trop pour l'exposer un jour à pleurer
sur son enfant fatalement frappé, comme je pleure sur elle... J'ai trop souffert
de cette trahison pour me rendre coupable ou complice d'une trahison pareille!

    — Oh! vous aviez raison... la vengeance de votre belle-mère est horrible...

Patience... Peut-être, à votre tour, serez-vous vengée... — dit Rodolphe après un moment de réflexion.

— Que voulez-vous dire, monseigneur! — lui demanda Clémence étonnée de l'inflexion de sa voix.

— J'ai presque toujours eu... le bonheur de voir punir, oh! cruellement punir les méchants que je connaissais — ajouta-t-il avec un accent qui fit tressaillir Clémence. — Mais, le lendemain de cette malheureuse nuit, que vous dit votre mari!

— Il m'avoua, avec une étrange naïveté, que les familles auxquelles il devait s'allier avaient découvert le secret de sa maladie et rompu les unions projetées... Ainsi, après avoir été repoussé deux fois... il a encore... oh! cela est infâme!... Et voilà pourtant ce qu'on appelle dans le monde un gentilhomme de cœur et d'honneur!

— Vous, toujours si bonne, vous êtes cruelle!...

— Je suis cruelle, parce que j'ai été indignement trompée... M. d'Harville me savait bonne, que ne s'adressait-il loyalement à ma bonté, en me disant toute la vérité!

— Vous l'eussiez refusé...

— Ce mot le condamne, monseigneur; sa conduite était une trahison indigne s'il avait cette crainte.

— Mais il vous aimait!...

— S'il m'aimait, devait-il me sacrifier à son égoïsme!... Mon Dieu! j'étais si tourmentée, j'avais tant de hâte de quitter la maison de mon père, que, s'il eût été franc, peut-être m'aurait-il touchée, émue par le tableau de l'espèce de réprobation dont il était frappé, de l'isolement auquel le vouait un sort affreux et fatal... Oui, le voyant à la fois si loyal, si malheureux, peut-être n'aurais-je pas eu le courage de le refuser; et, si j'avais pris ainsi l'engagement sacré de subir les conséquences de mon dévouement, j'aurais vaillamment tenu ma promesse. Mais vouloir forcer mon intérêt et ma pitié en me mettant d'abord dans sa dépendance, mais exiger cet intérêt, cette pitié au nom de mes devoirs de femme, lui qui a trahi ses devoirs d'honnête homme; c'est à la fois une folie et une lâcheté!... Maintenant, monseigneur, jugez de ma vie! jugez de mes cruelles déceptions! J'avais foi dans la loyauté de M. d'Harville, et il m'a indignement trompée... Sa mélancolie douce et timide m'avait intéressée; et cette mélancolie, qu'il disait causée par de pieux souvenirs, n'était que la conscience de son incurable infirmité...

— Mais enfin, vous fût-il étranger, ennemi, la vue de ces souffrances doit vous apitoyer: votre cœur est noble et généreux!

— Mais puis-je les calmer, ces souffrances! Si encore ma voix était entendue, si un regard reconnaissant répondait à mon regard attendri!... Mais non... Oh! vous ne savez pas, monseigneur, ce qu'il y a d'affreux dans ces crises où l'homme ne voit rien, n'entend rien, ne sent rien, et ne sort de sa frénésie que pour tomber dans une sorte d'accablement farouche. Quand ma fille succombe à une de ces attaques, je ne puis que me désoler; mon cœur se déchire, je baise en pleurant ses pauvres petits bras roidis par les convulsions qui la tuent... Mais c'est ma fille... ma fille!... et quand je la vois souffrir ainsi, je maudis mille fois plus encore son père. Si les douleurs de mon enfant se calment, mon irritation contre mon mari se calme aussi;... alors... oui... alors, je le plains, parce que je suis bonne; à mon aversion succède un sentiment de pitié douloureuse... Mais enfin, me suis-je mariée à dix-sept ans pour n'éprouver jamais que ces alternatives de haine et de commisération pénible, pour pleurer sur un malheureux enfant que je ne conserverai peut-être pas? Et à propos de ma fille, monseigneur, permettez-moi d'aller au-devant d'un reproche que je mérite sans doute, et que peut-être vous n'osez pas me faire. Elle est si intéressante qu'elle aurait dû suffire à occuper mon cœur, car je l'aime passionnément; mais cette affection navrante est mêlée de tant d'amertumes présentes, de tant de craintes pour l'avenir, que ma tendresse pour ma fille se résout toujours par des larmes. Auprès d'elle mon cœur est continuellement brisé, torturé, désespéré; car je suis impuissante à conjurer ses maux, que l'on dit incurables. Eh bien! pour sortir de cette atmosphère accablante et sinistre... j'avais rêvé un attachement dans la douceur duquel je me serais réfugiée, reposée... Hélas! je me suis abusée, indignement abusée, je l'avoue, et je retombe dans l'existence douloureuse que mon mari m'a faite. Dites, monseigneur, était-ce cette vie que j'avais le droit d'attendre? Suis-je donc seule coupable des torts que M. d'Harville voulait ce matin me faire payer de ma vie? Ces torts sont grands... je le sais; d'autant plus grands que j'ai à rougir de mon choix. Heureusement pour moi, monseigneur, ce que vous avez surpris de l'entretien de la comtesse Sarah et de son frère au sujet de M. Charles Robert, m'épargnera la honte de ce nouvel aveu. . Mais, je l'espère, maintenant je vous semble peut-être mériter autant de pitié que de blâme.

— Je ne puis vous exprimer, madame, combien votre récit m'a ému; depuis la mort de votre mère jusqu'à la naissance de votre fille, que de chagrins dévorés, que de tristesses cachées!... Vous si brillante, si admirée, si enviée!...

— Oh! croyez-moi, monseigneur, lorsqu'on souffre de certains malheurs, il est affreux de s'entendre dire : Est-elle heureuse!...

— N'est-ce pas, rien n'est plus pénible? Eh bien! vous n'êtes pas seule à souffrir de ce cruel contraste entre ce qui est et ce qui paraît...

— Comment, monseigneur?

— Aux yeux de tous votre mari doit sembler encore plus heureux que vous... puisqu'il vous possède... Et pourtant n'est-il pas aussi bien à plaindre? Est-il au monde une vie plus atroce que la sienne? Ses torts envers vous sont grands... mais il en est affreusement puni! Il vous aime comme vous méritez d'être aimée... et il sait que vous ne pouvez avoir pour lui qu'un insurmontable éloignement... Dans sa fille souffrante, maladive, il voit un reproche incessant... Ce n'est pas tout, la jalousie vient encore le torturer...

— Et que puis-je à cela, monseigneur?... ne pas lui donner le droit d'être jaloux... soit; mais parce que mon cœur n'appartiendra à personne, lui appartiendra-t-il davantage! Il sait que non. Depuis l'affreuse scène que je vous ai racontée, nous vivons séparés; mais aux yeux du monde j'ai pour lui les égards que les convenances commandent... je n'ai dit à personne, si ce n'est à vous, monseigneur, un mot de ce fatal secret; aussi j'oserai vous demander des conseils que je n'ai pu demander à personne...

— Et je vous assure, madame, que si le service que je vous ai rendu méritait une récompense, je me croirais mille fois payé par votre confiance. Mais puisque vous voulez bien me demander mes conseils, et que vous me permettez de vous parler franchement...

— Oh! je vous en supplie, monseigneur...

— Laissez-moi vous dire que, faute de bien employer une de vos plus précieuses qualités... vous perdez de grandes jouissances qui non-seulement satisferaient aux besoins de votre cœur, mais vous distrairaient de vos chagrins domestiques, et répondraient encore à ce besoin d'émotions vives, poignantes, et — dit le prince en souriant — j'oserais presque ajouter (pardonnez-moi ma mauvaise opinion des femmes) à ce goût naturel pour le mystère et pour l'intrigue qui a tant d'empire sur elles.

— Que voulez-vous dire, monseigneur!

— Je veux dire que, si vous vouliez *vous amuser* à faire le bien, rien ne vous plairait, rien ne vous intéresserait davantage.

Madame d'Harville regarda Rodolphe avec étonnement.

— Et vous comprenez — reprit-il — que je ne vous parle pas d'envoyer avec insouciance, presque avec dédain, une riche aumône à des malheureux que vous ne connaissez pas, et qui souvent ne méritent pas vos bienfaits. Mais si vous vous *amusiez* comme moi à *jouer* de temps à autre *à la Providence*, vous avoueriez que certaines *bonnes œuvres* ont quelquefois tout le piquant d'un roman.

— Je n'avais jamais songé, monseigneur, à cette manière d'envisager la charité sous le point de vue... *amusant*—dit Clémence en souriant à son tour.

— C'est une découverte que j'ai due à mon horreur de tout ce qui est ennuyeux; horreur qui m'a été surtout inspirée par mes conférences politiques avec mes ministres. Mais pour en revenir à notre bienfaisance *amusante*, je n'ai pas, hélas! la vertu de ces gens désintéressés qui confient à d'autres le soin de placer leurs aumônes. S'il s'agissait simplement d'envoyer un de mes chambellans porter quelques centaines de louis à chaque arrondissement de Paris, j'avoue à ma honte que je ne prendrais pas grand goût à la chose; tandis que faire le bien comme je l'entends, c'est ce qu'il y a au monde de plus *amusant*. Je tiens à ce mot, parce que pour moi il dit... tout ce qui plaît, tout ce qui charme, tout ce qui attache... Et vraiment, madame, si vous vouliez devenir ma complice dans quelques *ténébreuses intrigues* de ce genre, vous verriez, je vous le répète, qu'à part même la noblesse de l'action, rien n'est souvent plus curieux, plus attachant, plus attrayant... quelquefois même plus divertissant, que ces aventures charitables... Et puis, que de mystères pour cacher son bienfait!... que de précautions à prendre pour n'être pas connu!... que d'émotions diverses, puissantes... à la vue de pauvres et bonnes gens qui pleurent de joie en vous bénissant!... Mon Dieu! quelquefois cela est plus attrayant que la figure maussade d'un amant jaloux ou infidèle, et ils ne sont guère que cela... tour à tour... Tenez! les émotions dont je vous parle sont à peu près celles que vous avez ressenties ce matin en allant rue du Temple... Vêtue bien simplement pour n'être pas remarquée, vous sortiriez aussi de chez vous le cœur palpitant, vous monteriez aussi tout inquiète dans un modeste fiacre dont vous baisseriez les stores pour ne pas être vue, et puis, jetant aussi les yeux de côté et d'autre de crainte d'être surprise, vous entreriez furtivement dans quelque maison de misérable apparence... tout comme ce matin, vous dis-je... La seule différence, c'est que vous vous disiez : Si l'on me découvre, je suis perdue; et que vous vous diriez : Si l'on me découvre, je serai bénie! Mais, comme vous avez la modestie de vos adorables qualités... vous emploierez les ruses les plus perfides, les plus diaboliques... pour n'être pas bénie.

— Ah! monseigneur — s'écria madame d'Harville avec attendrissement — vous me sauvez!... Je ne puis vous exprimer les nouvelles idées, les consolantes espérances que vos paroles éveillent en moi. Vous dites bien vrai... occuper son cœur et son esprit à se faire adorer de ceux qui souffrent, c'est presque aimer... Que dis-je... c'est mieux qu'aimer... Quand je compare l'existence que j'entrevois à celle qu'une honteuse erreur m'aurait faite, les reproches que je m'adresse deviennent plus amers encore...

— J'en serais désolé — reprit Rodolphe en souriant — car tout mon désir serait de vous aider à oublier le passé, et de vous prouver seulement que le choix des distractions de cœur est nombreux... Les *moyens* du bien et du mal sont souvent à peu près les mêmes... la *fin* seule diffère... En un mot... si le bien est aussi attrayant, aussi *amusant* que le mal, pourquoi préférer celui-ci! Tenez, je vais faire une comparaison bien vulgaire. Pourquoi beaucoup de femmes prennent-elles pour amants des hommes qui ne valent pas leurs maris! Parce que le plus grand charme de l'amour est l'attrait de la difficulté, car si l'on retranchait de l'amour les craintes, les angoisses, les difficultés, les mystères, les dangers, il ne resterait rien, ou peu de chose, c'est-à-dire l'amant... dans sa simplicité première; en un mot, ce serait toujours plus ou moins l'aventure de cet homme à qui l'on disait : — « Pourquoi n'épousez-vous donc pas cette veuve, votre maîtresse! — Hélas! j'y ai bien pensé — répondait-il — mais c'est qu'alors je ne saurais plus où aller passer mes soirées. »

— C'est un peu trop vrai, monseigneur — dit madame d'Harville en souriant.

— Eh bien! si je trouve le moyen de vous faire ressentir ces craintes, ces angoisses, ces inquiétudes qui vous affriandent; si j'utilise votre goût naturel pour le mystère et pour les aventures, votre penchant à la dissimulation et à la ruse (toujours mon exécrable opinion des femmes, vous voyez, qui perce malgré moi !) — ajouta gaiement Rodolphe — ne changerai-je pas en qualités généreuses des instincts impérieux, inexorables ; excellents si on les emploie bien, funestes si on les emploie mal?... Voyons, dites, voulez-vous que nous ourdissions à nous·deux toutes sortes de machinations bienfaisantes, de roueries charitables? Nous aurions nos rendez-vous, notre correspondance... nos secrets ; et surtout nous nous cacherions bien du marquis ; car votre visite de ce matin chez les Morel l'aura mis bien en éveil. Enfin, si vous le vouliez, nous serions... en intrigue réglée.

— J'accepte avec joie, avec reconnaissance, cette association *ténébreuse*, monseigneur — dit Clémence. — Et, pour commencer notre roman, je retournerai dès demain chez ces infortunés, auxquels ce matin je n'ai pu malheureusement apporter que quelques paroles de consolation ; car, profitant de mon trouble et de mon effroi, un petit garçon boiteux m'a volé la bourse que vous m'aviez remise... Ah! monseigneur — ajouta Clémence, et sa physionomie perdit l'expression de douce gaieté qui l'avait un moment animée — si vous saviez quelle misère!... quel horrible tableau!... Non... non... je ne croyais pas qu'il pût exister de telles infortunes!... Et je me plains!... et j'accuse ma destinée!...

Rodolphe, ne voulant pas laisser voir à madame d'Harville combien il était touché de ce retour sur elle-même, qui prouvait la beauté de son âme, reprit gaiement :

— Si vous le permettez, j'excepterai les Morel de notre communauté ; vous me laisserez me charger de ces pauvres gens, et vous me promettrez surtout de ne pas retourner dans cette triste maison... car j'y demeure...

— Vous, monseigneur?... quelle plaisanterie!...

— Rien de plus sérieux... un logement modeste, il est vrai... deux cents francs par an ; de plus, six francs pour mon ménage libéralement accordés chaque mois à la portière, madame Pipelet, cette horrible vieille que vous savez ; mais aussi, par compensation, j'ai pour voisine la plus jolie grisette du quartier du Temple, mademoiselle Rigolette ; et vous conviendrez que, pour un commis-marchand qui gagne dix-huit cents francs (je passe pour un commis), c'est assez sortable...

— Votre présence si inespérée dans cette fatale maison me prouve que vous parlez sérieusement, monseigneur... quelque généreuse action vous attire là sans doute. Mais pour quelle bonne œuvre me réservez-vous donc? quel sera le rôle que vous me destinez?

— Celui d'un ange de consolation et, passez-moi ce vilain mot, d'un démon de finesse et de ruse... car il y a certaines blessures délicates et douloureuses que la main d'une femme peut seule soigner et guérir ; il est aussi des infortunes si fières, si ombrageuses, si cachées, qu'il faut une rare pénétration pour les découvrir et un charme irrésistible pour attirer leur confiance.

— Et quand pourrai-je déployer cette pénétration, cette habileté que vous me supposez? — demanda impatiemment madame d'Harville.

— Bientôt, je l'espère, vous aurez à faire une conquête digne de vous ; mais il faudra employer vos ressources les plus machiavéliques.

— Et quel jour, monseigneur, me confierez-vous ce grand secret?

— Voyez... nous voilà déjà aux rendez-vous .. Pouvez-vous me faire la grâce de me recevoir dans quatre jours ?

— Si tard !... — dit naïvement Clémence.

— Et le mystère? et les convenances? Jugez donc, si l'on nous croyait complices, on se défierait de nous ; mais j'aurai peut-être à vous écrire... Quelle est cette femme âgée qui m'a apporté ce soir votre lettre?

— Une ancienne femme de chambre de ma mère : la sûreté, la discrétion même.

— C'est donc à elle que j'adresserai mes lettres, elle vous les remettra. Si vous avez la bonté de me répondre, écrivez : *A Monsieur Rodolphe, rue Plumet.* Votre femme de chambre mettra vos lettres à la poste.

— Je les mettrai moi-même, monseigneur, en faisant comme d'habitude ma promenade à pied...

— Vous sortez souvent seule et à pied?

— Quand il fait beau, presque chaque jour.

— A merveille ! C'est une habitude que toutes les femmes devraient prendre dès les premiers mois de leur mariage... Dans de bonnes... ou dans de mauvaises prévisions... l'usage existe... C'est un *précédent*, comme disent les procureurs ; et plus tard ces promenades habituelles ne donnent jamais lieu à des interprétations dangereuses... Si j'avais été femme (et entre nous j'aurais été, je le crains, à la fois très-charitable et très-légère), le lendemain de mon mariage, j'aurais pris le plus innocemment du monde les allures les plus mystérieuses... Je me serais ingénument enveloppée des apparences les plus compromettantes... toujours pour établir ce *précédent* que j'ai dit, afin de pouvoir un jour rendre visite à mes pauvres... ou à mon amant.

— Mais voilà qui est d'une affreuse perfidie, monseigneur! — dit en souriant madame d'Harville.

— Heureusement pour vous, madame, vous n'avez jamais été à même de comprendre la sagesse et l'utilité de ces prévoyances-là...

Madame d'Harville ne sourit plus, elle baissa les yeux, rougit et dit tristement ·

— Vous n'êtes pas généreux, monseigneur.

D'abord Rodolphe regarda la marquise avec étonnement, puis il reprit :

— Je vous comprends, madame... Mais, une fois pour toutes, posons bien nettement votre position à l'égard de M. Charles Robert. Un jour, je suppose, une femme de vos amies vous montre un de ces mendiants piteux qui roulent des yeux languissants et jouent de la clarinette d'un ton désespéré pour apitoyer les passants. C'est un *bon pauvre* — vous dit votre amie — il a au moins sept enfants et une femme aveugle, sourde, muette, etc., etc... — Ah! le malheureux! — dites-vous en lui faisant charitablement l'aumône; et chaque fois que vous rencontrez le mendiant, du plus loin qu'il vous aperçoit, ses yeux

implorent, sa clarinette rend des sons lamentables, et votre aumône tombe
dans son bissac. Un jour, de plus en plus apitoyée sur ce *bon pauvre* par votre

amie, qui méchamment abusait de votre cœur, vous vous résignez à aller charitablement visiter votre infortuné au milieu de ses misères... Vous arrivez :
hélas ! plus de clarinette mélancolique, plus de regard piteux et implorant...
mais un drôle alerte, jovial et dispos, qui entonne une chanson de cabaret...
Aussitôt le mépris succède à la pitié... car vous avez pris un *mauvais pauvre*
pour un *bon pauvre,* rien de plus, rien de moins. Est-ce vrai !

Madame d'Harville ne put s'empêcher de sourire de ce singulier apologue,
et répondit à Rodolphe :

— Si acceptable que soit cette justification, monseigneur, elle me semble
trop facile.

— Ce n'est pourtant, après tout, qu'une noble et généreuse imprudence que
vous avez commise... Il vous reste trop de moyens de la réparer pour la regretter... Mais ne verrai-je pas ce soir M. d'Harville ?

II.   8

— Non, monseigneur... la scène de ce matin l'a si fort affecté, qu'il est... souffrant — dit la marquise à voix basse.

— Ah! je comprends... — répondit tristement Rodolphe. — Allons, du courage!... Il manquait un but à votre vie, une distraction à vos chagrins, comme vous disiez... Laissez-moi croire que vous trouverez cette distraction dans l'avenir dont je vous ai parlé... Alors votre âme sera si remplie de douces consolations, que votre ressentiment contre votre mari n'y trouvera peut-être plus de place. Vous éprouverez pour lui quelque chose de l'intérêt que vous portez à votre pauvre enfant... Et quant à ce petit ange, maintenant que je sais la cause de son état maladif, j'oserais presque vous dire d'espérer un peu...

— Il serait possible! monseigneur? et comment? — s'écria Clémence en joignant les mains avec reconnaissance.

— J'ai pour médecin un homme très-inconnu et fort savant : il est resté long-temps en Amérique; je me souviens qu'il m'a parlé de deux ou trois cures presque merveilleuses faites par lui sur des esclaves atteints de cette effrayante maladie.

— Ah! monseigneur, il serait possible!...

— Gardez-vous bien de trop espérer : la déception serait cruelle... Seulement ne désespérons pas tout à fait...

Clémence d'Harville jetait sur les nobles traits de Rodolphe un regard de reconnaissance ineffable .. sur ce prince... qui la consolait avec tant d'intelligence, de grâce et de bonté. Et elle se demanda comment elle avait pu s'intéresser à M. Charles Robert... Cette idée lui fut horrible.

— Que ne vous dois-je pas, monseigneur! — dit-elle d'une voix émue. — Vous me rassurez, vous me faites malgré moi espérer pour ma fille, entrevoir un nouvel avenir qui serait à la fois une consolation, un plaisir et un mérite... N'avais-je pas raison de vous écrire que, si vous vouliez bien venir ici ce soir, vous finiriez la journée comme vous l'avez commencée... par une bonne action?...

— Et ajoutez au moins, madame, une de ces bonnes actions comme je les aime... pleines d'attraits, de plaisir et de charme — dit Rodolphe en se levant, car onze heures et demie venaient de sonner à la pendule du salon.

— Adieu, monseigneur, n'oubliez pas de me donner bientôt des nouvelles de ces pauvres gens de la rue du Temple.

— Je les verrai demain matin... car j'ignorais malheureusement que ce petit boiteux vous eût volé cette bourse... et ces malheureux sont peut-être dans une extrémité terrible. Dans quatre jours, daignez ne pas l'oublier, je viendrai vous mettre au courant du rôle que vous voulez bien accepter... Seulement je dois vous prévenir qu'un déguisement vous sera peut-être indispensable.

— Un déguisement! oh! quel bonheur! et lequel, monseigneur?

— Je ne puis vous le dire encore... Je vous laisserai le choix.

En revenant chez lui, le prince s'applaudissait assez de l'effet général de son entretien avec madame d'Harville ; cette proposition étant donnée : Occuper généreusement l'esprit et le cœur de cette jeune femme, qu'un éloignement insurmontable séparait de son mari ; éveiller en elle assez de curiosité romanesque, assez d'intérêt mystérieux *en dehors* de l'amour, pour satisfaire aux besoins de son imagination, de son âme, et la sauvegarder ainsi d'un nouvel amour.

FL AUBICHAT   SEIGNEURGENS

CHAPITRE IV.

MISÈRE.

On n'a peut-être pas oublié qu'une famille malheureuse dont le chef, ouvrier lapidaire, se nommait Morel, occupait la mansarde de la maison de la rue du Temple. Nous conduirons le lecteur dans ce triste logis.

Il est cinq heures du matin. Au dehors le silence est profond, la nuit noire, glaciale, il neige... Une chandelle, soutenue par deux brins de bois sur une petite planche carrée, perce à peine de sa lueur jaune et blafarde les ténèbres de la mansarde; réduit étroit, bas, aux deux tiers lambrissé par la pente rapide du toit qui forme avec le plancher un angle très-aigu. Partout on voit le dessous des tuiles verdâtres. Les cloisons recrépies de plâtre noirci par le temps, et crevassées de nombreuses lézardes, laissent apercevoir les lattes vermoulues qui forment ces minces parois; dans un coin, une porte disjointe s'ouvre sur l'escalier. Le sol, d'une couleur sans nom, infect, gluant, est semé çà et là de brins de paille pourrie, de haillons sordides, et de ces gros os que le pauvre achète aux plus infimes revendeurs de viande corrompue pour ronger les cartilages qui y adhèrent encore... [1].

Une si effroyable incurie annonce toujours ou l'inconduite, ou une misère honnête, mais si écrasante, mais si désespérée, que l'homme anéanti, dégradé,

---

[1] On trouve fréquemment dans les quartiers populeux des débitants de veaux mort-nés, de bestiaux morts de maladie, etc.

HLAVDIONAT.

MOREL LE LAPIDAIRE.

ne sent plus ni la volonté, ni la force, ni le besoin de sortir de sa fange : il y croupit comme une bête dans sa tanière.

Durant le jour, le taudis de Morel est éclairé par une lucarne étroite, oblongue, pratiquée dans la partie déclive de la toiture, et garnie d'un châssis vitré, qui s'ouvre et se ferme au moyen d'une crémaillère. A l'heure dont nous parlons, une couche épaisse de neige recouvrait cette lucarne. La chandelle, posée à peu près au centre de la mansarde, sur l'établi du lapidaire, projette en cet endroit une sorte de zone de pâle lumière qui, se dégradant peu à peu, se perd dans l'ombre où reste enseveli le galetas, ombre au milieu de laquelle se dessinent vaguement quelques formes blanchâtres.

Sur l'établi, lourde table carrée en chêne brut grossièrement équarri, tachée de graisse et de suif, fourmillent, étincellent, scintillent une *poignée* de diamants et de rubis d'une grosseur et d'un éclat admirables.

Morel était lapidaire *en fin*, et non pas *lapidaire en faux*, comme il le disait et comme on le pensait dans la maison de la rue du Temple... Grâce à cet innocent mensonge, les pierreries qu'on lui confiait semblaient de si peu de valeur, qu'il pouvait les garder chez lui sans crainte d'être volé.

Tant de richesses, mises à la merci de tant de misère, nous dispensent de parler de la probité de Morel...

Assis sur un escabeau sans dossier, vaincu par la fatigue, par le froid, par le sommeil, après une longue nuit d'hiver passée à travailler, le lapidaire a laissé tomber sur son établi sa tête appesantie, ses bras engourdis ; son front s'appuie à une large meule placée horizontalement sur la table, et ordinairement mise en mouvement par une petite roue à main ; une scie de fin acier, quelques autres outils sont épars à côté ; l'artisan, dont on ne voit que le crâne chauve entouré de cheveux gris, est vêtu d'une vieille veste de tricot brun qu'il porte à nu sur la peau, et d'un mauvais pantalon de toile ; ses chaussons de lisière en lambeaux cachent à peine ses pieds bleus posés sur le carreau... Il fait dans cette mansarde un froid si glacial, si pénétrant, que l'artisan, malgré l'espèce de somnolence où le plonge l'épuisement de ses forces, frissonne parfois de tout son corps...

La longueur et la carbonisation de la mèche de la chandelle annoncent que Morel sommeille depuis quelque temps ; on n'entend que sa respiration oppressée ; car les six autres habitants de cette mansarde... ne dorment pas...

Oui, dans cette étroite mansarde vivent sept personnes...

Cinq enfants, dont le plus jeune a quatre ans... le plus âgé, douze ans à peine...

Et puis leur mère infirme...

Et puis une octogénaire idiote... la mère de leur mère...

La froidure est bien âpre, puisque la chaleur naturelle de sept personnes entassées dans un si petit espace n'attiédit pas cette atmosphère glacée ; c'est qu'aussi ces corps frêles, chétifs, grelottants, épuisés, depuis le petit enfant jusqu'à l'aïeule... *dégagent peu de calorique*, comme dirait un savant.

Excepté le père de famille, un moment assoupi, parce que ses forces sont à bout, personne ne dort; non, personne... parce que le froid, la faim, la maladie tiennent les yeux ouverts... bien ouverts... On ne sait pas combien est rare pour le pauvre le sommeil profond, salutaire, où il répare ses forces, oublie ses maux, et après lequel il s'éveille si allègre, si dispos, si vaillant au plus rude labeur. Pour dormir ainsi, il ne faut avoir ni froid, ni faim, ni inquiétudes désolantes.

A l'aspect de l'effrayante misère de cet artisan, comparée à la valeur des pierreries qu'on lui confie, on est frappé d'un de ces contrastes qui, tout à la fois, désolent et élèvent l'âme. Incessamment cet homme a sous les yeux le déchirant spectacle de la douleur des siens; tout les accable, depuis la faim jusqu'à la folie, et il respecte ces pierreries, dont une seule arracherait sa femme, ses enfants, aux privations, aux maux qui les tuent lentement. Sans doute il fait son devoir... simplement son devoir d'honnête homme; mais parce que ce devoir est simple, son accomplissement est-il moins grand, en est-il moins beau? Les conditions dans lesquelles s'exerce le devoir ne peuvent-elles pas d'ailleurs en rendre la pratique plus méritoire encore? Cet artisan, restant si malheureux et si probe auprès de ce trésor, ne représente-t-il pas l'immense et formidable majorité des travailleurs qui, voués à jamais à la misère, mais paisibles, laborieux, résignés, voient chaque jour sans envie amère et haineuse... resplendir à leurs yeux la magnificence des riches? N'est-il pas enfin noble, consolant de songer que ce n'est pas la force, que ce n'est pas la terreur, mais le *bon sens moral* qui seul contient ce redoutable océan populaire dont le débordement pourrait engloutir la société tout entière! Ne sympathise-t-on pas alors de toutes les forces de son âme et de son esprit avec ces généreuses intelligences qui demandent *un peu de place au soleil* pour tant d'infortune, tant de courage, tant de résignation!

Revenons à ce spécimen, hélas! trop réel, d'épouvantable détresse que nous essaierons de peindre dans son effrayante nudité.

Le lapidaire ne possédait plus qu'un mince matelas et un morceau de couverture dévolus à la grand'mère idiote, qui, dans son stupide et farouche égoïsme, ne voulait partager son grabat avec personne. Au commencement de l'hiver, elle était devenue furieuse, et avait presque étouffé le plus jeune des enfants qu'on avait voulu placer à côté d'elle... pauvre petite fille de quatre ans, depuis quelque temps phthisique, et qui souffrait trop du froid *dans* la paillasse où elle couchait avec ses frères et sœurs... Tout à l'heure nous expliquerons ce mode de *couchage*, fréquemment usité chez les pauvres... Auprès d'eux, les animaux sont traités en Sybarites: on change leur litière.

Tel est le tableau complet que présente la mansarde de l'artisan lorsque l'œil perce la pénombre où viennent mourir les faibles lueurs de la chandelle: Le long du mur d'appui, moins humide que les autres cloisons, est placé sur le carreau le matelas où repose la vieille idiote. Comme elle ne peut rien sup-

porter sur sa tête, ses cheveux blancs, coupés très-ras, dessinent la forme de
son crâne au front aplati; ses épais sourcils gris ombragent ses orbites profonds
où luit un regard d'un éclat sauvage; ses joues caves, livides, plissées de
mille rides, se collent à ses pommettes et aux angles saillants de sa mâchoire;
couchée sur le côté, repliée sur elle-même, son menton touchant presque ses
genoux, elle tremble sous une couverture de laine grise, trop petite pour
l'envelopper entièrement, et qui laisse apercevoir ses jambes décharnées et le
bas d'un vieux jupon en lambeaux dont elle est vêtue... Ce grabat exhale une
odeur fétide...

A peu de distance du chevet de la grand'mère s'étend, aussi parallèlement
au mur, la paillasse qui sert de lit aux cinq enfants.

Et voici comment:

On a fait une incision à chaque bout de la toile, dans le sens de sa largeur:
puis on a glissé les enfants dans cette paille ou plutôt dans ce fumier humide
et nauséabond; la toile d'enveloppe leur sert ainsi de drap et de couverture.

Deux petites filles, dont l'une est gravement malade, grelottent d'un côté,
trois petits garçons de l'autre, ceux-ci et celles-là couchés tout vêtus, si
quelques misérables haillons peuvent s'appeler des vêtements. D'épaisses che-
velures blondes, ternes, emmêlées, hérissées, que leur mère laisse croître
parce que cela les garantit toujours un peu du froid, couvrent à demi leurs
figures pâles, étiolées, souffrantes. L'un des garçons, de ses doigts roidis,
tire à soi jusqu'à son menton l'enveloppe de la paillasse pour se mieux couvrir;... l'autre, de crainte d'exposer ses mains au froid, tient la toile entre
ses dents qui se choquent; le troisième se serre contre ses deux frères.

La seconde des deux filles... minée par la phthisie, appuie languissamment
sa pauvre petite figure, déjà d'une lividité bleuâtre et morbide, sur la poitrine
glacée de sa sœur, âgée de cinq ans... qui tâche en vain de la réchauffer entre
ses bras et la veille avec une sollicitude inquiète...

Sur une autre paillasse, placée au fond du taudis et en retour de celle des
enfants, la femme de l'artisan est étendue gisante, épuisée par une fièvre
lente et par une infirmité douloureuse qui ne lui permet pas de se lever depuis
plusieurs mois. Madeleine Morel a trente-six ans. Un vieux mouchoir de cotonnade bleue, serré autour de son front déprimé, fait ressortir davantage
encore la pâleur bilieuse de son visage osseux. Un cercle brun cerne ses yeux
caves, éteints; des gerçures saignantes fendent ses lèvres blafardes. Sa physionomie chagrine, abattue, ses traits insignifiants décèlent un de ces caractères doux, mais sans ressort, sans énergie, qui ne sachant pas lutter contre
la mauvaise fortune, se courbent, s'affaissent et se lamentent. Faible, inerte,
bornée, elle était restée honnête parce que son mari était honnête; livrée à
elle-même, l'ignorance et le malheur auraient pu la dépraver et la pousser au
mal. Elle aimait ses enfants, son mari; mais elle n'avait ni le courage ni la
force de retenir ses plaintes amères sur leur commune infortune. Souvent le
lapidaire, dont le labeur opiniâtre soutenait seul cette famille, était forcé d'in-

terrompre son travail pour venir consoler, apaiser la pauvre valétudinaire. Par-dessus un méchant drap de grosse toile bise trouée qui recouvrait sa femme, Morel, pour la réchauffer, avait étendu quelques hardes si vieilles, si rapetassées, que le Mont-de-Piété n'avait pas voulu les prendre.

Un fourneau, un poêlon et une marmite de terre égueulée, deux ou trois tasses fêlées éparses çà et là sur le carreau, un baquet, une planche à savonner, et une grande cruche de grès placée sous l'angle du toit, près de la porte disjointe, que le vent ébranle à chaque instant, voilà ce que possède cette famille.

Ce tableau désolant est éclairé par la chandelle dont la flamme, agitée par la bise qui siffle à travers les interstices des tuiles, jette tantôt sur ces misères ses lueurs pâles et vacillantes, tantôt fait scintiller de mille feux, pétiller de mille étincelles prismatiques l'éblouissant fouillis de diamants et de rubis exposés sur l'établi où sommeille le lapidaire.

Quoique le plus profond silence règne dans la mansarde, tous les infortunés qui l'habitent sont éveillés... depuis l'aïeule jusqu'au plus petit enfant, tous attachent instinctivement leurs regards sur le lapidaire, leur seul espoir, leur seule ressource.

Dans leur naïf égoïsme, ils s'inquiètent de le voir inactif et affaissé sous le poids du travail.

La mère songe à ses enfants;

Les enfants songent à eux;

L'idiote ne songe à rien...

Pourtant tout à coup elle se dressa sur son séant, croisa sur sa poitrine de squelette ses longs bras secs et jaunes comme du buis, regarda la lumière en clignotant, puis se leva lentement, entraînant après elle comme un suaire son lambeau de couverture. Cette femme était de très-grande taille, sa tête rasée paraissait démesurément petite; un mouvement spasmodique agitait sa lèvre inférieure, épaisse et pendante : ce masque hideux offrait le type d'un hébétement farouche.

L'idiote s'avança sournoisement près de l'établi, comme un enfant qui va commettre un méfait. Quand elle fut à la portée de la chandelle, elle approcha de la flamme ses deux mains tremblantes; leur maigreur était telle que la lumière qu'elles abritaient leur donnait une sorte de transparence livide. Madeleine Morel suivait de son grabat les moindres mouvements de la vieille; celle-ci, en continuant de se réchauffer à la flamme de la chandelle, baissait la tête, et considérait, avec une curiosité imbécile, le chatoiement des rubis et des diamants qui scintillaient sur la table. Absorbée par cette contemplation, l'idiote ne maintint pas ses mains à une distance suffisante de la flamme, elle se brûla... et poussa un cri rauque.

A ce bruit, Morel se réveilla en sursaut et releva vivement la tête. Il avait quarante ans, une physionomie ouverte, intelligente et douce, mais flétrie, mais creusée par la misère; une barbe grise de plusieurs semaines couvrait le bas de son visage couturé par la petite vérole; des rides précoces sillonnaient son front déjà chauve; ses paupières enflammées étaient rougies par l'abus des veilles. Un de ces phénomènes fréquents chez les ouvriers d'une constitution débile, et voués à un travail sédentaire qui les contraint à demeurer tout le jour dans une position presque invariable, avait déformé sa taille chétive... Continuellement forcé de se tenir courbé sur son établi et de se pencher du côté gauche, afin de mettre sa meule en mouvement, le lapidaire, pour ainsi dire, pétrifié, ossifié dans cette position qu'il gardait douze à quinze heures par jour, s'était voûté et déjeté tout d'un côté. Puis, son bras gauche, incessamment exercé par le pénible maniement de la meule, avait acquis un développement musculaire considérable, tandis que le bras droit, toujours inerte et appuyé sur l'établi pour présenter les facettes des diamants à l'action de la meule, était réduit à un état de maigreur effrayant; les jambes grêles, presque annihilées par le manque complet d'exercice, pouvaient à peine soutenir ce corps épuisé, dont toute la substance, toute la viabilité, toute la force semblaient s'être concentrées dans la seule partie que le travail exerçait continuellement...

Et comme disait Morel avec une poignante résignation : C'est moins pour moi que je tiens à manger... que pour renforcer le bras qui tourne la meule...

.   .   .   .

Réveillé en sursaut, le lapidaire se trouva face à face avec l'idiote.

— Qu'avez-vous ? que voulez-vous, la mère ? — lui dit Morel; puis il ajouta d'une voix plus basse, craignant d'éveiller sa famille qu'il croyait endormie :
— Allez vous coucher, la mère... Ne faites pas de bruit, Madeleine et les enfants dorment.

— Je ne dors pas... je tâche de réchauffer Adèle — dit l'aînée des petites filles.

— J'ai trop faim pour dormir — reprit un des garçons; — ça n'était pas mon tour d'aller souper hier chez mademoiselle Rigolette.

— Pauvres enfants ! — dit Morel avec accablement — je croyais que vous dormiez... au moins.

— J'avais peur de t'éveiller, Morel — dit la femme; — sans cela je t'aurais demandé de l'eau : j'ai bien soif, je suis dans mon accès de fièvre.

— Tout de suite — répondit l'ouvrier; — seulement il faut que je fasse d'abord recoucher ta mère... Voyons, laisserez-vous mes pierres tranquilles ! — dit-il à la vieille qui voulait s'emparer d'un gros rubis dont le scintillement fixait son attention. — Allez donc vous coucher, la mère ! — répéta-t-il.

— Ça... ça... — répondit l'idiote en montrant la pierre précieuse qu'elle convoitait.

— Nous allons nous fâcher ! — dit Morel en grossissant sa voix pour effrayer sa belle-mère, dont il repoussa doucement la main.

— Mon Dieu ! mon Dieu ! Morel, que j'ai soif !... murmura Madeleine. — Viens donc me donner à boire !...

II.   9

— Mais comment veux-tu que je fasse aussi ?... je ne puis pas laisser ta mère toucher à mes pierres... pour qu'elle me perde encore un diamant... comme il y a un an... et Dieu sait... Dieu sait ce qu'il nous coûte... ce diamant... et ce qu'il nous coûtera peut-être encore !

Et le lapidaire porta sa main à son front d'un air sombre; puis il ajouta, en s'adressant à un de ses enfants :

— Félix, va donner à boire à ta mère, puisque tu ne dors pas.

— Non, non, j'attendrai, il va prendre froid — reprit Madeleine.

— Je n'aurai pas plus froid dehors que dans la paillasse — dit l'enfant en se levant.

— Ah çà, voyons, allez-vous finir ! — s'écria Morel d'une voix menaçante, pour chasser l'idiote, qui ne voulait pas s'éloigner de l'établi et s'obstinait à s'emparer d'une des pierres.

— Maman, l'eau de la cruche est gelée ! — cria Félix.

— Casse la glace, alors — dit Madeleine.

— Elle est trop épaisse... je ne peux pas.

— Morel, casse donc la glace de la cruche — dit Madeleine d'une voix dolente et impatiente — puisque je n'ai pas autre chose à boire que de l'eau... que j'en puisse boire au moins... tu me laisses mourir de soif...

— Oh! mon Dieu ! mon Dieu ! quelle patience! Mais comment veux-tu que je fasse ?... j'ai ta mère sur les bras — s'écria le malheureux lapidaire.

Il ne pouvait parvenir à se débarrasser de l'idiote, qui, commençant à s'irriter de la résistance qu'elle rencontrait, faisait entendre une sorte de grondement courroucé.

— Appelle-la donc — dit Morel à sa femme; — elle t'écoute quelquefois, toi...

— Ma mère, allez vous coucher; si vous êtes sage... je vous donnerai du café que vous aimez bien.

— Ça... ça... — reprit l'idiote en cherchant cette fois à s'emparer violemment du rubis qu'elle convoitait.

Morel la repoussa avec ménagement, mais en vain.

— Mon Dieu ! tu sais bien que tu n'en finiras pas avec elle si tu ne lui fais pas peur avec le fouet — s'écria Madeleine; — il n'y a que ce moyen-là de la faire rester tranquille.

— Il le faut bien; mais quoiqu'elle soit sans raison... menacer une vieille femme de coups de fouet... ça me répugne toujours — dit Morel. Puis, s'adressant à la vieille qui tâchait de le mordre, et qu'il contenait d'une main, il s'écria de sa voix la plus terrible :

— Gare au fouet !... si vous n'allez pas vous coucher tout de suite !

Ces menaces furent encore vaines.

Alors il prit un fouet sous son établi, le fit claquer violemment, et en menaça l'idiote, lui disant :

— Couchez-vous tout de suite, couchez-vous !

Au bruit retentissant du fouet, la vieille s'éloigna d'abord brusquement de l'établi, puis s'arrêta, gronda entre ses dents et jeta des regards irrités sur son gendre.

— Au lit!... au lit!... — répéta celui-ci en s'avançant et en faisant de nouveau claquer son fouet.

Alors l'idiote regagna lentement sa couche à reculons, en montrant le poing au lapidaire.

Celui-ci, désirant terminer cette scène cruelle pour aller donner à boire à sa femme, s'avança très-près de l'idiote, fit une dernière fois brusquement résonner son fouet, sans la toucher néanmoins, et répéta d'une voix menaçante :

— Au lit, tout de suite !...

La vieille, dans son effroi, se mit à pousser des hurlements affreux, se jeta sur sa couche et s'y blottit comme un chien dans son chenil, sans cesser de hurler. Les enfants épouvantés, croyant que leur père avait frappé la vieille, lui crièrent en pleurant :

— Ne bats pas grand'mère, ne la bats pas !

Il est impossible de rendre l'effet sinistre de cette scène nocturne, accompagnée des cris suppliants des enfants, des hurlements furieux de l'idiote et des plaintes douloureuses de la femme du lapidaire.

Morel le lapidaire avait souvent assisté à des scènes aussi tristes que celles que nous venons de raconter; pourtant il s'écria dans un accès de désespoir, en jetant son fouet sur son établi :

— Oh! quelle vie! quelle vie!!!

— Est-ce ma faute, à moi, si ma mère est idiote? — dit Madeleine en pleurant.

— Est-ce la mienne? — dit Morel. — Qu'est-ce que je demande? de me tuer de travail pour vous tous... Jour et nuit je suis à l'ouvrage... Je ne me plains pas... tant que j'en aurai la force, j'irai; mais je ne peux pas non plus faire mon état et être en même temps gardien de fou, de malade et d'enfants!... Non, le ciel n'est pas juste, à la fin! non, il n'est pas juste!... c'est trop de misère pour un seul homme! dit le lapidaire avec un accent déchirant.

Et, accablé, il retomba sur son escabeau, la tête cachée dans ses mains.

— Puisqu'on n'a pas voulu prendre ma mère à l'hospice, parce qu'elle n'était pas assez folle, qu'est-ce que tu veux que j'y fasse, moi... là?... — dit Madeleine de sa voix traînante, dolente et plaintive. — Quand tu tourmenteras de ce que tu ne peux pas empêcher, à quoi ça t'avancera-t-il?

— A rien — dit l'artisan; et il essuya ses yeux qu'une larme avait mouillés; — à rien... tu as raison. Mais quand tout vous accable, on n'est quelquefois pas maître de soi...

— Oh! mon Dieu, mon Dieu, que j'ai soif!... je frissonne, et la fièvre me brûle... — dit Madeleine.

— Attends, je vais te donner à boire.

Morel alla prendre la cruche sous le toit. Après avoir difficilement brisé la glace qui recouvrait l'eau, il remplit une tasse de ce liquide gelé et s'approcha du grabat de sa femme, qui étendait vers lui ses mains impatientes.

Mais après un moment de réflexion, il lui dit :

— Non, ça serait par trop froid... dans un accès de fièvre... ça te ferait du mal...

— Ça me fera du mal? tant mieux, donne vite alors... — reprit Madeleine avec amertume — ça sera plus tôt fini... ça te débarrassera de moi... tu n'auras plus qu'à être gardien de fou et d'enfants. La malade sera de moins.

— Pourquoi me parler comme cela, Madeleine? je ne le mérite pas... — dit tristement Morel. — Tiens, ne me fais pas de chagrin, c'est tout juste s'il me reste assez de raison et de force pour travailler... je n'ai pas la tête bien solide, elle n'y résisterait pas... et alors qu'est-ce que vous deviendriez tous? C'est pour vous que je parle... s'il ne s'agissait que de moi, je ne m'embarrasserais guère de demain... Dieu merci, la rivière coule pour tout le monde!

— Pauvre Morel! — dit Madeleine attendrie — c'est vrai, j'ai eu tort de te dire d'un air fâché que je voudrais te débarrasser de moi. Ne m'en veux

pas... mon intention était bonne... oui, car enfin... je vous suis inutile à toi
et à nos enfants... Depuis seize mois je suis alitée... Oh! mon Dieu! que j'ai
soif... je t'en prie, donne-moi à boire !

— Tout à l'heure; je tâche de réchauffer la tasse entre mes mains...

— Es-tu bon! et moi qui te dis des choses dures, encore !...

— Pauvre femme... tu souffres, ça aigrit le caractère... dis-moi tout ce que
tu voudras, mais ne me dis pas que tu voudrais me débarrasser de toi...

— Mais à quoi te suis-je bonne ?

— A quoi nous sont bons nos enfants ?

— A te surcharger de travail.

— Sans doute ! mais aussi, grâce à vous autres, je trouve la force d'être à
l'ouvrage quelquefois vingt heures par jour, à ce point que j'en suis devenu
difforme et estropié... Est-ce que tu crois que sans cela je ferais pour l'amour
de moi tout seul le métier que je fais ! Oh ! non, la vie n'est pas assez belle,
j'en finirais avec elle.

— C'est comme moi — reprit Madeleine ; — sans les enfants, il y a long-
temps que je t'aurais dit : Morel, tu en as assez, moi aussi; le temps d'al-
lumer un réchaud de charbon, et on en finit avec la misère... Mais ces enfants...
ces enfants !...

— Tu vois donc bien qu'ils sont bons à quelque chose — dit Morel avec
une admirable naïveté. — Allons, tiens... bois, mais par petites gorgées, car
c'est encore bien froid...

— Oh! merci, Morel — dit Madeleine en buvant avec avidité.

— Assez... assez...

— C'était trop froid... mon frisson redouble... — dit Madeleine en lui ren-
dant la tasse.

— Mon Dieu ! mon Dieu ! je te l'avais bien dit... tu souffres...

— Je n'ai plus la force de trembler... Il me semble que je suis saisie de tous
les côtés dans un gros glaçon...

Morel ôta sa veste, la mit sur les pieds de sa femme, et resta le torse nu.
Le malheureux n'avait pas de chemise.

— Mais tu vas geler... Morel !

— Tout à l'heure, si j'ai trop froid je reprendrai ma veste un moment.

— Pauvre homme !... ah ! tu as bien raison, le ciel n'est pas juste... qu'est-ce
que nous avons fait pour être si malheureux... tandis que d'autres...

— Chacun a ses peines... les grands comme les petits...

— Oui... mais les grands ont des peines... qui ne leur creusent pas l'es-
tomac et qui ne les font pas grelotter... Tiens, quand je pense qu'avec le prix
d'un de ces diamants que tu polis nous aurions de quoi vivre dans l'aisance,
nous et nos enfants, ça révolte... Et à quoi ça leur sert-il, ces diamants ?

— S'il n'y avait qu'à dire : *A quoi ça sert-il aux autres ?* on irait loin...
C'est comme si tu disais : A quoi ça sert-il à ce monsieur que madame Pipelet
appelle le *Commandant* d'avoir loué et meublé le premier étage de cette

maison, où il ne vient jamais?... A quoi ça lui sert-il d'avoir là de bons matelas, de bonnes couvertures, puisqu'il loge ailleurs?

— C'est bien vrai... Il y aurait là de quoi nipper pour long-temps plus d'un
pauvre ménage comme le nôtre... Sans compter que tous les jours madame
Pipelet fait du feu pour empêcher ses meubles d'être abîmés par l'humidité...
Tant de bonne chaleur perdue... tandis que nous et nos enfants nous mourons
de froid!... Mais tu me diras à ça . Nous ne sommes pas des meubles... Oh!
ces riches! c'est si dur!...

— Pas plus durs que d'autres, Madeleine... Mais ils ne savent pas, vois-tu,
ce que c'est que la misère... Ça naît heureux, ça vit heureux, ça meurt heureux : à propos de quoi veux-tu que ça pense à nous?... Et puis, je te dis...
ils ne savent pas... Comment se feraient-ils une idée des privations des autres?
Ont-ils grand faim, grande est leur joie... ils n'en dînent que mieux... Fait-il
grand froid, tant mieux, ils appellent ça une *belle gelée;* c'est tout simple ·
s'ils sortent à pied, ils rentrent ensuite au coin d'un bon foyer, et la froidure
leur fait trouver le feu meilleur; ils ne peuvent donc pas nous plaindre beaucoup, puisqu'à eux la faim et le froid leur tournent à plaisir... Ils ne savent
pas, vois-tu, ils ne savent pas!... A leur place, nous ferions peut-être
comme eux.

— Les pauvres gens sont donc meilleurs qu'eux tous, puisqu'ils s'entr'ai-
dent... Cette bonne petite mademoiselle Rigolette, qui nous a si souvent veillés,
moi ou les enfants, pendant nos maladies, a emmené hier Jérôme et Pierre
pour partager son souper. Et son souper, ça n'est guère : une tasse de lait et
du pain. A son âge on a bon appétit; bien sûr, elle se sera privée...

— Pauvre fille! Oui, elle est bien bonne. Et pourquoi? parce qu'elle connaît la peine... Et comme je dis toujours : Si les riches savaient! si les riches
savaient!

— Et cette petite dame qui est venue avant-hier d'un air si effaré nous demander si nous avions besoin de quelque chose, maintenant elle sait, celle-là,
ce que c'est que des malheureux... eh bien! elle n'est pas revenue.

— Elle reviendra peut-être; car, malgré sa figure effrayée, elle avait l'air
bien doux et bien bon.

— Oh! avec toi, dès qu'on est riche, on a toûjours raison... On dirait que
les riches sont faits d'une autre pâte que nous!

— Je ne dis pas cela — reprit doucement Morel; — je dis au contraire qu'ils
ont leurs défauts comme nous avons les nôtres... Le malheur est... qu'ils ne
savent pas... Le malheur est qu'il y a, par exemple, beaucoup d'agents pour
découvrir les gueux qui ont commis des crimes, et qu'il n'y a pas d'agents
pour découvrir les honnêtes ouvriers accablés de famille qui sont dans la dernière des misères... et qui, faute d'un peu de secours donné à point, se laissent
quelquefois tenter... C'est bon de punir le mal, ça serait peut-être meilleur de
l'empêcher... Vous êtes resté probe jusqu'à cinquante ans; mais l'extrême
misère, la faim, vous poussent au mal... et voilà un coquin de plus... tandis

que si on avait su... Mais à quoi bon penser à cela?... le monde est comme il est... Je suis pauvre et désespéré, je parle ainsi... je serais riche, je parlerais de fêtes et de plaisirs... Eh bien! pauvre femme, comment vas-tu?

— Toujours la même chose... Je ne sens plus mes jambes... Mais toi... tu trembles... reprends donc ta veste... et souffle cette chandelle qui brûle pour rien... voilà le jour.

En effet, une lueur blafarde, glissant péniblement à travers la neige dont était obstrué le carreau de la lucarne, commençait à jeter une triste clarté dans l'intérieur de ce réduit, et rendait son aspect plus affreux encore... L'ombre de la nuit voilait au moins une partie de ces misères...

— Je vais attendre qu'il fasse assez clair pour me remettre à travailler — dit le lapidaire en s'asseyant sur le bord de la paillasse de sa femme et en appuyant son front dans ses deux mains.

Après quelques moments de silence, Madeleine lui dit :

— Quand madame Mathieu doit-elle revenir chercher les pierres auxquelles tu travailles?

— Ce matin... Je n'ai plus qu'une facette d'un diamant faux à polir.

— Un diamant faux!... toi qui ne tailles que des pierres fines, malgré ce qu'on croit dans la maison!

— Comment! tu ne sais pas?... mais c'est juste, quand l'autre jour madame Mathieu est venue, tu dormais... Elle m'a donné dix diamants faux, dix cailloux du Rhin à tailler, juste de la même grosseur et de la même manière que le même nombre de pierres fines qu'elle m'apportait, celles qui sont là avec des rubis... Je n'ai jamais vu des diamants d'une plus belle eau ; ces dix pierres-là valent certainement plus de soixante mille francs.

— Et pourquoi te les fait-elle imiter en faux?

— Une grande dame à qui ils appartiennent... une duchesse, je crois, a chargé M. Baudoin, le joaillier, de vendre sa parure... et de lui faire faire à la place une parure en pierres fausses. Madame Mathieu, la courtière en pierreries de M. Baudoin, m'a appris cela en m'apportant les pierres vraies, afin que je donne aux fausses la même coupe et la même forme ; madame Mathieu a chargé de la même besogne quatre autres lapidaires, car il y a quarante ou cinquante pierres à tailler... Je ne pouvais pas tout faire... cela devait être prêt ce matin, il faut à M. Baudoin le temps de remonter les pierres fausses... Madame Mathieu dit que souvent des dames font ainsi en cachette remplacer leurs diamants par des cailloux du Rhin.

— Tu vois bien, les fausses pierres font le même effet que les vraies, et les grandes dames, qui mettent seulement ça pour se parer, n'auraient jamais l'idée de sacrifier un diamant au soulagement de malheureux comme nous!

— Pauvre femme! sois donc raisonnable, le chagrin te rend injuste... Qui est-ce qui sait que nous, les Morel, nous sommes malheureux!

— Oh! quel homme! quel homme!... On te couperait en morceaux, toi, que tu dirais merci.

Morel haussa les épaules avec compassion.

— Combien te devra ce matin madame Mathieu ? — reprit Madeleine.

— Rien, puisque je suis en avance avec elle de cent vingt francs...

— Rien ! Mais nous avons fini avant-hier nos derniers vingt sous... Il n'y a pas un liard à la maison.

— C'est vrai — dit Morel d'un air abattu.

— Et comment allons-nous faire ?

— Je ne sais pas...

— Et le boulanger ne veut plus nous fournir à crédit...

— Non... puisque hier j'ai emprunté le quart d'un pain à madame Pipelet

— La mère Burette ne nous prêterait rien ?

— Nous prêter !... Maintenant qu'elle a tous nos effets en gage, sur quoi nous prêterait-elle ?.. sur nos enfants ?... — dit Morel avec un sourire amer.

— Mais ma mère, les enfants et toi, vous n'avez mangé hier qu'une livre de pain à vous tous !... Vous ne pouvez pas mourir de faim non plus... Aussi, c'est ta faute... tu n'as pas voulu te faire inscrire cette année au bureau de charité.

— On n'inscrit que les pauvres qui ont des meubles... et nous n'en avons plus... on nous regarde comme en garni. C'est comme pour être admis aux salles d'asile, il faut que les enfants aient au moins une blouse, et les nôtres n'ont que des haillons ; et puis, pour le bureau de charité, il aurait fallu, pour me faire inscrire, aller, retourner peut-être vingt fois au bureau, puisque nous n'avons pas de protections... ça me ferait perdre plus de temps que ça ne vaudrait... Car, qu'est-ce qu'on nous donnerait ! un pain *par mois*, et une demi-livre de viande *par quinzaine* [1].

— Mais comment faire, alors !...

— Peut-être cette petite dame qui est venue hier ne nous oubliera pas...

— Oui... comptes-y... Mais madame Mathieu te prêtera bien cent sous... tu travailles pour elle depuis dix ans... elle ne peut pas laisser dans une pareille peine un honnête ouvrier chargé de famille.

— Je ne crois pas qu'elle puisse nous prêter quelque chose. Elle a fait tout ce qu'elle a pu en m'avançant petit à petit cent vingt francs ; c'est une grosse somme pour elle. Parce qu'elle est courtière en diamants et qu'elle en a quelquefois pour cinquante mille francs dans son cabas, elle n'en est pas plus riche. Quand elle gagne cent francs par mois, elle est bien contente, car elle a des charges... deux nièces à élever. Cent sous pour elle, vois-tu, c'est comme cent sous pour nous... et il y a des moments où on ne les a pas... tu le sais bien. Étant déjà de beaucoup en avance avec moi, elle ne peut s'ôter le pain de la bouche à elle et aux siens.

— Voilà ce que c'est que de travailler pour des courtiers au lieu de tra-

[1] Telle est généralement la proportion des dons faits par les bureaux de bienfaisance, vu le grand nombre de pauvres inscrits.

vailler pour les forts joailliers ; ils sont moins regardants quelquefois.. Mais tu te laisses toujours manger la laine sur le dos... c'est ta faute.

— C'est ma faute ! — s'écria ce malheureux, exaspéré par cet absurde reproche — est-ce ta mère ou non qui est cause de toutes nos misères ? S'il n'avait pas fallu payer le diamant qu'elle a perdu, ta mère !... nous serions en avance, nous aurions le prix de mes journées, nous aurions les onze cents francs que nous avons retirés de la caisse d'épargne pour les joindre aux treize cents francs que nous a prêtés ce M. Jacques Ferrand, que Dieu maudisse !

— Tu t'obstines encore à ne lui rien demander, à celui-là... Après ça, il est si avare... que ça ne servirait peut-être à rien... mais enfin on essaie toujours...

— A lui !... à lui !... m'adresser à lui !... — s'écria Morel — j'aimerais mieux me laisser brûler à petit feu... Tiens... ne me parle pas de cet homme-là... tu me rendrais fou...

En disant ces mots, la physionomie du lapidaire, ordinairement douce et résignée, prit une expression de sombre énergie ; son pâle visage se colora légèrement : il se leva brusquement du grabat où il était assis, et marcha dans la mansarde avec agitation. Malgré son apparence grêle, difforme, l'attitude et les traits de cet homme respiraient alors une généreuse indignation.

— Je ne suis pas méchant — s'écria-t-il — de ma vie je n'ai fait de mal à personne... mais, vois-tu... ce notaire ! oh ! je lui souhaite autant de mal qu'il m'en a fait. — Puis, mettant ses deux mains sur son front, il murmura d'une voix douloureuse : — Mon Dieu ! pourquoi donc faut-il qu'un mauvais sort, que je n'ai pas mérité, me livre, moi et les miens, pieds et poings liés, à cet hypocrite ? Aura-t-il donc le droit d'user de sa richesse pour perdre, corrompre et désoler ceux qu'il veut perdre, corrompre et désoler ?

— C'est ça, c'est ça — dit Madeleine — déchaîne-toi contre lui... tu seras bien avancé quand il t'aura fait mettre en prison... comme il peut le faire d'un jour à l'autre pour cette lettre de change de treize cents francs, pour laquelle il a obtenu jugement contre toi... Il te tient comme un oiseau au bout d'un fil. Je le déteste autant que toi, ce notaire ; mais puisque nous sommes dans sa dépendance... il faut bien...

— Laisser déshonorer notre fille ! n'est-ce pas ? — s'écria le lapidaire d'une voix foudroyante.

— Mon Dieu ! tais-toi donc, ces enfants sont éveillés... ils t'entendent...

— Bah ! bah ! tant mieux ! — reprit Morel avec une effrayante ironie — ça sera d'un bon exemple pour nos deux petites filles, ça les préparera... il n'a qu'un jour à en avoir aussi la fantaisie, le notaire !... Ne sommes-nous pas dans sa dépendance, comme tu dis toujours ?... Voyons ! répète donc encore qu'il peut me faire mettre en prison... voyons, parle franchement... il faut lui abandonner notre fille, n'est-ce pas !

Puis ce malheureux termina son imprécation en éclatant en sanglots, car

cette honnête et bonne nature ne pouvait long-temps soutenir ce ton de douloureux sarcasme.

— O mes enfants! — s'écria-t-il en fondant en larmes — mes pauvres enfants! ma Louise!... ma bonne et belle Louise!... trop belle... trop belle...
c'est aussi de là que viennent tous nos malheurs! Si elle n'avait pas été si
belle, cet homme ne m'aurait pas proposé de me prêter cet argent... Je suis
laborieux et honnête, le joaillier m'aurait donné du temps, je n'aurais pas
d'obligation à ce vieux monstre, et il n'abuserait pas du service qu'il nous a
rendu pour tâcher de déshonorer ma fille... je ne l'aurais pas laissée un jour
chez lui... Mais il le faut... il le faut... il me tient dans sa dépendance... Oh!
la misère... la misère... que d'outrages elle fait dévorer!

— Mais comment faire aussi? il a dit à Louise : « Si tu t'en vas de chez
moi, je fais mettre ton père en prison... »

— Oui, il la tutoie comme la dernière des créatures.

— Si ce n'était que cela, on se ferait une raison; mais si elle quitte le notaire, il te fera prendre, et alors, pendant que tu seras en prison, que veux-tu
que je devienne toute seule, moi, avec nos enfants et ma mère? Quand Louise
gagnerait vingt francs par mois dans une autre place, est-ce que nous pouvons
vivre six personnes là-dessus?

— Oui, c'est pour vivre que nous laissons peut-être déshonorer Louise.

— Tu exagères toujours : le notaire la poursuit, c'est vrai... elle nous l'a
dit; mais elle est honnête, tu le sais bien.

— Oh! oui, elle est honnête, et active, et bonne!... Quand, nous voyant
dans la gêne à cause de ta maladie, elle a voulu entrer en place pour ne pas
nous être à charge, je ne t'ai pas dit, va, ce que ça m'a coûté!... Elle servante... maltraitée, humiliée!... elle si fière naturellement, qu'en riant... te
souviens-tu! nous riions alors, nous l'appelions *la princesse*, parce qu'elle
disait toujours qu'à force de propreté elle rendrait notre pauvre réduit comme
un petit palais... Chère enfant, ç'aurait été mon luxe de la garder près de
nous, quand j'aurais dû passer les nuits au travail... C'est qu'aussi, quand je
voyais sa bonne figure rose et ses jolis yeux bruns devant moi, là, près de
mon établi, et que je l'écoutais chanter, ma tâche ne me paraissait pas lourde!
Pauvre Louise, si laborieuse et avec ça si gaie!... Jusqu'à ta mère dont elle
faisait ce qu'elle voulait!... Mais, dame! aussi, quand elle vous parlait, quand
elle vous regardait, il n'y avait pas moyen de ne pas dire comme elle... Et
toi, comme elle te soignait! comme elle t'amusait!... Et ses frères et ses
sœurs, s'en occupait-elle assez?... Elle trouvait le temps de tout faire. Aussi,
avec Louise, tout notre bonheur... tout... s'en est allé.

— Tiens, Morel, ne me rappelle pas ça... tu me fends le cœur — dit Madeleine en pleurant à chaudes larmes.

— Et quand je pense que peut-être ce vieux monstre... Tiens, vois-tu... à
cette pensée la tête me tourne... il me prend des envies d'aller le tuer et de
me tuer après...

— Et nous, qu'est-ce que nous deviendrions? Et puis, encore une fois, tu t'exagères. Le notaire aura peut-être voulu seulément plaisanter avec Louise. D'ailleurs il va à la messe tous les dimaches; il fréquente beaucoup de prêtres... Il y a bien des gens qui disent qu'il est plus sûr de placer l'argent chez lui qu'à la caisse d'épargne.

— Qu'est-ce que cela prouve? qu'il est riche et hypocrite... Je connais bien Louise... elle est honnête... Oui, mais elle nous aime tendrement; son cœur saigne de notre misère. Elle sait que, sans moi, vous mourriez tout à fait de faim; et si le notaire l'a menacée de me faire mettre en prison... la malheureuse a été peut-être capable de... Oh! ma tête!... c'est à en devenir fou!

— Mon Dieu! si cela était arrivé, le notaire lui aurait donné de l'argent, des cadeaux, et, bien sûr, elle n'aurait rien gardé pour elle; elle nous en aurait fait profiter, et...

— Tais-toi... je ne comprends pas seulement que tu aies des idées pareilles... Louise accepter... Louise...

— Pas pour elle... pour nous...

— Tais-toi... encore une fois, tais-toi!... tu me fais frémir... Sans moi... je ne sais pas ce que tu serais devenue... et mes enfants aussi, avec des raisons pareilles.

— Quel mal est-ce que je dis!

— Aucun...

— Eh bien! pourquoi crains-tu que...

Le lapidaire interrompit impatiemment sa femme .

— Je crains... parce que je remarque que depuis trois mois, chaque fois que Louise vient ici et qu'elle m'embrasse... elle rougit.

— Du plaisir de te voir.

— Ou de honte... elle est de plus en plus triste...

— Parce qu'elle nous voit de plus en plus malheureux. Et puis, quand je lui parle du notaire, elle dit que maintenant il ne la menace plus de te faire emprisonner.

— Oui, mais à quel prix ne la menace-t-il plus! elle ne le dit pas, et j'ai remarqué qu'elle rougit en m'embrassant... O mon Dieu! ça serait déjà pourtant bien mal à un maître de dire à une pauvre fille honnête, dont le pain dépend de lui : « Cède-moi, ou je te chasse; et, si l'on vient s'informer de toi, je répondrai que tu es un mauvais sujet, pour t'empêcher de te placer ailleurs... » Mais lui dire : « Cède-moi, ou je fais mettre ton père en prison! » lui dire cela lorsqu'on sait que toute une famille vit du travail de ce père, oh! c'est mille fois plus criminel encore!

— Et quand on pense qu'avec un des diamants qui sont là sur ton établi tu pourrais avoir de quoi rembourser le notaire, faire sortir notre fille de chez lui. et la garder chez nous... — dit lentement Madeleine.

— Quand tu me répéteras cent fois la même chose, à quoi bon?... Certainement que, si j'étais riche, je ne serais pas pauvre — reprit Morel avec une douloureuse impatience.

La probité était tellement naturelle et pour ainsi dire tellement organique chez cet homme, qu'il ne lui venait pas à l'esprit que sa femme, abattue, aigrie par le malheur, pût concevoir quelque arrière-pensée mauvaise et voulût tenter son irréprochable honnêteté.

Il reprit amèrement :

— Il faut se résigner. Heureux ceux qui peuvent avoir leurs enfants auprès d'eux, et les défendre des piéges ; mais une fille du peuple, qui la garantit ! Personne... Est-elle en âge de gagner quelque chose, elle part le matin pour son atelier, rentre le soir ; pendant ce temps-là la mère travaille de son côté, le père du sien. Le temps, c'est notre fortune, et le pain est si cher qu'il ne nous reste pas le loisir de veiller sur nos enfants ; et puis on crie à l'inconduite des filles pauvres... comme si leurs parents avaient le moyen de les garder chez eux, ou le temps de les surveiller quand elles sont dehors... Les privations ne nous sont rien auprès du chagrin de quitter notre femme, notre enfant, notre père... C'est surtout à nous, pauvres gens, que la vie de famille serait salutaire et consolante... Et dès que nos enfants sont en âge de raison, nous sommes forcés de nous en séparer !

A ce moment on frappa bruyamment à la porte de la mansarde.

EUSTACHE ...E   H. VOIBUAT

PIERRE BOURDIN ET MALICORNE,
Recors.

CHAPITRE V.

LE JUGEMENT.

Étonné... le lapidaire se leva et alla ouvrir.

Deux hommes entrèrent dans la mansarde.

L'un, maigre, grand, à figure ignoble et bourgeonnée, encadrée d'épais favoris noirs grisonnants, tenait à la main une grosse canne plombée, portait un chapeau déformé et une longue redingote verte crottée, étroitement boutonnée. Son col de velours noir râpé laissait voir un cou long, rouge, pelé comme celui d'un vautour... Cet homme s'appelait Malicorne.

L'autre, plus petit, et de mine aussi basse, rouge, gros et trapu, était vêtu avec une sorte de somptuosité grotesque. Des boutons de brillants attachaient les plis de sa chemise d'une propreté douteuse, et une longue chaîne d'or serpentait sur un gilet écossais d'étoffe passée, que laissait voir un paletot de panne d'un gris jaunâtre...

Cet homme s'appelait Bourdin.

— Oh! que ça pue le pauvre ici! — dit Malicorne en s'arrêtant au seuil.

— Le fait est que ça ne sent pas le musc! Nom d'un chien, quelles pratiques! — reprit Bourdin en faisant un geste de dégoût et de mépris; puis il s'avança vers l'artisan qui le regardait avec autant de surprise que d'indignation...

A travers la porte laissée entre-bâillée, on vit apparaître la figure méchante, attentive et rusée de Tortillard, qui, ayant suivi ces inconnus à leur insu, regardait, épiait, écoutait.

— Que voulez-vous? — dit brusquement le lapidaire, révolté de la grossièreté des deux hommes.

— Jérôme Morel! — lui répondit Bourdin.

— C'est moi...

— Ouvrier lapidaire?

— C'est moi.

— Bien sûr?

— Encore une fois, c'est moi... Vous m'impatientez... que voulez-vous!... expliquez-vous, ou sortez!...

— Que ça d'honnêteté!... merci!... Dis donc, Malicorne — reprit l'homme en se retournant vers son camarade — il n'y a pas *gras* ici... c'est pas comme chez le vicomte de Saint-Remy?

— Oui... mais quand il y a *gras*, on trouve visage de bois... comme nous l'avons trouvé rue de Chaillot. Le moineau avait filé la veille... et roide encore, tandis que des vermines pareilles, ça reste collé à son chenil.

— Je crois bien; ça ne demande qu'à être *serré* [1] pour avoir la pâtée.

— Faut encore que le *loup* [2] soit bon enfant; ça lui coûtera plus que ça ne vaut... mais ça le regarde.

— Tenez — dit Morel avec indignation — si vous n'étiez pas ivres comme vous en avez l'air, on se mettrait en colère... Sortez de chez moi à l'instant!

— Ah! ah! il est fameux, le *déjeté* — s'écria Bourdin en faisant une allusion insultante à la déviation de la taille du lapidaire. — Dis donc, Malicorne, il a le toupet d'appeler ça un *chez soi*... un bouge où je ne voudrais pas mettre mon chien...

— Mon Dieu! mon Dieu! — s'écria Madeleine, si effrayée qu'elle n'avait pas jusqu'alors pu dire une parole — appelle donc au secours... c'est peut-être des malfaiteurs... Prends garde à tes diamants...

En effet, voyant ces deux inconnus de mauvaise mine s'approcher de plus en plus de l'établi où étaient encore exposées les pierreries, Morel craignit quelque mauvais dessein, courut à sa table, et de ses deux mains couvrit les pierres précieuses.

Tortillard, toujours aux écoutes et aux aguets, retint les paroles de Madeleine, remarqua le mouvement de l'artisan et se dit:

— Tiens... tiens... tiens... on le disait lapidaire en faux; si les pierres étaient fausses il n'aurait pas peur d'être volé... Bon à savoir: alors la mère Mathieu, qui vient souvent ici, est donc aussi courtière en *vrai*... C'est donc de vrais diamants qu'elle a dans son cabas... Bon à savoir: je dirai ça à la Chouette — ajouta le fils de Bras-Rouge.

— Si vous ne sortez pas de chez moi, je crie à la garde — dit Morel.

[1] Emprisonne. — [2] Le créancier.

Les enfants effrayés de cette scène commencèrent à pleurer, et la vieille idiote se dressa sur son séant...

— S'il y a quelqu'un qui ait le droit de crier à la garde... c'est nous... entendez-vous, mauvais déjeté ! — dit Bourdin.

— Vu que la garde doit nous prêter main-forte pour vous conduire en prison si vous regimbez — ajouta Malicorne. — Nous n'avons pas de juge de paix avec nous, c'est vrai ; mais si vous tenez à jouir de sa société, on va vous en servir un sortant de son lit, tout chaud, tout bouillant... Bourdin va aller le chercher...

— En prison... moi ! — s'écria Morel frappé de stupeur.

— Oui, à Clichy...

— A Clichy ? — répéta l'artisan d'un air hagard.

— A-t-il la boule dure, celui-là ! — dit Malicorne.

— A la prison pour dettes... aimez-vous mieux ça ! — reprit Bourdin.

— Vous... vous... seriez... comment... le notaire... Ah ! mon Dieu !...

Et l'ouvrier, pâle comme la mort, retomba sur son escabeau, sans pouvoir ajouter une parole.

— Nous sommes gardes du commerce pour vous pincer, si nous en étions capables... Y êtes-vous, *pays ?*

— Morel... le billet du maître de Louise !... Nous sommes perdus ! — s'écria Madeleine d'une voix déchirante.

— Voilà le jugement — dit Malicorne en tirant de son portefeuille sale et gras un acte timbré.

Après avoir psalmodié, comme d'habitude, une partie de cette requête d'une voix presque inintelligible, il articula nettement les derniers mots, malheureusement trop significatifs pour l'artisan :

Jugeant en dernier ressort, le tribunal condamne le sieur Jérôme Morel à payer au sieur Pierre Petit-Jean, négociant [1], *par toutes voies de droit, et même par corps, la somme de treize cents francs avec l'intérêt à dater du jour du protêt, et le condamne en outre aux dépens.*

Fait et jugé à Paris, le 13 septembre, etc., etc.

— Et Louise, alors ! et Louise ! — s'écria Morel presque égaré, sans paraître entendre ce grimoire — où est-elle ? Elle est donc sortie de chez le notaire, puisqu'il me fait emprisonner ?... Louise... mon Dieu ! qu'est-elle devenue !

— Qui, ça, Louise ? — dit Bourdin.

— Laisse-le donc — reprit brutalement Malicorne — est-ce que tu ne vois pas qu'il bat la breloque ? Allons — et il s'approcha de Morel — allons, par file à gauche... en avant marche, décanillons ; j'ai besoin de prendre l'air, ça empoisonne ici.

— Morel, n'y va pas. Défends-toi — s'écria Madeleine avec égarement. —

---

[1] L'habile notaire, ne pouvant poursuivre en son nom personnel, avait fait faire au malheureux Morel ce qu'on appelle une acceptation en blanc, et avait fait remplir la lettre de change par un tiers.

Tue-les, ces gueux-là. Oh! es-tu poltron!... Tu te laisseras emmener! tu nous abandonneras?

— Faites comme chez vous, madame — dit Bourdin d'un air sardonique. — Mais si votre homme lève la main sur moi, je l'étourdis — ajouta-t-il en faisant le moulinet avec sa canne plombée.

Seulement préoccupé de Louise, Morel n'entendait rien de ce qu'on disait autour de lui. Tout à coup une expression de joie amère éclaira son visage, il s'écria :

— Louise a quitté la maison du notaire... j'irai en prison de bon cœur... — Mais jetant un regard autour de lui, il s'écria : — Et ma femme... et sa mère... et mes autres enfants... qui les nourrira! On ne voudra pas me confier de pierres pour travailler en prison... on croira que c'est mon inconduite qui m'y envoie... Mais c'est donc la mort des miens, notre mort à tous qu'il veut, le notaire?

— Une fois! deux fois! finirons-nous? — dit Bourdin — ça nous embête à la fin... Habillez-vous et filons.

— Mes bons messieurs, pardon de ce que je vous ai dit tout à l'heure! — s'écria Madeleine toujours couchée. — Vous n'aurez pas le cœur d'emmener Morel... Qu'est-ce que vous voulez que je devienne avec mes cinq enfants et ma mère qui est folle! tenez, la voyez-vous... là, accroupie sur son matelas!... Elle est folle, mes bons messieurs!... elle est folle!...

— La vieille tondue?

— Tiens! c'est vrai, elle est tondue; oh! c'te balle!... — dit Malicorne en éclatant de rire — je croyais qu'elle avait un serre-tête blanc...

— Mes enfants, jetez-vous aux genoux de ces bons messieurs — s'écria Madeleine, voulant, par un dernier effort, attendrir les recors; — priez-les de ne pas emmener votre pauvre père... notre seul gagne-pain...

Malgré les ordres de leur mère, les enfants pleuraient, effrayés, n'osant pas sortir de leur grabat.

A ce bruit inaccoutumé, à l'aspect des deux recors, qu'elle ne connaissait pas, l'idiote commença de jeter des hurlements sourds en se recognant contre la muraille. Morel semblait étranger à ce qui se passait autour de lui; ce coup était si affreux, si inattendu; les conséquences de cette arrestation lui apparaissaient si épouvantables, qu'il ne pouvait y croire... Déjà affaibli par des privations de toutes sortes, les forces lui manquaient; il restait pâle, hagard, assis sur son escabeau, affaissé sur lui-même, les bras pendants, la tête baissée sur sa poitrine...

— Ah çà! mille tonnerres!... ça finira-t-il!... — s'écria Malicorne. — Est-ce que vous croyez qu'on est à la noce ici! Marchons, ou je vous empoigne!

Le recors mit sa main sur l'épaule de l'artisan et le secoua rudement... Cette menace, ce geste inspirèrent une grande frayeur aux enfants; les trois petits garçons sortirent de leur paillasse, à moitié nus, et vinrent, éplorés, se jeter aux pieds des gardes du commerce, joignant les mains, et criant d'une voix déchirante :

— Grâce !... ne tuez pas notre père !...

A la vue de ces malheureux enfants frissonnant de froid et d'épouvante, Bourdin, malgré sa dureté naturelle et son habitude de pareilles scènes, se sentit presque ému. Son camarade, impitoyable, dégagea brutalement sa jambe des étreintes des enfants qui s'y cramponnaient suppliants.

— Eh ! hu donc, les moutards !... Quel chien de métier, si on avait toujours affaire à des canailles de mendiants pareils !...

Un épisode horrible rendit cette scène plus affreuse encore... L'aînée des petites filles, restée couchée dans la paillasse avec sa sœur malade, s'écria tout à coup :

— Maman, maman, je ne sais pas ce qu'elle a, Adèle... Elle est toute froide ! Elle me regarde toujours... et elle ne respire plus...

La pauvre enfant phthisique venait d'expirer doucement, sans une plainte, son regard toujours attaché sur celui de sa sœur, qu'elle aimait tendrement...

Il est impossible de rendre le cri que jeta la femme du lapidaire à cette affreuse révélation, car elle comprit tout... Ce fut un de ces cris pantelants, convulsifs, arrachés du plus profond des entrailles d'une mère.

— Ma sœur a l'air d'être morte ! mon Dieu ! mon Dieu ! j'en ai peur —

s'écria l'enfant en se précipitant hors de la paillasse et courant épouvantée se jeter dans les bras de sa mère.

Celle-ci, oubliant que ses jambes presque paralysées ne pouvaient la soutenir, fit un violent effort pour se lever et courir auprès de sa fille morte; mais les forces lui manquèrent, elle tomba sur le carreau en poussant un dernier cri de désespoir.

Ce cri trouva un écho dans le cœur de Morel; il sortit de sa stupeur: d'un bond fut à la paillasse, y saisit sa fille âgée de quatre ans...

Il la trouva morte...

Le froid, le besoin avaient hâté sa fin... quoique sa maladie, fruit de la misère, fût mortelle... Ses pauvres petits membres étaient déjà roidis et glacés...

Morel, les cheveux hérissés par le désespoir et par l'effroi, restait immobile, tenant sa fille morte entre ses bras. Il la contemplait d'un œil fixe, sec et rouge.

— Morel, Morel... donnez-moi Adèle! — s'écriait la malheureuse mère en étendant les bras vers son mari. — Ce n'est pas vrai... non, elle n'est pas morte... tu vas voir, je vais la réchauffer...

La curiosité de l'idiote fut excitée par l'empressement des deux recors à s'approcher du lapidaire qui ne voulait pas se séparer du corps de son enfant. La vieille cessa de hurler, se leva de sa couche, s'approcha lentement, passa sa tête hideuse et stupide par-dessus l'épaule de Morel... et pendant quelques moments l'aïeule contempla le cadavre de sa petite-fille... Les traits de l'idiote gardèrent leur expression habituelle d'hébétement farouche; au bout d'une minute, elle fit entendre une sorte de bâillement caverneux, rauque, comme celui d'une bête affamée : puis, retournant à son grabat, elle s'y jeta en criant :

— A faim !! a faim !!

— Vous voyez, messieurs, vous voyez, une pauvre petite fille de quatre ans, Adèle... Elle s'appelle Adèle. Je l'ai embrassée hier au soir encore; et ce matin... voilà! Vous me direz que c'est toujours celle-là de moins à nourrir, et que j'ai du bonheur, n'est-ce pas? — dit l'artisan d'un air hagard.

Sa raison commençait à s'ébranler sous tant de coups réitérés.

— Morel, je veux ma fille; je la veux! — s'écria Madeleine!

— C'est vrai, chacun à son tour d'en jouir... — répondit le lapidaire. Et il alla poser l'enfant dans les bras de sa femme.

Puis il cacha sa figure dans ses mains en poussant un long gémissement.

Madeleine, non moins égarée que son mari, enfouit dans la paille de son grabat le corps de sa fille, le couvant des yeux avec une sorte de jalousie sauvage, pendant que les autres enfants, agenouillés, éclataient en sanglots.

Les recors, un moment émus par la mort de l'enfant, retombèrent bientôt dans leur habitude de dureté brutale.

— Ah çà! voyons, camarade — dit Malicorne au lapidaire — votre fille est morte, c'est un malheur; nous sommes tous mortels; nous n'y pouvons rien, ni vous non plus... Il faut nous suivre; nous avons encore un particulier à pincer, car le gibier donne aujourd'hui...

Morel n'entendait pas cet homme.

Complétement égaré dans de funèbres pensées, l'artisan se disait d'une voix sourde et saccadée :

— Il va pourtant falloir ensevelir ma petite fille... la veiller... ici... jusqu'à ce qu'on vienne l'emporter... L'ensevelir !... mais avec quoi ? nous n'avons rien... Et le cercueil... qui est-ce qui nous en fera crédit ? Oh ! un cercueil tout petit... pour un enfant de quatre ans .. ça ne doit pas être cher... et puis pas de corbillard... on prend ça sous son bras... Ah ! ah ! ah ! — ajouta-t-il avec un éclat de rire effrayant — comme j'ai du bonheur !... elle aurait pu mourir à dix-huit ans, à l'âge de Louise, et on ne m'aurait pas fait crédit d'un grand cercueil...

— Ah çà ! mais, minute ! ce gaillard-là est capable d'en perdre la boule -— dit Bourdin à Malicorne : — regarde donc ses yeux... il fait peur... Allons, bon !... et la vieille idiote qui hurle la faim !... Quelles pratiques !...

— Faut pourtant en finir... Quoique l'arrestation de ce mendiant-là ne soit tarifée qu'à 76 francs 75 centimes, nous enflerons, comme de juste, les frais à 240 ou 250 francs. C'est le *loup* [1] qui paye...

— Dis donc qui avance; car c'est ce moineau-là qui payera les violons... puisque c'est lui qui va la danser...

— Quand celui-là aura de quoi payer à son créancier 2,500 francs pour capital, intérêts, frais et tout... il fera chaud...

— Ça ne sera pas comme ici, car on gèle... — dit le recors en soufflant dans ses doigts. — Finissons-en, emballons-le, il pleurnichera en chemin... Est-ce que c'est notre faute, à nous, si sa petite est crevée ?...

— Quand on est aussi gueux que ça on ne fait pas d'enfants.

— C'est vrai — ajouta Malicorne; puis, frappant sur l'épaule de Morel : — Allons, allons, camarade, nous n'avons pas le temps d'attendre; puisque vous ne pouvez pas payer, en prison !

— En prison, M. Morel ! — s'écria une voix jeune et pure. Et une jeune fille brune, fraîche, rose et coiffée en cheveux, entra vivement dans la mansarde.

— Ah ! mademoiselle Rigolette — dit un des enfants en pleurant — vous êtes si bonne ! Sauvez papa, on veut l'emmener en prison, et notre petite sœur est morte...

— Adèle est morte ! — s'écria la jeune fille, dont les grands yeux noirs et brillants se voilèrent de larmes. — Votre père en prison ! ça ne se peut pas...

Et, immobile, elle regardait tour à tour le lapidaire, sa femme et les recors. Bourdin s'approcha de Rigolette.

---

[1] Le créancier.

— Voyons, ma belle enfant, vous qui avez votre sang-froid, faites entendre raison à ce brave homme; sa petite fille est morte, à la bonne heure! mais il faut qu'il nous suive à Clichy... à la prison pour dettes : nous sommes gardes du commerce...

— C'est donc vrai! — s'écria la jeune fille.

— Très-vrai. La mère a la petite dans son lit, on ne peut pas la lui ôter; ça l'occupe... Le père devrait profiter de ça pour filer.

— Mon Dieu! mon Dieu, quel malheur! — s'écria Rigolette — quel malheur! comment faire?

— Payer ou aller en prison, il n'y a pas de milieu; avez-vous deux ou trois billets de *mille* à leur prêter? — demanda Malicorne d'un air goguenard; — si vous les avez, aboulez les *noyaux*, nous ne demandons pas mieux.

— Ah! c'est affreux! — dit Rigolette avec indignation. — Oser plaisanter devant un pareil malheur!

— Eh bien! sans plaisanterie — reprit l'autre recors — puisque vous voulez être bonne à quelque chose, tâchez que la femme ne nous voie pas emmener le mari. Vous leur éviterez à tous les deux un mauvais quart d'heure.

Quoique brutal, le conseil était bon; Rigolette le suivit, et s'approcha de Madeleine. Celle-ci, égarée par le désespoir, n'eut pas l'air de voir la jeune fille, qui s'agenouilla auprès du grabat avec les autres enfants.

Morel n'était revenu de son égarement passager que pour tomber sous le coup des réflexions les plus accablantes; plus calme, il put contempler l'horreur de sa position. Décidé à cette extrémité, le notaire devait être impitoyable, les recors faisaient leur métier.

L'artisan se résigna.

— Ah çà! marchons-nous, à la fin? — lui dit Bourdin.

— Je ne puis pas laisser ces diamants ici; ma femme est à moitié folle — dit Morel en montrant les diamants épars sur son établi. — La courtière pour qui je travaille doit venir les chercher ce matin ou dans la journée; il y en a pour une somme considérable.

— Bon — dit Tortillard, qui était toujours resté auprès de la porte entrebâillée — bon, bon, bon, la Chouette saura ça.

— Accordez-moi seulement jusqu'à demain — reprit Morel — afin que je puisse remettre ces diamants à la courtière.

— Impossible! finissons tout de suite!

— Mais je ne veux pas, en laissant ces diamants ici, les exposer à être perdus.

— Emportez-les avec vous; notre fiacre est en bas, vous le payerez avec les frais. Nous irons chez votre courtière; si elle n'y est pas, vous déposerez ces pierreries au greffe de Clichy; ils seront aussi en sûreté là qu'à la Banque... Voyons, dépêchons-nous; nous filerons sans que votre femme et vos enfants vous aperçoivent.

— Accordez-moi jusqu'à demain, que je puisse faire enterrer mon enfant!

— demanda Morel d'une voix suppliante et altérée par les larmes qu'il contraignait.

— Non !... voilà plus d'une heure que nous perdons ici...

— Cet enterrement vous attristerait encore — ajouta Malicorne.

— Ah ! oui... cela m'attristerait — dit Morel avec amertume. — Vous craignez tant d'attrister les gens !... Alors un dernier mot...

— Voyons, sacrebleu ! dépêchez-vous !... — dit Malicorne avec une impatience brutale.

— Depuis quand avez-vous ordre de m'arrêter ?

— Le jugement a été rendu il y a quatre mois, mais c'est hier que notre huissier a reçu l'ordre du notaire de le mettre à exécution...

— Hier seulement ?... pourquoi si tard ?

— Est-ce que je le sais, moi !... Allons, votre paquet !

— Hier !... et Louise n'a pas paru ici : où est-elle ? qu'est-elle devenue ? — dit le lapidaire en tirant de l'établi une boîte de carton remplie de coton, dans laquelle il rangea les pierres. — Mais ne pensons pas à cela. . En prison j'aurai le temps d'y songer.

— Voyons, faites vite votre paquet et habillez-vous.

— Je n'ai pas de paquet à faire, je n'ai que ces diamants à emporter pour les consigner au greffe.

— Habillez-vous alors !...

— Je n'ai pas d'autres vêtements que ceux-là.

— Vous allez sortir avec ces guenilles ! — dit Bourdin.

— Je vous ferai honte, sans doute ! — dit le lapidaire avec amertume.

— Non, puisque nous allons dans votre fiacre — répondit Malicorne.

— Papa, maman t'appelle — dit un des enfants.

— Ecoutez — murmura rapidement Morel en s'adressant à un des recors — ne soyez pas inhumain... accordez-moi une dernière grâce. Je n'ai pas le courage de dire adieu à ma femme, à mes enfants... mon cœur se briserait... S'ils vous voient m'emmener, ils accourront auprès de moi... Je voudrais éviter cela. Je vous en supplie, dites-moi tout haut que vous reviendrez dans trois ou quatre jours, et feignez de vous en aller... vous m'attendrez à l'étage au-dessous... je sortirai cinq minutes après... ça m'épargnera les adieux, je n'y résisterais pas, je vous assure... Je deviendrais fou... j'ai manqué le devenir tout à l'heure.

— Connu !... vous voulez me *faire voir le tour !...* — dit Malicorne — vous voulez filer... vieux blagueur.

— Oh ! mon Dieu !... mon Dieu ! — s'écria Morel avec une douloureuse indignation.

— Je ne crois pas qu'il blague — dit tout bas Bourdin à son compagnon ; — faisons ce qu'il demande, sans ça nous ne sortirons jamais d'ici ; je vais d'ailleurs rester là en dehors de la porte... il n'y a pas d'autre sortie à la mansarde, il ne peut pas nous échapper.

— A la bonne heure, mais que le tonnerre l'emporte !... quelle chenille ! quelle chenille !... — Puis, s'adressant à voix basse à Morel : — C'est convenu, nous vous attendons au quatrième... faites votre frime, et dépêchons !

— Je vous remercie — dit Morel.

— Eh bien ! à la bonne heure ! — reprit Bourdin à voix haute en regardant l'artisan d'un air d'intelligence — puisque c'est comme ça, et que vous nous promettez de payer, nous vous laissons ; nous reviendrons dans cinq ou six jours... mais alors soyez exact !

— Oui, messieurs, j'espère alors pouvoir payer — répondit Morel.

Les recors sortirent.

Tortillard, de peur d'être surpris, avait disparu dans l'escalier au moment où les gardes du commerce sortaient de la mansarde.

— Madame Morel, entendez-vous ? — dit Rigolette en s'adressant à la femme du lapidaire pour l'arracher à sa lugubre contemplation — on laisse votre mari tranquille ; ces deux hommes sont sortis.

— Maman, entends-tu ? on n'emmène pas mon père — reprit l'aîné des garçons.

— Morel ! écoute, écoute... Prends un des gros diamants, on ne le saura pas, et nous sommes sauvés — murmura Madeleine tout à fait en délire. — Notre petite Adèle n'aura plus froid, elle ne sera plus morte...

Profitant d'un instant où aucun des siens ne le regardait, le lapidaire sortit avec précaution.

Le garde du commerce l'attendait en dehors, sur une espèce de petit palier aussi lambrissé par le toit. Sur ce palier s'ouvrait la porte d'un grenier qui prolongeait en partie la mansarde des Morel, et dans lequel M. Pipelet serrait ses provisions de cuir. En outre (nous l'avons dit) le digne portier appelait ce réduit *sa loge de mélodrame,* parce qu'au moyen d'un trou pratiqué à la cloison entre deux lattes, il allait quelquefois assister aux tristes scènes qui se passaient chez les Morel.

Le recors remarqua la porte du grenier ; un instant il pensa que peut-être son prisonnier avait compté sur cette issue pour fuir ou pour se cacher.

— Allons, en route, mauvaise troupe ! — dit-il en mettant le pied sur la première marche de l'escalier, et il fit signe au lapidaire de le suivre.

— Une minute encore, par grâce !... — dit Morel.

Et il se mit à genoux sur le carreau ; à travers une des fentes de la porte, il jeta un dernier regard sur sa famille, joignit les mains, et dit tout bas d'une voix déchirante en pleurant à chaudes larmes :

— Adieu ! mes pauvres enfants... adieu ! ma pauvre femme... adieu !

— Ah çà ! finirez-vous vos antiennes ? — dit brutalement Bourdin. — Malicorne a bien raison, quelle chenille ! mille tonnerres, quelle chenille !

Morel se releva, il allait suivre le recors, lorsque ces mots retentirent dans l'escalier :

— Mon père ! mon père !

— Louise! s'écria le lapidaire en levant les mains au ciel. — Je pourrai donc l'embrasser avant de partir!

— Merci, mon Dieu! j'arrive à temps!... — dit la voix en se rapprochant de plus en plus.

Et on entendit la jeune fille monter précipitamment l'escalier.

— Soyez tranquille, ma petite — dit une troisième voix aigre, poussive, essoufflée, partant d'une région plus inférieure — je m'embusquerai, s'il le faut, dans l'allée, nous trois mon balai et mon vieux chéri, et ils ne sortiront pas d'ici que vous ne leur ayez parlé, les gueusards!

On a sans doute reconnu madame Pipelet, qui, moins ingambe que Louise, la suivait lentement. Quelques minutes après, la fille du lapidaire était dans les bras de son père.

— C'est toi, Louise! ma bonne Louise! — disait Morel en pleurant.—Mais comme tu es pâle! Mon Dieu! qu'as-tu?

— Rien... rien... — répondit Louise en balbutiant. — J'ai couru si vite !...
Voici l'argent...

— Comment !!...

— Tu es libre !

— Tu savais donc ?

— Oui, oui... Prenez, monsieur, voici l'argent — dit la jeune fille en donnant un rouleau d'or à Malicorne.

— Mais cet argent, Louise ! cet argent !

— Tu sauras tout... sois tranquille... Viens rassurer ma mère !

— Non, tout à l'heure ! — s'écria Morel en se plaçant devant la porte ; il pensait à la mort de sa petite fille, que Louise ignorait encore. — Attends, il faut que je te parle... Mais cet argent ?

— Minute ! — dit Malicorne en finissant de compter les pièces d'or qu'il empocha. — Soixante-quatre, soixante-cinq ; ça fait treize cents francs. Est-ce que vous n'avez que ça, la petite mère ?

— Mais tu ne dois que treize cents francs ? — dit Louise stupéfaite en s'adressant à son père.

— Oui — dit Morel.

— Minute !... — reprit le recors, — le billet est de treize cents francs, bon ; voilà le billet payé... mais les frais ?... sans l'arrestation, il y en a déjà pour onze cent quarante francs.

— Oh ! mon Dieu ! mon Dieu ! — s'écria Louise — je croyais que ce n'était que treize cents francs. Mais, monsieur... plus tard on vous payera le reste... voilà un assez fort à-compte... n'est-ce pas, mon père ?

— Plus tard... à la bonne heure !... apportez l'argent au greffe et on lâchera votre père. Allons, marchons !...

— Vous l'emmenez !!

— Et roide... C'est un à-compte... qu'il paye le reste, il sera libre... Passe, Bourdin, et en route !

— Grâce... grâce !... — s'écria Louise.

— Ah ! quelle scie !... voilà les geigneries qui recommencent : c'est à vous faire suer en plein hiver... ma parole d'honneur ? — dit brutalement le recors. Puis s'avançant vers Morel : — Si vous ne marchez pas tout de suite je vous empoigne au collet et je vous fais descendre bon train : c'est embêtant, à la fin !

— Oh ! mon pauvre père... moi qui le croyais sauvé au moins ! — dit Louise avec accablement.

— Non... non... Dieu n'est pas juste !... — s'écria le lapidaire d'une voix désespérée en frappant du pied avec rage.

— Rassurez-vous, il y a une Providence pour les honnêtes gens — dit une voix douce et vibrante.

Au même instant Rodolphe parut à la porte du petit réduit, d'où il avait invisiblement assisté à plusieurs des scènes que nous venons de raconter. Il était pâle et profondément ému. A cette apparition subite, les recors reculèrent; Morel et sa fille regardèrent cet inconnu avec stupeur. Tirant de la poche de son gilet un petit paquet de billets de banque pliés, Rodolphe en prit trois, et, les présentant à Malicorne, lui dit :

— Voici deux mille cinq cents francs, rendez à cette jeune fille l'or qu'elle vous a donné !

De plus en plus étonné, le recors prit les billets en hésitant, les examina en tout sens, les tourna, les retourna, finalement les empocha. Puis, sa grossièreté reprenant le dessus à mesure que son étonnement mêlé de frayeur se dissipait, il toisa Rodolphe et lui dit :

— Ils sont bons, vos billets ; mais comment avez-vous entre les mains une somme pareille ? Est-elle bien à vous au moins ? — ajouta-t-il.

Rodolphe était très-modestement vêtu et couvert de poussière, grâce à son séjour dans le grenier de M. Pipelet.

— Je t'ai dit de rendre cet or... à cette jeune fille — répondit Rodolphe d'une voix brève et dure.

— Je t'ai dit !!.. Et pourquoi donc que tu me tutoies!... — s'écria le recors en s'avançant vers Rodolphe d'un air menaçant.

— Cet or!... rends cet or! — dit le prince en serrant si violemment le poignet de Malicorne, que celui-ci plia sous cette étreinte de fer et s'écria :

— Oh! mais vous me faites mal... lâchez-moi!...

— Rends donc cet or!... Drôle, tu es payé, va-t'en... sans dire d'insolence, ou je te jette en bas de l'escalier.

— Eh bien! le voilà, cet or — dit Malicorne en remettant le rouleau à la jeune fille — mais ne me tutoyez pas et ne me maltraitez pas... parce que vous êtes plus fort que moi...

— C'est vrai... qui êtes-vous pour vous donner ces airs-là — dit Bourdin en s'abritant derrière son confrère — qui êtes-vous ?

— Comment, qui ça est ?... mais c'est mon locataire... mon roi des locataires, mal-sains! mal-appris! mal-propres! mal-embouchés que vous êtes! — s'écria madame Pipelet, qui apparut enfin tout essoufflée, et toujours coiffée de sa perruque blonde à la Titus. La portière tenait à la main un poêlon de terre rempli de soupe fumante qu'elle apportait charitablement aux Morel.

— Qu'est-ce qu'elle veut, cette vieille fouine ! — dit Bourdin.

— Si vous attaquez mon physique, je me jette sur vous et je vous mords — s'écria madame Pipelet — et par là-dessus mon locataire, mon roi des locataires, vous fichera du haut en bas des escaliers comme il le dit... Et je vous balayerai comme un tas d'ordures que vous êtes.

— Cette vieille est capable d'ameuter la maison contre nous. Nous sommes payés, nous avons fait nos frais, filons! — dit Bourdin à Malicorne.

— Voici vos pièces! — dit celui-ci en jetant un dossier aux pieds de Morel.

— Ramasse!... on te paye, sois honnête! — dit Rodolphe, et arrêtant le recors d'une main vigoureuse, de l'autre il lui montra les papiers.

Sentant, à cette nouvelle et redoutable étreinte, qu'il ne pourrait lutter contre un pareil adversaire, le garde du commerce se baissa en murmurant, ramassa le dossier, et le remit à Morel, qui le prit machinalement.

Il croyait rêver.

— Vous, quoique vous ayez une poigne de fort de la halle, ne tombez jamais sous notre coupe! — dit Malicorne.

Et après avoir montré le poing à Rodolphe, d'un saut il enjamba dix marches, suivi de son complice, qui regardait derrière lui avec un certain effroi.

Madame Pipelet se mit en mesure de venger Rodolphe des menaces du recors; regardant son poêlon d'un air inspiré, elle s'écria héroïquement :

—Les dettes des Morel sont payées... ils vont avoir de quoi manger; ils n'ont plus besoin de ma pâtée, gare là-dessous !!

Et, se penchant sur la rampe, la vieille vida le contenu de son poêlon sur le dos des deux recors, qui arrivaient à ce moment au premier étage.

— Et alllllez... donc! — ajouta la portière — les voilà trempés comme une soupe... comme deux soupes... eh! eh! eh! c'est le cas de le dire...

— Mille millions de tonnerres! — s'écria Malicorne inondé de la préparation culinaire de madame Pipelet — voulez-vous faire attention là-haut... vieille gaupe!...

— Alfred! — riposta madame Pipelet en criant à tue-tête, d'une voix aiguë à percer le tympan d'un sourd... — Alfred! tape dessus, vieux chéri!... ils ont voulu faire les Bédouins avec ta *Stasie* (Anastasie). Les indécents... m'ont saccagée... tape dessus à grands coups de balai... Dis à l'écaillère et au rogomiste de t'aider... A vous! à vous! à vous! au chat! au chat!... au voleur!... Kiss! kiss! kiss!... Brrrrrr... Hou... hou!... Tape dessus!... vieux chéri!!! Boum!... boum!!!...

Et pour clore formidablement ces onomatopées qu'elle avait accompagnées de trépignements furieux, madame Pipelet, emportée par l'ivresse de la victoire, lança du haut en bas de l'escalier son poêlon de faïence, qui, se brisant avec un bruit épouvantable au moment où les recors, étourdis de ces cris affreux, descendaient *quatre à quatre* les dernières marches, augmenta prodigieusement leur effroi.

Et alllllez donc! — s'écria Anastasie en riant aux éclats et en se croisant les bras dans une attitude triomphante...

. . . .

Pendant que madame Pipelet poursuivait les recors ' de ses injures et de ses huées, Morel s'était jeté aux pieds de Rodolphe.

---

¹ Voici quelques faits curieux sur la contrainte par corps, cités dans *le Pauvre Jacques*, journal publié sous le patronage de la SOCIÉTÉ DE LA MORALE CHRÉTIENNE (*Comité des Prisons*) :

« Un protêt et une signification de contrainte par corps, tarifés par la loi, le premier à 4 fr. 35 c., et la seconde à 4 fr. 70 c., sont généralement portés par les huissiers, le premier à 10 fr. 40 c., la seconde à 16 fr. 40 c. Les huissiers font donc illégalement payer 26 fr. 80 c. ce qui est tarifé par la loi à 9 fr. 50 c.

» Pour une arrestation la loi accorde aux gardes du commerce : timbre et enregistrement, 3 fr. 50 c. ; le fiacre, 5 fr. ; l'arrestation et l'écrou, 60 fr. 25 c. ; droit de greffe, 8 fr. Total : 76 fr. 75 c.

» Une note de frais citée comme moyenne de ce que réclament ordinairement les gardes du commerce pour une arrestation, porte ces frais à 240 fr. environ, au lieu de 76 légalement dus. »

On lit enfin dans le même journal :

« Le garde du commerce *** est venu nous prier de rectifier l'article de *la Femme pendue*. Ce n'est pas moi, dit-il, *qui lui ai donné la mort*. Nous n'avons pas dit que *** eût tué cette malheureuse femme. Nous reproduisons textuellement notre article :

« Le garde du commerce *** va pour arrêter un menuisier rue de la Lune ; le menuisier l'aperçoit dans la » rue, il crie : — Je suis perdu, on vient pour m'arrêter! — Sa femme l'entend, ferme la porte, et le menui- » sier va se cacher dans son grenier. Le garde du commerce va chercher le juge de paix et un serrurier ; la » porte de la chambre de la femme est enfoncée....... *la femme s'était pendue!* Le garde du commerce ne s'ar- » rête pas à la vue du cadavre ; il continue sa perquisition, et trouve enfin le mari. — Je vous arrête. — Je » n'ai pas d'argent. — En ce cas, en prison! — Je vous suis; laissez-moi dire adieu à ma femme.

» — *Ça n'est pas la peine; votre femme s'est pendue, elle est morte.....* »

« Qu'avez-vous à dire, M***! ajoute le journal que nous citons; nous *n'avons fait que copier votre procès-verbal d'écrou*, dans lequel vous avez horrib'ement et minutieusement décrit cette épouvantable histoire. »

Enfin le même journal cite deux ou trois cents faits dont le suivant est pour ainsi dire la moyenne :

« *Sur un billet de 300 fr. de capital*, un huissier a fait 964 fr. de frais. Le débiteur, ouvrier, père de cinq enfants, est en prison depuis sept mois. »

Pour deux raisons l'auteur de ce livre emprunte ces citations au *Pauvre Jacques* :

D'abord pour montrer que le chapitre qu'on vient de lire est, dans son invention, encore au-dessous de la réalité;

— Ah ! monsieur, vous nous sauvez la vie !... A qui devons-nous ce secours inespéré ?...

— Au Dieu *des bonnes gens*... comme dit votre immortel Béranger...

Puis surtout pour prouver que, seulement au point de vue philanthropique, le maintien d'un tel état de choses (l'exorbitance des frais illégalement et impunément perçus par certains officiers publics) paralyse souvent les plus généreuses intentions...,. Ainsi, avec 1,000 francs on pourrait arracher à la prison et rendre à leur famille trois ou quatre honnêtes et malheureux ouvriers presque toujours incarcérés pour des sommes de 250 ou 500 francs ; mais ces sommes étant triplées par une déplorable exagération de frais, souvent les personnes les plus charitables reculent devant une bonne œuvre, en songeant que les deux tiers de leur libéralité doivent profiter aux huissiers et à leurs recors.

Et pourtant il est peu de misères plus dignes d'intérêt et de pitié que celle des infortunés dont nous venons de parler.   E. S.

Louise Morel

vêtements [...] fille [...]

Nous n'essaier[...] [...] de cette famille [...] même, dans cet [...] dolphe seul [...] dont [...]

— Oui, [...]
— C'est ale[...]
— Il serait v[...]
— Est-vous [...] louer ici [...]

CHAPITRE VI.

RIGOLETTE

Louise, la fille du lapidaire, était remarquablement belle, d'une beauté grave : svelte et grande, elle tenait de la Junon antique par la régularité de ses traits sévères, et de la Diane chasseresse par l'élégance de sa taille élevée. Malgré le hâle de son teint, malgré la rougeur rugueuse de ses mains d'un très-beau galbe, mais durcies par les travaux domestiques, malgré ses humbles vêtements, cette jeune fille avait un extérieur plein de noblesse.

Nous n'essaierons pas de peindre la reconnaissance et la stupeur joyeuse de cette famille si brusquement arrachée à un sort épouvantable. Un moment même, dans cet enivrement subit, la mort de la petite fille fut oubliée. Rodolphe seul remarqua l'extrême pâleur de Louise et la sombre préoccupation dont elle semblait toujours accablée, malgré la délivrance de son père. Voulant rassurer complétement les Morel sur leur avenir et expliquer une libéralité qui pouvait compromettre son incognito, le prince dit au lapidaire, qu'il emmena sur le palier pendant que Rigolette préparait Louise à apprendre la mort de sa petite sœur :

— Avant-hier matin une jeune dame est venue chez vous?

— Oui, monsieur, et a paru bien peinée de l'état où elle nous voyait.

— C'est elle que vous devez remercier, non pas moi...

— Il serait vrai!... monsieur? cette jeune dame...

— Est votre bienfaitrice. J'ai souvent porté des étoffes chez elle : en venant louer ici une chambre au quatrième, j'ai appris par la portière votre cruelle position... comptant sur la charité de cette dame, j'ai couru chez elle... et avant-hier elle était ici, afin de juger par elle-même de l'étendue de votre malheur : elle en a été douloureusement émue; mais comme ce malheur pouvait être le fruit de l'inconduite, elle m'a chargé de prendre moi-même, et le plus tôt possible, des renseignements sur vous, désirant proportionner ses bienfaits à votre probité.

— Bonne et excellente dame! j'avais bien raison de dire...

— De dire à Madeleine : *Si les riches savaient!* n'est-ce pas!

— Comment, monsieur, connaissez-vous le nom de ma femme?... qui vous a appris que...

— Depuis ce matin six heures — dit Rodolphe en interrompant Morel — je suis caché dans le petit grenier qui avoisine votre mansarde.

— Vous ?... monsieur !...

— Et j'ai tout entendu, tout, honnête et excellent homme !!!

— Mon Dieu !... mais comment étiez-vous là ?

— Je ne pouvais être mieux renseigné que par vous-même; j'ai voulu vous voir, et vous entendre à votre insu... Le portier m'avait parlé de ce petit réduit en me proposant de me le céder pour en faire un bûcher. Ce matin je lui ai demandé à le visiter, j'y suis resté une heure, et j'ai pu me convaincre qu'il n'y avait pas un caractère plus probe, plus noble, plus courageusement résigné que le vôtre.

— Mon Dieu, monsieur, il n'y a pas grand mérite : je suis né comme ça, je ne pourrais pas être autrement.

— Je le sais; aussi je ne vous loue pas, je vous apprécie... J'allais sortir de ce réduit pour vous délivrer des recors, lorsque j'ai entendu la voix de votre fille. J'ai voulu lui laisser le plaisir de vous sauver... Malheureusement la rapacité des gardes du commerce a enlevé cette douce satisfaction à la pauvre Louise; alors j'ai paru. J'avais reçu hier quelques sommes qui m'étaient dues, j'ai été à même de faire une avance à votre bienfaitrice en payant pour vous cette malheureuse dette. Mais votre infortune a été si grande, si honnête, si digne, que l'intérêt qu'on vous porte, et que vous méritez, ne s'arrêtera pas là. Je puis, au nom de votre ange sauveur, vous répondre d'un avenir paisible, heureux, pour vous et pour les vôtres...

— Il serait possible !... Mais, au moins, son nom, monsieur ? son nom, à cet ange du ciel, à cet ange sauveur, comme vous l'appelez ?

— Oui, c'est un ange... Et vous aviez encore raison de dire que grands et petits avaient leurs peines.

— Cette dame serait malheureuse ?

— Qui n'a pas ses chagrins ?... Mais je ne vois aucune raison de vous taire son nom... Cette dame s'appelle...

Songeant que madame Pipelet n'ignorait pas que madame d'Harville était venue dans la maison pour demander le *Commandant*, Rodolphe, craignant l'indiscret bavardage de la portière, reprit après un moment de silence :

— Je vous dirai le nom de cette dame... à une condition...

— Oh ! parlez, monsieur !...

— C'est que vous ne le répéterez à personne.. vous entendez ? à personne...

— Oh ! je vous le jure... Mais ne pourrais-je pas au moins la remercier, cette providence des malheureux ?

— Je le demanderai à madame d'Harville, je ne doute pas qu'elle n'y consente...

— Cette dame se nomme ?

— Madame la marquise d'Harville.

— Oh ! je n'oublierai jamais ce nom-là. Ce sera ma sainte... mon adoration... Quand je pense que, grâce à elle, ma femme, mes enfants sont sauvés !... Sauvés ! pas tous... pas tous... ma pauvre petite Adèle, nous ne la reverrons plus!... Hélas! mon Dieu, il faut se dire qu'un jour ou l'autre nous l'aurions perdue, elle était condamnée...

Et le lapidaire essuya ses larmes...

— Quant aux derniers devoirs à rendre à cette pauvre petite, si vous m'en croyez.. voilà ce qu'il faut faire... Je n'occupe pas encore ma chambre; elle est grande, saine, aérée; il y a déjà un lit, on y transportera ce qui sera nécessaire pour que vous et votre famille vous puissiez vous établir là, en attendant que madame d'Harville ait trouvé à vous caser convenablement... Le corps de votre enfant restera dans la mansarde, où il sera cette nuit, comme il convient, gardé et veillé par un prêtre. Je vais prier M. Pipelet de s'occuper de ces tristes détails.

— Mais, monsieur, vous priver de votre chambre!... ça n'est pas la peine... Maintenant que nous voilà tranquilles, que je n'ai plus peur d'aller en prison... notre pauvre logis me semblera un palais, surtout si ma Louise nous reste... pour tout soigner comme par le passé...

— Votre Louise ne vous quittera plus... Vous disiez que ce serait votre luxe d'avoir toujours votre fille auprès de vous... Elle y restera... ce sera votre récompense...

— Mon Dieu... monsieur, est-ce possible? ça me paraît un rêve... Je n'ai jamais été dévot... je n'ai eu que la religion de l'honneur... mais un tel coup du sort... ça vous ferait croire non aux prêtres... mais à la Providence!...

— Et si la douleur d'un père pouvait reconnaître des compensations — reprit tristement Rodolphe — je vous dirais qu'une de vos filles vous est retirée, mais que l'autre vous est rendue.

— C'est juste, monsieur. Nous aurons notre Louise maintenant...

— Vous acceptez ma chambre, n'est-ce pas? sinon comment faire pour cette triste veillée mortuaire?... Songez donc à votre femme, dont la tête est déjà si faible.. lui laisser pendant vingt-quatre heures un si douloureux spectacle sous les yeux!

— Vous songez à tout!... à tout!... Combien vous êtes bon, monsieur!

— C'est votre ange bienfaiteur qu'il faut remercier, sa bonté m'inspire. Je vous dis ce qu'il vous dirait, il m'approuvera, j'en suis sûr... Ainsi vous acceptez, c'est convenu... Maintenant dites-moi, ce Jacques Ferrand?...

Un sombre nuage passa sur le front de Morel.

— Ce Jacques Ferrand — reprit Rodolphe — est bien Jacques Ferrand, notaire, qui demeure rue du Sentier?

— Oui, monsieur... Est-ce que vous le connaissez? — Puis, assailli de nouveau par ses craintes au sujet de Louise, Morel s'écria : — Puisque vous avez tout entendu, monsieur, dites... dites... ai-je le droit d'en vouloir à cet homme?... et qui sait... si ma fille... ma Louise...

Il ne put achever et cacha sa figure dans ses mains.

Rodolphe comprit ses craintes.

— La démarche même du notaire — lui dit-il — doit vous rassurer : il vous faisait sans doute arrêter pour se venger des dédains de votre fille; du reste j'ai tout lieu de croire que c'est un malhonnête homme… S'il en est ainsi — dit Rodolphe après un moment de silence — comptons sur… la Providence pour le punir…; si elle sommeille souvent, elle s'éveille parfois.

— Il est bien riche et bien hypocrite, monsieur !

— Vous étiez désespéré, un ange sauveur est venu à vous… un vengeur inexorable atteindra peut-être le notaire… s'il est coupable.

A ce moment, Rigolette sortit de la mansarde en essuyant ses yeux.

Rodolphe dit à la jeune fille :

— N'est-ce pas, ma voisine, que M. Morel fera bien d'occuper ma chambre avec sa famille, en attendant que son bienfaiteur, dont je ne suis que l'agent, lui ait trouvé un logement convenable?

Rigolette regarda Rodolphe d'un air étonné,

— Comment, monsieur… vous seriez assez généreux?…

— Oui, mais à une condition… qui dépend de vous, ma voisine…

— Oh! tout ce qui dépendra de moi…

— J'avais quelques comptes très-pressés à régler pour mon patron… on doit les venir chercher tantôt… mes papiers sont en bas. Si, en qualité de voisine, vous vouliez me permettre de m'occuper de ce travail chez vous… sur un coin de votre table… pendant que vous travaillerez? je ne vous dérangerais pas, et la famille Morel pourrait tout de suite, avec l'aide de M. et madame Pipelet, s'établir chez moi.

— Oh! si ce n'est que cela, monsieur, bien volontiers; entre voisins on doit s'entr'aider… Vous donnez l'exemple par ce que vous faites pour ce bon M. Morel… A votre service, monsieur…

— Appelez-moi *mon voisin*… sans cela ça me gênera… et je n'oserai pas accepter — dit Rodolphe en souriant.

— Qu'à cela ne tienne! Je puis bien vous appeler mon voisin, puisque vous l'êtes.

— Papa, maman te demande… viens! viens! — dit un des petits garçons en sortant de la mansarde.

— Allez, mon cher monsieur Morel; quand tout sera prêt en bas, on vous en fera prévenir.

Le lapidaire rentra précipitamment chez lui.

— Maintenant, ma voisine — dit Rodolphe à Rigolette — il faut encore que vous me rendiez un service.

— De tout mon cœur, si c'est possible, mon voisin.

— Vous êtes, j'en suis sûr, une excellente petite ménagère; il s'agirait d'acheter à l'instant ce qui est nécessaire pour que la famille Morel soit convenablement vêtue, couchée et établie dans ma chambre, où il n'y a encore que mon mobilier de garçon (et il n'est pas lourd) qu'on a apporté hier. Comment allons-nous faire pour nous procurer tout de suite ce que je désire pour les Morel?

Rigolette réfléchit un moment et répondit :

— Avant deux heures vous aurez ça, de bons vêtements tout faits, bien chauds, bien propres, du bon linge bien blanc pour toute la famille, deux petits lits pour les enfants, un pour la grand'mère, tout ce qu'il faut enfin... mais, par exemple, cela coûtera beaucoup, beaucoup d'argent.

— Diable.. Et combien?

— Oh! au moins... au moins cinq ou six cents francs...

— Pour le tout?

— Hélas! oui... vous voyez, c'est bien de l'argent! — dit Rigolette en ouvrant de grands yeux et en secouant la tête.

— Et nous aurions ça?

— Avant deux heures!

— Mais vous êtes donc une fée, ma voisine?

— Mon Dieu, non; c'est bien simple... Le *Temple* est à deux pas d'ici, et vous y trouverez tout ce dont vous aurez besoin.

— Le Temple!

— Oui, le Temple.

— Qu'est-ce que cela!

— Vous ne connaissez pas le Temple, mon voisin!

— Non, ma voisine.

— C'est pourtant là où les gens comme vous et moi se meublent et se nippent quand ils sont économes. C'est bien moins cher qu'ailleurs et c'est aussi bon...

— Vraiment!

— Je le crois bien; tenez, je suppose... combien avez-vous payé votre redingote?

— Je ne vous dirai pas précisément...

— Comment, mon voisin, vous ne savez pas ce que coûte votre redingote!

— Je vous avouerai en confidence, ma voisine — dit Rodolphe souriant — que je la dois... Alors, vous comprenez... je ne peux pas savoir...

— Ah! mon voisin... mon voisin... vous me faites l'effet de ne pas avoir beaucoup d'ordre.

— Hélas! non, ma voisine...

— Il faudra vous corriger de cela, si vous voulez que nous soyons amis... et je vois déjà que nous le serons... vous avez l'air si bon! Vous verrez que vous ne serez pas fâché de m'avoir pour voisine. Vous m'aiderez... je vous aiderai... on est voisin, c'est pour ça... J'aurai bien soin de votre linge... vous me donnerez un coup de main pour cirer ma chambre... Je suis matinale, je vous réveillerai afin que vous ne soyez pas en retard à votre magasin. Je frapperai à votre cloison jusqu'à ce que vous m'ayez dit : Bonjour, voisine!

— C'est convenu, vous m'éveillerez; vous aurez soin de mon linge, et je cirerai votre chambre.

— Et vous aurez de l'ordre!

— Certainement.

— Et quand vous aurez quelques effets à acheter, vous irez au Temple ; car, tenez, un exemple : votre redingote vous coûte quatre-vingts francs, je suppose ; eh bien ! vous l'auriez eue au Temple pour trente francs.

— Mais c'est merveilleux !... Ainsi, vous croyez qu'avec cinq ou six cents francs ces pauvres Morel ?...

— Seraient nippés de tout, et très-bien, et pour long-temps.

— Ma voisine, une idée !...

— Voyons l'idée !

— Vous vous connaissez en objets de ménage ?

— Mais oui... un peu — dit Rigolette avec une nuance de fatuité.

— Prenez mon bras, et allons au Temple acheter de quoi nipper les Morel, ça va-t-il ?

— Oh ! quel bonheur !... pauvres gens !... mais de l'argent ?

— J'en ai.

— Cinq cents francs ?

— Le bienfaiteur des Morel m'a donné carte blanche, il n'épargnera rien pour que ces braves gens soient bien... S'il y a même un endroit où l'on trouve de meilleures fournitures qu'au Temple...

— On ne trouve nulle part rien de mieux, et puis il y a de tout et tout fait : de petites robes pour les enfants, des robes pour leur mère.

— Allons au Temple alors, ma voisine...

— Ah ! mon Dieu, mais...

— Quoi donc ?

— Rien... c'est que, voyez-vous... mon temps... c'est tout mon avoir ; je me suis déjà même un peu arriérée... en venant par-ci par-là veiller la pauvre femme Morel ; et vous concevez, une heure d'un côté, une heure de l'autre, ça fait petit à petit une journée ; une journée, c'est trente sous ; et quand on ne gagne rien un jour, il faut vivre tout de même... mais, bah !... c'est égal... je prendrai cela sur ma nuit... et puis, tiens ! les parties de plaisir sont rares, et je me fais une joie de celle-là... il me semblera que je suis riche... riche, riche, et que c'est avec mon argent que j'achète toutes ces bonnes choses pour ces pauvres Morel... Eh bien ! voyons, le temps de mettre mon châle, un bonnet, et je suis à vous, mon voisin.

— Voulez-vous que pendant ce temps-là j'apporte mes papiers chez vous ?

— Bien volontiers, ça fait que vous verrez ma chambre — dit Rigolette avec orgueil — car mon ménage est déjà fait, ce qui vous prouve que je suis matinale, et que si vous êtes dormeur et paresseux... tant pis pour vous, je vous serai un mauvais voisinage...

Et, légère comme un oiseau, Rigolette descendit l'escalier, suivie de Rodolphe, qui alla chez lui se débarrasser de la poussière du grenier de M. Pipelet. Nous dirons plus tard comment Rodolphe n'était pas encore prévenu de

l'enlèvement de Fleur-de-Marie, qui avait eu lieu la veille à la ferme de Bouqueval, et pourquoi il n'était pas venu visiter les Morel le lendemain de son entretien avec madame d'Harville.

Rodolphe armé, par manière de contenance, d'un formidable rouleau de papiers, entra dans la chambre de Rigolette.

Rigolette était à peu près du même âge que la Goualeuse, son ancienne amie de prison. Il y avait entre ces deux jeunes filles la différence qu'il y a entre le rire et les larmes; entre l'insouciance joyeuse et la rêverie mélancolique;... entre l'imprévoyance la plus audacieuse et une sombre, une incessante préoccupation de l'avenir;... entre une nature délicate, exquise, élevée, poétique, douloureusement sensible, incurablement blessée par le remords... et une nature gaie, vive, heureuse, bonne et compatissante. Rigolette n'avait de chagrins que ceux des autres; elle y sympathisait de toutes ses forces, se dévouait corps et âme à ce qui souffrait; mais n'y songeait plus, *le dos tourné*, comme on dit vulgairement. Souvent elle s'interrompait de rire aux éclats pour pleurer sincèrement, et elle s'interrompait de pleurer pour rire encore. En véritable enfant de Paris, Rigolette préférait l'étourdissement au calme, le mouvement au repos, l'âpre et retentissante harmonie de l'orchestre des bals de la *Chartreuse* ou du *Colysée* au doux murmure du vent, des eaux et du feuillage... le tumulte assourdissant des carrefours de Paris à la solitude des champs... l'éblouissement des feux d'artifice, le flamboiement du *bouquet*, le fracas des bombes, à la sérénité d'une belle nuit pleine d'étoiles, d'ombre et de silence. Hélas! oui, la chère fille préférait franchement le pavé des rues de la *capitale* à la mousse fraîche des sentiers ombreux, parfumés de violettes; la poussière des boulevards au balancement des épis d'or, émaillés de l'écarlate des pavots sauvages et de l'azur des bluets...

Rigolette ne quittait sa chambre que le dimanche, et le matin de chaque jour, pour faire sa provision *de mouron, de pain, de lait, et de millet pour elle et ses deux oiseaux*, comme disait madame Pipelet; mais elle vivait à Paris pour Paris. Elle eût été au désespoir d'habiter ailleurs que dans sa *capitale*.

Quelques mots de la figure de la grisette, et nous introduirons Rodolphe dans la chambre de sa voisine.

Rigolette avait dix-huit ans à peine, une taille moyenne, petite même, mais si gracieusement modelée, si finement cambrée, si voluptueusement arrondie... si bien d'accord avec sa démarche à la fois leste et furtive, qu'elle paraissait accomplie : le mouvement de ses jolis pieds, toujours irréprochablement chaussés de bottines de casimir noir à semelle un peu épaisse, rappelait l'allure alerte, coquette et discrète de la caille ou de la bergeronnette. Elle ne semblait pas marcher, mais effleurer le pavé en glissant rapidement à sa surface. Cette démarche particulière aux grisettes, à la fois agile, agaçante et légèrement effarouchée, doit être sans doute attribuée à trois causes : à leur désir d'être trouvées jolies; — à leur crainte d'une admiration traduite par une pantomime trop expressive ; — à la préoccupation qu'elles ont toujours de perdre le moins de temps possible dans leurs pérégrinations.

Rodolphe n'avait encore vu Rigolette qu'au sombre jour de la mansarde des Morel ou sur un palier non moins obscur ; il fut donc ébloui de l'éclatante fraîcheur de la jeune fille lorsqu'il entra doucement dans sa chambre éclairée par deux larges croisées. Il resta un moment immobile, frappé du gracieux tableau qu'il avait sous les yeux. Debout devant une glace placée au-dessus de sa cheminée, Rigolette finissait de nouer sous son menton les brides de ruban d'un petit bonnet de tulle brodé, orné d'une légère garniture piquée de faveurs cerise ; ce bonnet, très-étroit de passe, posé fort en arrière, laissait bien à découvert deux larges et épais bandeaux de cheveux lisses, brillants comme du jais, tombant très-bas sur le front ; ses sourcils fins, déliés, semblaient tracés à l'encre et s'arrondissaient au-dessus de deux grands yeux noirs éveillés et malins ; ses joues fermes et pleines se veloutaient du plus frais incarnat, frais à la vue, frais au toucher, comme une pêche vermeille imprégnée de la froide rosée du matin. Son petit nez relevé, espiègle, effronté, eût fait la fortune d'une Lisette ou d'une Marton ; sa bouche un peu grande, aux lèvres bien roses, bien humides, aux petites dents blanches, serrées, perlées, était rieuse et moqueuse ; de trois charmantes fossettes, qui donnaient une grâce mutine à sa physionomie, deux se creusaient aux joues, l'autre au menton, non loin d'un grain de beauté, petite mouche d'ébène *meurtrièrement* posée au coin de la bouche. Entre un col garni, largement rabattu, et le fond du petit bonnet, froncé par un ruban cerise, on voyait la naissance d'une forêt de beaux cheveux si parfaitement tordus et relevés que leur racine se dessinait aussi nette, aussi noire que si elle eût été peinte sur l'ivoire de ce cou charmant. Une robe de mérinos raisin de Corinthe, à dos plat et à manches justes, faites *avec amour* par Rigolette, révélait une taille tellement mince et svelte, que la jeune fille ne portait jamais de corset... par économie. Une souplesse, une désinvolture inaccoutumées dans les moindres mouvements des épaules et du corsage, qui rappelaient la moelleuse ondulation des allures de la chatte, trahissaient cette particularité. Qu'on se figure une robe étroitement collée aux formes rondes et polies du marbre, et l'on conviendra que Rigolette pouvait parfaitement se passer de l'accessoire de toilette dont nous avons parlé. La ceinture d'un petit tablier de levantine gros-vert entourait sa taille, qui eût tenu entre les dix doigts.

Confiante dans la solitude où elle croyait être, car Rodolphe restait toujours à la porte immobile et inaperçu, la grisette, après avoir lustré ses bandeaux du plat de sa main mignonne, blanche et parfaitement soignée, mit son petit pied sur une chaise et se courba pour resserrer le lacet de sa bottine. Cette opération intime ne put s'accomplir sans exposer aux yeux indiscrets de Rodolphe un bas de coton blanc comme la neige, et la moitié d'une jambe d'un galbe pur et irréprochable.

D'après le récit détaillé que nous avons fait de sa toilette, on devine que

Rigolette avait choisi son plus joli bonnet et son plus joli tablier pour faire *honneur* à son voisin dans leur visite au Temple. Elle trouvait le prétendu commis-marchand fort à son gré : sa figure, à la fois bienveillante, fière et hardie, lui plaisait beaucoup ; puis il se montrait si compatissant envers les Morel, en leur cédant généreusement sa chambre, que, grâce à cette preuve de bonté, et peut-être aussi grâce à l'agrément de ses traits, Rodolphe avait sans s'en douter fait un pas de géant dans la confiance de la grisette. Celle-ci, d'après ses idées pratiques sur l'intimité forcée et les obligations réciproques qu'impose le voisinage, s'estimait très-franchement heureuse de ce qu'un voisin tel que Rodolphe venait succéder au commis-voyageur, à Cabrion et à François-Germain ; car elle commençait à trouver que l'autre chambre restait bien long-temps vacante, et elle craignait surtout de ne pas la voir occupée d'une manière *convenable*.

Rodolphe profitait de son invisibilité pour jeter un coup d'œil curieux dans ce logis, qu'il trouvait encore au-dessus des louanges que madame Pipelet avait accordées à l'excessive propreté du modeste ménage de Rigolette.

Rien de plus gai, de mieux ordonné que cette chambrette. Un papier gris à bouquets verts couvrait les murs ; le carreau mis en couleur, d'un beau rouge, luisait comme un miroir. Un poêle de faïence blanche était placé dans la cheminée, où l'on avait symétriquement rangé une petite provision de bois coupé si court, si menu, que sans hyperbole on pouvait comparer chaque morceau à une énorme allumette.

Sur la cheminée de pierre, peinte en marbre gris, on voyait pour ornements deux pots à fleurs ordinaires, recouverts d'une couche de beau vert ; un petit cartel de buis renfermant une montre d'argent tenait lieu de pendule ; d'un côté brillait un bougeoir de cuivre étincelant comme de l'or, garni d'un bout de *bougie;* de l'autre côté brillait, non moins resplendissante, une de ces lampes formées d'un cylindre et d'un réflecteur de cuivre monté sur une tige d'acier et sur un pied de plomb. Une assez grande glace carrée, encadrée d'une bordure de bois noir, surmontait la cheminée. Des rideaux en toile perse, grise et verte, bordés d'un galon de laine, coupés, ouvrés, garnis par Rigolette, et aussi posés par elle sur leurs légères tringles de fer noircies, drapaient les croisées et le lit recouvert d'une courte-pointe pareille ; deux cabinets à vitrage peint en blanc, placés de chaque côté de l'alcôve, renfermaient sans doute les ustensiles de ménage, le fourneau portatif, la fontaine, les balais, etc., etc., car aucun de ces objets ne déparait l'aspect coquet de cette chambre. Une commode de bois de noyer bien veiné, bien lustré, quatre chaises du même bois, une grande table à repasser et à travailler, recouverte d'une de ces couvertures de laine verte que l'on voit dans quelques chaumières de paysans, un fauteuil de paille avec son tabouret pareil, siége habituel de la couturière, tel était ce modeste mobilier. Enfin, dans l'embrasure d'une des croisées on voyait la cage de deux serins, fidèles commensaux de Rigolette. Par une de ces idées industrieuses qui ne viennent qu'aux pauvres, cette cage était posée au milieu d'une grande caisse de bois d'un pied de profondeur; placée sur une table, cette caisse, que Rigolette appelait le jardin de ses oiseaux, était remplie de terre recouverte de mousse pendant l'hiver; au printemps la jeune fille y semait du gazon et y plantait de petites fleurs.

Rodolphe considérait ce réduit avec intérêt et curiosité; il comprenait parfaitement l'air de joyeuse humeur de la grisette. Il se figurait cette solitude égayée par le gazouillement des oiseaux et par le chant de Rigolette; l'été elle travaillait sans doute auprès de sa fenêtre ouverte, à demi voilée par un verdoyant rideau de pois de senteur roses, de capucines orange, de volubilis bleus et blancs; l'hiver elle veillait au coin de son petit poêle à la douce clarté de sa lampe.

Rodolphe en était là de ses réflexions, lorsque, regardant machinalement la porte, il y aperçut une énorme verrou... un verrou qui n'eût pas déparé la porte d'une prison.

Ce verrou le fit réfléchir.

Il pouvait avoir deux significations, deux usages bien distincts :

Fermer la porte *aux* amoureux...

Fermer la porte *sur* les amoureux...

Rodolphe fut distrait de ces interprétations par Rigolette, qui, tournant la tête, l'aperçut, et, sans changer d'attitude, lui dit :

— Tiens, voisin, vous étiez donc là !

Puis la jolie jambe disparut aussitôt sous les amples plis de la robe raisin de Corinthe, et Rigolette reprit : — Ah! monsieur le sournois!...

— J'étais là... admirant en silence...

— Et qu'admiriez-vous... mon voisin?

— Cette gentille petite chambre... car vous êtes logée comme une reine, ma voisine...

— Dame! voyez-vous... c'est mon luxe... je ne sors jamais... c'est bien le moins que je me plaise chez moi...

— Mais, je n'en reviens pas... quels jolis rideaux!... et cette commode... aussi belle que l'acajou!... Vous avez dû dépenser furieusement d'argent ici!

— Ne m'en parlez pas!... J'avais à moi quatre cent vingt-cinq francs en sortant de prison;... presque tout y a passé...

— En sortant de prison!... vous?...

— Oui... c'est toute une histoire! Vous pensez bien, n'est-ce pas, que je n'étais pas en prison pour avoir fait mal?

— Sans doute... mais comment?

— Après le choléra, je me suis trouvée toute seule au monde... J'avais alors, je crois, dix ans...

— Mais, jusque-là, qui avait pris soin de vous?

— Oh! de bien braves gens!.. mais ils sont morts du choléra... (ici, les grands yeux noirs de Rigolette devinrent humides). On a vendu le peu qu'ils possédaient pour payer quelques petites dettes, et je suis restée sans personne qui voulût me recueillir; ne sachant comment faire, je suis allée à un corps-de-garde qui était en face de notre maison, et j'ai dit au factionnaire : — Monsieur le soldat, mes parents sont morts, je ne sais où aller; qu'est-ce qu'il faut que je fasse? — Là-dessus l'officier est venu; il m'a fait conduire chez le commissaire, qui m'a fait mettre en prison comme vagabonde, et j'en suis sortie à seize ans.

— Mais vos parents?

— Je ne sais pas qui était mon père; j'avais six ans quand j'ai perdu ma mère, qui m'avait retirée des Enfants-Trouvés, où elle avait été forcée de me mettre d'abord. Les braves gens dont je vous ai parlé demeuraient dans notre maison; ils n'avaient pas d'enfants : me voyant orpheline, ils m'ont prise avec eux.

— Et quel était leur état, leur position?

— Papa Crétu, je l'appelais comme ça, était peintre en bâtiment, et sa femme bordeuse...

— Étaient-ce au moins des ouvriers aisés?

— Comme dans tous les ménages : quand je dis ménages, ils n'étaient pas mariés, mais ils s'appelaient mari et femme. Il y avait des hauts et des bas : aujourd'hui dans l'abondance, si le travail donnait; demain dans la gêne, s'il ne donnait pas; mais ça n'empêchait pas l'homme et la femme d'être contents de tout et toujours gais (à ce souvenir la physionomie de Rigolette redevint sereine). Il n'y avait pas dans le quartier un ménage pareil; toujours en train, toujours chantant; avec ça bons comme il n'est pas possible : ce qui était à eux était aux autres. Maman Crétu était une grosse réjouie de trente ans, propre comme un sou, vive comme une anguille, joyeuse comme un pinson. Son mari était un autre Roger-Bontemps; il avait un grand nez, une grande bouche, toujours un bonnet de papier sur la tête, et une figure si drôle, mais si drôle, qu'on ne pouvait le regarder sans rire! Une fois revenu à la maison, après l'ouvrage, il ne faisait que chanter, grimacer, gambader comme un enfant; il me faisait danser, sauter sur ses genoux ; il jouait avec moi comme s'il avait été de mon âge; et sa femme me gâtait, que c'était une bénédiction! Tous deux ne me demandaient qu'une chose, c'était d'être de bonne humeur; et je les contentais, Dieu merci! Aussi ils m'ont baptisée *Rigolette*, et le nom m'en est resté. Quant à la gaieté, ils me donnaient l'exemple; jamais je ne les ai vus tristes. S'ils se faisaient des reproches, c'était la femme qui disait à son mari : — Tiens, Crétu, c'est bête, tu me fais trop rire! — Ou bien c'était lui qui disait à sa femme : — Tiens, tais-toi, *Ramonette* (je ne sais pas pourquoi il l'appelait Ramonette), tais-toi, tu me fais mal, tu es trop drôle!... — Et moi je riais de les voir rire... Voilà comme j'ai été élevée, et comme ils m'ont formé le caractère... J'espère que j'ai profité!

— A merveille, ma voisine... Ainsi entre eux jamais de disputes?

— Jamais, au grand jamais!... Le dimanche, le lundi, quelquefois le mardi,

ils faisaient, comme ils disaient, la *noce*, et ils m'emmenaient toujours avec
eux... Papa Crétu était très-bon ouvrier : quand il voulait travailler, il gagnait ce qu'il lui plaisait; sa femme aussi. Dès qu'ils avaient de quoi faire le
dimanche et le lundi et vivre au courant tant bien que mal, ils étaient contents. Après ça, fallait-il chômer, ils étaient contents tout de même... Je me
rappelle que, quand nous n'avions que du pain et de l'eau, papa Crétu prenait dans sa bibliothèque...

— Il avait une bibliothèque ?

— Il appelait ainsi un petit casier où il mettait tous les recueils de chansons
nouvelles... Il les achetait et il les savait toutes. Quand il n'y avait donc que
du pain à la maison, il prenait dans sa bibliothèque un vieux livre de cuisine,
et il nous disait : « Voyons, qu'est-ce que nous allons manger aujourd'hui ?
Ceci ? cela ?... » et il nous lisait le titre d'une foule de bonnes choses; chacun
choisissait son plat, papa Crétu prenait une casserole vide, et, avec des mines
et des plaisanteries les plus drôles du monde, il avait l'air de mettre dans la
casserole tout ce qu'il fallait pour composer un bon ragoût, et puis il faisait
semblant de verser ça dans un plat, vide aussi, qu'il posait sur la table, toujours avec des grimaces à nous tenir les côtes; il reprenait ensuite son livre,
et pendant qu'il nous lisait, par exemple, le récit d'une bonne fricassée de

poulet que nous avions choisie, et qui nous faisait venir l'eau à la bouche...
nous mangions notre pain... avec sa lecture en riant comme des fous.

— Et ce joyeux ménage avait des dettes?

— Jamais!... Tant qu'il y avait de l'argent, on noçait ; quand il n'y en
avait pas, on dînait en *détrempe*, comme disait papa Crétu à cause de son état.

— Et l'avenir? il n'y songeait pas?

— Ah bien, oui! l'avenir pour nous, c'était le dimanche et le lundi; l'été
nous les passions aux barrières; l'hiver, dans le faubourg.

— Puisque ces bonnes gens se convenaient si bien, puisqu'ils faisaient si
fréquemment la *noce*... pourquoi ne se mariaient-ils pas?

— Un de leurs amis leur a demandé ça une fois devant moi...

— Eh bien?...

— Ils ont répondu : « Si nous avons un jour des enfants, à la bonne heure!...
mais, pour nous deux, nous nous trouvons bien comme ça... A quoi bon nous
forcer à faire ce que nous faisons de bon cœur?... Ça serait des frais et nous
n'avons pas d'argent de trop... » Mais, voyez un peu—reprit Rigolette—comme
je bavarde... C'est qu'aussi, une fois que je suis sur le compte de ces braves
gens, qui ont été si bons pour moi, je ne peux pas m'empêcher d'en parler
longuement... Tenez, mon voisin, soyez assez gentil pour prendre mon châle
sur mon lit et pour me l'attacher là, sous le col de ma chemisette, avec cette
grosse épingle, et nous allons descendre, car il nous faut le temps de choisir
au Temple ce que vous voulez acheter pour ces pauvres Morel.

Rodolphe s'empressa d'obéir aux ordres de Rigolette : il prit sur le lit un
grand châle tartan de couleur brune, à larges raies ponceau, et le posa soigneusement sur les charmantes épaules de Rigolette.

— Maintenant, mon voisin, relevez un peu mon col, *pincez* bien la robe et
le châle ensemble, enfoncez l'épingle, et surtout prenez garde de me piquer.

Le prince exécuta ces ordres avec ponctualité et dit à la grisette en
souriant :

— Mademoiselle Rigolette, je n'aime pas à vous servir de femme de chambre... c'est dangereux...

— Pour moi, car vous pouviez me piquer — reprit gaiement Rigolette...

— Maintenant — ajouta-t-elle en sortant et en fermant sa porte — prenez ma
clef... elle est si grosse que je crains toujours qu'elle ne crève ma poche...
C'est un vrai pistolet.

Et de rire.

Rodolphe se chargea (c'est le mot) d'une énorme clef qui aurait pu glorieu-
sement figurer sur un de ces plats allégoriques que les vaincus viennent hum-
blement offrir aux vainqueurs d'une ville. Quoique Rodolphe se crût assez
changé par les années pour ne pas être reconnu par Polidori, avant de passer
devant la porte du charlatan il releva le collet de son paletot.

— Mon voisin, n'oubliez pas de prévenir M. Pipelet qu'on va apporter des
effets qu'il faudra monter dans votre chambre — dit Rigolette.

— Vous avez raison, ma voisine; nous allons entrer un moment dans la loge du portier.

M. Pipelet, son éternel chapeau tromblon sur la tête, était, comme toujours, vêtu de son habit vert, et gravement assis devant une table couverte de morceaux de cuir et de débris de chaussures de toutes sortes; il s'occupait alors de ressemeler une botte avec le sérieux et la conscience qu'il mettait à toutes choses. Anastasie était absente de la loge.

— Eh bien, monsieur Pipelet — lui dit Rigolette — j'espère que voilà du nouveau!... Grâce à mon voisin, ces pauvres Morel sont hors de peine... Quand on pense qu'on allait conduire le pauvre ouvrier en prison!... Oh! ces gardes du commerce sont de vrais sans-cœurs!

— Et des sans-mœurs... mademoiselle — ajouta M. Pipelet, d'un ton courroucé, en gesticulant avec une botte en réparation dans laquelle il avait introduit sa main et son bras gauche. — Non, je ne crains pas de le répéter à la face du ciel et des hommes, ce sont de grands sans-mœurs; ils ont profité des ténèbres de l'escalier pour oser porter leurs gestes indécents jusque sur la taille de mon épouse... En entendant les cris de sa pudeur offensée, malgré moi j'ai cédé à la vivacité de mon caractère... Je ne le cache pas, mon premier mouvement a été de rester immobile...

— Mais ensuite vous les avez poursuivis, j'espère, monsieur Pipelet — reprit Rigolette, qui avait assez de peine à conserver son sérieux.

— C'est-à-dire, mademoiselle, que quand ces éhontés ont passé devant ma loge, mon sang n'a fait qu'un tour, et je n'ai pu m'empêcher de... mettre brusquement ma main devant mes yeux pour me dérober la vue de ces luxurieux malfaiteurs! Mais cela ne m'étonne pas, il devait m'arriver quelque chose de malheureux aujourd'hui... j'avais rêvé de ce monstre de Cabrion!

Rigolette sourit, et le bruit des soupirs de M. Pipelet se confondit avec les coups de marteau qu'il appliquait sur la semelle de sa vieille botte.

— Vous avez sagement pris le parti des sages, mon cher monsieur Pipelet, celui de mépriser les offenses. Mais oubliez ces misérables recors; veuillez, je vous prie, me rendre un service.

— L'homme est né pour s'entr'aider — répliqua M. Pipelet d'un ton sentencieux et mélancolique; — à plus forte raison lorsqu'il est question d'un aussi bon locataire que monsieur.

— Il s'agirait de faire monter chez moi différents objets qu'on apportera tout à l'heure... Ils sont destinés aux Morel.

— Soyez tranquille, monsieur, je surveillerai cela.

— Puis — reprit tristement Rodolphe — il faudrait demander un prêtre pour veiller la petite fille qu'ils ont perdue cette nuit, aller déclarer son décès, et en même temps commander un service et un convoi décents... Voici de l'argent... ne ménagez rien: le bienfaiteur de Morel, dont je ne suis que l'agent, veut que tout soit fait pour le mieux...

— Soyez tranquille, monsieur — dit M. Pipelet; — aussitôt que mon épouse

sera de retour, j'irai à la mairie, à l'église et chez le traiteur... à l'église pour
le mort... chez le traiteur pour les vivants... — ajouta philosophiquement et
poétiquement M. Pipelet. — C'est comme fait, monsieur, c'est comme fait...

A la porte de l'allée, Rodolphe et Rigolette se trouvèrent face à face avec
Anastasie, qui revenait du marché, rapportant un lourd panier de provisions.

— A la bonne heure ! — s'écria la portière en regardant le voisin et la voisine d'un air narquois et significatif — vous voilà déjà bras dessus bras dessous...
Ça va !... chaud !... chaud ! Tiens... faut bien que jeunesse se passe !... à jolie
fille beau garçon... vive l'amour !... et alllllez donc !... — Puis la vieille disparut
dans les profondeurs de l'allée en criant :— Alfred ! ne geins pas, vieux chéri,
voilà ta Stasie qui t'apporte du nanan... gros friand !...

Rodolphe, offrant son bras à Rigolette, sortit avec elle de la maison de la
rue du Temple.

CHAPITRE VII.

LE TEMPLE.

A la neige de la nuit avait succédé un vent très-froid ; le pavé de la rue, ordinairement fangeux, était presque sec. Rigolette et Rodolphe se dirigèrent vers l'immense et singulier bazar que l'on nomme le *Temple*. La jeune fille s'appuyait sans façon au bras de son cavalier, aussi peu gênée avec lui que s'ils eussent été liés par une longue intimité.

— Est-elle drôle, cette madame Pipelet, avec ses remarques ! — dit la grisette à Rodolphe.

— Ma foi, ma voisine, je trouve qu'elle a raison...

— En quoi, mon voisin ?

— Elle a dit : *Il faut que jeunesse se passe... vive l'amour !...*

— Eh bien ?

— C'est justement ma manière de voir...

— Comment ?

— Je voudrais passer ma jeunesse avec vous... et pouvoir crier : Vive l'amour !

— Je le crois bien... vous n'êtes pas difficile !

— Où serait le mal ?... nous sommes voisins.

— Si nous n'étions pas voisins, je ne sortirais pas avec vous comme ça...

— Vous me dites donc d'espérer ?

— D'espérer quoi ?

— Que vous m'aimerez ?

— Je vous aime déjà.

— Vraiment ?

— C'est tout simple : vous êtes bon, vous êtes gai ; quoique pauvre vous-même, vous faites ce que vous pouvez pour ces pauvres Morel en intéressant des gens riches à leur malheur ; vous avez une figure qui me revient beaucoup, une jolie tournure, ce qui est toujours agréable et flatteur pour moi, qui vous donne le bras et qui vous le donnerai souvent. Voilà, je crois, assez de raisons pour que je vous aime.

Puis, s'interrompant pour rire aux éclats, Rigolette s'écria :

— Regardez donc, regardez donc cette grosse femme avec ses vieux souliers fourrés ; on dirait qu'elle est traînée par deux chats sans queue.

Et de rire encore.

— Je préfère vous regarder, ma voisine ; je suis si heureux de penser que vous m'aimez déjà.

— Je vous le dis, parce que ça est... Vous ne me plairiez pas, je vous le dirais tout de même... Je n'ai pas à me reprocher d'avoir jamais trompé personne, ni été coquette ; quand on me plaît, je le dis tout de suite...

Puis, s'interrompant encore pour s'arrêter devant une boutique, la grisette s'écria :

— Oh ! voyez donc la jolie pendule et les deux beaux vases ! J'avais pourtant déjà trois livres dix sous d'économies dans ma tirelire pour en acheter de pareils ! En cinq ou six ans j'aurais pu y atteindre.

— Des économies, ma voisine, et vous gagnez ?...

— Au moins trente sous par jour, quelquefois quarante ; mais je ne compte jamais que sur trente, c'est plus prudent, et je règle mes dépenses là-dessus — dit Rigolette d'un air aussi important que s'il se fût agi de l'équilibre financier d'un budget formidable.

— Mais avec trente sous par jour... comment pouvez-vous vivre ?

— Le compte n'est pas long... Voulez-vous que je vous le fasse, mon voisin ? Vous m'avez l'air d'un dépensier, ça vous servira d'exemple...

— Voyons, ma voisine...

— Mes trente sous par jour me font quarante-cinq francs par mois, n'est-ce pas ?

— Oui.

— Là-dessus j'ai douze francs de loyer et vingt-trois francs de nourriture.

— Vingt-trois francs de nourriture !...

— Mon Dieu, oui, tout autant ! Avouez que pour une mauviette comme moi... c'est énorme !... Par exemple, je ne me refuse rien.

— Voyez-vous, la petite gourmande...

— Ah ! mais aussi là-dedans je compte la nourriture de mes oiseaux...

— Il est certain que, si vous vivez trois là-dessus, c'est moins exorbitant. Mais voyons le détail par jour... toujours pour mon instruction.

— Écoutez bien : une livre de pain, c'est quatre sous ; deux sous de lait, ça fait six ; quatre sous de légumes l'hiver, ou de fruits et de salade dans l'été ; j'adore la salade, parce que c'est, comme les légumes, propre à arranger, ça ne salit pas les mains ; voilà donc déjà dix sous ; trois sous de beurre ou d'huile et de vinaigre pour assaisonnement, treize ; une voie de belle eau claire, oh ! ça, c'est mon luxe, ça me fait mes quinze sous, s'il vous plaît... Ajoutez-y par semaine deux ou trois sous de millet et de mouron pour régaler mes oiseaux, qui mangent ordinairement un peu de mie de pain et de lait, c'est vingt-deux à vingt-trois francs par mois, ni plus ni moins.

— Et vous ne mangez jamais de viande !...

— Ah ! bien oui... de la viande !... elle coûte des dix et douze sous la livre ; est-ce qu'on peut y songer ! Et puis ça sent la cuisine, le pot-au-feu ; au lieu

que du lait, des légumes, des fruits, c'est tout de suite prêt... Tenez, un plat
que j'adore, qui n'est pas embarrassant, et que je fais dans la perfection...

— Voyons ce plat.

— Je mets de belles pommes de terre jaunes dans le four de mon poêle ;
quand elles sont cuites, je les écrase avec un peu de lait... une pincée de sel...
c'est un manger des dieux... Si vous êtes gentil, je vous en ferai goûter...

— Arrangé par vos jolies mains, ça doit être excellent. Mais voyons, comptons, ma voisine... Nous avons déjà vingt-trois francs de nourriture, douze
francs de loyer, c'est trente-cinq francs par mois...

— Pour aller à quarante-cinq ou cinquante francs que je gagne, il me reste
dix ou quinze francs pour mon bois et mon huile pendant l'hiver, pour mon entretien et mon blanchissage... c'est-à-dire pour mon savon ; car, excepté mes
draps, je me blanchis moi-même... c'est encore mon luxe... une blanchisseuse
de fin me coûterait les yeux de la tête... tandis que je repasse très-bien, et je
me tire d'affaire... Pendant les cinq mois d'hiver, je brûle une voie et demie
de bois... et je dépense pour quatre ou cinq sous d'huile par jour pour ma
lampe... ça me fait environ quatre-vingts francs par an pour mon chauffage et
mon éclairage.

— De sorte que c'est au plus s'il vous reste cent francs pour votre entretien !

— Oui, et c'est là-dessus que j'avais économisé mes trois francs dix sous.

— Mais vos robes, vos chaussures, ce joli bonnet !

— Mes bonnets, je n'en mets que quand je sors, et ça ne me ruine pas, car
je les monte moi-même ; chez moi, je me contente de mes cheveux... Quant à
mes robes, à mes bottines... est-ce que le Temple n'est pas là ?

— Ah ! oui... ce bienheureux Temple... Eh bien ! vous y trouvez ?...

— Des robes excellentes et très jolies. Figurez-vous que les grandes dames
ont l'habitude de donner leurs vieilles robes à leurs femmes de chambre...
Quand je dis vieilles... c'est-à-dire qu'elles les ont portées un mois ou deux en
voiture... et les femmes de chambre vont les vendre au Temple... pour presque
rien... Ainsi, tenez... j'ai là une robe de très-beau mérinos raisin de Corinthe
que j'ai eue pour quinze francs ; elle en avait peut-être coûté soixante, elle avait
été à peine portée ; je l'ai arrangée à ma taille... et j'espère qu'elle me fait
honneur !

— C'est vous qui lui faites honneur, ma voisine... Mais, avec la ressource
du Temple, je commence à comprendre que vous puissiez suffire à votre entretien avec cent francs par an.

— N'est-ce pas ! On a là des robes d'été charmantes pour cinq ou six francs,
des brodequins comme ceux que je porte, presque neufs, pour deux ou trois
francs. Tenez, ne dirait-on pas qu'ils ont été faits pour moi ! — dit Rigolette,
qui s'arrêta et montra le bout de son joli pied, véritablement très-bien chaussé.

— Le pied est charmant, c'est vrai ; mais vous devez difficilement lui trouver
des chaussures... Après ça, vous me direz sans doute qu'on vend au Temple
des souliers d'enfant...

— Vous êtes un flatteur, mon voisin; mais avouez qu'une petite fille toute seule, et bien rangée, peut à la rigueur vivre avec trente sous par jour! Il faut dire aussi que les quatre cent cinquante francs que j'ai emportés de la prison m'ont joliment aidée pour m'établir... Une fois qu'on m'a vue *dans mes meubles*, ça a inspiré de la confiance, et on m'a donné de l'ouvrage chez moi; mais il a fallu attendre long-temps avant d'en trouver; heureusement j'avais gardé de quoi vivre trois mois sans compter sur mon travail.

— Avec votre petit air étourdi, savez-vous que vous avez beaucoup d'ordre et de raison, ma voisine?

— Dame! quand on est toute seule au monde et qu'on ne veut avoir d'obligation à personne, faut bien s'arranger et faire son nid, comme on dit.

— Et votre nid est charmant.

— N'est-ce pas? car enfin je ne me refuse rien; j'ai même un loyer au-dessus de mon état; j'ai des oiseaux; l'été, toujours au moins deux pots de fleurs sur ma cheminée, sans compter les caisses de ma fenêtre et celle de ma cage, et pourtant, comme je vous disais, j'avais déjà trois francs dix sous dans ma tirelire, afin de pouvoir un jour *parvenir* à une garniture de cheminée.

— Et que sont devenues ces économies?

— Mon Dieu, dans les derniers temps, j'ai vu ces pauvres Morel si malheureux, si malheureux, que j'ai dit : Il n'y a pas de bon sens d'avoir trois bêtes de pièces de vingt sous à paresser dans une tirelire, quand d'honnêtes gens meurent de faim à côté de vous!... alors j'ai prêté mes trois francs aux Morel. Quand je dis prêté... c'était pour ne pas les humilier, car je leur aurais donné de bon cœur.

— Vous entendez bien, ma voisine, que, puisque les voilà à leur aise, ils vous les rembourseront.

— C'est vrai, ça ne sera pas de refus... ça sera toujours un commencement pour acheter une garniture de cheminée... C'est mon rêve!

— Et puis, enfin, il faut toujours songer un peu à l'avenir.

— A l'avenir?

— Si vous tombiez malade, par exemple...

— Moi... malade?

Et Rigolette de rire aux éclats.

De rire si fort qu'un gros homme qui marchait devant elle, portant un chien sous son bras, se retourna tout interloqué, croyant qu'il s'agissait de lui.

Rigolette, reprenant son sérieux, fit au gros homme une demi-révérence, en montrant le chien qu'il tenait sous son bras :

— Azor est donc las?

Le gros homme continua son chemin en grommelant.

— Êtes-vous folle! allez, ma voisine! — dit Rodolphe.

— C'est votre faute aussi...

— Ma faute!

— Oui, vous me dites des folies...

— Parce que je vous dis que vous pourriez tomber malade ?

— Malade, moi ?

Et de rire encore.

Pourquoi pas ?

— Est-ce que j'ai l'air de ça ?

— Jamais je n'ai vu figure plus rose et plus fraîche.

— Eh bien, alors... pourquoi voulez-vous que je tombe malade ?

— Comment ?

— A dix-huit ans, avec la vie que je mène... est-ce que c'est possible !... Je me lève à cinq heures, hiver comme été ; je me couche à dix ou onze ; je mange à ma faim, qui n'est pas grande, c'est vrai ; je ne souffre pas du froid, je travaille toute la journée, je chante comme une alouette, je dors comme une marmotte, j'ai le cœur libre, joyeux, content ; je suis sûre de ne jamais manquer d'ouvrage, parce qu'on est content de celui que je fais... A propos de quoi voulez-vous que je sois malade ?.. ça serait par trop drôle aussi...

Et de rire encore.

Rodolphe, frappé de cette aveugle et bienheureuse confiance dans l'avenir, se reprocha d'avoir risqué de l'ébranler... Il songeait avec effroi qu'une maladie d'un mois pouvait ruiner cette riante et paisible existence. Cette foi

profonde de Rigolette dans son courage et dans ses dix-huit ans... ses seuls
biens... semblait à Rodolphe respectable et sainte... De la part de la jeune
fille... ce n'était plus de l'insouciance, de l'imprévoyance, c'était une créance
instinctive à la justice divine, qui ne pouvait abandonner une créature honnête, laborieuse et bonne, une pauvre enfant dont le seul tort était de compter
sur la jeunesse et sur la santé qu'elle tenait de Dieu... Au printemps, quand
d'une aile agile les oiseaux du ciel, joyeux et chantant, effleurent les luzernes
roses, ou fendent l'air tiède et azuré... s'inquiètent-ils du sombre hiver?

— Ainsi — dit Rodolphe à la grisette — vous n'ambitionnez rien?

— Rien.

— Absolument rien?..

— Non... c'est-à-dire... entendons-nous... ma garniture de cheminée... et
je l'aurai... je ne sais pas quand... mais j'ai mis dans ma tête de l'avoir... et
ça sera... je prendrai plutôt sur mes nuits...

— Et sauf cette garniture?

— Je n'ambitionne rien... seulement depuis aujourd'hui...

— Pourquoi cela?...

— Parce qu'avant-hier encore j'ambitionnais un voisin qui me plût... afin de
faire avec lui, comme j'ai toujours fait... bon ménage... afin de lui rendre de
petits services pour qu'il m'en rende à son tour.

— C'est déjà convenu, ma voisine... vous soignerez mon linge, et je cirerai
votre chambre... sans compter que vous m'éveillerez de bonne heure... en
frappant à ma cloison...

— Et vous croyez que ce sera tout?

— Qu'y a-t-il encore?

— Ah bien! vous n'êtes pas au bout. Est-ce qu'il ne faudra pas que le dimanche vous me meniez promener aux barrières ou sur les boulevards?... Je
n'ai que ce jour-là de récréation...

— C'est ça, l'été nous irons à la campagne.

— Non, je déteste la campagne; je n'aime que Paris... Pourtant, dans le
temps, par complaisance, j'ai fait quelques parties à Meudon et à Saint-Germain avec une de mes camarades de prison, qu'on appelait la Goualeuse,
parce qu'elle chantait toujours; une bien bonne petite fille!

— Et qu'est-elle devenue?

— Je ne sais pas; elle dépensait son argent de prison sans avoir l'air de s'a-
muser beaucoup; elle était toujours triste, mais douce et charitable... Quand
nous sortions ensemble, je n'avais pas encore d'ouvrage; quand j'en ai eu, je
n'ai plus bougé de chez moi; je lui ai donné mon adresse, elle n'est pas venue
me voir; sans doute elle est occupée de son côté... C'était pour vous dire,
mon voisin, que j'aimais Paris plus que tout. Aussi, quand vous le pourrez,
le dimanche, vous me mènerez dîner chez le traiteur, quelquefois au spectacle.
Sinon, si vous n'avez pas d'argent, vous me mènerez voir les boutiques dans
les beaux passages... ça m'amuse presque autant. Mais, soyez tranquille...

dans nos petites parties fines je vous ferai honneur... Vous verrez comme je serai gentille avec ma jolie robe de levantine gros-bleu, que je ne mets que le dimanche ! elle me va comme un amour ; j'ai avec ça un petit bonnet garni de dentelles, avec des nœuds orange, qui ne font pas trop mal sur mes cheveux noirs, des bottines de satin turc que j'ai fait faire pour moi... un charmant châle de bourre de soie façon cachemire. Allez, allez, mon voisin, on se retournera plus d'une fois pour nous voir passer. Les hommes diront : « Mais c'est qu'elle est gentille, cette petite, parole d'honneur ! » Et les femmes diront de leur côté : « Mais c'est qu'il a une très-jolie tournure, ce grand jeune homme mince... son air est très-distingué... et ses petites moustaches brunes lui vont très-bien... » Et je serai de l'avis de ces dames, car j'adore les moustaches... Malheureusement M. Germain n'en portait pas à cause de son bureau. M. Cabrion en avait, mais elles étaient rouges comme sa grande barbe, et je n'aime pas les grandes barbes ; et puis il faisait par trop le gamin dans les rues, et tourmentait trop ce pauvre M. Pipelet. Par exemple, M. Giraudeau (mon voisin d'avant M. Cabrion) avait une très-bonne tenue, mais il était louche... Dans les commencements ça me gênait beaucoup, parce qu'il avait toujours l'air de regarder quelqu'un à côté de moi, et, sans y penser, je me retournais pour voir qui...

Et de rire.

Rodolphe écoutait ce babil avec curiosité ; il se demandait ce qu'il devait penser de la *vertu* de Rigolette. Tantôt la liberté même des paroles de la grisette et le souvenir du gros verrou lui faisaient presque croire qu'elle aimait ses voisins en *frères*, en camarades ; tantôt il souriait de ses velléités de crédulité, en songeant qu'il était peu probable qu'une fille aussi jeune, aussi abandonnée, eût échappé aux séductions de MM. Giraudeau, Cabrion et Germain. Pourtant la franchise, l'originale familiarité de Rigolette, éveillaient en lui de nouveaux doutes.

—Vous me charmez, ma voisine, en disposant ainsi de mes dimanches — reprit gaiement Rodolphe ; — soyez tranquille, nous ferons de fameuses parties !...

— Un instant, monsieur le dépensier, c'est moi qui tiendrai la bourse, je vous en préviens. L'été nous pourrons dîner très-bien... mais très-bien !... pour trois francs, à la Chartreuse ou à l'Ermitage-Montmartre, une demi-douzaine de contredanses ou de valses par là-dessus, et quelques courses sur les chevaux de bois... j'adore monter à cheval... ça vous fera vos cent sous, pas un liard de plus... Valsez-vous ?

—Très-bien.

— A la bonne heure ! M. Cabrion me marchait toujours sur les pieds, et puis par farce il jetait des pois fulminants par terre, ça fait qu'on n'a plus voulu de nous à la Chartreuse.

—Soyez tranquille, je vous réponds de ma réserve à l'égard des pois fulminants ; mais l'hiver, que ferons-nous ?

—L'hiver, comme on a moins faim, nous dînerons parfaitement pour quarante sous, et il nous restera trois francs pour le spectacle, car je ne veux pas que vous dépassiez vos cent sous : c'est déjà bien assez cher; mais tout seul vous dépenseriez au moins ça à l'estaminet, au billard, avec des mauvais sujets qui sentent la pipe comme des horreurs. Est-ce qu'il ne vaut pas mieux passer gaiement la journée avec une petite amie bien bonne enfant, bien rieuse, qui trouvera encore le temps de vous économiser quelques dépenses en vous ourlant vos cravates, en soignant votre ménage?

—Mais c'est un gain tout clair, ma voisine. Seulement, si mes amis me rencontrent avec ma gentille petite amie sous le bras?...

—Eh bien! ils diront : Il n'est pas malheureux, ce diable de Rodolphe!

—Vous savez mon nom?

— Quand j'ai appris que la chambre voisine était louée, j'ai demandé à qui.

—Oui, mes amis diront : Il est très-heureux, ce Rodolphe!... Et ils m'envieront.

—Tant mieux!

—Ils me croiront heureux.

—Tant mieux!... tant mieux!...

—Et si je ne le suis pas autant que je le paraîtrai?

—Qu'est-ce que ça vous fait, pourvu qu'on le croie!... Aux hommes, il ne leur en faut pas davantage.

—Mais votre réputation!

Rigolette partit d'un grand éclat de rire.

—La réputation d'une grisette! est-ce qu'on croit à ces *météores*-là?—reprit-elle.—Si j'avais père ou mère, frère ou sœur, je tiendrais pour eux au qu'en dira-t-on... Je suis toute seule, ça me regarde... Pourvu qu'à mes yeux je sois honnête fille, je me moque du reste.

— Mais, moi, je serai très-malheureux.

— De quoi?

—De passer pour être heureux, tandis qu'au contraire je vous aimerai... à peu près comme vous dîniez chez le papa Crétu... en mangeant votre pain sec à la lecture d'un livre de cuisine.

—Bah! bah! vous vous y ferez : je serai pour vous si douce, si reconnaissante, si peu gênante, que vous vous direz : Après tout, autant faire mon dimanche avec elle qu'avec un camarade... Si vous êtes libre le soir dans la semaine, et que ça ne vous ennuie pas, vous viendrez passer la soirée avec moi, vous profiterez de mon feu et de ma lampe; vous louerez des romans, vous me ferez la lecture... Autant ça que d'aller perdre votre argent au billard. Sinon, si vous êtes occupé tard chez votre patron, ou que vous aimiez mieux aller au café, vous me direz bonsoir en rentrant, si je veille encore. Sinon, le lendemain matin je vous dirai bonjour à travers votre cloison pour vous éveiller... Tenez, M. Germain, mon dernier voisin, passait toutes ses soirées comme ça avec moi; il ne s'en plaignait pas!... Il m'a lu tout Walter

Scott... C'est ça qui était amusant! Quelquefois, le dimanche, quand il faisait mauvais, au lieu d'aller au spectacle et de sortir, il achetait quelque chose chez le pâtissier, nous faisions une vraie dînette dans ma chambre, et puis après nous lisions... Ça m'amusait presque autant que le théâtre. C'est pour vous dire que je ne suis pas difficile à vivre, et que je fais tout ce qu'on veut. Et puis, vous qui parliez d'être malade, si jamais vous l'étiez... c'est moi qui serais pour vous une vraie petite sœur grise!... demandez aux Morel... Tenez, vous ne savez pas votre bonheur, monsieur Rodolphe... C'est un vrai quine à la loterie de m'avoir pour voisine.

— C'est vrai, j'ai toujours eu du bonheur. Mais, à propos de M. Germain, où est-il donc maintenant?

— A Paris, je pense.

— Vous ne le voyez plus?

— Depuis qu'il a quitté la maison il n'est plus revenu chez moi.

— Mais où demeure-t-il? que fait-il?

— Pourquoi ces questions-là, mon voisin?

— Parce que je suis jaloux de lui — dit Rodolphe en souriant — et que je voudrais...

— Jaloux!!! — Et Rigolette de rire. — Il n'y a pas de quoi, allez... Pauvre garçon!...

— Sérieusement, ma voisine, j'aurais le plus grand intérêt à savoir où rencontrer M. Germain; vous connaissez sa demeure, et, sans me vanter, vous devez me croire incapable d'abuser du secret que je vous demande... je vous le jure dans son intérêt...

— Sérieusement, mon voisin, je crois que vous pouvez vouloir beaucoup de bien à M. Germain; mais il m'a fait promettre de ne dire son adresse à personne... et puisque je ne vous la dis pas, à vous, c'est que ça m'est impossible... Cela ne doit pas vous fâcher contre moi... Si vous m'aviez confié un secret, vous seriez content, n'est-ce pas, de me voir agir comme je fais?

— Mais...

— Tenez, mon voisin, une fois pour toutes, ne me parlez plus de cela... J'ai fait une promesse, je la tiendrai, et, quoi que vous me puissiez dire, je vous répondrai toujours la même chose...

Malgré son étourderie, sa légèreté, la jeune fille accentua ces derniers mots si fermement, que Rodolphe comprit, à son grand regret, qu'il n'obtiendrait peut-être pas d'elle ce qu'il désirait savoir. Il lui répugnait d'employer la ruse pour surprendre la confiance de Rigolette; il attendit et reprit gaiement:

— N'en parlons plus, ma voisine. Diable! vous gardez si bien les secrets des autres que je ne m'étonne plus que vous gardiez les vôtres.

— Des secrets, moi! Je voudrais bien en avoir, ça doit être très-amusant.

— Comment! vous n'avez pas un petit secret de cœur?

— Un secret de cœur?

— Enfin... vous n'avez jamais aimé? — dit Rodolphe en regardant bien fixement Rigolette pour tâcher de deviner la vérité.

— Comment! jamais aimé?... Et M. Giraudeau? et M. Cabrion? et M. Germain? et vous donc?...

— Vous ne les avez pas aimés plus que moi?... autrement que moi?

— Ma foi! non; moins peut-être, car il a fallu m'habituer aux yeux louches de M. Giraudeau, à la barbe rousse et aux farces de M. Cabrion, et à la tristesse de M. Germain, car il était bien triste, ce pauvre jeune homme. Vous, au contraire, vous m'avez plu tout de suite...

— Voyons, ma voisine, ne vous fâchez pas; je vais vous parler... en vrai camarade...

— Allez... allez... j'ai le caractère bien fait... Et puis vous êtes si bon que vous n'auriez pas le cœur, j'en suis sûre, de me dire quelque chose qui me fasse de la peine...

— Sans doute... Mais voyons, franchement, vous n'avez jamais eu d'amant?

— Des amants!... ah! bien oui! est-ce que j'ai le temps?

— Qu'est-ce que le temps fait à cela?

— Ce que ça fait! mais tout... D'abord je serais jalouse comme un tigre, je me ferais sans cesse des peines de cœur; et je vous le demande, est-ce que je gagne assez d'argent pour pouvoir perdre deux ou trois heures par jour à pleurer, à me désoler? Et si on me trompait... jugez donc! que de larmes, que de chagrins!... ah bien! par exemple... c'est pour le coup que ça m'arriérerait joliment!

— Mais tous les amants ne sont pas infidèles, ne font pas pleurer leur maîtresse.

— Ça serait encore pis... s'il était par trop gentil. Est-ce que je pourrais vivre un moment sans lui?... et comme il faudrait probablement qu'il soit toute la journée à son bureau, à son atelier ou à sa boutique, je serais comme une pauvre âme en peine pendant son absence; je me forgerais mille chimères... je me figurerais que d'autres l'aiment... qu'il est auprès d'elles... Et s'il m'abandonnait!... pensez donc!... est-ce que je sais enfin... tout ce qui pourrait m'arriver! Tant il y a que certainement mon travail s'en ressentirait... et alors qu'est-ce que je deviendrais? C'est tout juste si, tranquille comme je suis, je puis me tenir au courant en travaillant douze à quinze heures par jour... Où en serais-je si je perdais trois ou quatre journées par semaine à me tourmenter... comment rattraper ce temps-là?... impossible!... Il faudrait donc me mettre aux ordres de quelqu'un?... oh! ça, non!... j'aime trop ma liberté...

— Votre liberté?

— Oui, je pourrais entrer comme première ouvrière chez la maîtresse couturière pour qui je travaille... j'aurais quatre cents francs, logée, nourrie.

— Et vous n'acceptez pas?

— Non sans doute... je serais à gages chez les autres; au lieu que, si pauvre

que soit mon chez-moi, au moins je suis chez moi ; je ne dois rien à personne...
J'ai du courage, du cœur, de la santé, de la gaieté... un bon voisin comme
vous : qu'est-ce qu'il me faut de plus ?

— Et vous n'avez jamais songé à vous marier ?

— Me marier !... je ne peux me marier qu'à un pauvre comme moi. Voyez
les malheureux Morel... Voilà où ça mène... tandis que quand on n'a à répondre que pour soi... on s'en retire toujours...

— Ainsi vous ne faites jamais de châteaux en Espagne, de rêves ?

— Si... je rêve ma garniture de cheminée... excepté ça... qu'est-ce que
vous voulez que je désire ?

— Mais si un parent vous avait laissé une petite fortune... douze cents
francs de rentes, je suppose... à vous qui vivez avec cinq cents francs ?

— Dame ! ça serait peut-être un bien, peut-être un mal.

— Un mal ?

— Je suis heureuse comme je suis : je connais la vie que je mène, je ne
sais pas celle que je mènerais si j'étais riche. Tenez, mon voisin, quand après
une bonne journée de travail je me couche le soir, que ma lumière est éteinte,
et qu'à la lueur du petit peu de braise qui reste dans mon poêle je vois ma
chambre bien proprette, mes rideaux, ma commode, mes chaises, mes oiseaux, ma montre, ma table chargée d'étoffes qu'on m'a confiées, et que je
me dis : Enfin tout ça est à moi, je ne le dois qu'à moi... vrai, mon voisin...
ces idées-là me bercent bien câlinement, allez !... aussi je m'endors toujours
contente. Mais, tenez, nous voici au Temple, avouez que c'est un superbe
coup d'œil !

Quoique Rodolphe ne partageât pas la profonde admiration de Rigolette à
la vue du Temple, il fut néanmoins frappé de l'aspect singulier de cet énorme
bazar, qui a ses quartiers et ses passages. Vers le milieu de la rue du Temple,
non loin d'une fontaine qui se trouve à l'angle d'une grande place, on aperçoit
un immense parallélogramme construit en charpente et surmonté d'un comble
recouvert d'ardoises. C'est le Temple. Borné à gauche par la rue Dupetit-
Thouars, à droite par la rue Percée, il aboutit à un vaste bâtiment circulaire,
colossale rotonde entourée d'une galerie à arcades.

Une longue voie, coupant le parallélogramme dans son milieu et dans sa
longueur, le partage en deux parties égales ; celles-ci sont à leur tour divisées,
subdivisées à l'infini par une multitude de petites ruelles latérales et transver-
sales qui se croisent en tous sens, et sont abritées de la pluie par le toit de
l'édifice. Dans ce bazar, toute marchandise neuve est généralement prohibée ;
mais la plus infime rognure d'étoffe quelconque, mais le plus mince débris de
fer, de cuivre, de fonte ou d'acier y trouve son vendeur et son acheteur.

Il y a là des négociants en bribes de drap de toutes couleurs, de toutes
nuances, de toutes qualités, de tout *âge*, destinées à assortir les pièces que
l'on met aux habits troués ou déchirés. Il est des magasins où l'on découvre
des montagnes de savates éculées, percées, tordues, fendues, choses sans

Le Marché du Temple

nom, sans forme, sans couleur, parmi lesquelles apparaissent çà et là quelques
semelles *fossiles*, épaisses d'un pouce, constellées de clous comme des portes
de prison, dures comme le sabot d'un cheval ; véritables squelettes de chaussures, dont toutes les adhérences ont été dévorées par le temps ; tout cela est
moisi, racorni, troué, corrodé, et tout cela s'achète : il y a des *négociants*
qui vivent de ce commerce. Il existe des détaillants de ganses, franges, crêtes,
cordons, effilés de soie, de coton ou de fil, provenant de la *démolition* de
rideaux complétement hors de service. D'autres industriels s'adonnent au commerce des chapeaux de femme : ces chapeaux n'arrivent jamais à leur boutique
que dans les sacs des revendeuses, après les pérégrinations les plus étranges,
les transformations les plus violentes, les décolorations les plus incroyables.
Afin que la *marchandise* ne tienne pas trop de place dans un magasin ordinairement grand comme une énorme boîte, on plie bien proprement ces chapeaux
en deux, après quoi on les aplatit et on les empile excessivement serrés ; sauf
la saumure, c'est absolument le même procédé que pour la conservation des
harengs : aussi ne peut-on se figurer combien, grâce à ce mode d'arrimage, il
tient de ces choses dans un espace de quatre pieds carrés.

L'acheteur se présente-t-il, on soustrait ces chiffons à la haute pression
qu'ils subissent ; la marchande donne d'un air dégagé un petit coup de poing
dans le fond de la forme pour la relever, défripe la passe sur son genou, et
vous avez sous les yeux un objet bizarre, fantastique, qui rappelle confusément à votre souvenir ces coiffures fabuleuses particulièrement dévolues aux
ouvreuses de loges, aux tantes de figurantes ou aux duègnes des théâtres de
province. Plus loin, à l'enseigne du *Goût du jour*, sous les arcades de la rotonde élevée au bout de la large voie qui sépare le Temple en deux parties,
sont appendus comme des *ex-voto* des myriades de vêtements de couleurs, de
formes et de tournures encore plus exorbitantes, encore plus énormes que
celles des vieux chapeaux de femme. Ainsi, là on trouve des fracs gris de lin
crânement rehaussés de trois rangées de boutons de cuivre à la hussarde, et
chaudement ornés d'un petit collet fourré en poil de renard... Des redingotes
primitivement *vert-bouteille*, que le temps a rendues *vert-pistache*, bordées
d'un cordonnet noir et rajeunies par une doublure écossaise bleue et jaune du
plus riant effet... des habits dits autrefois à *queue de morue*, couleur d'amadou,
à riche collet de panne, ornés de boutons jadis argentés, mais alors d'un rouge
cuivreux. On y remarque encore des polonaises marron, à collet de peau de
chat, côtelées de brandebourgs et d'agréments de coton noir éraillés ; non loin
d'*icelles*, des robes de chambre artistement faites avec de vieux carriks dont
on a ôté les triples collets, et qu'on a intérieurement garnies de morceaux de
cotonnade imprimée ; les mieux *portées* sont bleu ou vert sordide, ornées de
pièces nuancées, brodées de fil passé, et doublées d'étoffe rouge à rosaces
orange, parements et collet pareils ; une cordelière, faite d'un vieux cordon
de sonnette en laine tordue, sert de ceinture à ces élégants déshabillés, dans
lesquels Robert Macaire se fût prélassé avec un orgueilleux bonheur. Nous ne

parlerons que pour mémoire d'une foule de costumes de *Frontin* plus ou moins équivoques, plus ou moins barbares, au milieu desquels on retrouve pourtant çà et là quelques authentiques livrées royales ou princières que les révolutions de toutes sortes ont traînées des palais aux sombres arceaux de la Rotonde du Temple.

Ces exhibitions de vieilles chaussures, de vieux chapeaux et de vieux habits ridicules sont le côté grotesque de ce bazar, c'est le quartier des guenilles prétentieusement parées et déguisées; mais on doit avouer, ou plutôt on doit proclamer que ce vaste établissement est d'une haute utilité pour les classes pauvres ou peu aisées. Là elles achètent, à un rabais excessif, d'excellentes choses presque neuves, dont la dépréciation est pour ainsi dire imaginaire. Un des côtés du Temple, destiné aux objets de couchage, était rempli de monceaux de couvertures, de draps, de matelas, d'oreillers. Plus loin c'étaient des tapis, des rideaux, des ustensiles de ménage de toutes sortes; ailleurs, des vêtements, des chaussures, des coiffures pour toutes les conditions, pour tous les âges. Ces objets, généralement d'une extrême propreté, n'offraient à la vue rien de répugnant. On ne saurait croire, avant d'avoir visité ce bazar, combien il faut peu de temps et peu d'argent pour remplir une charrette de tout ce qui est nécessaire au complet établissement de deux ou trois familles qui manquent de tout.

Rodolphe fut frappé de la manière à la fois empressée, prévenante et joyeuse avec laquelle les marchands, debout en dehors de leurs boutiques, sollicitaient la pratique des passants; ces façons, empreintes d'une sorte de familiarité respectueuse, semblaient appartenir à un autre âge. A peine Rigolette et son compagnon parurent-ils dans le grand passage où se tenaient les marchands d'objets de literie, qu'on entendit retentir les offres les plus séduisantes.

— Monsieur, entrez donc voir mes matelas, c'est comme neuf; je vais vous en découdre un coin, vous verrez la fourniture; on dirait de la laine d'agneau, tant c'est doux et blanc !

— Ma jolie petite dame, j'ai des draps de belle toile, meilleurs que neufs, car leur première rudesse est passée; c'est souple comme un gant, fort comme une trame d'acier.

— Mes gentils mariés, achetez-moi donc de ces couvertures; voyez, c'est moelleux, chaud et léger; on dirait de l'édredon, c'est remis à neuf, ça n'a pas servi vingt fois. Voyons, ma petite dame, décidez votre mari... donnez-moi votre pratique, je vous monterai votre ménage pas cher... vous serez contents, vous reviendrez voir la mère Bouvard. Vous trouverez de tout chez moi... Hier, j'ai eu une occasion superbe... vous allez voir ça. Allons, entrez donc !... la vue n'en coûte rien.

— Ma foi, ma voisine — dit Rodolphe à Rigolette — cette bonne grosse femme aura la préférence... Elle nous prend pour de jeunes mariés, ça me flatte... je me décide pour sa boutique.

— Va pour la bonne grosse femme ! — dit Rigolette — sa figure me revient
aussi...

La grisette et son compagnon entrèrent chez la mère Bouvard. Par une
magnanimité peut-être sans exemple ailleurs qu'au Temple, les rivales de la
mère Bouvard ne se révoltèrent pas de la préférence qu'on lui accordait; une
de ses voisines poussa même la générosité jusqu'à dire :

— Autant que ça soit la mère Bouvard qu'une autre qui ait cette aubaine ;
elle a de la famille, et c'est la doyenne et l'honneur du Temple.

Il était d'ailleurs impossible d'avoir une figure plus avenante, plus ouverte
et plus réjouie que la doyenne du Temple.

— Tenez, ma jolie petite dame — dit-elle à Rigolette, qui examinait plusieurs objets d'un œil très-connaisseur — voilà l'occasion dont je vous parlais :
deux garnitures de lit complètes, c'est comme tout neuf. Si par hasard vous
voulez un vieux petit secrétaire pas cher, en voilà un (la mère Bouvard l'in-

diqua du geste), je l'ai eu du même lot. Quoique je n'achète pas ordinairement
de meubles, je n'ai pu refuser de le prendre ; les personnes de qui je tiens
tout ça avaient l'air si malheureuses ! Pauvre dame !... c'était surtout la vente
de cette antiquaille qui semblait lui saigner le cœur... Il paraît que c'était un
meuble de famille...

A ces mots, et pendant que la marchande débattait avec Rigolette les prix
de différentes fournitures, Rodolphe considéra plus attentivement le meuble
que la mère Bouvard lui avait montré. C'était un de ces anciens secrétaires en
bois de rose, d'une forme presque triangulaire, fermé par un panneau anté-
rieur qui, rabattu et soutenu par deux longues charnières de cuivre, sert de
table à écrire. Au milieu de ce panneau, orné de marqueterie de bois de couleurs variées, Rodolphe remarqua un chiffre incrusté en ébène, composé d'un
M et d'un R entrelacés, et surmonté d'une couronne de comte. Il supposa que
le dernier possesseur de ce meuble appartenait à une classe élevée de la société.
Sa curiosité redoubla, il regarda le secrétaire avec une nouvelle attention : il
visitait machinalement les tiroirs les uns après les autres, lorsque, éprouvant
quelque difficulté à ouvrir le dernier, et cherchant la cause de cet obstacle, il
découvrit et attira à lui avec précaution une feuille de papier à moitié engagée
entre le casier et le fond du meuble. Pendant que Rigolette terminait ses achats
avec la mère Bouvard, Rodolphe examinait curieusement sa découverte. Aux
nombreuses ratures qui couvraient ce papier, on reconnaissait le brouillon d'une
lettre inachevée. Rodolphe lut ce qui suit avec assez de peine :

» Monsieur,

» Soyez persuadé que le malheur le plus effroyable peut seul me contraindre
à la démarche que je tente auprès de vous. Ce n'est pas une fierté mal placée
qui cause mes scrupules, c'est le manque absolu de titres au service que j'ose
vous demander. La vue de ma fille, réduite comme moi au plus affreux dénû-
ment, me fait surmonter mon embarras. Quelques mots seulement sur la cause
des désastres qui m'accablent. Après la mort de mon mari, il me restait pour
fortune trois cent mille francs placés par mon frère chez M. Jacques Ferrand,
notaire. Je recevais à Angers, où j'étais retirée avec ma fille, les intérêts de
cette somme par l'entremise de mon frère. Vous savez, monsieur, l'épouvantable événement qui a mis fin à ses jours ; ruiné, à ce qu'il paraît, par de secrètes et malheureuses spéculations, il s'est tué il y a huit mois. Lors de ce
funeste événement, je reçus de lui quelques lignes désespérées. Lorsque je les
lirais, me disait-il, il n'existerait plus. Il terminait cette lettre en me prévenant qu'il ne possédait aucun titre relativement à la somme placée en mon nom
chez M. Jacques Ferrand ; ce dernier ne donnant jamais de reçu, car il était
l'honneur, la piété même ; il me suffirait de me présenter chez lui pour que cette
affaire fût convenablement réglée. Dès qu'il me fut possible de songer à autre
chose qu'à la mort affreuse de mon frère, je vins à Paris, où je ne connaissais
personne que vous, monsieur, et encore indirectement par les relations que

vous aviez eues avec mon mari. Je vous l'ai dit, la somme déposée chez
M. Jacques Ferrand formait toute ma fortune; et mon frère m'envoyait tous
les six mois l'intérêt échu de cet argent : plus d'une année était révolue depuis
le dernier payement, je me présentai donc chez M. Jacques Ferrand pour lui
demander un revenu dont j'avais le plus grand besoin. A peine m'étais-je
nommée, que, sans respect pour ma douleur, il accusa mon frère de lui avoir
emprunté 2,000 francs que sa mort lui faisait perdre, ajoutant que non-seulement son suicide était un crime devant Dieu et devant les hommes, mais encore
que c'était un acte de spoliation dont lui, M. Jacques Ferrand, se trouvait victime. Ce langage m'indigna : l'éclatante probité de mon frère était bien connue;
il avait, il est vrai, à l'insu de moi et de ses amis, perdu sa fortune dans des
spéculations hasardées; mais il était mort avec une réputation intacte, regretté
de tous, et ne laissant aucune dette, sauf celle du notaire. Je répondis à M. Ferrand que je l'autorisais à prendre à l'instant, sur les 300,000 francs dont il
était dépositaire, les 2,000 francs que lui devait mon frère... A ces mots, il me
regarda d'un air stupéfait, et me demanda de quels 300,000 francs je voulais
parler. — De ceux que mon frère a placés chez vous depuis dix-huit mois,
monsieur, et dont jusqu'à présent vous m'avez fait parvenir les intérêts par son
entremise — lui dis-je, ne comprenant pas sa question. Le notaire haussa les
épaules, sourit de pitié comme si mes paroles n'eussent pas été sérieuses, et me
répondit que, loin de placer de l'argent chez lui, mon frère lui avait emprunté
2,000 francs. Il m'est impossible de vous exprimer mon épouvante à cette réponse. — Mais alors qu'est devenue cette somme? — m'écriai-je. — Ma fille
et moi, n'avons pas d'autre ressource; si elle nous est enlevée, il ne nous
reste rien que la misère la plus profonde. Que deviendrons-nous? — Je n'en
sais rien — répondit froidement le notaire. — Il est probable que votre frère,
au lieu de placer cette somme chez moi, comme il vous l'a dit, l'aura mangée
dans les spéculations malheureuses auxquelles il s'adonnait à l'insu de tout le
monde. — C'est faux, monsieur! — m'écriai-je. — Mon frère était la loyauté
même. Loin de me dépouiller, moi et ma fille, il se fût sacrifié pour nous. Il
n'avait jamais voulu se marier pour laisser ce qu'il possédait à mon enfant...
— Oseriez-vous donc prétendre, madame, que je suis capable de nier un dépôt
qui m'aurait été confié? — me demanda le notaire avec une indignation qui
me parut si honorable et si sincère, que je lui répondis : — Non sans doute,
monsieur; votre réputation de probité est connue; mais je ne puis pourtant
accuser mon frère d'un aussi cruel abus de confiance. — Sur quels titres vous
fondez-vous pour me faire cette réclamation? — me demanda M. Ferrand. —
Sur aucun, monsieur. Il y a dix-huit mois, mon frère, qui voulait bien se
charger de mes affaires, m'a écrit : « J'ai un excellent placement à six pour cent ;
» envoie-moi ta procuration pour vendre tes rentes ; je déposerai 300,000 francs,
« que je compléterai, chez M. Jacques Ferrand, notaire. » J'ai envoyé ma
procuration à mon frère; peu de jours après, il m'a annoncé que le placement
était fait par vous, et au bout de six mois il m'a envoyé les intérêts échus. —

Et au moins avez-vous quelques lettres de lui à ce sujet, madame? — Non, monsieur. Elles traitaient seulement d'affaires, je ne les conservai pas. — Je ne puis malheureusement rien à cela, madame — me répondit le notaire. — Si ma probité n'était pas au-dessus de tout soupçon, de toute atteinte, je vous dirais : Les tribunaux vous sont ouverts; attaquez-moi : les juges auront à choisir entre la parole d'un homme honorable, qui depuis trente ans jouit de l'estime des gens de bien, et la déclaration posthume d'un homme qui, après s'être sourdement ruiné dans les entreprises les plus folles, n'a trouvé de refuge que dans le suicide... Je vous dirais enfin : Attaquez-moi, madame, si vous l'osez, et la mémoire de votre frère sera déshonorée. Mais je crois que vous aurez le bon sens de vous résigner à un malheur fort grand sans doute, mais auquel je suis étranger. — Mais enfin, monsieur, je suis mère! si ma fortune m'est enlevée, moi et ma fille nous n'avons d'autre ressource qu'un modeste mobilier... Cela vendu, c'est la misère, monsieur... l'affreuse misère! — Vous avez été dupe, c'est un malheur; je n'y puis rien — me répondit le notaire. — Encore une fois, madame, votre frère vous a trompée. Si vous hésitez entre sa parole et la mienne, attaquez-moi : les tribunaux prononceront. — Je sortis de chez le notaire la mort dans le cœur. Que me restait-il à faire dans cette extrémité? Sans titre pour prouver la validité de ma créance, convaincue de la sévère probité de mon frère, confondue par l'assurance de M. Ferrand, n'ayant personne à qui m'adresser pour demander conseil (vous étiez alors en voyage), sachant qu'il faut de l'argent pour avoir les avis des gens de loi, et voulant précieusement conserver le peu qui me restait, je n'osai entreprendre un tel procès. Ce fut alors... »

Ce brouillon de lettre s'arrêtait là; car d'indéchiffrables ratures couvraient quelques lignes qui suivaient encore; enfin, au bas et dans un coin de la page, Rodolphe lut cette espèce de *memento* :

« *Écrire à madame la duchesse de Lucenay, pour M. de Saint-Remy.* »

Rodolphe resta pensif après la lecture de ce fragment de lettre, où se retrouvaient ces deux noms, dont le rapprochement le frappait. Quoique la nouvelle infamie dont on semblait accuser Jacques Ferrand ne fût pas prouvée, cet homme s'était montré si impitoyable envers le malheureux Morel, si infâme envers Louise, sa fille, qu'un déni de dépôt, protégé par une impunité certaine, pouvait à peine étonner de la part d'un pareil misérable.

Cette mère, qui réclamait cette fortune si étrangement disparue, était sans doute habituée à l'aisance. Ruinées par un coup subit, ne connaissant personne à Paris, disait le projet de lettre, quelle devait être l'existence de ces deux femmes, dénuées de tout peut-être, seules au milieu de cette ville immense !

Le prince avait, on le sait, promis *quelques intrigues* à madame d'Harville, en lui assignant, même au hasard, et pour occuper son esprit, un rôle à jouer dans une bonne œuvre à venir, certain d'ailleurs de trouver, avant son prochain rendez-vous avec la marquise, quelque malheur à soulager. Il pensa que peut-être le hasard le mettait sur la voie d'une noble infortune qui pourrait, selon son projet, intéresser le cœur et l'imagination de madame d'Harville. Le projet de lettre qu'il tenait entre ses mains, et dont la copie n'avait pas sans doute été envoyée à la personne dont on implorait l'assistance, annonçait un caractère fier et résigné que l'offre d'une aumône révolterait sans doute. Alors que de précautions, que de détours, que de ruses délicates pour cacher la source d'un généreux secours ou pour le faire accepter!... Et puis que d'adresse pour s'introduire chez cette femme afin de juger si elle méritait véritablement l'intérêt qu'elle semblait devoir inspirer! Rodolphe entrevoyait là une foule d'émotions neuves, curieuses, touchantes, qui devaient singulièrement *amuser* madame d'Harville, ainsi qu'il le lui avait promis.

— Eh bien! mon *mari* — dit gaiement Rigolette à Rodolphe — qu'est-ce que c'est donc que ce chiffon de papier que vous lisez là?

— Ma petite *femme* — répondit Rodolphe — vous êtes très-curieuse!... je vous dirai cela tantôt... Avez-vous terminé vos achats?

— Certainement, et vos protégés seront établis comme des rois. Il ne s'agit plus que de payer; madame Bouvard est bien arrangeante, faut être juste...

— Ma petite *femme*, une idée!... Pendant que je vais payer, si vous alliez choisir des vêtements pour madame Morel et pour ses enfants? Je vous avoue mon ignorance au sujet de ces emplettes. Vous diriez d'apporter cela ici : on ne ferait qu'un voyage, et nos pauvres gens auraient ainsi tout à la fois.

— Vous avez toujours raison, mon *mari*. Attendez-moi; ça ne sera pas long... Je connais deux marchandes dont je suis la pratique habituelle; je trouverai chez elles tout ce qu'il me faudra. — Et Rigolette sortit en disant :

— Madame Bouvard, je vous confie mon *mari*; n'allez pas lui faire les yeux doux, au moins!

Et de rire et de disparaître prestement.

— Faut avouer, monsieur — dit la mère Bouvard à Rodolphe, après le départ de Rigolette — faut avouer que vous avez là une fameuse petite ménagère. Peste!... elle s'entend joliment à acheter. Et puis est-elle gentille! rose et blanche, avec de grands beaux yeux noirs et les cheveux pareils...

— N'est-ce pas qu'elle est charmante, et que je suis un heureux mari, madame Bouvard?

— Aussi heureux mari qu'elle est heureuse femme... j'en suis bien sûre.

— Vous ne vous trompez guère. Mais, dites-moi, combien vous dois-je?

— Votre petite ménagère n'a pas voulu démordre de 330 francs pour le tout. Comme il n'y a qu'un Dieu, je ne gagne que 15 francs, car je n'ai pas payé ces objets aussi bon marché que j'aurais pu... je n'ai pas eu le cœur de les marchander... les gens qui vendaient avaient l'air par trop malheureux!

— Vraiment? ne sont-ce pas les mêmes personnes à qui vous avez aussi acheté ce petit secrétaire?

— Oui, monsieur... tenez, ça fend le cœur, rien que d'y songer! Figurez-vous qu'avant-hier il arrive ici une dame jeune et belle encore, mais si pâle, si maigre, qu'elle faisait peine à voir... et puis nous connaissons ça, nous autres. Quoiqu'elle fût, comme on dit, tirée à quatre épingles, son vieux châle de laine noire râpé, sa robe d'alépine aussi noire et tout éraillée, son chapeau de paille au mois de janvier (cette dame était en deuil), annonçaient ce que nous appelons une *misère bourgeoise*, car je suis sûre que c'est une dame très comme il faut; enfin, elle me demande en rougissant si je veux acheter la fourniture de deux lits bien complets et un vieux petit secrétaire. Je lui réponds que, puisque je vends, faut bien que j'achète; que si ça me convient, c'est une affaire faite, mais que je voudrais voir les objets. Elle me prie alors de venir chez elle, pas loin d'ici, de l'autre côté du boulevard, dans une maison sur le quai du canal Saint-Martin. Je laisse ma boutique à ma nièce, je suis la dame, nous arrivons dans une maison à petites gens, comme on dit, tout au fond de la cour; nous montons au quatrième, la dame frappe, une jeune fille de quatorze ans vient ouvrir; elle était aussi en deuil, et aussi bien pâle et bien maigre; mais malgré ça belle comme le jour... si belle que j'en restai en extase.

— Et cette belle jeune fille ?

— Était la fille de la dame en deuil... Malgré le froid, une pauvre robe de cotonnade noire à pois blancs, et un petit châle de deuil tout usé. Voilà ce qu'elle avait sur elle.

— Et leur logis était misérable ?

— Figurez-vous, monsieur, deux pièces bien propres, mais nues, mais glaciales que ça en donnait la petite-mort; d'abord une cheminée où on ne voyait pas une miette de cendre; il n'y avait pas eu de feu là depuis bien long-temps. Pour tout mobilier, deux lits, deux chaises, une commode, une vieille malle et le petit secrétaire; sur la malle un paquet dans un foulard... Ce petit paquet, c'était tout ce qui restait à la mère et à la fille, une fois leur mobilier vendu. Le propriétaire s'arrangeait des deux bois de lit, des chaises, de la malle, de la table, pour ce qu'on lui devait, nous dit le portier, qui était monté avec nous. Alors cette dame me pria bien honnêtement d'estimer les matelas, les draps, les rideaux, les couvertures. Foi d'honnête femme, monsieur, quoique mon état soit d'acheter bon marché et de vendre cher, quand j'ai vu cette pauvre demoiselle les yeux tout pleins de larmes, et sa mère qui, malgré son sang-froid, avait l'air de pleurer en dedans, j'ai estimé à 15 francs près ce que ça valait, et ça bien au juste, je vous le jure. J'ai même consenti, pour les obliger, à prendre ce petit secrétaire, quoique ce ne soit pas ma partie...

—Je vous l'achète, madame Bouvard...

— Ma foi! tant mieux, monsieur, il me serait resté bien long-temps sur les bras... Je ne m'en étais chargée que pour lui rendre service, à cette pauvre dame. Je lui dis donc le prix que j'offrais de ces effets... Je m'attendais qu'elle allait marchander, demander plus... ah bien oui! C'est encore à ça que j'ai vu que ce n'était pas une dame du commun; *misère bourgeoise*, allez, monsieur, bien sûr! Je lui dis donc : — C'est tant. — Elle me répond : — C'est bien.

MADAME DE FERMONT ET SA FILLE.

Retournons chez vous, vous me payerez, car je ne dois plus revenir dans cette maison. — Alors elle dit à sa fille qui pleurait assise sur la malle : — Claire, prends le paquet... (Je me suis bien souvenue du nom ; elle l'a appelée Claire.)

—La jeune demoiselle se lève ; mais, en passant à côté du petit secrétaire, voilà qu'elle se jette à genoux devant et qu'elle se met à sangloter. — Mon enfant, du courage ! on nous regarde — lui dit sa mère à demi-voix, ce qui ne m'a pas empêchée de l'entendre. Vous concevez, monsieur, c'est des gens pauvres, mais fiers malgré ça. Quand la dame m'a donné la clef du petit secrétaire, j'ai vu aussi une larme dans ses yeux rougis ; le cœur avait l'air de lui saigner en se séparant de ce vieux meuble, mais elle tâchait de garder son sang-froid et sa dignité devant des étrangers. Enfin elle a averti le portier que je viendrais enlever tout ce que le propriétaire ne gardait pas, et nous sommes revenues ici. La jeune demoiselle donnait le bras à sa mère et portait à sa main le petit paquet renfermant tout ce qu'elles possédaient. Je leur ai compté leur argent, 315 francs, et je ne les ai plus revues.

— Mais leur nom !

— Je ne le sais pas ; la dame m'avait vendu ses effets en présence du portier ; je n'avais pas besoin de m'informer de son nom... ce qu'elle vendait était bien à elle.

— Mais leur nouvelle adresse ?

— Je n'en sais rien non plus.

— Sans doute on la connaît dans son ancien logement ?

— Non, monsieur. Quand j'y ai retourné pour chercher mes effets, le portier m'a dit, en me parlant de la mère et de la fille : — C'étaient des personnes bien tranquilles, bien respectables et bien malheureuses ; pourvu qu'il ne leur arrive pas malheur ! Elles ont l'air comme ça calmes ; mais, au fond, je suis sûr qu'elles sont désespérées. — Et où vont-elles aller loger à cette heure ? — que je lui demande. — Ma foi ! je n'en sais rien — qu'il me répond ; — elles sont parties sans me le dire… bien sûr qu'elles ne reviendront plus.

Les espérances que Rodolphe avait un moment conçues s'évanouirent. Comment découvrir ces deux malheureuses femmes, ayant pour tout indice le nom de la jeune fille, *Claire*, et ce fragment de brouillon de lettre dont nous avons parlé, au bas duquel se trouvaient ces mots :

— " *Écrire à madame de Lucenay pour M. de Saint-Remy.* "

La seule et bien faible chance de retrouver les traces de ces infortunées reposait donc sur madame de Lucenay, qui se trouvait heureusement de la société de madame d'Harville.

— Tenez, madame, payez-vous — dit Rodolphe à la marchande, en lui présentant un billet de 500 francs.

— Je vas vous rendre, monsieur…

— Où trouverons-nous une charrette pour transporter ces effets !

— Si ça n'est pas trop loin, une grande charrette à bras suffira… il y a celle du père Jérôme, ici près : c'est mon commissionnaire habituel… Quelle est votre adresse, monsieur !

— Rue du Temple, n° 17.

— Rue du Temple, n° 17 ?… Oh ! bien, bien… je ne connais que ça !

— Vous êtes allée dans cette maison !

— Plusieurs fois… D'abord, j'ai acheté des hardes à une prêteuse sur gages qui demeure là… c'est vrai qu'elle ne fait pas un beau métier… mais ça ne me regarde pas… elle vend, j'achète, nous sommes quittes… Une autre fois, il n'y a pas six semaines, j'y suis retournée pour le mobilier d'un jeune homme qui demeurait au quatrième, et qui déménageait…

— M. François Germain, peut-être ! — s'écria Rodolphe.

— Juste… vous le connaissez ?

— Beaucoup. Malheureusement il n'a pas laissé rue du Temple sa nouvelle adresse, et je ne sais plus où le trouver.

— Si ce n'est que ça je peux vous tirer d'embarras.

— Vous savez où il demeure ?

— Pas précisément ; mais je sais où vous pourrez, bien sûr, le rencontrer.

— Et où cela ?

— Chez le notaire où il travaille.

— Un notaire ?

—Oui, qui demeure rue du Sentier.

—M. Jacques Ferrand! — s'écria Rodolphe.

— Lui-même; un bien saint homme : il y a un crucifix et du bois bénit dans son étude ; ça sent la sacristie comme si on y était.

— Mais comment avez-vous su que M. Germain travaillait chez ce notaire ?

—Voilà… Ce jeune homme est venu me proposer d'acheter en bloc son petit mobilier. Cette fois-là encore, quoique ce ne soit pas ma partie, j'ai fait affaire du tout, et j'ai ensuite détaillé ici ; puisque ça l'arrangeait, ce jeune homme , je ne voulais pas le désobliger. Je lui achète donc son mobilier de garçon… bon ; je le lui paye… bon. Il avait sans doute été content de moi; car au bout de quinze jours il revient pour m'acheter une garniture de lit. Une petite charrette et un commissionnaire l'accompagnaient : on emballe le tout, bon ; mais voilà qu'au moment de payer il s'aperçoit qu'il a oublié sa bourse. Il avait l'air d'un si honnête jeune homme, que je lui dis :—Emportez tout de même les effets, je passerai chez vous pour le payement. — Très-bien , me dit-il ; mais je ne suis jamais chez moi : venez demain , rue du Sentier, chez M. Jacques Ferrand , notaire , où je suis employé. je vous payerai. — J'y suis allée le lendemain , il m'a payée : seulement ce que je trouve de drôle , c'est qu'il ait vendu son mobilier pour en acheter un autre quinze jours après.

Rodolphe crut deviner et devina la raison de cette singularité : Germain voulait faire perdre ses traces aux misérables qui le poursuivaient. Craignant sans doute que son déménagement ne les mît sur la voie de sa nouvelle demeure, il avait préféré , pour éviter ce danger, vendre ses meubles et en racheter ensuite. Le prince tressaillit de joie en songeant au bonheur de madame Georges, qui allait enfin revoir ce fils si long-temps , si vainement cherché. Rigolette rentra bientôt. l'œil joyeux, la bouche souriante.

—Eh bien , quand je vous le disais! — s'écria-t-elle — je ne me suis point trompée… nous aurons dépensé en tout 640 francs, et les Morel seront établis comme des princes… Tenez , tenez, voyez les marchands qui arrivent… sont-ils chargés !… Rien ne manquera au ménage de la famille : il y a tout ce qu'il faut… jusqu'à un gril, deux belles casseroles étamées à neuf et une cafetière. Je me suis dit : Puisqu'on veut faire les choses en grand , faisons les choses en grand !… Et avec tout ça, c'est au plus si j'aurai perdu trois heures… Mais payez vite, mon voisin, et allons-nous-en… Voilà bientôt midi; il va falloir que mon aiguille aille un fameux train pour rattraper cette matinée-là!

Rodolphe paya et quitta le Temple avec Rigolette.

Au moment où la grisette et son compagnon entraient dans l'allée de leur maison , ils furent presque renversés par madame Pipelet , qui courait , troublée, éperdue, effarée…

—Ah, mon Dieu! — dit Rigolette — qu'est-ce que vous avez donc, madame Pipelet ! où courez-vous comme cela ?

—C'est vous, mademoiselle Rigolette!... — s'écria Anastasie—c'est le bon Dieu qui vous envoie... aidez-moi à sauver la vie d'Alfred...

— Que dites-vous ?

— Ce pauvre vieux chéri est évanoui, ayez pitié de nous!... courez-moi chercher pour deux sous d'absinthe chez le rogomiste... de la plus forte ; c'est son remède quand il est indisposé... du pylore... ça le remettra peut-être... Soyez charitable, ne me refusez pas, je pourrai retourner auprès d'Alfred. Je suis toute ahurie.

Rigolette abandonna le bras de Rodolphe, et courut chez le rogomiste.

— Mais qu'est-il arrivé, madame Pipelet!—demanda Rodolphe en suivant la portière qui retournait à la loge.

— Est-ce que je sais, mon digne monsieur ! J'étais sortie pour aller à la mairie, à l'église et chez le traiteur... pour éviter ces trottes-là à Alfred. Je rentre... qu'est-ce que je vois!... ce vieux chéri les quatre fers en l'air!!!... Tenez, monsieur Rodolphe — dit Anastasie en ouvrant la porte de sa tanière — voyez si ça ne fend pas le cœur!

Lamentable spectacle!... Toujours coiffé de son chapeau tromblon, plus coiffé même que d'habitude, car le *castor* douteux, enfoncé violemment sans doute (à en juger par une cassure transversale), cachait les yeux de M. Pipelet, assis par terre et adossé au pied de son lit. L'évanouissement avait cessé, Alfred commençait à faire quelques légers mouvements des mains, comme s'il eût voulu repousser quelqu'un ou quelque chose ; puis il essaya de se débarrasser de sa visière improvisée.

— Il gigotte!... c'est bon signe!... il revient!... — s'écria la portière. Et, se baissant, elle lui cria aux oreilles : — Qu'est-ce que tu as, mon Alfred?... c'est ta Stasie qui est là... Comment vas-tu!... On va t'apporter de l'absinthe... ça te remettra... — Puis, prenant une voix de fausset des plus caressantes, elle ajouta : — On l'a donc écharpé, assassiné ! ce pauvre vieux chéri à sa maman, hein ?

Alfred poussa un profond soupir, et laissa échapper comme un gémissement ce mot fatidique :

— CABRION ! ! !

Et ses mains frémissantes semblèrent vouloir de nouveau repousser une vision effrayante.

— Cabrion ! encore ce gueux de peintre ! — s'écria madame Pipelet. — Alfred en a tant rêvé toute la nuit, qu'il m'a abîmée de coups de pied. Ce monstre-là est son cauchemar ! Non-seulement il a empoisonné ses jours, mais il empoisonne ses nuits ; il le poursuit jusque dans son sommeil... oui, monsieur, comme si Alfred serait un malfaiteur, et que ce Cabrion, que Dieu confonde! serait son remords acharné.

Rodolphe sourit discrètement, prévoyant quelque nouveau tour de l'ancien voisin de Rigolette.

— Alfred... réponds-moi, ne fais pas le muet, tu me fais peur — dit madame

Pipelet ; — voyons, remets-toi... Aussi pourquoi vas-tu penser à ce gredin-là !
tu sais bien que quand tu y songes ça te fait le même effet que les choux...
ça te porte au pylore et ça t'étouffe.

— Cabrion ! — répéta M. Pipelet en relevant avec effort son chapeau démesurément enfoncé sur ses yeux, qu'il roula autour de lui d'un air égaré.

Rigolette entra portant une petite bouteille d'absinthe.

— Merci, mamzelle, êtes-vous complaisante ! — dit la vieille ; puis elle
ajouta : — Tiens, vieux chéri, *siffle*-moi ça, ça va te remettre.

Et Anastasie, approchant vivement la fiole des lèvres de M. Pipelet, entre-
prit de lui faire avaler l'absinthe. Alfred eut beau se débattre courageusement ;
sa femme, profitant de la faiblesse de sa victime, lui maintint la tête d'une
main ferme, de l'autre lui introduisit le goulot de la petite bouteille entre les
dents, et le força de boire l'absinthe ; après quoi elle s'écria triompha-
lement :

— Et allllez donc ! te voilà sur tes pattes, vieux chéri.

En effet, Alfred, après s'être essuyé la bouche du revers de la main, ouvrit
les yeux, se leva debout, et demanda d'un ton encore effarouché ·

— L'avez-vous vu !

— Qui ?

— Est-il parti ?

— Mais qui, Alfred !

— Cabrion !

— Il a osé !... — s'écria la portière.

M. Pipelet, aussi muet que la statue du commandeur, baissa, comme le
spectre, deux fois la tête d'un air affirmatif.

— M. Cabrion est venu ici ? — demanda Rigolette en retenant une violente
envie de rire.

— Ce monstre-là est-il déchaîné après Alfred ! — s'écria madame Pipelet.
— Oh ! si j'avais été là avec mon balai... Il l'aurait mangé jusqu'au manche.
Mais parle donc, Alfred... raconte-nous donc ton malheur !

M. Pipelet fit signe de la main qu'il allait parler. On écouta l'homme au
chapeau tromblon dans un religieux silence. Il s'exprima *en ces termes* d'une
voix profondément émue :

— Mon épouse venait de me quitter pour m'éviter la peine d'aller, selon le
commandement de monsieur (il s'inclina devant Rodolphe), à la mairie, à l'é-
glise et chez le traiteur...

— Ce vieux chéri avait eu le cauchemar toute la nuit... J'ai préféré lui éviter
ça — dit Anastasie.

— Ce cauchemar m'était envoyé comme un avertissement d'en haut — reprit religieusement le portier. — J'avais rêvé Cabrion... je devais souffrir de
Cabrion... J'étais donc là .. assis tranquillement devant ma table, réfléchissant à un changement que je voulais opérer dans l'empeigne de cette botte...
confiée à mon industrie... lorsque j'entends un bruit... un frôlement au carreau

de ma loge .. Fût-ce un pressentiment ?... un avis d'en haut !... mon cœur se
serra , je levai la tête... et à travers la vitre... je vis... je vis...

— Cabrion ! — s'écria Anastasie en joignant les mains.

— Cabrion ! — répondit sourdement M. Pipelet. — Sa figure hideuse était
là , collée à la fenêtre , me regardant avec des yeux de chat... qu'est-ce que je
dis !... de tigre !... juste comme dans mon rêve... Je voulus parler : ma langue
était collée à mon palais ; je voulus me lever : j'étais collé à mon siége... Ma
botte me tomba des mains , et , comme dans tous les événements critiques et
importants de ma vie, je restai complétement immobile... Alors la clef tourna
dans la serrure, la porte s'ouvrit , Cabrion entra !

— Il entra !.. Quel front !... — reprit madame Pipelet, aussi atterrée que
son mari de cette audace.

— Il entra lentement... — reprit Alfred — s'arrêta un moment à la porte
comme pour me fasciner de son regard... atroce... puis il s'avança vers moi,
s'arrêtant à chaque pas, me transperçant de l'œil , sans dire un mot, droit ,
muet, menaçant comme un fantôme !...

— C'est-à-dire que j'en ai le dos qui m'en hérisse — dit Anastasie.

— Je restais de plus en plus immobile et assis sur ma chaise... Cabrion s'a-

vançait toujours lentement... me tenant sous son regard comme le serpent l'oiseau... car il me faisait horreur... et malgré moi je le fixais... Il arrive tout
près de moi... je ne puis davantage supporter son aspect révoltant... c'était
trop fort... je n'y tiens plus... je ferme les yeux... alors je le sens qui ose
porter ses mains sur mon chapeau, il le prend par le haut... l'ôte lentement
de dessus ma tête... et me met le chef à nu... Je commençais à être saisi d'un
vertige... ma respiration était suspendue... les oreilles me bourdonnaient...
j'étais de plus en plus collé à mon siége... je fermais les yeux de plus en plus
fort... Alors Cabrion se baisse... me prend la tête entre ses mains froides
comme des mains de mort... et sur mon front glacé de sueur il dépose... un
baiser effronté!!! l'impudique!

Anastasie leva les bras au ciel.

—Mon ennemi le plus acharné venir me baiser au front! Une pareille monstruosité me donna beaucoup à penser, et me paralysa. Cabrion profita de ma
stupeur pour me remettre mon chapeau sur la tête; puis, d'un coup de poing,
il me l'enfonça jusque sur les yeux, comme vous l'avez vu. Ce dernier outrage
me bouleversa, la mesure fut comblée, tout tourna autour de moi, et je m'é-
vanouis au moment où je le voyais, par-dessous les bords de mon chapeau,
sortir de la loge aussi tranquillement, aussi lentement qu'il y était entré.

Puis, comme si ce récit eût épuisé ses forces, M. Pipelet retomba sur sa
chaise en levant les mains au ciel en manière de muette imprécation. Rigolette
sortit brusquement, son courage était à bout, son envie de rire l'étouffait; elle
ne put se contraindre plus long-temps. Rodolphe avait lui-même difficilement
gardé son sérieux.

Tout à coup cette rumeur confuse, qui annonce l'arrivée d'un rassemblement
populaire, retentit dans la rue; on entendit un grand tumulte en dehors de
la porte de l'allée, et bientôt des crosses de fusil résonnèrent sur la dalle de la
porte.

CHAPITRE VIII.

L'ARRESTATION.

— Mon Dieu! monsieur Rodolphe — s'écria Rigolette en accourant pâle et tremblante — il y a là un commissaire de police et la garde!

— La justice divine veille sur moi! dit M. Pipelet dans un élan de religieuse reconnaissance; — on vient arrêter Cabrion... malheureusement il est trop tard!...

Un commissaire de police, reconnaissable à l'écharpe que l'on apercevait sous son habit noir, entra dans la loge. Sa physionomie était grave, digne et sévère.

— Monsieur le commissaire, il est trop tard... le malfaiteur s'est évadé! — dit tristement M. Pipelet; — mais je puis vous donner son signalement... Sourire atroce... regards effrontés... manières...

— De qui parlez-vous? — demanda le magistrat.

— De Cabrion, monsieur le commissaire... Mais, en se hâtant, il serait peut-être encore temps de l'atteindre — répondit M. Pipelet.

— Je ne sais pas ce que c'est que Cabrion — dit impatiemment le magistrat; — le nommé Jérôme Morel, ouvrier lapidaire, demeure dans cette maison?

— Oui, mon commissaire — dit madame Pipelet se mettant au *port d'arme*.

— Conduisez-moi à son logement.

— Morel le lapidaire! — reprit la portière au comble de la surprise; — mais c'est la brebis du bon Dieu... il est incapable de...

— Jérôme Morel demeure-t-il ici, oui ou non?

— Il y demeure, mon commissaire, avec sa famille, dans une mansarde.

— Conduisez-moi donc à cette mansarde.

Puis, s'adressant à un homme qui l'accompagnait, le magistrat lui dit :

— Que les deux gardes municipaux attendent en bas et ne quittent pas l'allée. Envoyez Justin chercher un fiacre.

L'homme s'éloigna pour exécuter ces ordres.

— Maintenant, reprit le magistrat en s'adressant à M. Pipelet — conduisez-moi chez Morel.

— Si ça vous est égal, mon commissaire, je remplacerai Alfred; il est indisposé des suites de Cabrion, qui, comme les choux, lui reste sur le pylore.

— Vous ou votre mari, peu importe, allons!...

Et, précédé de madame Pipelet, il commença de monter l'escalier; mais bientôt il s'arrêta, se voyant suivi par Rodolphe et par Rigolette.

— Qui êtes-vous? que voulez-vous? — leur demanda-t-il?

— C'est les deux locataires du quatrième — dit madame Pipelet.

— Pardon! monsieur, j'ignorais que vous fussiez de la maison — dit-il à Rodolphe.

Celui-ci, augurant bien des manières polies du magistrat, lui dit :

— Vous allez trouver une famille désespérée, monsieur; je ne sais quel nouveau coup menace ce malheureux artisan, mais il a été cruellement éprouvé cette nuit... Une de ses filles, déjà épuisée par la maladie, est morte... sous ses yeux... morte de froid et de misère.

— Serait-il possible?

— C'est la vérité, mon commissaire — dit madame Pipelet. — Sans monsieur, qui vous parle, et qui est le roi des locataires, puisqu'il a sauvé par ses bienfaits le pauvre Morel de la prison, toute la famille du lapidaire serait morte de faim.

Le commissaire regardait Rodolphe avec autant d'intérêt que de surprise.

— Rien de plus simple, monsieur — reprit celui-ci — une personne très-charitable, sachant que Morel, dont je vous garantis l'honneur et la probité, était dans une position aussi déplorable que peu méritée, m'a chargé de payer une lettre de change pour laquelle les recors allaient traîner en prison ce pauvre ouvrier, seul soutien d'une famille nombreuse.

À son tour, frappé de la noble physionomie de Rodolphe et de la dignité de ses manières, le magistrat lui répondit :

— Je ne doute pas de la probité de Morel; je regrette seulement d'avoir à remplir une pénible mission devant vous, monsieur, qui vous intéressez si vivement à cette famille.

— Que voulez-vous dire, monsieur ?

— D'après les services que vous avez rendus aux Morel, d'après votre langage, je vois, monsieur, que vous êtes un galant homme. N'ayant d'ailleurs aucune raison de cacher l'objet du mandat d'amener que j'ai à exercer, je vous avouerai qu'il s'agit de l'arrestation de Louise Morel, la fille du lapidaire.

Le souvenir du rouleau d'or offert aux gardes du commerce par la jeune fille revint à la pensée de Rodolphe.

— De quoi est-elle donc accusée, mon Dieu !

— Elle est sous le coup d'une prévention d'infanticide.

— Elle ! elle !... Oh ! son pauvre père !

— D'après ce que vous m'apprenez, monsieur, je conçois que, dans les tristes circonstances où se trouve cet artisan, ce nouveau coup lui sera terrible. Malheureusement je dois obéir aux ordres que j'ai reçus.

— Mais il s'agit seulement d'une simple prévention ? — s'écria Rodolphe. — Les preuves manquent sans doute !

— Je ne puis m'expliquer davantage à ce sujet... La justice a été mise sur la voie de ce crime, ou plutôt de cette présomption, par la déclaration d'un homme respectable à tous égards... le maître de Louise Morel.

— Jacques Ferrand le notaire ? — dit Rodolphe indigné.

— Oui, monsieur...

— M. Jacques Ferrand est un misérable, monsieur !

— Je vois avec peine que vous ne connaissez pas celui dont vous parlez, monsieur; M. Jacques Ferrand est l'homme le plus honorable du monde; il est d'une probité reconnue de tous.

— Je vous répète, monsieur, que ce notaire est un misérable... il a voulu faire emprisonner Morel parce que sa fille a repoussé ses propositions infâmes. Si Louise n'est accusée que sur la dénonciation d'un pareil homme... avouez, monsieur, que cette présomption mérite peu de créance.

— Il ne m'appartient pas, monsieur, et il ne me convient pas de discuter la valeur des déclarations de M. Ferrand — dit froidement le magistrat : — la justice est saisie de cette affaire, les tribunaux décideront : quant à moi, j'ai l'ordre de m'assurer de la personne de Louise Morel, et j'exécute mon mandat.

— Vous avez raison, monsieur, je regrette qu'un mouvement d'indignation peut-être légitime m'ait fait oublier que ce n'était en effet ni le lieu ni le moment d'élever une discussion pareille. Un mot seulement : le corps de l'enfant que Morel a perdu est resté dans sa mansarde; j'ai offert ma chambre à cette famille pour lui épargner le triste spectacle de ce cadavre. C'est donc chez moi que vous trouverez le lapidaire et probablement sa fille. Je vous en conjure, monsieur, au nom de l'humanité, n'arrêtez pas brusquement Louise au milieu de ces infortunés, à peine arrachés à un sort épouvantable. Morel a éprouvé tant de secousses cette nuit, que sa raison n'y résisterait pas ; sa femme est aussi dangereusement malade, un tel coup la tuerait.

— J'ai toujours, monsieur, exécuté mes ordres avec tous les ménagements possibles ; j'agirai de même dans cette circonstance.

— Si vous me permettiez, monsieur, de vous demander une grâce? Voici ce que je vous proposerais : la jeune fille qui nous suit avec la portière occupe une chambre voisine de la mienne ; je ne doute pas qu'elle ne la mette à votre disposition. Vous pourriez d'abord y mander Louise ; puis, s'il le faut, Morel, pour que sa fille lui fasse ses adieux... Au moins vous éviterez à une pauvre mère malade et infirme une scène déchirante.

— Si cela peut s'arranger ainsi, monsieur... volontiers.

La conversation que nous venons de rapporter avait eu lieu à demi-voix pendant que Rigolette et madame Pipelet se tenaient discrètement à plusieurs marches de distance du commissaire et de Rodolphe ; celui-ci descendit auprès de la grisette, que la présence du commissaire rendait toute tremblante, et lui dit :

— Ma pauvre voisine, j'attends de vous un nouveau service : il faudrait me laisser libre de disposer de votre chambre pendant une heure.

— Tant que vous voudrez, monsieur Rodolphe... Vous avez ma clef. Mais, mon Dieu, qu'est-ce qu'il y a donc?

— Je vous l'apprendrai tantôt... Ce n'est pas tout : il faudrait être assez bonne pour retourner au Temple dire qu'on n'apporte que dans une heure ce que nous avons acheté.

— Bien volontiers, monsieur Rodolphe... Mais est-ce qu'il arrive encore malheur aux Morel?

— Hélas! oui, il leur arrive quelque chose de bien triste ; vous ne le saurez que trop tôt.

— Allons, mon voisin, je cours au Temple... Mon Dieu! moi qui, grâce à vous, croyais ces braves gens hors de peine! — dit la grisette ; et elle descendit rapidement l'escalier.

Rodolphe avait voulu surtout épargner à Rigolette le triste tableau de l'arrestation de Louise.

— Mon commissaire — dit madame Pipelet — puisque mon roi des locataires vous conduit, je peux aller retrouver Alfred? Il m'inquiète : c'est à peine si tout à l'heure il était remis de son indisposition de Cabrion.

— Allez... allez — dit le magistrat ; et il resta seul avec Rodolphe.

Tous deux arrivèrent sur le palier du quatrième, en face de la chambre où étaient alors provisoirement établis le lapidaire et sa famille.

Tout à coup la porte s'ouvrit.

Louise, pâle, éplorée, sortit brusquement.

— Adieu! adieu! mon père — s'écria-t-elle — je reviendrai ; il faut que je parte.

— Louise, mon enfant, écoute-moi donc — reprit Morel en suivant sa fille et en tâchant de la retenir.

A la vue de Rodolphe, du magistrat, Louise et le lapidaire restèrent immobiles.

— Ah! monsieur, vous, notre sauveur — dit l'artisan en reconnaissant Rodolphe — aidez-moi donc à empêcher Louise de partir. Je ne sais ce qu'elle a, elle me fait peur; elle veut s'en aller. N'est-ce pas, monsieur, qu'il ne faut plus qu'elle retourne chez son maître? N'est-ce pas que vous m'avez dit : « Louise ne vous quittera plus, ce sera votre récompense. » Oh! à cette bienheureuse promesse, je l'avoue, un moment j'ai oublié la mort de ma pauvre petite Adèle... Mais aussi je veux n'être plus séparé de toi, Louise, jamais! jamais!

Le cœur de Rodolphe se brisa; il n'eut pas la force de répondre une parole.

Le commissaire dit sévèrement à Louise :

— Vous vous appelez Louise Morel?

— Oui, monsieur — répondit la jeune fille interdite.

Rodolphe avait ouvert la chambre de Rigolette.

— Vous êtes Jérôme Morel, son père? — ajouta le magistrat en s'adressant au lapidaire.

— Oui... monsieur... mais...

— Entrez là avec votre fille.

Et le magistrat montra la chambre de Rigolette, où se trouvait déjà Rodolphe. Rassurés par la présence de ce dernier, le lapidaire et Louise, étonnés, troublés, obéirent au commissaire. Celui-ci ferma la porte, et dit à Morel avec émotion :

— Je sais combien vous êtes honnête et malheureux; c'est donc à regret que je vous apprends qu'au nom de la loi... je viens arrêter votre fille.

— Tout est découvert... je suis perdue!... — s'écria Louise épouvantée, en se jetant dans les bras de son père.

— Qu'est-ce que tu dis?... qu'est-ce que tu dis?... — reprit Morel stupéfait. — Tu es folle... pourquoi perdue?... T'arrêter!... pourquoi t'arrêter?... Qui viendrait t'arrêter!...

— Moi... au nom de la loi! — et le commissaire montra son écharpe.

— Oh! malheureuse!.. malheureuse!... — s'écria Louise en tombant agenouillée.

— Comment! au nom de la loi? — dit l'artisan, dont la raison, fortement ébranlée par ce nouveau coup, commençait à s'affaiblir — pourquoi arrêter ma fille au nom de la loi? Je réponds de Louise, moi; c'est ma fille, ma digne fille... pas vrai, Louise! Comment! t'arrêter quand notre bon ange te rend à nous pour nous consoler de la mort de ma petite Adèle? Allons donc! ça ne se peut pas... Et puis, monsieur le commissaire, parlant par respect, on n'arrête que les misérables, entendez-vous... et Louise, ma fille, n'est pas une misérable. Bien sûr, vois-tu, mon enfant, ce monsieur se trompe... Je m'appelle Morel; il y a plus d'un Morel; tu t'appelles Louise; il y a plus d'une Louise... C'est ça, voyez-vous, monsieur le commissaire, il y a erreur, certainement il y a erreur!

— Il n'y a malheureusement pas erreur!... Louise Morel, faites vos adieux à votre père.

— Vous m'enlèverez ma fille, vous !... — s'écria l'ouvrier furieux de douleur, en s'avançant vers le magistrat d'un air menaçant.

Rodolphe saisit le lapidaire par le bras, et lui dit :

— Calmez-vous, espérez ; votre fille vous sera rendue... son innocence sera prouvée : elle n'est sans doute pas coupable.

— Coupable de quoi ?... Elle ne peut être coupable de rien... Je mettrais ma main au feu que... — Puis, se souvenant de l'or que Louise avait apporté pour payer la lettre de change, Morel s'écria : — Mais cet argent !... cet argent de ce matin, Louise !

Et il jeta sur sa fille un regard terrible.

Louise comprit.

— Moi, voler ! — s'écria-t-elle ; et, les joues colorées d'une généreuse indignation, son accent, son geste rassurèrent son père.

— Je le savais bien ! — s'écria-t-il. — Vous voyez, monsieur le commissaire... elle le nie... et de sa vie elle n'a menti, je vous le jure... Demandez à tous ceux qui la connaissent, ils vous l'affirmeront comme moi... Elle mentir ! ah ! bien oui... elle est trop fière pour ça ; d'ailleurs la lettre de change a été payée par notre bienfaiteur... Cet or, elle ne le veut pas garder ; elle allait le rendre à la personne qui le lui a prêté, en lui défendant de la nommer... n'est-ce pas, Louise ?

— On n'accuse pas votre fille d'avoir volé — dit le magistrat.

— Mais, mon Dieu ! de quoi l'accuse-t-on, alors ? Moi, son père, je vous jure que, de quoi qu'on puisse l'accuser, elle est innocente ; et de ma vie non plus je n'ai menti.

— A quoi bon connaître cette accusation ? — lui dit Rodolphe, ému de ses douleurs — l'innocence de Louise sera prouvée ; la personne qui s'intéresse vivement à vous protégera votre fille... Allons, du courage... cette fois encore la Providence ne vous faillira pas. Embrassez votre fille, vous la reverrez bientôt...

— Monsieur le commissaire — s'écria Morel sans écouter Rodolphe — on n'enlève pas une fille à son père sans lui dire au moins de quoi on l'accuse ! Je veux tout savoir... Louise, parleras-tu ?

— Votre fille est accusée... d'infanticide... — dit le magistrat.

— Je... je... ne comprends pas... je vous...

Et Morel, atterré, balbutia quelques mots sans suite.

— Votre fille est accusée d'avoir tué son enfant — reprit le commissaire, profondément ému de cette scène. — Mais il n'est pas encore prouvé qu'elle ait commis ce crime.

— Oh ! non, cela n'est pas, monsieur... cela n'est pas... — s'écria Louise avec force en se relevant. — Je vous jure qu'il était mort ! Il ne respirait plus... il était glacé... j'ai perdu la tête... voilà mon crime... Mais tuer mon enfant, oh ! jamais !...

— Ton enfant... misérable !!! — s'écria Morel en levant ses deux mains sur

Louise, comme s'il eût voulu l'anéantir sous ce geste et sous cette imprécation terrible.

— Grâce, mon père ! grâce !... — s'écria-t-elle.

Après un moment de silence effrayant, Morel reprit avec un calme plus effrayant encore :

— Monsieur le commissaire, emmenez cette créature... ce n'est pas là ma fille...

Le lapidaire voulut sortir; Louise se jeta à ses genoux, qu'elle embrassa de ses deux bras, et la tête renversée en arrière, éperdue et suppliante, elle s'écria ·

— Mon père ! écoutez-moi seulement... écoutez-moi !

— Monsieur le commissaire, emmenez-la donc, je vous l'abandonne ! — disait le lapidaire en faisant tous ses efforts pour se dégager des étreintes de Louise.

— Écoutez-la !... — lui dit Rodolphe en l'arrêtant — ne soyez pas maintenant impitoyable.

— Elle !!! mon Dieu ! mon Dieu !... Elle !!! — répétait Morel en portant ses deux mains à son front — elle déshonorée !... oh ! l'infâme !... l'infâme !

— Et si elle s'est déshonorée pour vous sauver ?...—lui dit tout bas Rodolphe.

Ces mots firent sur Morel une impression foudroyante ; il regarda sa fille éplorée, toujours agenouillée à ses pieds; puis, l'interrogeant d'un coup d'œil impossible à peindre, il s'écria d'une voix sourde, les dents serrées par la rage :

— Le notaire ?

Une réponse vint sur les lèvres de Louise... Elle allait parler; mais, la réflexion l'arrêtant sans doute, elle baissa la tête en silence et resta muette.

— Mais non... il voulait me faire emprisonner ce matin — reprit Morel en éclatant — ce n'est donc pas lui ?... Oh ! tant mieux !... tant mieux !... elle n'a pas même d'excuse à sa faute, je ne serai pour rien dans son déshonneur... je pourrai sans remords la maudire !...

— Non ! non !... ne me maudissez pas, mon père !... à vous je dirai tout... à vous seul; et vous verrez... vous verrez si je ne mérite pas votre pardon...

— Écoutez-la, par pitié ! — lui dit Rodolphe.

— Que m'apprendra-t-elle ? son infamie ?... elle va être publique; j'attendrai...

— Monsieur !... — s'écria Louise en s'adressant au magistrat — par pitié, laissez-moi dire quelques mots à mon père... avant de le quitter pour jamais, peut-être... Et devant vous aussi, notre sauveur, je parlerai... mais seulement devant vous et devant mon père...

— J'y consens — dit le magistrat.

— Serez-vous donc insensible ? refuserez-vous cette dernière consolation à votre enfant ? — demanda Rodolphe à Morel. — Si vous croyez me devoir quelque reconnaissance pour les bontés que j'ai attirées sur vous... rendezvous à la prière de votre fille...

Après un moment de farouche et morne silence, Morel répondit :

— Allons!...

— Mais... où irons-nous?... — demanda Rodolphe — votre famille est à côté...

— Où nous irons? — s'écria le lapidaire avec une ironie amère; — où nous irons? Là-haut... là-haut... dans la mansarde... à côté du corps de ma fille... le lieu est bien choisi pour cette confession... n'est-ce pas? Allons... nous verrons si Louise osera mentir en face du cadavre de sa sœur... Allons!

Et Morel sortit précipitamment, d'un air égaré, sans regarder Louise.

— Monsieur — dit tout bas le commissaire à Rodolphe — de grâce, dans l'intérêt de ce pauvre père, ne prolongez pas cet entretien... Vous disiez vrai, sa raison n'y résisterait pas; tout à l'heure son regard était presque celui d'un fou...

— Hélas! monsieur, je crains comme vous un terrible et nouveau malheur; je vais abréger, autant que possible, ces adieux déchirants.

Et Rodolphe rejoignit le lapidaire et sa fille.

Si étrange, si lugubre que fût la détermination de Morel, elle était d'ailleurs, pour ainsi dire, commandée par les localités; le magistrat consentait à attendre l'issue de cet entretien dans la chambre de Rigolette, la famille Morel occupait le logement de Rodolphe, il ne restait que la mansarde. Ce fut dans ce funèbre réduit que se rendirent Louise, son père et Rodolphe.

Sombre et cruel spectacle!

Au milieu de la mansarde telle que nous l'avons dépeinte, reposait, sur la couche de l'idiote, le corps de la petite fille morte le matin; un lambeau de drap la recouvrait. La rare et vive clarté filtrée par l'étroite lucarne jetait, sur les figures des trois acteurs de cette scène, des lumières et des ombres durement tranchées. Rodolphe, debout et adossé au mur, était péniblement ému. Morel, assis sur le bord de son établi, la tête baissée, les mains pendantes, le regard fixe, farouche, ne quittait pas des yeux le matelas où étaient déposés les restes de la petite Adèle. A cette vue, le courroux, l'indignation du lapidaire s'affaiblirent et se changèrent en une tristesse d'une amertume inexprimable; son énergie l'abandonnait, il s'affaissait sous ce nouveau coup.

Louise, d'une pâleur mortelle, se sentait défaillir; la révélation qu'elle devait faire l'épouvantait... Pourtant elle se hasarda à prendre en tremblant la main de son père, cette pauvre main amaigrie, déformée par l'excès du travail... Le lapidaire ne la retira pas; alors sa fille, éclatant en sanglots, la couvrit de baisers, et la sentit bientôt se presser légèrement contre ses lèvres. La colère de Morel avait cessé; ses larmes, long-temps contenues, coulèrent enfin.

— Mon père! si vous saviez! — s'écria Louise — si vous saviez comme je suis à plaindre!

— Oh! tiens, vois-tu, ce sera le chagrin de toute ma vie, Louise, de toute ma vie — répondit le lapidaire en pleurant. — Toi, mon Dieu!... toi en prison...

sur le banc des criminels... toi, si fière... quand tu avais le droit d'être fière...
Non! — reprit-il dans un nouvel accès de douleur désespérée — non! je pré-
férerais te voir sous le drap de mort à côté de ta pauvre petite sœur...

— Et moi aussi, je voudrais y être! — répondit Louise.

— Tais-toi, malheureuse enfant, tu me fais mal... J'ai eu tort de te dire
cela; j'ai été trop loin... Allons, parle; mais, au nom de Dieu, ne mens pas...
Si affreuse que soit la vérité, dis-la-moi... que je l'apprenne de toi... elle me
paraîtra moins cruelle... Parle, hélas! les moments nous sont comptés; en
bas... on *t'attend*. Oh! les tristes. . tristes adieux, juste ciel!

— — Mon père, je vous dirai tout... — reprit Louise, s'armant de résolution;
— mais promettez-moi, et que notre sauveur me promette aussi de ne répéter ceci à personne... à personne... S'il savait que j'ai parlé, voyez-vous...
Oh! — ajouta-t-elle en frissonnant de terreur — vous seriez perdus... perdus
comme moi... car vous ne savez pas la puissance et la férocité de cet homme!

— De quel homme !

— De mon maître...

— Le notaire ?

— Oui... — dit Louise à voix basse et en regardant autour d'elle, comme si elle eût craint d'être entendue.

— Rassurez-vous — reprit Rodolphe ; — cet homme est cruel et puissant ; peu importe, nous le combattrons ! Du reste, si je révélais ce que vous allez nous dire, ce serait seulement dans votre intérêt ou dans celui de votre père !

— Et moi aussi, Louise, si je parlais, ce serait pour tâcher de te sauver. Mais qu'a-t-il encore fait, ce méchant homme ?

— Ce n'est pas tout — dit Louise après un moment de réflexion — dans ce récit il sera question de quelqu'un qui m'a rendu un grand service... qui a été pour mon père et pour notre famille plein de bonté ; cette personne était employée chez M. Ferrand lorsque j'y suis entrée, elle m'a fait jurer de ne pas la nommer.

Rodolphe, pensant qu'il s'agissait peut-être de Germain, dit à Louise :

— Si vous voulez parler de François-Germain... soyez tranquille, son secret sera bien gardé par votre père et par moi.

Louise regarda Rodolphe avec surprise.

— Vous le connaissez ? — dit-elle.

— Comment ! ce bon, cet excellent jeune homme qui a demeuré ici pendant trois mois, était employé chez le notaire quand tu y es entrée ? — dit Morel. — La première fois que tu l'as vu ici, tu as eu l'air de ne pas le connaître !...

— Cela était convenu entre nous, mon père ; il avait de graves raisons pour cacher qu'il travaillait chez M. Ferrand. C'est moi qui lui avais indiqué la chambre du quatrième qui était à louer ici, sachant qu'il serait pour vous un bon voisin.

— Mais — reprit Rodolphe — qui a donc placé votre fille chez le notaire ?

— Lors de la maladie de ma femme, j'avais dit à madame Burette, la prêteuse sur gages, qui loge ici, que Louise voulait entrer en maison pour nous aider. Madame Burette connaissait la femme de charge du notaire ; elle m'a donné pour elle une lettre où elle lui recommandait Louise comme un excellent sujet. Maudite... maudite soit cette lettre !... elle est la cause de tous nos malheurs... Enfin, monsieur, voilà comment ma fille est entrée chez le notaire.

— Quoique je sois instruit de quelques-uns des faits qui ont causé la haine de M. Ferrand contre votre père — dit Rodolphe à Louise — je vous prie, racontez-moi en peu de mots ce qui s'est passé entre vous et le notaire depuis votre entrée à son service... cela pourra servir à vous défendre.

— Pendant les premiers temps de mon séjour chez M. Ferrand — reprit Louise — je n'ai pas eu à me plaindre de lui. J'avais beaucoup de travail, la femme de charge me rudoyait souvent, la maison était triste, mais j'endurais tout avec patience, le service est le service ; ailleurs j'aurais eu d'autres désagréments. M. Ferrand avait une figure sévère, il allait à la messe, il re-

cevait souvent des prêtres ; je ne me défiais pas de lui, dans les commencements il me regardait à peine, il me parlait très-durement, surtout en présence des étrangers. Excepté le portier qui logeait sur la rue, dans le corps
de logis où est l'étude, j'étais seule de domestique avec madame Séraphin, la
femme de charge. Le pavillon que nous occupions était isolé, entre la cour et
le jardin. Ma chambre était tout en haut. Bien souvent j'avais peur, restant le
soir toujours seule, ou dans la cuisine qui est souterraine, ou dans ma chambre.
Un jour j'avais veillé très-tard pour finir des raccommodages pressés ; j'allais
me coucher, lorsque j'entendis marcher doucement dans le petit corridor au
bout duquel était ma chambre : on s'arrêta à ma porte ; d'abord je supposai
que c'était la femme de charge ; mais, comme on n'entrait pas, cela m'effraya ; je n'osais bouger, j'écoutais, on ne remuait pas ; j'étais pourtant sûre
qu'il y avait quelqu'un derrière ma porte. Je demandai par deux fois qui était
là... on ne répondit rien... Je poussai ma commode contre la porte, qui
n'avait ni verrou, ni serrure. J'écoutais toujours, rien ne bougea ; au bout
d'une demi-heure, qui me parut bien longue, je me jetai sur mon lit, la nuit
se passa tranquillement. Le lendemain je demandai à la femme de charge
la permission de faire mettre un verrou à ma chambre, qui n'avait pas de
serrure, lui racontant ma peur de la nuit ; elle me répondit que j'avais rêvé,
qu'il fallait d'ailleurs m'adresser à M. Ferrand pour ce verrou. A ma demande il haussa les épaules, me dit que j'étais folle ; je n'osai plus en parler.
A quelque temps de là, arriva le malheur du diamant. Mon père, désespéré,
ne savait comment faire. Je contai son chagrin à madame Séraphin ; elle me
répondit : — « *Monsieur* est si charitable, qu'il fera peut-être quelque chose
pour votre père. » — Le soir même, je servais à table ; M. Ferrand me dit
brusquement : — « Ton père a besoin de treize cents francs ; va ce soir lui dire
de passer demain à mon étude, il aura son argent. C'est un honnête homme,
il mérite qu'on s'intéresse à lui. » — A cette marque de bonté, je fondis en
larmes ; je ne savais comment remercier mon maître ; il me dit avec sa brusquerie ordinaire : — « C'est bon, c'est bon ; ce que je fais est tout simple... »
— Le soir, après mon ouvrage, je vins annoncer cette bonne nouvelle à mon
père, et le lendemain...

— J'avais les treize cents francs contre une lettre de change à trois mois de
date, acceptée en blanc par moi — dit Morel ; — je fis comme Louise, je
pleurai de reconnaissance ; j'appelai cet homme mon bienfaiteur... mon sauveur. Oh ! il a fallu qu'il fût bien méchant pour détruire la reconnaissance et
la vénération que je lui avais vouées...

— Cette précaution de vous faire souscrire une lettre de change en blanc à
une échéance tellement rapprochée que vous ne pouviez la payer, n'éveilla pas
vos soupçons ? — lui demanda Rodolphe.

— Non, monsieur ; j'ai cru que le notaire prenait ses sûretés, voilà tout ;
d'ailleurs, il me dit que je n'avais pas besoin de songer à rembourser cette
somme avant deux ans ; tous les trois mois je lui renouvellerais seulement la

MADAME SÉRAPHIN.

lettre de change pour plus de régularité ; cependant à la première échéance on l'a présentée ici, elle n'a pas été payée ; il a obtenu jugement contre moi sous le nom d'un tiers ; mais il m'a fait dire que ça ne devait pas m'inquiéter... que c'était une erreur de son huissier.

— Il voulait ainsi vous tenir en sa puissance... — dit Rodolphe.

— Hélas ! oui, monsieur ; car ce fut à dater de ce jugement qu'il commença de .. Mais continue, Louise... continue... Je ne sais plus où j'en suis... la tête me tourne... j'ai comme des absences... j'en deviendrai fou !... C'est par trop, aussi... c'est par trop !...

Rodolphe calma le lapidaire... Louise reprit :

— Je redoublais de zèle, afin de reconnaître, comme je pouvais, les bontés de M. Ferrand pour nous. La femme de charge me prit dès lors en grande aversion ; elle trouvait du plaisir à me tourmenter, à me mettre dans mon tort en ne me répétant pas les ordres que M. Ferrand lui donnait pour moi : je souffrais de ces désagréments, j'aurais préféré une autre place ; mais l'obligation que mon père avait à mon maître m'empêchait de m'en aller. Depuis trois mois M. Ferrand avait prêté cet argent ; il continuait de me brusquer devant madame Séraphin ; cependant il me regardait quelquefois à la dérobée d'une manière qui m'embarrassait, et il souriait en me voyant rougir.

— Vous comprenez, monsieur, il était alors en train d'obtenir contre moi une contrainte par corps.

— Un jour — reprit Louise — la femme de charge sort après le dîner, contre son habitude ; les clercs quittent l'étude ; ils logeaient dehors. M. Ferrand envoie le portier en commission, je reste à la maison seule avec mon maître ; je travaillais dans l'antichambre, il me sonne. J'entre dans sa chambre à coucher, il était debout devant la cheminée ; je m'approche de lui, il se retourne brusquement, me prend dans ses bras... ; sa figure était rouge comme du sang, ses yeux brillaient. J'eus une peur affreuse, la surprise m'empêcha d'abord de faire un mouvement ; mais, quoiqu'il soit très-fort, je me débattis si vivement que je lui échappai ; je me sauvai dans l'antichambre, dont je poussai la porte, la tenant de toutes mes forces, la clef était de son côté.

— Vous l'entendez, monsieur... vous l'entendez... — dit Morel à Rodolphe — voilà la conduite de ce digne bienfaiteur.

— Au bout de quelques moments, la porte céda sous ses efforts — reprit Louise — heureusement la lampe était à ma portée, j'eus le temps de l'éteindre. L'antichambre était éloignée de la pièce où il se tenait ; il se trouva tout à coup dans l'obscurité ; il m'appela, je ne répondis pas ; il me dit alors d'une voix tremblante de colère : — « Si tu essaies de m'échapper, ton père ira en prison pour les treize cents francs qu'il me doit et qu'il ne peut payer. » — Je le suppliai d'avoir pitié de moi, je lui promis de faire tout au monde pour le bien servir, pour reconnaître ses bontés, mais je lui déclarai que rien ne me forcerait à m'avilir.

— C'est pourtant bien là le langage de Louise — dit Morel — de ma Louise quand elle avait le droit d'être fière. Mais comment ?... Enfin, continue. . continue...

— Je me trouvais toujours dans l'obscurité ; j'entends, au bout d'un moment, fermer la porte de sortie de l'antichambre, que mon maître avait trouvée à tâtons. Il me tenait ainsi en son pouvoir ; il court chez lui, et revient bientôt avec une lumière. Je n'ose vous dire. mon père, la lutte nouvelle qu'il me fallut soutenir, ses menaces, ses poursuites de chambre en chambre : heureusement le désespoir, la peur, la colère me donnèrent des forces ; ma résistance le rendait furieux, il ne se possédait plus. Il me maltraita, me frappa ; j'avais la figure en sang...

— Mon Dieu ! mon Dieu ! — s'écria le lapidaire en levant ses mains au ciel — ce sont là des crimes pourtant... et il n'y a pas de punition pour un tel monstre... il n'y en a pas...

— Peut-être — dit Rodolphe, qui semblait réfléchir profondément ; puis, s'adressant à Louise : — Courage ! dites tout.

— Cette lutte durait depuis long-temps ; mes forces m'abandonnaient, lorsque le portier, qui était rentré, sonna deux coups : c'était une lettre qu'on annonçait. Craignant, si je n'allais pas la chercher, que le portier ne l'apportât lui-même, M. Ferrand me dit : — « Va-t'en !... Dis un mot, et ton père est perdu ; si tu cherches à sortir de chez moi, il est encore perdu ; si on vient aux renseignements sur toi, je t'empêcherai de te placer en laissant entendre, sans l'affirmer, que tu m'as volé. Je dirai de plus que tu es une détestable servante... » — Le lendemain de cette scène, malgré les menaces de mon maître, j'accourus ici me plaindre à mon père sans oser pourtant tout lui dire... Il voulait me faire à l'instant quitter cette maison... mais la prison était là... Le peu que je gagnais devenait indispensable à notre famille depuis la maladie de ma mère... Et les mauvais renseignements que M. Ferrand me menaçait de donner sur moi m'auraient empêchée de me placer ailleurs pendant bien long-temps peut-être.

— Oui — dit Morel avec une sombre amertume — nous avons eu la lâcheté, l'égoïsme de laisser notre enfant retourner là... Oh ! je vous le disais bien, la misère... la misère... que d'infamies elle fait commettre !...

— Hélas ! mon père, n'avez-vous pas essayé de toutes manières de vous procurer ces treize cents francs ? Cela étant impossible, il a bien fallu nous résigner.

— Va, va, continue... Les tiens ont été tes bourreaux ; nous sommes plus coupables que toi du malheur qui t'arrive — dit le lapidaire en cachant sa figure dans ses mains.

— Lorsque je revis mon maître — reprit Louise — il fut pour moi, comme il avait été avant la scène dont je vous ai parlé, brusque et dur ; il ne me dit pas un mot du passé ; la femme de charge continua de me tourmenter ; elle me donnait à peine ce qui m'était nécessaire pour me nourrir, enfermait le pain sous clef ; quelquefois par méchanceté elle souillait devant moi les restes du

repas qu'on me laissait, car presque toujours elle mangeait avec M. Ferrand.
La nuit, je dormais à peine, je craignais à chaque instant de voir le notaire
entrer dans ma chambre, qui ne fermait pas; il m'avait fait ôter la commode
que je mettais devant ma porte pour me garder; il ne me restait qu'une
chaise, une petite table et ma malle. Je tâchais de me barricader avec cela
come je pouvais, et je me couchais toute habillée. Pendant quelque temps, il
me laissa tranquille; il ne me regardait même pas. Je commençais à me rassurer un peu, pensant qu'il ne songeait plus à moi. Un dimanche, il m'avait
permis de sortir; je vins annoncer cette bonne nouvelle à mon père et à ma
mère... nous étions tous bien heureux!... C'est jusqu'à ce moment que vous
avez tout su, mon père... Ce qui me reste à vous dire...— et la voix de Louise
trembla... — est affreux... je vous l'ai toujours caché.

 · — Oh! j'en étais bien sûr... bien sûr... que tu me cachais un secret—s'écria
Morel avec une sorte d'égarement et une singulière volubilité d'expression qui
étonna Rodolphe. — Ta pâleur, tes traits... auraient dû m'éclairer. Cent fois
je l'ai dit à ta mère... mais bah! bah! bah! elle me rassurait... La voilà
bien! la voilà bien! pour échapper au mauvais sort, laisser notre fille chez ce
monstre!... Et notre fille, où va-t-elle? Sur le banc des criminels... La voilà
bien! Ah! mais aussi... enfin... qui sait?... au fait... parce qu'on est pauvre...
oui... mais les autres?... Bah... bah... les autres... — Puis, s'arrêtant comme
pour rassembler ses pensées qui lui échappaient, Morel se frappa le front, et
s'écria : — Tiens! je ne sais plus ce que je dis... la tête me fait un mal horrible... il me semble que je suis gris...

Et il cacha sa tête dans ses deux mains.

Rodolphe ne voulut pas laisser voir à Louise combien il était effrayé de l'in-
cohérence du langage du lapidaire; il reprit gravement :

— Vous n'êtes pas juste, Morel; ce n'est pas pour elle seule, mais pour sa
mère, pour ses enfants, pour vous-même, que votre pauvre femme redoutait
les funestes conséquences de la sortie de Louise de chez le notaire... N'accusez
personne... Que toutes les malédictions, que toutes les haines retombent sur
un seul homme... sur ce monstre d'hypocrisie, qui plaçait une fille entre le
déshonneur et la ruine... la mort peut-être de son père et de sa famille; sur
ce maître qui abusait d'une manière infâme de son pouvoir de maître... Mais
patience, je vous l'ai dit, la Providence réserve souvent au crime des vengeances surprenantes et épouvantables.

Les paroles de Rodolphe étaient, pour ainsi dire, empreintes d'un tel caractère de certitude et de conviction en parlant de cette vengeance providen-
tielle, que Louise regarda son sauveur avec surprise, presque avec crainte.

— Continuez, mon enfant — reprit Rodolphe en s'adressant à Louise — ne
nous cachez rien... cela est plus important que vous ne le pensez.

— Je commençais donc à me rassurer un peu — dit Louise — lorsqu'un soir
M. Ferrand et la femme de charge sortirent chacun de leur côté. Ils ne dînè-
rent pas à la maison, je restai seule; comme d'habitude, on me laissa ma ration

d'eau, de pain et de vin, après avoir fermé à clef les buffets. Mon ouvrage terminé, je dînai, et puis, ayant peur toute seule dans les appartements, je remontai dans ma chambre, après avoir allumé la lampe de M. Ferrand. Quand il sortait le soir, on ne l'attendait jamais. Je me mis à travailler, et, contre mon ordinaire, peu à peu le sommeil me gagna... Ah ! mon père ! — s'écria Louise en s'interrompant avec crainte — vous allez ne pas me croire... vous allez m'accuser de mensonge... et pourtant, tenez, sur le corps de ma pauvre petite sœur, je vous jure que je vous dis bien la vérité.

— Expliquez-vous — dit Rodolphe.

— Hélas ! monsieur, depuis sept mois je cherche en vain à m'expliquer à moi-même cette nuit affreuse... sans pouvoir y parvenir ; j'ai manqué perdre la raison en tâchant d'éclaircir ce mystère.

— Mon Dieu ! mon Dieu ! que va-t-elle dire !... — s'écria le lapidaire, sortant de l'espèce de stupeur indifférente qui l'accablait par intermittence depuis le commencement de ce récit.

— Je m'étais, contre mon habitude, endormie sur ma chaise... — reprit Louise. — Voilà la dernière chose dont je me souviens. Avant... avant... oh ! mon père, pardon... Je vous jure que je ne suis pas coupable, pourtant...

— Je te crois!... je te crois.. mais parle!

— Je ne sais pas depuis combien de temps je dormais, lorsque je m'éveillai, toujours dans ma chambre... mais couchée et déshonorée par M. Ferrand, qui était auprès de moi...

— Tu mens!... tu mens!... — s'écria le lapidaire furieux. — Avoue-moi que tu as cédé à la violence! à la peur de me voir traîner en prison!... mais ne mens pas ainsi.

— Mon père, je vous jure...

— Tu mens!... tu mens!.. Pourquoi le notaire aurait-il voulu me faire emprisonner, puisque tu lui avais cédé!

— Cédé! oh! non, mon père! mon sommeil fut si profond que j'étais comme morte... Cela vous semble extraordinaire, impossible... Mon Dieu, je le sais bien; car à cette heure je ne peux encore le comprendre.

— Et moi je comprends tout — reprit Rodolphe en interrompant Louise — ce crime manquait à cet homme... N'accusez pas votre fille de mensonge, Morel... Dites-moi, Louise, en dînant, avant'de monter dans votre chambre, n'avez-vous pas remarqué quelque goût étrange à ce que vous avez bu! Tâchez de bien vous rappeler cette circonstance.

Après un moment de réflexion, Louise répondit :

— Je me souviens, en effet, que le mélange d'eau et de vin que madame Séraphin me laissa, selon son habitude, avait un goût un peu amer; je n'y ai pas alors fait attention parce que quelquefois la femme de charge s'amusait à mettre du sel ou du poivre dans ce que je buvais...

— Et ce jour-là cette boisson vous a semblé amère!

— Oui, monsieur, mais pas assez pour m'empêcher de la boire; j'ai cru que le vin était tourné.

Morel, l'œil fixe, un peu hagard, écoutait les questions de Rodolphe et les réponses de Louise sans paraître comprendre leur portée.

— Avant de vous endormir sur votre chaise... n'avez-vous pas senti votre tête pesante... vos jambes alourdies!

— Oui, monsieur... les tempes me battaient, j'avais un léger frisson, j'étais bien mal à mon aise.

— Oh! le misérable!... le misérable!... — s'écria Rodolphe. — Savez-vous, Morel, ce que cet homme a fait boire à votre fille!

L'artisan regarda Rodolphe sans lui répondre.

— La femme de charge, sa complice, avait mêlé dans le breuvage de Louise un soporifique, de l'opium sans doute; les forces, la pensée de votre fille ont été paralysées pendant quelques heures; en sortant de ce sommeil léthargique... elle était déshonorée.

— Ah! maintenant — s'écria Louise — mon malheur s'explique... Vous le voyez, mon père, je suis moins coupable que je ne le paraissais. Mon père... mon père... réponds-moi donc!

Le regard du lapidaire était d'une effrayante fixité. Une si horrible perversité ne pouvait entrer dans l'esprit de cet homme naïf et honnête. Il comprenait à peine cette affreuse révélation. Et puis, faut-il le dire, depuis quelques moments sa raison lui échappait... par instants ses idées s'obscurcissaient ; alors il tombait dans ce néant de la pensée qui est à l'intelligence ce que la nuit est à la vue... formidable symptôme de l'aliénation mentale... Pourtant Morel reprit d'une voix sourde, brève et précipitée :

— Oh ! oui, c'est bien mal... bien mal... très-mal.

Et il retomba dans son apathie. Rodolphe le regarda avec anxiété, il crut que l'énergie de l'indignation commençait à s'épuiser chez ce malheureux, de même qu'à la suite de violents chagrins souvent les larmes manquent. Voulant terminer le plus tôt possible ce triste entretien, Rodolphe dit à Louise

— Courage, mon enfant, achevez de nous dévoiler ce tissu d'horreurs.

— Hélas ! monsieur, ce que vous avez entendu n'est rien encore... En voyant M. Ferrand auprès de moi je jetai un cri de frayeur. Je voulus fuir, il me retint de force ; je me sentais encore si faible, si appesantie, sans doute à cause du breuvage dont vous m'avez parlé, que je ne pus m'échapper de ses mains. — Pourquoi te sauves-tu maintenant ? — me dit M. Ferrand d'un air étonné qui me confondit. — Quel est ce caprice ? Ne suis-je pas là de ton consentement ? — Ah ! monsieur, c'est indigne ! — m'écriai-je ; — vous avez abusé de mon sommeil pour me perdre ! Mon père le saura — Mon maître éclata de rire. — J'ai abusé de ton sommeil, moi ! mais tu plaisantes ! A qui feras-tu croire ce mensonge ? Il est quatre heures du matin. Je suis ici depuis dix heures, tu aurais dormi bien long-temps et bien opiniâtrement. Avoue donc plutôt que je n'ai fait que profiter de ta bonne volonté. Allons, ne sois pas ainsi capricieuse, ou nous nous fâcherons. Ton père est en mon pouvoir ; tu n'as plus de raisons maintenant pour me repousser ; sois soumise, et nous serons bons amis ; sinon, prends garde. — Je dirai tout à mon père ! — m'écriai-je ; — il saura me venger. Il y a une justice !... — M. Ferrand me regarda avec surprise. — Mais tu es donc décidément folle ? Et que diras-tu à ton père ? Qu'il t'a convenu de me recevoir ici ? Libre à toi... tu verras comme il t'accueillera. — Mon Dieu ! mais cela n'est pas vrai... Vous savez bien que vous êtes ici malgré moi !... — Malgré toi ! Tu aurais l'effronterie de soutenir ce mensonge, de parler de violences ? Veux-tu une preuve de ta fausseté ? J'avais ordonné à Germain, mon caissier, de revenir hier soir, à dix heures, terminer un travail pressé ; il a travaillé jusqu'à une heure du matin dans une chambre au-dessous de celle-ci. N'aurait-il pas entendu tes cris, le bruit d'une lutte pareille à celle que j'ai soutenue en bas contre toi, méchante, quand tu n'étais pas aussi raisonnable qu'aujourd'hui ! Eh bien ! interroge demain Germain, il affirmera ce qui est, que cette nuit tout a été parfaitement tranquille dans la maison.

— Oh ! toutes les précautions étaient prises pour assurer son impunité ! — dit Rodolphe.

— Oui, monsieur, aussi j'étais atterrée. A tout ce que me disait M. Fer-

rand je ne trouvais rien à répondre. Ignorant quel breuvage il m'avait fait
prendre, je ne m'expliquais pas à moi-même la persistance de mon sommeil.
Les apparences étaient contre moi. Si je me plaignais, tout le monde m'ac-
cuserait; cela devait être, puisque pour moi-même cette nuit affreuse était un
mystère impénétrable.

Rodolphe restait confondu de l'effroyable hypocrisie de M. Ferrand.

— Ainsi — dit-il à Louise — vous n'avez pas osé vous plaindre à votre père
de l'odieux attentat du notaire?

— Non, monsieur; il m'aurait crue sans doute la complice de M. Ferrand;
et puis je craignais que, dans sa colère, mon père n'oubliât que sa liberté, que
l'existence de notre famille dépendaient toujours de mon maître.

— Et probablement — reprit Rodolphe pour éviter à Louise une partie de
ces pénibles aveux — cédant à la contrainte, à la frayeur de perdre votre père
par un refus, vous avez continué d'être la victime de ce misérable?

Louise baissa les yeux en rougissant.

— Et ensuite sa conduite fut-elle moins brutale envers vous?

— Non, monsieur; pour éloigner les soupçons, lorsque par hasard il avait
le curé de Bonne-Nouvelle et son vicaire à dîner, mon maître m'adressait
devant eux de durs reproches; il priait M. le curé de m'admonester; il lui
disait que tôt ou tard je me perdrais, que j'avais des manières trop libres avec
les clercs de l'étude, que j'étais fainéante, qu'il me gardait par charité pour
mon père, un honnête père de famille qu'il avait obligé.. Sauf le service rendu
à mon père, tout cela était faux. Jamais je ne voyais les clercs de l'étude; ils
travaillaient dans un corps de logis séparé du nôtre.

— Et quand vous vous trouviez seule avec M. Ferrand, comment expliquait-
il sa conduite à votre égard devant le curé?

— Il m'assurait qu'il plaisantait... Mais le curé prenait ces accusations au
sérieux; il me disait sévèrement qu'il faudrait être doublement vicieuse pour se
perdre dans une sainte maison où j'avais continuellement sous les yeux de religieux exemples. A cela je ne savais que répondre, je baissais la tête en rougissant; mon silence, ma confusion tournaient encore contre moi; la vie m'était
si à charge que bien des fois j'ai été sur le point de me détruire; mais je pensais à mon père, à ma mère, à mes frères et sœurs que je soutenais un peu...
je me résignais; au milieu de mon avilissement je trouvais une consolation: au
moins mon père était sauvé de la prison. Un nouveau malheur m'accabla, je
devins mère... je me vis perdue tout à fait. Je ne sais pourquoi je pressentis
que M. Ferrand, en apprenant un événement qui aurait pourtant dû le rendre
moins cruel pour moi, redoublerait de mauvais traitements à mon égard; j'étais
pourtant loin encore de supposer ce qui allait arriver...

Morel, revenu de son aberration momentanée, regarda autour de lui avec
étonnement, passa sa main sur son front, rassembla ses souvenirs, et dit à sa fille:

— Il me semble que j'ai eu un moment d'absence... la fatigue... le chagrin...
que disais-tu?...

— Lorsque M. Ferrand apprit que j'étais mère...

Le lapidaire fit un geste de désespoir, Rodolphe le calma d'un regard.

— Allons, j'écouterai jusqu'au bout — dit Morel. — Va... va...

Louise reprit :

— Je demandai à M. Ferrand par quels moyens je cacherais ma honte et les suites d'une faute dont il était l'auteur... Hélas ! c'est à peine si vous me croirez, mon père...

— Et bien !...

— M'interrompant avec indignation... et une feinte surprise, il eut l'air de ne pas me comprendre ; il me demanda si j'étais folle. Effrayée, je m'écriai : — Mais, mon Dieu, que voulez-vous donc que je devienne maintenant ? si vous n'avez pas pitié de moi, ayez au moins pitié de votre enfant. — Quelle horreur ! — s'écria M. Ferrand en levant les mains au ciel. — Comment, misérable ! tu as l'audace de m'accuser d'être assez bassement corrompu pour descendre jusqu'à une fille de ton espèce... tu es assez effrontée pour m'attribuer les suites de tes débordements, moi qui t'ai cent fois répété devant les témoins les plus respectables que tu te perdrais, vile débauchée ! Sors de chez moi à l'instant, je te chasse...

Rodolphe et Morel restèrent frappés d'épouvante... une hypocrisie si infernale les foudroyait.

— Oh! je l'avoue... — dit Rodolphe — cela passe les prévisions les plus horribles.

Morel ne dit rien, ses yeux s'agrandirent d'une manière effrayante, un spasme convulsif contracta ses traits; il descendit de l'établi où il était assis, ouvrit brusquement un tiroir, y prit une forte lime très-longue, très-acérée, emmanchée dans une poignée en bois, et s'élança vers la porte... Rodolphe devina sa pensée, le saisit par le bras et l'arrêta.

— Morel, où allez-vous?... Vous vous perdez, malheureux!

— Prenez garde! — s'écria l'artisan furieux en se débattant — je ferai deux malheurs au lieu d'un!

Et l'insensé menaça Rodolphe.

— Mon père... c'est notre sauveur!... — s'écria Louise.

— Il se moque bien de nous!... bah! bah! il veut sauver... le notaire! — répondit Morel complétement égaré en luttant contre Rodolphe. Au bout d'une seconde, celui-ci le désarma avec ménagement, ouvrit la porte et jeta la lime sur l'escalier. Louise courut au lapidaire, le serra dans ses bras, et lui dit :

— Mon père... c'est notre bienfaiteur!... tu as levé la main sur lui; reviens donc à toi!...

Ces mots rappelèrent Morel à lui-même; il cacha sa figure dans ses mains, et, muet, il tomba aux genoux de Rodolphe.

— Relevez-vous, pauvre père — reprit Rodolphe avec bonté. — Patience... patience... je comprends votre fureur, je partage votre haine; mais, au nom même de votre vengeance, ne la compromettez pas...

— Mon Dieu! mon Dieu! — s'écria le lapidaire en se relevant. — Mais que peut la justice... la loi... contre cela? Pauvres gens que nous sommes! Quand nous irons accuser cet homme riche, puissant, respecté, on nous rira au nez, ah! ah! ah! — Et il se prit à rire d'un rire convulsif. — Et on aura raison... Où seront nos preuves? oui, nos preuves! On ne nous croira pas. Aussi je vous dis, moi — s'écria-t-il dans un redoublement de folle fureur — je vous dis que je n'ai confiance que dans l'impartialité du couteau...

— Silence, Morel, la douleur vous égare — lui dit tristement Rodolphe...
— Laissez parler votre fille... les moments sont précieux, le magistrat l'attend, il faut que je sache tout... vous dis-je... tout... Continuez, mon enfant.

Morel retomba sur son escabeau avec accablement.

— Il est inutile, monsieur — reprit Louise — de vous dire mes larmes, mes prières; j'étais anéantie. Ceci s'était passé à dix heures du matin dans le cabinet de M. Ferrand; le curé devait venir déjeuner avec lui ce jour-là; il entra au moment où mon maître m'accablait de reproches et d'outrages... il parut vivement contrarié à la vue du prêtre.

— Et que dit-il alors?

— Il eut bientôt pris son parti; il s'écria, en me nommant : — Eh bien! monsieur l'abbé, je le disais bien, que cette malheureuse se perdrait... Elle est perdue... à tout jamais perdue; elle vient de m'avouer sa faute et sa honte...

en me priant de la sauver. Et penser que j'ai, par pitié, reçu dans ma maison une telle misérable ! — Comment ! — me dit M. l'abbé avec indignation — malgré les conseils salutaires que votre maître vous a donnés maintes fois devant moi... vous vous êtes avilie à ce point ! Oh ! cela est impardonnable... Mon ami, après les bontés que vous avez eues pour cette malheureuse et pour sa famille, de la pitié serait faiblesse... Soyez inexorable — dit l'abbé, dupe comme tout le monde de l'hypocrisie de M. Ferrand.

— Et vous n'avez pas à cet instant démasqué l'infâme ? — dit Rodolphe.

— Mon Dieu ! monsieur, j'étais terrifiée, ma tête se perdait, je n'osais, je ne pouvais prononcer une parole ; pourtant je voulus parler, me défendre : — Mais, monsieur... — m'écriai-je... — Pas un mot de plus, indigne créature — me dit M. Ferrand en m'interrompant. — Tu as entendu M. l'abbé... De la pitié serait de la faiblesse... Dans une heure tu auras quitté ma maison ! — Puis, sans me laisser le temps de répondre, il emmena l'abbé dans une autre pièce. Après le départ de M. Ferrand — reprit Louise — je fus un moment comme en délire ; je me voyais chassée de chez lui, ne pouvant me replacer ailleurs, à cause de l'état où je me trouvais et des mauvais renseignements que mon maître donnerait sur moi ; je ne doutais pas non plus que dans sa colère il ne fît emprisonner mon père : je ne savais que devenir ; j'allai me réfugier et pleurer dans ma chambre. Au bout de deux heures, M. Ferrand y parut : — Ton paquet est-il fait ? — me dit-il. — Grâce ! — lui dis-je en tombant à ses pieds — ne me renvoyez pas de chez vous dans l'état où je suis. Que vais-je devenir ? je ne puis me placer nulle part ! — Tant mieux, Dieu te punit ainsi de ton libertinage et de tes mensonges. — Vous osez dire que je mens ? — m'écriai-je indignée — vous osez dire que ce n'est pas vous qui m'avez perdue ? — Sors à l'instant de chez moi, infâme, puisque tu persistes dans tes calomnies — s'écria-t-il d'une voix terrible. — Et, pour te punir, demain je ferai emprisonner ton père. — Eh bien ! non, non — lui dis-je épouvantée — je ne vous accuserai plus, monsieur... je vous le promets, mais ne me chassez pas... Ayez pitié de mon père ; le peu que je gagne ici soutient ma famille.. Gardez-moi chez vous... je ne dirai rien... Je tâcherai qu'on ne s'aperçoive de rien ; et quand je ne pourrai plus cacher ma triste position, eh bien ! alors seulement vous me renverrez. — Après de nouvelles supplications de ma part, M. Ferrand consentit à me garder chez lui ; je regardai cela comme un grand service, tant mon sort était affreux Pendant le temps qui suivit cette scène cruelle, je fus bien malheureuse, bien maltraitée ; quelquefois, seulement, M. Germain, que je voyais rarement, m'interrogeait avec bonté au sujet de mes chagrins ; mais la honte m'empêchait de lui rien avouer.

— N'est-ce pas à peu près à cette époque qu'il vint habiter ici ?

— Oui, monsieur, il cherchait une chambre du côté de la rue du Temple ou de l'Arsenal ; il y en avait une à louer ici, je lui ai enseigné celle que vous occupez maintenant, monsieur ; elle lui a convenu. Lorsqu'il l'a quittée, il y a

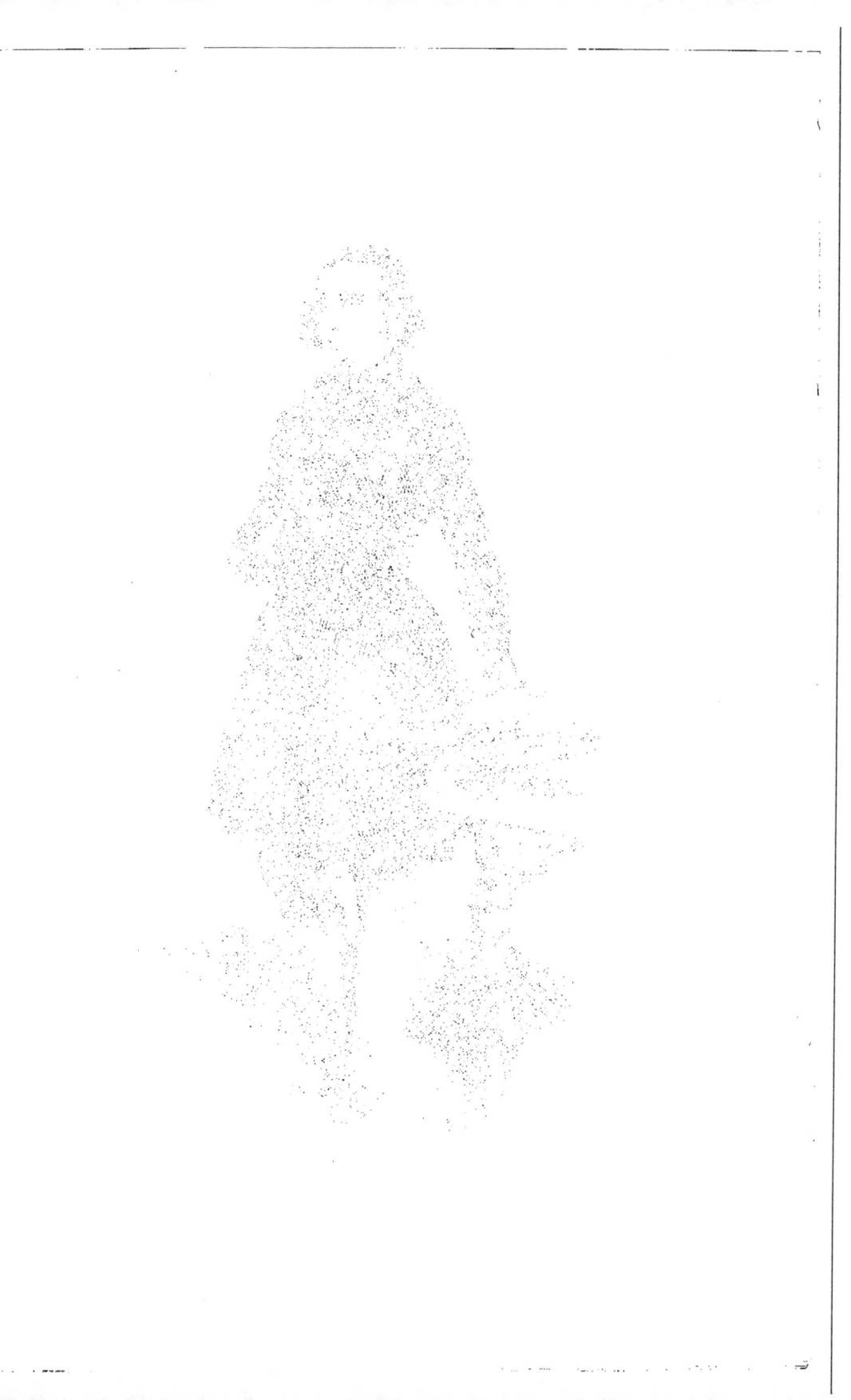

FRANÇOIS GERMAIN.

près de deux mois, il m'a priée de ne pas dire ici sa nouvelle adresse, que l'on savait chez M. Ferrand.

L'obligation où était Germain d'échapper aux poursuites dont il était l'objet expliquait ces précautions aux yeux de Rodolphe.

— Et vous n'avez jamais songé à faire vos confidences à Germain? — demanda-t-il à Louise.

— Non, monsieur, il était aussi dupe de l'hypocrisie de M. Ferrand; il le disait dur, exigeant; mais il le croyait le plus honnête homme de la terre.

— Germain, lorsqu'il logeait ici, n'entendait-il pas votre père accuser quelquefois le notaire d'avoir voulu vous séduire?

— Mon père ne parlait jamais de ses craintes devant des étrangers; et d'ailleurs, à cette époque, je trompais ses inquiétudes; je le rassurais en lui disant que M. Ferrand ne songeait plus à moi... Hélas! mon pauvre père, maintenant, vous me pardonnerez ces mensonges. Je ne les faisais que pour vous tranquilliser; vous le voyez bien, n'est-ce pas?

Morel ne répondit rien; le front appuyé à ses deux bras croisés sur son établi, il sanglotait.

Rodolphe fit signe à Louise de ne pas adresser de nouveau la parole à son père. Elle continua :

— Je vécus donc dans des larmes, dans des angoisses continuelles. A force de précautions, j'étais parvenue à cacher mon état à tous les yeux, mais je ne pouvais espérer de le dissimuler ainsi pendant les deux derniers mois qui me séparaient du terme fatal... L'avenir était pour moi de plus en plus effrayant, M. Ferrand m'avait déclaré qu'il ne voulait plus me garder chez lui... J'allais être ainsi privée du peu de ressources qui aidaient notre famille à vivre. Maudite, chassée par mon père, car, d'après les mensonges que je lui avais faits jusqu'alors pour le rassurer, il me croirait complice et non victime de M. Ferrand... que devenir? où me réfugier, où me placer... dans la position où j'étais? J'eus alors une idée bien criminelle. Heureusement j'ai reculé devant son exécution; je vous fais cet aveu, monsieur, parce que je ne veux rien cacher, même de ce qui peut m'accuser, et aussi pour vous montrer à quelles extrémités m'a réduite la cruauté de M. Ferrand. Si j'avais cédé à une funeste pensée, n'aurait-il pas été le complice de mon crime?

Après un moment de silence, Louise reprit avec effort et d'une voix tremblante :

— J'avais entendu dire par la portière qu'un charlatan demeurait dans la maison... et...

Elle ne put achever.

Rodolphe se rappela qu'à sa première entrevue avec madame Pipelet il avait reçu du facteur, en l'absence de la portière, une lettre écrite sur gros papier d'une écriture contrefaite, et sur laquelle il avait remarqué les traces de quelques larmes...

— Et vous lui avez écrit, malheureuse enfant... il y a de cela trois jours!... Sur cette lettre vous aviez pleuré, votre écriture était déguisée.

Louise regardait Rodolphe avec effroi...

— Comment savez-vous, monsieur?...

— Rassurez-vous. J'étais seul dans la loge de madame Pipelet quand on a apporté cette lettre, et, par hasard, je l'ai remarquée.

— Eh bien! oui, monsieur. Dans cette lettre sans signature j'écrivais à M. Bradamanti que, n'osant pas aller chez lui, je le priais de se trouver le soir près du Château-d'Eau... J'avais la tête perdue. Je voulais lui demander ses affreux conseils... Je sortis de chez mon maître dans l'intention de les suivre; mais au bout d'un instant la raison me revint, je compris quel crime j'allais commettre... Je regagnai la maison et je manquai ce rendez-vous. Ce soir-là se passa une scène dont les suites ont causé le dernier malheur qui m'accable. M. Ferrand me croyait sortie pour deux heures, tandis qu'au bout de très-peu de temps j'étais de retour. En passant devant la petite porte du jardin, à mon grand étonnement je la vis entr'ouverte; j'entrai par là, et je rapportai la clef dans le cabinet de M. Ferrand, où on la déposait ordinairement. Cette pièce précédait sa chambre à coucher, le lieu le plus retiré de la maison; c'était là qu'il donnait ses audiences secrètes, traitant ses affaires courantes dans le bureau de son étude. Vous allez savoir, monsieur, pourquoi je vous donne ces détails : connaissant très-bien les êtres du logis, après avoir traversé la salle à manger qui était éclairée, j'entrai sans lumière dans le salon, puis dans le cabinet qui précédait sa chambre à coucher. La porte de cette dernière pièce s'ouvrit au moment où je posais la clef sur une table. A peine mon maître m'eut-il aperçue à la clarté de la lampe qui brûlait dans sa chambre, qu'il referma brusquement la porte sur une personne que je ne pus voir; puis, malgré l'obscurité, il se précipita sur moi, me saisit au cou comme s'il eût voulu m'étrangler, et me dit à voix basse... d'un ton à la fois furieux et effrayé : — « Tu espionnais, tu écoutais à la porte! qu'as-tu entendu!... Réponds! réponds! ou je t'étouffe. » — Mais, changeant d'idée, sans me donner le temps de dire un mot, il me fit reculer dans la salle à manger : l'office était ouverte, il m'y jeta brutalement et la referma.

— Et vous n'aviez rien entendu de sa conversation?

— Rien, monsieur; si je l'avais su dans sa chambre avec quelqu'un, je me serais bien gardée d'entrer dans le cabinet; il le défendait même à madame Séraphin.

— Et lorsque vous êtes sortie de l'office, que vous a-t-il dit?

— C'est la femme de charge qui est venue me délivrer, et je n'ai pas revu M. Ferrand ce soir-là. Le saisissement, l'effroi que j'avais eus me rendirent très-souffrante. Le lendemain, au moment où je descendais, je rencontrai M. Ferrand; je frissonnai en songeant à ses menaces de la veille : quelle fut ma surprise! il me dit presque avec calme. — « Tu sais pourtant que je défends d'entrer dans mon cabinet quand j'ai quelqu'un dans ma chambre; mais pour le peu de temps que tu as à rester ici, il est inutile que je te gronde davantage; » et il se rendit à son étude. Cette modération m'étonna après ses violences de la veille. Je continuai mon service, selon mon habitude, et j'allai mettre en ordre sa chambre à coucher... J'avais beaucoup souffert toute la nuit : je me trouvais faible, abattue. En rangeant quelques habits dans un cabinet très-obscur situé près de l'alcôve, je fus tout à coup prise d'un étourdissement douloureux; je sentis que je perdais connaissance... En tombant, je voulus machinalement me retenir en saisissant un manteau suspendu à la cloison, et dans ma chute j'entraînai ce vêtement, dont je fus presque entièrement couverte. Quand je revins à moi, la porte vitrée de ce cabinet d'alcôve était fermée... j'entendis la voix de M. Ferrand... Il parlait très-haut... Me souvenant de la scène de la veille, je me crus morte si je faisais un mouvement; je supposai que, cachée sous le manteau qui était tombé sur moi, mon maître, en fermant la porte de ce vestiaire obscur, ne m'avait pas aperçue. S'il me découvrait, comment lui faire croire à ce hasard presque inexplicable? Je retins donc ma respiration, et malgré moi j'entendis la fin de cet entretien sans doute commencé depuis quelque temps.

— Et quelle était la personne qui, enfermée dans la chambre du notaire, causait avec lui? — demanda Rodolphe à Louise.

— Je l'ignore, monsieur; je ne connaissais pas cette voix.

— Et que disaient-ils?

— La conversation durait depuis quelque temps sans doute, car voici seulement ce que j'entendis : — « Rien de plus simple — disait cette voix inconnue; — un drôle, nommé *Bras-Rouge,* m'a mis, pour l'affaire dont je vous parlais tout à l'heure, en rapport avec une famille de *pirates d'eau douce* [1] établie à la pointe d'une petite île près d'Asnières; ce sont les plus grands bandits de la terre : le père et le grand-père ont été guillotinés, deux des fils sont aux galères à perpétuité; mais il reste la mère, trois garçons et deux filles, tous aussi scélérats les uns que les autres. On dit que, la nuit, pour voler sur les deux rives de la Seine, ils font quelquefois des descentes en bateau jusqu'à Bercy. Ce sont des gens à tuer le premier venu pour un écu; mais nous n'avons pas besoin d'eux, il suffit qu'ils donnent l'hospitalité à votre dame de province. Les Martial (c'est le nom de mes pirates) passeront à ses yeux pour une honnête famille de pêcheurs; j'irai de votre part faire deux ou trois visites à votre jeune dame; je lui ordonnerai certaines potions... et au bout de huit jours elle fera connaissance avec le cimetière d'Asnières. Dans les villages, les décès passent comme une lettre à la poste, tandis qu'à Paris on y regarde de trop près. Mais quand enverrez-vous votre provinciale à l'île d'Asnières, afin que j'aie le temps de prévenir les Martial du rôle qu'ils ont à jouer? — Elle arrivera demain ici; après-demain elle sera chez eux — reprit M. Ferrand — et je la préviendrai que le docteur Vincent ira lui donner ses soins de ma part. — Va pour le nom de Vincent — dit la voix; — j'aime autant celui-là qu'un autre... »

— Quel est ce nouveau mystère de crime et d'infamie? — dit Rodolphe de plus en plus surpris.

[1] On verra plus tard les mœurs singulières de ces pirates parisiens.

— Nouveau ? non, monsieur ; vous allez voir qu'il se rattachait à un autre crime que vous connaissez — reprit Louise, et elle continua : — J'entendis le mouvement des chaises, l'entretien était terminé. — « Je ne vous demande pas le secret — dit M. Ferrand ; — vous me tenez comme je vous tiens. — Ce qui fait que nous pouvons nous servir et jamais ne nous nuire — répondit la voix. — Voyez mon zèle ! j'ai reçu votre lettre hier à dix heures du soir, ce matin je suis chez vous. Au revoir, complice, n'oubliez pas l'île d'*Asnières*, le pêcheur *Martial* et le docteur *Vincent*. Grâce à ces trois mots magiques, votre provinciale n'en a pas pour huit jours. — Attendez — dit M. Ferrand — que j'aille tirer le verrou de précaution que j'avais mis à mon cabinet, et que je voie s'il n'y a personne dans l'antichambre pour que vous puissiez sortir par la ruelle du jardin, comme vous y êtes entré... » — M. Ferrand sortit un moment, puis il revint, et je l'entendis enfin s'éloigner avec la personne dont j'avais entendu la voix... Vous devez comprendre ma terreur, monsieur, pendant cet entretien, et mon désespoir d'avoir, malgré moi, surpris un tel secret. Deux heures après cette conversation, madame Séraphin vint me chercher dans ma chambre, où j'étais montée toute tremblante et plus malade que je ne l'avais été jusqu'alors. — « Monsieur vous demande — me dit-elle ; — vous avez plus de bonheur que vous n'en méritez ; allons, descendez. Vous êtes bien pâle, ce qu'il va vous apprendre vous donnera des couleurs. Je suivis madame Séraphin ; M. Ferrand était dans son cabinet. En le voyant, je frissonnai malgré moi ; pourtant il avait l'air moins méchant que d'habitude ; il me regarda long-temps fixement, comme s'il eût voulu lire au fond de ma pensée. Je baissai les yeux. — « Vous paraissez très-souffrante ? — me dit-il. — Oui, monsieur — lui répondis-je, très étonnée de ce qu'il ne me tutoyait pas comme d'habitude. — C'est tout simple — ajouta-t-il — c'est la suite de votre état et des efforts que vous avez faits pour le dissimuler ; mais, malgré vos mensonges, votre mauvaise conduite et votre indiscrétion d'hier — reprit-il d'un ton plus doux — j'ai pitié de vous ; dans quelques jours il vous serait impossible de cacher votre grossesse. Quoique je vous aie traitée comme vous le méritez devant le curé de la paroisse, un tel événement aux yeux du public serait la honte d'une maison comme la mienne ; de plus, votre famille serait au désespoir... Je consens, dans cette circonstance, à venir à votre secours. — Ah ! monsieur m'écriai-je — ces mots de bonté de votre part me font tout oublier. — Oublier quoi ! — me demanda-t-il durement. — Rien, rien... pardon, monsieur — repris-je de crainte de l'irriter et le croyant dans les meilleures dispositions du monde à mon égard. — Écoutez-moi donc — reprit-il ; — vous irez voir votre père aujourd'hui ; vous lui annoncerez que je vous envoie deux ou trois mois à la campagne pour garder une maison que je viens d'acheter ; pendant votre absence, je lui ferai parvenir vos gages. Demain vous quitterez Paris ; je vous donnerai une lettre de recommandation pour madame *Martial*, mère d'une honnête famille de pêcheurs qui demeure près d'Asnières Vous aurez soin de dire que vous venez de province, sans vous expliquer davantage. Vous saurez

plus tard le but de cette recommandation, toute dans votre intérêt. La mère
Martial vous traitera comme son enfant; un médecin de mes amis, le docteur
Vincent, ira vous donner les soins que nécessite votre position... Vous voyez
combien je suis bon pour vous! »

— Quelle horrible trame! — s'écria Rodolphe. — Je comprends tout maintenant. Croyant que la veille vous aviez surpris un secret sans doute terrible
pour lui, il voulait se défaire de vous. Il avait probablement un intérêt à tromper
son complice en vous désignant à lui comme une femme de province. Quelle
dut être votre frayeur à cette proposition!

— Cela me porta un coup violent; j'en fus bouleversée. Je ne pouvais répondre; je regardais M. Ferrand avec effroi; ma tête s'égarait. J'allais peut-
être risquer ma vie en lui disant que le matin j'avais entendu ses projets,
lorsque heureusement je me rappelai les nouveaux dangers auxquels cet aveu
m'exposerait. — Vous ne me comprenez donc pas? — me demanda-t-il avec
impatience. — Si... monsieur... Mais — lui dis-je en tremblant — je préfé-
rerais ne pas aller à la campagne. — Pourquoi cela? Vous serez parfaitement
traitée là où je vous envoie. — Non! non! je n'irai pas; j'aime mieux rester à
Paris, ne pas m'éloigner de ma famille; j'aime mieux tout lui avouer, mourir
de honte s'il le faut. — Tu me refuses? — dit M. Ferrand, contenant encore
sa colère et me regardant avec attention. — Pourquoi as-tu si brusquement
changé d'avis? Tu acceptais tout à l'heure... — Je vis que, s'il me devinait,
j'étais perdue; je lui répondis que je ne croyais pas qu'il fût question de
quitter Paris, ma famille. — Mais tu la déshonores, ta famille, misérable! —
s'écria-t-il; — et, ne se possédant plus, il me saisit par le bras et me poussa
si violemment qu'il me fit tomber. — Je te donne jusqu'après-demain! — s'é-
cria-t-il; — demain tu sortiras d'ici pour aller chez les Martial ou pour aller
apprendre à ton père que je t'ai chassée, et qu'il ira le jour même en prison...
— Je restai seule, étendue par terre; je n'avais pas la force de me relever. Madame Séraphin était accourue en entendant son maître élever la voix; avec
son aide, et faiblissant à chaque pas, je pus regagner ma chambre. En rentrant je me jetai sur mon lit; j'y restai jusqu'à la nuit; tant de secousses
m'avaient porté un coup terrible! Aux douleurs atroces qui me surprirent vers
une heure du matin, je sentis que j'allais mettre au monde ce malheureux
enfant bien avant terme.

— Pourquoi n'avez-vous pas appelé à votre secours?

— Oh! je n'ai pas osé. M. Ferrand voulait se défaire de moi; il aurait,
bien sûr, envoyé chercher le docteur Vincent, qui m'aurait tuée chez mon
maître au lieu de me tuer chez les Martial... ou bien M. Ferrand m'aurait
étouffée pour dire ensuite que j'étais morte en couches. Hélas! monsieur, ces
terreurs étaient peut-être folles... mais dans ce moment elles m'ont assaillie,
c'est ce qui a causé mon malheur; sans cela j'aurais bravé la honte, et je ne
serais pas accusée d'avoir tué mon enfant. Au lieu d'appeler du secours, et de
peur qu'on n'entendît mes cris de douleur, je les étouffai en mordant mes draps.

Enfin, après des souffrances horribles... seule au milieu de l'obscurité, je
donnai le jour à cette malheureuse créature, dont la mort fut sans doute causée
par cette délivrance prématurée... car je ne l'ai pas tuée, mon Dieu... je ne
l'ai pas tuée... oh non! Au milieu de cette nuit j'ai eu un moment de joie
amère, c'est quand j'ai pressé mon enfant dans mes bras...

Et la voix de Louise s'éteignit dans les sanglots.

Morel avait écouté le récit de sa fille avec une apathie, une indifférence
morne qui effrayèrent Rodolphe. Pourtant, la voyant fondre en larmes, le lapidaire, qui, toujours accoudé sur son établi, tenait ses deux mains collées à
ses tempes, regarda Louise fixement et dit :

— Elle pleure... elle pleure... pourquoi donc qu'elle pleure ? — Puis il reprit après un moment d'hésitation : — Ah! oui... je sais, je sais... le notaire...
n'est-ce pas ? Continue, ma pauvre Louise... tu es ma fille... je t'aime toujours... tout à l'heure... je ne te reconnaissais plus... mes larmes étaient
comme obscures. Oh! mon Dieu! mon Dieu! ma tête... elle me fait bien
mal...

— Vous voyez que je ne suis pas coupable, n'est-ce pas, mon père ?

— Oui... oui...

— C'est un grand malheur... mais j'avais si peur du notaire !...

— Le notaire ?... oh ! je te crois... il est si méchant, si méchant !...

-- Vous me pardonnez, maintenant ?

— Oui...

— Bien vrai ?

— Oui... bien vrai... Oh ! je t'aime toujours... va... quoique je ne puisse...
pas dire... vois-tu... parce que... Oh ! ma tête.. ma tête...

Louise regarda Rodolphe avec frayeur.

— Il souffre, laissez-le un peu se calmer. Continuez.

Louise reprit, après avoir deux ou trois fois regardé Morel avec inquiétude :

— Je serrais mon enfant contre moi... j'étais étonnée de ne pas l'entendre
respirer ; mais je me disais : La respiration d'un si petit enfant... ça s'entend
à peine... Et puis aussi il me semblait bien froid... je ne pouvais me procurer
de lumière, on ne m'en laissait jamais... J'attendis qu'il fît clair, tâchant de le
réchauffer comme je le pouvais ; mais il me semblait de plus en plus glacé. Je
me disais encore : Il gèle si fort, que c'est le froid qui l'engourdit ainsi. Au
point du jour, j'approchai mon enfant de ma fenêtre... je le regardai... il était
roide... glacé... Je collai ma bouche à sa bouche pour sentir son souffle... je
mis ma main sur son cœur... il ne battait pas... il était mort !...

Et Louise fondit en larmes.

— Oh ! dans ce moment — reprit-elle — il se passa en moi quelque chose
d'impossible à rendre. Je ne me souviens plus du reste que confusément, comme
d'un rêve ; c'était à la fois du désespoir, de la terreur, de la rage, et par-dessus
tout j'étais saisie d'une autre épouvante : je ne redoutais plus que M. Ferrand
m'étouffât ; mais je craignais que si l'on trouvait mon enfant mort à côté de
moi on ne m'accusât de l'avoir tué : alors je n'eus plus qu'une seule pensée,
celle de cacher son corps à tous les yeux ; comme cela, mon déshonneur ne
serait pas connu, je n'aurais plus à redouter la colère de mon père, j'échap-
perais à la vengeance de M. Ferrand, puisque je pourrais, étant ainsi délivrée,
quitter sa maison, me placer ailleurs et continuer de gagner de quoi soutenir
ma famille... Hélas ! monsieur, telles sont les raisons qui m'ont engagée à ne
rien avouer, à soustraire le corps de mon enfant à tous les yeux. J'ai eu tort,
sans doute ; mais dans la position où j'étais, accablée de tous côtés, brisée
par la souffrance, presque en délire, je n'ai pas réfléchi à quoi je m'exposais
si j'étais découverte...

— Quelles tortures !... quelles tortures ! — dit Rodolphe avec accablement.

— Le jour grandissait — reprit Louise — je n'avais plus que quelques moments avant qu'on fût éveillé dans la maison... Je n'hésitai plus ; j'enveloppai
mon enfant du mieux que je pus ; je descendis bien doucement, j'allai au fond
du jardin afin de faire un trou dans la terre pour l'ensevelir ; mais il avait gelé
toute la nuit, la terre était trop dure. Alors je cachai le corps au fond d'une
espèce de caveau où l'on n'entrait jamais pendant l'hiver ; je le recouvris d'une

caisse à fleurs vide, et je rentrai dans ma chambre sans que personne m'eût vue sortir. De tout ce que je vous dis, monsieur, il ne me reste qu'une idée confuse. Faible comme j'étais, je suis encore à m'expliquer comment j'ai eu le courage et la force de faire tout cela. A neuf heures, madame Séraphin vint savoir pourquoi je n'étais pas encore levée; je lui dis que j'étais si malade, que je la suppliais de me laisser couchée pendant la journée; le lendemain je quitterais la maison, puisque M. Ferrand me renvoyait. Au bout d'une heure, il vint lui-même. — « Vous êtes plus souffrante : voilà les suites de votre entêtement, me dit-il; si vous aviez profité de mes bontés, aujourd'hui vous auriez été établie chez de braves gens qui auraient de vous tous les soins possibles. Du reste, je ne serai pas assez inhumain pour vous laisser sans secours dans l'état où vous êtes; ce soir le docteur Vincent viendra vous voir. » A cette menace je frissonnai de peur. Je répondis à M. Ferrand que la veille j'avais eu tort de refuser ses offres, que je les acceptais; mais qu'étant encore trop souffrante pour partir, je me rendrais seulement le surlendemain chez les Martial, et qu'il était inutile de demander le docteur Vincent. Je ne voulais que gagner du temps; j'étais bien décidée à quitter la maison et aller le surlendemain chez mon père : j'espérais qu'ainsi il ignorerait tout. Rassuré par ma promesse, M. Ferrand fut presque affectueux pour moi, et me recommanda, pour la première fois de sa vie, aux soins de madame Séraphin. Je passai la journée dans des transes mortelles, tremblant à chaque minute que le hasard ne fît découvrir le corps de mon enfant. Je ne désirais qu'une chose, c'était que le froid cessât, afin que, la terre n'étant plus aussi dure, il me fût possible de la creuser... Il tomba de la neige... cela me donna de l'espoir... Je restai le jour couchée. La nuit venue, j'attendis que tout le monde fût endormi; j'eus la force de me lever, d'aller au bûcher chercher une hachette à fendre du bois, pour faire un trou dans la terre couverte de neige... Après des peines infinies, j'y réussis... Alors je pris le corps, je pleurai encore bien sur lui, et je l'ensevelis comme je pus dans la petite caisse à fleurs... Je ne savais pas la prière des morts, je dis un *Pater* et un *Ave*, priant le bon Dieu de le recevoir dans son paradis... Je crus que le courage me manquerait lorsqu'il fallut couvrir de terre l'espèce de bière que je lui avais faite... Une mère... enterrer son enfant!... Enfin j'y parvins... Oh! que cela m'a coûté, mon Dieu! Je remis de la neige par-dessus la terre, pour qu'on ne s'aperçût de rien... La lune m'avait éclairée. Quand tout fut fini, je ne pouvais me résoudre à m'en aller... Pauvre petit! dans la terre glacée... sous la neige... Quoiqu'il fût mort... il me semblait qu'il devait ressentir le froid... Enfin, je revins dans ma chambre... je me couchai avec une fièvre violente. Au matin, M. Ferrand envoya savoir comment je me trouvais; je répondis que je me sentais un peu mieux, et que je serais, bien sûr, en état de partir le lendemain pour la campagne. Je restai encore cette journée couchée, afin de reprendre un peu de force... Sur le soir, je me levai; je descendis à la cuisine pour me chauffer; j'y restai tard toute seule. J'allai au jardin dire une dernière prière. Au mo-

madame Séraphin … la dis que j'étais si ma-
… la journée; le lende-
… M. F… … verrait. Au bout
… Vous êtes plus … … suites
… vous avez profité de mes bontés, au-
… de braves gens qui auraient de vous tous
… ne serait pas assez inhumain pour vous laisser
… ce soir le docteur Vincent viendra vous
… de vous. Je répondis à M. Ferrand que la
… ses offres; que je les acceptais; mais qu'étant
… je me rendrais … et le surlendemain
… le docteur Vincent. Je ne
… bien à quitter la maison et aller
… j'espérais qu'ainsi il ignorerait tout. Rassuré
… fut presque affectueux pour moi, et me recom-
… de … … madame Séraphin. Je
… tremblant à chaque minute que
… de vous suivre. Je ne désirais qu'une chose,
… que la terre n'étant plus aussi dure, il me fût
… sonde de la neige… cela me donna de l'espoir…
… j'attendis que tout le monde fût
… d'aller … chercher une hachette
… dans la terre couverte de neige… Après
… lors je pris courage, je pourrai encore bien
… pas dans le parc … fleurs… Je ne
… en priant le bon Dieu
… que le visage me changerait lors-
… que je lui avais faite… Une mère…
… que cela m'a coûté, mon
… sans qu'il ne s'aperçût de
… je ne pouvais me résoudre
… Quoiqu'il

Louise Morel endossant son uniforme.

ment où je remontais dans ma chambre, je rencontrai M. Germain sur le palier du cabinet où il travaillait quelquefois; il était très-pâle... Il me dit bien vite, en me mettant un rouleau dans la main : — « On doit arrêter votre père demain de grand matin pour une lettre de change de treize cents francs; il est hors d'état de la payer... voilà l'argent... dès qu'il fera jour, courez chez lui... D'aujourd'hui seulement je connais M. Ferrand... c'est un méchant homme... je le démasquerai... Surtout ne dites pas que vous tenez cet argent de moi... » — Et M. Germain ne me laissa pas le temps de le remercier; il descendit en courant.

— Ce matin — reprit Louise — avant que personne fût levé chez M. Ferrand, je suis venue ici avec l'argent que m'avait donné M. Germain pour sauver mon père; mais la somme ne suffisait pas, et sans votre générosité je n'aurais pu le délivrer des mains des recors... Probablement, après mon départ de chez M. Ferrand, on sera monté dans ma chambre... et on aura trouvé des traces qui auront mis sur la voie de cette funeste découverte... Un dernier service, monsieur — dit Louise en tirant le rouleau d'or de sa poche . — voudrez-vous faire remettre cet argent à M. Germain?... Je lui avais promis de ne dire à personne qu'il était employé chez M. Ferrand; mais puisque vous le saviez, je n'ai pas été indiscrète... Maintenant, monsieur, je vous le répète... devant Dieu qui m'entend, je n'ai pas dit un mot qui ne fût vrai... Je n'ai pas cherché à affaiblir mes torts, et...

Mais, s'interrompant brusquement, Louise effrayée s'écria :

— Monsieur! regardez mon père... regardez... qu'est-ce qu'il a donc?

Morel avait écouté la dernière partie de ce récit avec une sombre indifférence que Rodolphe s'était expliquée, l'attribuant à l'accablement de ce malheureux... Après des secousses si violentes, si rapprochées, ses larmes avaient dû se tarir, sa sensibilité s'émousser; il ne devait même plus lui rester la force de s'indigner... pensait Rodolphe... Rodolphe se trompait. Ainsi que la flamme tour à tour mourante et renaissante d'un flambeau qui s'éteint, la raison de Morel, déjà fortement ébranlée, vacilla quelque temps, jeta çà et là quelques dernières lueurs d'intelligence, puis tout à coup... s'obscurcit.

Absolument étranger à ce qui se disait, à ce qui se passait autour de lui, depuis quelques instants le lapidaire était devenu fou. Quoique sa meule fût placée de l'autre côté de son établi, et qu'il n'eût entre les mains ni pierreries ni outils, l'artisan attentif, occupé, simulait les opérations de son travail habituel à l'aide d'instruments imaginaires. Il accompagnait cette pantomime d'une sorte de frôlement de sa langue contre son palais, afin d'imiter le bruit de la meule dans ses mouvements de rotation.

— Mais, monsieur — reprit Louise avec une frayeur croissante — regardez donc mon père!

Puis, s'approchant de l'artisan, elle lui dit :

— Mon père!... mon père!...

Morel regarda sa fille de ce regard troublé, vague, distrait, indécis, par-

ticulier aux aliénés... Sans discontinuer sa manœuvre insensée, il répondit
tout bas d'une voix douce et triste :

— Je dois treize cents francs au notaire... le prix du sang de Louise... Il
faut travailler, travailler, travailler! Oh! je paierai, je paierai, je paierai...

— Mon Dieu, monsieur, mais ce n'est pas possible... cela ne peut pas
durer!... Il n'est pas tout à fait fou, n'est-ce pas? — s'écria Louise d'une voix
déchirante. — Il va revenir à lui... ce n'est qu'un moment d'absence!...

— Morel!... mon ami! — lui dit Rodolphe — nous sommes là... Votre fille
est auprès de vous, elle est innocente...

— Treize cents francs...

Dit le lapidaire sans regarder Rodolphe, et il continua son simulacre de
travail.

— Mon père... — dit Louise en se jetant à ses genoux et serrant malgré
lui ses mains dans les siennes — c'est moi, Louise!

— Treize cents francs!...

Répéta-t-il en se dégageant avec effort des étreintes de sa fille.

— Treize cents francs... ou sinon — ajouta-t-il à voix basse et comme en
confidence — ou sinon... Louise est guillotinée...

Et il se remit à feindre de tourner sa meule.

Louise poussa un cri terrible.

— Il est fou! — s'écria-t-elle — il est fou!... et c'est moi... c'est moi qui
en suis cause... Oh! mon Dieu! mon Dieu! ce n'est pas ma faute pourtant...
je ne voulais pas mal faire... c'est ce monstre!...

— Allons, pauvre enfant, du courage! — dit Rodolphe — espérons... cette
folie ne sera que momentanée. Votre père... a trop souffert; tant de chagrins
précipités étaient au-dessus de la force d'un homme... Sa raison faiblit un
moment... elle reprendra le dessus.

— Mais ma mère... ma grand'mère... mes sœurs.. mes frères... que vont-
ils devenir? — s'écria Louise — les voilà privés de mon père et de moi... Ils
vont donc mourir de faim, de misère et de désespoir!

— Ne suis-je pas là?... Soyez tranquille, ils ne manqueront de rien. Courage! vous dis-je; votre révélation provoquera la punition d'un grand criminel.
Vous m'avez convaincu de votre innocence, elle sera reconnue, proclamée,
je n'en doute pas.

— Ah! monsieur, vous le voyez... le déshonneur, la folie, la mort... Voilà
les maux qu'il cause, cet homme! et on ne peut rien contre lui!... rien!...
Ah! cette pensée complète tous mes maux!...

— Loin de là, que la pensée contraire vous aide à les supporter.

— Que voulez-vous dire, monsieur?

— Emportez avec vous la certitude que votre père, que vous et les vôtres
vous serez vengés.

— Vengés!...

— Oui!... Et je vous jure, moi — répondit Rodolphe avec solennité — je vous jure que, ses crimes prouvés, cet homme expiera cruellement le déshonneur, la folie, la mort qu'il a causés. Si les lois sont impuissantes à l'atteindre, si sa ruse et son adresse égalent ses forfaits, à sa ruse on opposera la ruse, à son adresse l'adresse, à ses forfaits des forfaits, mais qui seront aux siens ce que le supplice juste et vengeur, infligé au coupable par une main inexorable, est au meurtre lâche et caché.

— Ah! monsieur, que Dieu vous entende! Ce n'est plus moi que je voudrais venger, c'est mon père insensé... c'est mon enfant mort en naissant...

Puis tentant un dernier effort pour tirer Morel de sa folie, Louise s'écria encore :

— Mon père, adieu!... On m'emmène en prison... je ne te verrai plus! C'est ta Louise qui te dit adieu... Mon père!... mon père!... mon père!...

A ces appels déchirants rien ne répondit. Dans cette pauvre âme anéantie, rien ne résonna, rien... Les cordes paternelles, toujours les dernières brisées, ne vibrèrent pas...

. . . .

La porte de la mansarde s'ouvrit.

Le commissaire entra.

— Mes moments sont comptés, monsieur — dit-il à Rodolphe. — Je vous déclare à regret qu'il m'est impossible de laisser cet entretien se prolonger plus long-temps.

— Cet entretien est terminé, monsieur — répondit amèrement Rodolphe en montrant le lapidaire. — Louise n'a plus rien à dire à son père... il n'a plus rien à entendre de sa fille... il est fou...

— Grand Dieu!... voilà ce que je redoutais!... Ah! c'est affreux! — s'écria le magistrat.

Et, s'approchant vivement de l'ouvrier, au bout d'une minute d'examen il fut convaincu de cette douloureuse réalité.

— Ah! monsieur — dit-il tristement à Rodolphe — je faisais déjà des vœux sincères pour que l'innocence de cette jeune fille fût reconnue!... Mais, après un tel malheur, je ne me bornerai pas à des vœux... non, non; je dirai cette famille si probe, si désolée; je dirai l'affreux et dernier coup qui l'accable, et, n'en doutez pas, les juges auront un motif de plus de trouver une innocente dans l'accusée...

— Bien, bien, monsieur! — dit Rodolphe — en agissant ainsi, ce ne sont pas des fonctions que vous remplissez, c'est un sacerdoce que vous exercez...

— Croyez-moi, monsieur, notre mission est presque toujours si pénible, que c'est avec bonheur que nous nous intéressons à ce qui est honnête et bon...

— Un mot encore, monsieur : les révélations de Louise Morel m'ont évidemment prouvé son innocence... Pouvez-vous m'apprendre comment son prétendu crime a été découvert ou plutôt dénoncé?

— Ce matin — dit le magistrat — une femme de charge au service de

M. Ferrand, notaire, est venue me déclarer qu'après le départ précipité de
Louise Morel, qu'elle savait grosse de sept mois, elle était montée dans la
chambre de cette jeune fille, et qu'elle y avait trouvé des traces d'un accou-
chement clandestin; après quelques investigations, des pas marqués sur la
neige avaient conduit à la découverte du corps d'un enfant nouveau-né enterré
dans le jardin. Après la déclaration de cette femme, je me suis transporté rue
du Sentier; j'ai trouvé M. Jacques Ferrand indigné de ce qu'un tel scandale
se fût passé chez lui. M. le curé de l'église Bonne-Nouvelle, qu'il avait envoyé chercher, m'a aussi déclaré que la fille Morel avait avoué sa faute devant
lui, un jour qu'elle implorait à ce propos l'indulgence et la pitié de son maître;
que de plus il avait souvent entendu M. Ferrand donner à Louise Morel les
avertissements les plus sévères, lui prédisant que tôt ou tard elle se perdrait,
prédiction qui venait de se réaliser si malheureusement, ajouta l'abbé. L'indignation de M. Ferrand — reprit le magistrat — me parut si légitime, que je
la partageai. Il me dit que sans doute Louise Morel était réfugiée chez son
père. Je me rendis ici à l'instant; le crime étant flagrant, j'avais le droit de
procéder à une arrestation immédiate.

Rodolphe se contraignit en entendant parler de l'*indignation* de M. Ferrand;
il dit au magistrat :

— Je vous remercie mille fois, monsieur, de votre obligeance et de l'appui
que vous voudrez bien prêter à Louise; je vais faire conduire ce malheureux
dans une maison de fous, ainsi que la mère de sa femme...

Puis s'adressant à Louise qui, toujours agenouillée près de son père, tâchait en vain de le rappeler à la raison :

— Résignez-vous, mon enfant, à partir sans embrasser votre mère... épargnez-lui des adieux déchirants... Soyez rassurée sur son sort, rien ne manquera désormais à votre famille; on trouvera une femme qui soignera votre mère et s'occupera de vos frères et sœurs sous la surveillance de votre bonne voisine mademoiselle Rigolette. Quant à votre père, rien ne sera épargné pour que sa guérison soit aussi rapide que complète... Courage! croyez-moi, les honnêtes gens sont souvent rudement éprouvés par le malheur, mais ils sortent toujours de ces luttes plus purs, plus forts, plus vénérés...

Deux heures après l'arrestation de Louise, le lapidaire et la vieille idiote furent, d'après les ordres de Rodolphe, conduits par David à Bicêtre; ils devaient y être traités en chambre et recevoir des soins particuliers. Morel quitta la maison de la rue du Temple sans résistance : indifférent, il alla où on le mena; sa folie était douce, inoffensive et triste. La grand'mère avait faim; on lui montra de la viande et du pain, elle suivit ce pain et cette viande. Les pierreries du lapidaire, confiées à sa femme, furent le même jour remises à madame Mathieu, la courtière, qui vint les chercher. Malheureusement cette femme fut épiée et suivie par Tortillard, qui connaissait la valeur des pierres prétendues fausses, par l'entretien qu'il avait surpris lors de l'arrestation de Morel par les recors... Le fils de Bras-Rouge s'assura que la courtière demeurait boulevard Saint-Denis, n° 11.

Rigolette apprit à Madeleine Morel avec beaucoup de ménagements l'accès de folie du lapidaire et l'emprisonnement de Louise. D'abord Madeleine pleura beaucoup, se désola... poussa des cris désespérés; puis, cette première effervescence de douleur passée, la pauvre créature, faible et mobile, se consola peu à peu en se voyant, elle et ses enfants, entourés du bien-être qu'ils devaient à la générosité de leur bienfaiteur.

Quant à Rodolphe, ses pensées étaient amères en songeant aux révélations de Louise.

« Rien de plus fréquent, se disait-il, que cette corruption plus ou moins violemment imposée par le maître à la servante : ici, par la terreur ou par la surprise; là, par l'impérieuse nature des relations que crée la servitude.

« Cette dépravation par ordre, descendant du riche au pauvre, et méprisant, pour s'assouvir, l'inviolabilité tutélaire du foyer domestique; cette dépravation, toujours déplorable quand elle est acceptée volontairement, devient hideuse, horrible, lorsqu'elle est forcée. C'est un asservissement impur et brutal, un ignoble et barbare esclavage de la créature, qui, dans son effroi, répond aux désirs du maître par des larmes, à ses baisers par le frisson du dégoût et de la peur.

« Et puis — pensait encore Rodolphe — pour la femme quelles conséquences!

presque toujours l'avilissement, la misère, la prostitution, le vol, quelquefois l'infanticide!

» Et c'est encore à ce sujet que les lois sont étranges.

» Tout complice d'un crime porte la peine de ce crime. Tout recéleur est assimilé au voleur.

» Cela est juste.

» Mais qu'un homme, par désœuvrement, séduise une jeune fille innocente et pure, la rende mère, l'abandonne, ne lui laisse que honte, infortune, désespoir, et la pousse ainsi à l'infanticide, crime qu'elle doit payer de sa tête.....

» Cet homme sera-t-il regardé comme son complice?

» Allons donc!

» Qu'est-ce que cela? Rien, moins que rien, une amourette, un caprice d'un jour pour un minois chiffonné... le tour est fait... A une autre!

» Bien plus, pour peu que cet homme soit d'un caractère original et narquois (au demeurant le meilleur fils du monde), il peut aller voir sa victime à la barre des assises.

» S'il est d'aventure cité comme témoin, il peut s'amuser à dire à ces gens très-curieux de faire guillotiner la jeune fille le plus tôt possible, pour la plus grande gloire de la morale publique :

» — J'ai quelque chose d'important à révéler à la justice.

» — Parlez.

» — Messieurs les jurés :

» Cette malheureuse était vertueuse et pure, c'est vrai... Je l'ai séduite, c'est encore vrai... Je lui ai fait un enfant, c'est toujours vrai. Après quoi, comme elle était blonde, je l'ai complétement abandonnée pour une autre qui était brune, c'est de plus en plus vrai. Mais en cela j'ai usé d'un droit imprescriptible, d'un droit sacré que la société me reconnaît et m'accorde... »

— Le fait est que ce garçon est complètement dans son droit — se diront tout bas les jurés les uns aux autres. — Il n'y a pas de loi qui défende de faire un enfant à une jeune fille blonde et de l'abandonner ensuite pour une jeune fille brune. C'est tout bonnement un gaillard...

» — Maintenant, messieurs les jurés, cette malheureuse prétend avoir tué son enfant... je dirai même notre enfant : parce que je l'ai abandonnée... parce que, se trouvant seule et dans la plus profonde misère, elle s'est épouvantée, elle a perdu la tête. Et pourquoi? Parce qu'ayant, disait-elle, à soigner, à nourrir son enfant, il lui devenait impossible d'aller de long-temps travailler dans son atelier, et de gagner ainsi sa vie et celle du résultat de notre amour. Mais je trouve ces raisons-là pitoyables, permettez-moi de vous le dire, messieurs les jurés. Est-ce que mademoiselle ne pouvait pas aller accoucher à la Bourbe... s'il y avait de la place? Est-ce que mademoiselle ne pouvait pas, au moment critique, se rendre à temps chez le commissaire de son quartier, lui faire sa déclaration de... honte, afin d'être autorisée à déposer son enfant aux Enfants-Trouvés? Est-ce qu'enfin mademoiselle, pendant que je faisais la

poule à l'estaminet, en attendant mon autre maîtresse, ne pouvait pas trouver
moyen de se tirer d'affaire par un procédé moins sauvage ? Car, je l'avouerai,
messieurs les jurés, je trouve trop commode et trop cavalière cette façon de
se débarrasser du fruit de plusieurs moments d'erreur et de plaisir, et d'é-
chapper ainsi aux soucis de l'avenir. Que diable ! ce n'est pas tout pour une
jeune fille que de perdre l'honneur, de braver le mépris, l'infamie, et de porter
un enfant illégitime neuf mois dans son sein... il lui faut encore l'élever, cet
enfant ! le soigner, le nourrir, lui donner un état, en faire enfin un honnête
homme comme son père, ou une honnête fille qui ne se débauche pas comme
sa mère... Car enfin la maternité a des devoirs sacrés, que diable ! et les misérables qui les foulent aux pieds, ces devoirs sacrés, sont des mères déna-
turées qui méritent un châtiment exemplaire et terrible... En foi de quoi,
messieurs les jurés, livrez-moi lestement cette scélérate au bourreau, et vous
ferez acte de citoyens vertueux, indépendants, fermes et éclairés. — *Dixi !* "

« Ce monsieur envisage la question sous un point de vue très-moral — dira
d'un air paterne quelque bonnetier enrichi ou quelque loup-cervier déguisé en
chef de jury — il a fait, pardieu ! ce que nous aurions tous fait à sa place, car
elle est fort gentille, cette petite blondinette, quoiqu'un peu pâlotte... — Ce
gaillard-là — comme dit Joconde — *a courtisé la brune et la blonde* — il n'y
a pas de loi qui le défende. Quant à cette malheureuse, après tout, c'est sa
faute ! Pourquoi ne s'est-elle pas défendue ! Elle n'aurait pas eu à commettre
un crime... un... crime monstrueux, qui fait... qui fait... rougir la société...
jusque dans ses fondements.

" — Et ce bonnetier enrichi ou ce loup-cervier auront raison, parfaitement
raison.

" En vertu de quoi ce monsieur peut-il être incriminé ? de quelle complicité
directe ou indirecte, morale ou matérielle, peut-on l'accuser ?

" Cet heureux coquin a séduit une jolie fille, ensuite il l'a plantée là, il l'a-
voue ; où est la loi qui défend ceci et cela ?

" La société, en cas pareil, ne dit-elle pas comme ce père de je ne sais plus
quel conte grivois :

" — *Prenez garde à vos poules... mon coq est lâché !*

" Mais qu'un pauvre misérable, autant par besoin que par stupidité, contrainte ou ignorance des lois qu'il ne sait pas lire, achète sciemment une guenille provenant d'un vol... il ira vingt ans aux galères comme recéleur, si le
voleur va vingt ans aux galères.

" Ceci est un raisonnement logique, puissant.

" Sans recéleurs il n'y aurait pas de voleurs.

" Sans voleurs pas de recéleurs.

" Non... pas plus de pitié... moins de pitié même... pour celui qui excite
au mal que pour celui qui fait le mal... Que la plus légère complicité soit donc
punie d'un châtiment terrible. Bien... il y a là une pensée sévère et féconde,
haute et morale.

« On va s'incliner devant la société qui a dicté cette loi... mais on se souvient que cette société, si inexorable envers les moindres complicités de crime *contre les choses*, est ainsi faite, qu'un homme simple et naïf qui essayerait de prouver qu'il y a au moins solidarité morale, complicité matérielle entre le séducteur inconstant et la fille séduite et abandonnée, passerait pour un visionnaire.

« Et si cet homme simple se hasardait d'avancer que sans père... il n'y aurait peut-être pas d'enfant... la société crierait à l'atrocité, à la folie.

« Et elle aurait raison, toujours raison; car, après tout, ce monsieur, qui pourrait dire de si belles choses au jury, pour peu qu'il fût amateur d'émotions tragiques, pourrait aussi aller tranquillement voir couper le coup de sa maîtresse, exécutée pour un crime d'infanticide, crime dont il est le complice, disons mieux... l'auteur, par son horrible abandon...

« Cette charmante protection, accordée à la partie masculine de la société pour certaines friponnes espiègleries relevant du petit dieu d'amour, ne montre-t-elle pas que le Français sacrifie encore aux Grâces, et qu'il est toujours le peuple le plus galant de l'univers ? »

CHAPITRE IX.

JACQUES FERRAND.

Au temps où se passaient les événements que nous racontons, à l'une des extrémités de la rue du Sentier s'étendait un long mur crevassé, chaperonné d'une couche de plâtre hérissée de morceaux de bouteilles : ce mur, bornant de ce côté le jardin de Jacques Ferrand le notaire, aboutissait à un corps de logis bâti sur la rue et élevé seulement d'un étage surmonté de greniers. Deux larges écussons de cuivre doré, insignes du notariat, flanquaient la porte cochère vermoulue, dont on ne distinguait plus la couleur primitive sous la boue qui la couvrait.

Cette porte conduisait à un passage couvert; à droite se trouvait la loge d'un vieux portier à moitié sourd, qui était au corps des tailleurs ce que M. Pipelet était au corps des bottiers; à gauche, une écurie servant de cellier, de buanderie, de bûcher et d'établissement à une naissante colonie de lapins, parqués dans la mangeoire par le portier, qui se distrayait des chagrins d'un récent veuvage en élevant de ces animaux domestiques. A côté de la loge s'ouvrait la baie d'un escalier tortueux, étroit, obscur, conduisant à l'étude, ainsi que l'annonçait aux clients une main peinte en noir, dont l'index se dirigeait vers ces mots aussi peints en noir sur le mur : — *L'étude est au premier.*

D'un côté d'une grande cour pavée, envahie par l'herbe, on voyait des remises inoccupées ; de l'autre côté une grille de fer rouillé, qui fermait le jardin ; au fond le pavillon, seulement habité par le notaire. Un perron de huit ou dix marches de pierres disjointes, branlantes, moussues, verdâtres, usées par le temps, conduisait à ce pavillon carré, composé d'une cuisine et autres dépendances souterraines, d'un rez-de-chaussée, d'un premier et d'un comble où avait habité Louise. Ce pavillon paraissait aussi dans un grand état de délabrement : de profondes lézardes sillonnaient les murs ; les fenêtres et les persiennes, autrefois peintes en gris, étaient, avec les années, devenues presque noires ; les six croisées du premier étage, donnant sur la cour, n'avaient pas de rideaux ; une espèce de rouille grasse et opaque couvrait les vitres ; au rez-de-chaussée on voyait à travers les carreaux, plus transparents, des rideaux de cotonnade jaune passée à rosaces rouges.

Du côté du jardin, le pavillon n'avait que quatre fenêtres. Ce jardin, encombré de broussailles parasites, semblait abandonné ; on n'y voyait pas une plate-bande, pas un arbuste ; un bouquet d'ormes, cinq ou six gros arbres verts, quelques acacias et sureaux, un gazon clair et jaune, rongé par la mousse et par le soleil d'été ; des allées de terre crayeuse, embarrassées de ronces ; au fond une serre à demi souterraine ; pour horizon, les grands murs nus et gris des maisons mitoyennes, percés çà et là de jours de souffrance, grillés comme des fenêtres de prison ; tel était le triste ensemble du jardin et de l'habitation du notaire.

A cette apparence, ou plutôt à cette réalité, M. Ferrand attachait une grande importance. Aux yeux du vulgaire, l'insouciance du bien-être passe presque toujours pour du désintéressement ; la malpropreté pour de l'austérité. Comparant le gros luxe financier de quelques notaires, ou les toilettes fabuleuses de mesdames leurs notaresses, à la sombre maison de M. Ferrand, si dédaigneux de l'élégance, de la recherche et de la somptuosité, les *clients* éprouvaient une sorte de respect ou plutôt de confiance aveugle pour cet homme, qui, d'après sa nombreuse clientèle et la fortune qu'on lui supposait, aurait pu dire, comme maint confrère : — Mon *équipage* (cela se dit ainsi), mon *raout* (sic), ma *campagne* (sic), mon *jour à l'Opéra* (sic), etc. Mais, loin de là, Jacques Ferrand vivait avec une sévère économie ; aussi dépôts, placements, fidéicommis, toutes ces affaires enfin qui reposent sur l'intégrité la plus reconnue, sur la bonne foi la plus retentissante, affluaient-elles chez lui.

En vivant de peu, ainsi qu'il vivait, le notaire cédait à son goût... il détestait le monde, le faste, les plaisirs chèrement achetés ; en eût-il été autrement, il aurait sans hésitation sacrifié ses penchants les plus vifs à l'apparence qu'il lui importait de se donner.

Quelques mots sur le caractère de cet homme. C'était un de ces fils de la grande famille des avares. On montre presque toujours l'avare sous un jour ridicule ou grotesque : les plus méchants ne vont pas au delà de l'égoïsme ou de la dureté. La plupart augmentent leur fortune en thésaurisant ; quelques-uns, en bien petit nombre, s'aventurent à prêter au denier trente ; à peine les plus déterminés osent-ils sonder du regard le gouffre de l'agiotage ; mais il est presque inouï qu'un avare, pour acquérir de nouveaux biens, aille jusqu'au crime, jusqu'au meurtre.

Cela se conçoit.

L'avarice est surtout une passion négative, passive. L'avare, dans ses combinaisons incessantes, songe bien plus à s'enrichir en ne dépensant pas, en rétrécissant de plus en plus autour de lui les limites du strict nécessaire, qu'il ne songe à s'enrichir aux dépens d'autrui : il est, avant tout, le martyr de la conservation. Faible, timide, rusé, défiant, surtout prudent et circonspect, jamais offensif, indifférent aux maux du prochain, du moins l'avare ne causera pas ces maux ; il est, avant tout et surtout, l'homme de la certitude, du positif ; ou plutôt il n'est l'avare que parce qu'il ne croit qu'au *fait*, qu'à l'or qu'il tient en caisse. Les spéculations, les prêts les plus sûrs le tentent peu ; car, si improbable qu'elle soit, ils offrent toujours une chance de perte, et il aime mieux encore sacrifier l'intérêt de son argent que d'exposer le capital. Un homme aussi timoré aura donc rarement la sauvage énergie du scélérat qui risque le bagne ou sa tête pour s'approprier une fortune.

Risquer est un mot rayé du vocabulaire de l'avare. C'est en ce sens que Jacques Ferrand était, disons-nous, une assez curieuse exception, une variété peut-être nouvelle de l'*espèce avare*. Car Jacques Ferrand *risquait*, et beaucoup. Il comptait sur sa finesse, elle était extrême ; sur son hypocrisie, elle était profonde ; sur son esprit, il était souple et fécond ; sur son audace, elle était infernale, pour assurer l'impunité de ses crimes, et ils étaient déjà nombreux. Jacques Ferrand était une double exception.

Ordinairement aussi ces gens aventureux, énergiques, qui ne reculent devant aucun forfait pour se procurer de l'or, sont harcelés par des passions fougueuses, le jeu, le luxe, la table, la grande débauche. Jacques Ferrand ne connaissait aucun de ces besoins violents, désordonnés ; fourbe et patient comme un faussaire, cruel et déterminé comme un meurtrier, il était sobre et régulier comme Harpagon. Une seule passion... ou plutôt un seul appétit, mais honteux, mais ignoble, mais presque féroce dans son animalité, l'exaltait souvent jusqu'à la frénésie...

C'était la luxure.

La luxure de la bête, la luxure du loup ou du tigre. Lorsque ce ferment âcre et impur fouettait le sang de cet homme robuste, des chaleurs dévorantes lui montaient à la face, l'effervescence charnelle obstruait son intelligence ; alors, oubliant quelquefois sa prudence rusée, il devenait, nous l'avons dit, tigre ou loup : témoin ses premières violences envers Louise. Le soporifique, l'audacieuse hypocrisie avec laquelle il avait nié son crime, étaient, si cela peut se dire, beaucoup plus *dans sa manière* que la force ouverte. Désir grossier, ardeur brutale, dédain féroce, voilà les différentes phases de l'*amour* chez cet homme. C'est dire, ainsi que l'a prouvé sa conduite avec Louise, que la prévenance, la bonté, la générosité lui étaient absolument inconnues, le prêt de 1,300 francs fait à Morel à gros intérêts était à la fois pour Ferrand un piége, un moyen d'oppression et une bonne affaire. Sûr de la probité du lapidaire, il savait être remboursé tôt ou tard. Cependant il fallut que la beauté de Louise eût produit sur lui une impression bien profonde pour qu'il se dessaisît d'une somme si avantageusement placée.

Sauf cette faiblesse, Jacques Ferrand n'aimait que l'or.

Il aimait l'or pour l'or.

Non pour les jouissances qu'il procurait, il était stoïque ; non pour les jouissances qu'il *pouvait* procurer, il n'était pas assez poète pour jouir spéculativement comme certains avares. Quant à ce qui lui appartenait, il aimait la possession pour la possession. Quant à ce qui appartenait aux autres, s'il s'agissait d'un riche dépôt, par exemple, loyalement remis à sa seule probité, il éprouvait à rendre ce dépôt le même déchirement, le même désespoir qu'éprouvait l'orfévre Cardillac à se séparer d'une parure dont son goût exquis avait fait un chef-d'œuvre d'art. C'est que, pour le notaire, c'était aussi un *chef-d'œuvre d'art* que son éclatante réputation de probité. C'est qu'un dépôt était aussi pour lui un joyau dont il ne pouvait se dessaisir qu'avec des regrets furieux. Que de soins, que d'astuce, que de ruses, que d'habileté, que d'*art* en un mot n'avait-il pas employé pour attirer cette somme dans un coffre, pour parfaire cette étincelante renommée d'intégrité où les plus précieuses marques de confiance venaient pour ainsi dire s'enchâsser, ainsi que les perles et les diamants dans l'or des diadèmes de Cardillac. Plus le célèbre orfévre se perfectionnait, dit-on, plus il attachait de prix à ses parures, regardant toujours la dernière comme son chef-d'œuvre, et se désolant de l'abandonner. Plus Jacques Ferrand se perfectionnait dans le crime, plus il tenait aux marques de confiance *sonnantes et trébuchantes* qu'on lui accordait... regardant toujours aussi sa dernière fourberie comme son chef-d'œuvre...

On verra, par la suite de cette histoire, à l'aide de quels moyens, vraiment prodigieux de composition et de machination, il parvint à s'approprier impunément plusieurs sommes très-considérables. Sa vie souterraine, mystérieuse, lui donnait les émotions incessantes, terribles, que le jeu donne au joueur. Contre la fortune de tous, Jacques Ferrand mettait pour enjeu son hypocrisie, sa ruse, son audace, sa tête... et il jouait sur le velours, comme on dit ; car, hormis l'atteinte de la justice humaine, qu'il caractérisait vulgairement et énergiquement d'une *cheminée qui pouvait lui tomber sur la tête,* perdre pour lui c'était ne pas gagner ; et encore était-il si criminellement doué, que, dans son ironie amère, il voyait un gain continu dans l'estime sans bornes, dans la confiance illimitée qu'il inspirait, non-seulement à la foule de ses riches clients, mais encore à la petite bourgeoisie et aux ouvriers de son quartier. Un grand nombre d'entre eux plaçaient de l'argent chez lui, disant : « Il n'est pas charitable, c'est vrai ; il est dévot, c'est un malheur ; mais il est plus sûr que le

... par les masses d'espagno...

... par les mineurs ...

... julie anot...

... deux condit...

... ... hors d'atteint...

... te ... a ... ... offre ...
de ce côté assez ... ...
inconvénient ... ...
tirait parfois ...

Qu ... ...

... moyenne, ...
velu comme un ours. Ses ... ...
était chauve, ses sourcils à peine ... ...
que sous une innombrable quantité de ...
vive émotion l'agilité ... ... que ...
nail d'un rouge ... ...
que di ... ...
...
...
...

nettes verso.

Jacques Renard ... ...
pouvait, avantage ... ...
coup d'œil est ... ...
... ...

gouvernement et que les caisses d'épargnes. » Malgré sa rare habileté, cet homme avait commis deux de ces erreurs auxquelles les plus rusés criminels n'échappent presque jamais. Forcé par les circonstances, il est vrai, il s'était adjoint deux complices ; cette *faute* immense, ainsi qu'il disait, avait été réparée en partie : nul des deux complices ne pouvait le perdre sans se perdre lui-même, et tous deux n'auraient retiré de cette extrémité d'autre profit que celui de dénoncer à la vindicte publique eux-mêmes et le notaire. Il était donc de ce côté assez tranquille. Du reste, n'étant pas au bout de ses crimes, les inconvénients de la complicité étaient balancés par l'aide criminelle qu'il en tirait parfois encore.

Quelques mots maintenant du *physique* de M. Ferrand, et nous introduirons le lecteur dans l'étude du notaire, où nous retrouverons les principaux personnages de ce récit.

M. Ferrand avait cinquante ans, et il n'en paraissait pas quarante ; il était de stature moyenne, voûté, large d'épaules, vigoureux, carré, trapu, roux, velu comme un ours. Ses cheveux s'aplatissaient sur ses tempes, son front était chauve, ses sourcils à peine indiqués ; son teint bilieux disparaissait presque sous une innombrable quantité de taches de rousseur ; mais lorsqu'une vive émotion l'agitait, ce masque fauve et terreux s'injectait de sang et devenait d'un rouge livide. Sa figure était plate comme une *tête de mort*, ainsi que dit le vulgaire ; son nez, camus et punais ; ses lèvres si minces, si imperceptibles, que sa bouche semblait incisée dans sa face ; lorsqu'il souriait d'un air méchant et sinistre, on voyait le bout de ses dents, presque toutes noires et gâtées. Toujours rasé jusqu'aux tempes, ce visage blafard avait une expression à la fois austère et béate, impassible et rigide, froide et réfléchie ; ses petits yeux noirs, vifs, perçants, mobiles, disparaissaient sous de larges lunettes vertes.

Jacques Ferrand avait une vue excellente ; mais, abrité par ses lunettes, il pouvait, avantage immense ! observer sans être observé ; il savait combien un coup d'œil est souvent et involontairement significatif. Malgré son imperturbable audace, il avait rencontré deux ou trois fois dans sa vie certains regards puissants, magnétiques, devant lesquels il avait été forcé de baisser la vue ; or, dans quelques circonstances souveraines, il est funeste de baisser les yeux devant l'homme qui vous interroge, vous accuse ou vous juge. Les larges lunettes de M. Ferrand étaient donc une sorte de retranchement couvert d'où il examinait attentivement les moindres manœuvres de l'*ennemi*... car tout le monde était l'ennemi du notaire, parce que tout le monde était plus ou moins sa dupe, et que les accusateurs ne sont que des dupes éclairées ou révoltées. Il affectait dans son habillement une négligence qui allait jusqu'à la malpropreté, ou plutôt il était naturellement sordide ; son visage rasé tous les deux ou trois jours, son crâne sale et rugueux, ses ongles plats cerclés de noir, son odeur de bouc, ses vieilles redingotes râpées, ses chapeaux graisseux, ses cravates en corde, ses bas de laine noirs, ses gros souliers recommandaient encore singulièrement sa vertu auprès de ses clients en donnant à cet homme un air de détachement du monde, un parfum de philosophe pratique qui les charmait.

A quels goûts, à quelle passion, à quelle faiblesse le notaire aurait-il — disait-on — sacrifié la confiance qu'on lui témoignait?... Il gagnait peut-être soixante mille francs par an, et sa maison se composait d'une servante et d'une vieille femme de charge; son seul plaisir était d'aller chaque dimanche à la messe et à vêpres; il ne connaissait pas d'opéra comparable au chant grave de l'orgue, pas de société mondaine qui valût une soirée paisiblement passée au coin de son feu avec le curé de sa paroisse après un dîner frugal; il mettait enfin sa joie dans la probité, son orgueil dans l'honneur, sa félicité dans la religion.

Tel était le jugement que les contemporains de M. Jacques Ferrand portaient sur ce rare et grand homme de bien.

CHAPITRE X.

L'ÉTUDE.

L'*étude* de M. Ferrand ressemblait à toutes les études, ses clercs à tous les clercs. On y arrivait par une antichambre meublée de quatre vieilles chaises. Dans l'étude proprement dite, entourée de casiers garnis de cartons renfermant les dossiers des clients de M. Ferrand, cinq jeunes gens, courbés sur des pupitres de bois noir, riaient, causaient ou griffonnaient incessamment. Une salle d'attente, encore remplie de cartons, et dans laquelle se tenait d'habitude M. le premier clerc; puis une autre pièce vide, qui pour plus de secret séparait le cabinet du notaire de cette salle d'attente, tel était l'ensemble de ce *laboratoire* d'actes de toutes sortes.

Deux heures venaient de sonner à une antique pendule à coucou placée entre les deux fenêtres de l'étude; une certaine agitation régnait parmi les clercs; quelques fragments de leur conversation feront connaître la cause de cet émoi.

— Certainement, si quelqu'un m'avait soutenu que François Germain était un voleur — dit l'un des jeunes gens — j'aurais répondu : — Vous en avez menti !

— Moi aussi !...

— Moi aussi !...

— Moi, ça m'a fait un tel effet de le voir arrêter et emmener par la garde, que je n'ai pas pu déjeuner... J'en ai été récompensé, car ça m'a épargné de manger la ratatouille quotidienne de la mère Séraphin. Car, comme dit le chantre d'Elvire :

> Pour manger le rata de la mère Séraphin,
> Il faut avoir diablement faim.

— Bon, voilà Chalamel qui recommence ses rébus.

— Je demande la tête de Chalamel..

— Bêtise à part, c'est triste pour Germain.

— Dix-sept mille francs, c'est une somme !

— Une fameuse somme !

— Dire que, depuis quinze mois que Germain est caissier, il n'avait pas manqué un centime à la caisse du patron !...

— Moi, je trouve que le patron a eu tort de faire arrêter Germain, puisque ce pauvre garçon jurait ses grands dieux qu'il n'avait pris que 1,300 francs en or.

— D'autant plus qu'il les rapportait ce matin pour les remettre dans la caisse, ces 1,300 francs, au moment où le patron venait d'envoyer chercher la garde...

— Voilà le désagrément des gens d'une probité féroce comme le patron, ils sont impitoyables.

— C'est égal, on doit y regarder à deux fois avant de perdre un pauvre jeune homme qui s'est bien conduit jusque-là.

— M. Ferrand dit à cela que c'est pour l'exemple.

— L'exemple de quoi? Ça ne sert à rien à ceux qui sont honnêtes, et ceux qui ne le sont pas savent bien qu'ils sont exposés à être découverts s'ils volent.

— La maison est tout de même une bonne pratique pour le commissaire.

— Comment !

— Dame ! ce matin cette pauvre Louise .. tantôt Germain...

— Moi, l'affaire de Germain ne me paraît pas claire...

— Puisqu'il a avoué !

— Il a avoué qu'il avait pris 1,300 francs, oui ; mais il soutient comme un enragé qu'il n'a pas pris les autres 15,000 francs en billets de banque et les autres 700 francs qui manquent à la caisse.

— Au fait, puisqu'il avoue une chose, pourquoi n'avouerait-il pas l'autre!

— C'est vrai ; on est aussi puni pour 500 francs que pour 15,000 francs.

— Oui ; mais on garde les 15,000 francs, et, en sortant de prison, ça fait un petit établissement. Car, comme dit le cygne de Cambrai :

> Pour tirer une carotte de longueur,
> Il faut être un fameux blagueur.

— Je demande la tête de Chalamel.

— On ne peut parler un instant raison.

— Tiens, voilà Jabulot qui rentre de course; c'est lui qui va être étonné !

— De quoi, de quoi, mes braves ! est-ce qu'il y a quelque chose de nouveau
sur cette pauvre Louise ?

— Tu le saurais, flâneur, si tu n'étais pas resté si long-temps en course.

— Tiens, vous croyez peut-être qu'il n'y a qu'un *pas de clerc* d'ici à la rue
de Chaillot.

— Oh ! mauvais !... mauvais !...

— Eh bien ! ce fameux vicomte de Saint-Remy ?

— Il n'est pas encore venu ?

— Non.

— Tiens, sa voiture était attelée, et il m'a fait dire par son valet de chambre
qu'il allait venir tout de suite ; mais il n'a pas l'air content, a dit le domestique... Ah ! messieurs, voilà un joli petit hôtel !... un crâne luxe... on dirait
d'une de ces petites maisons des seigneurs d'autrefois... dont on parle dans
Faublas. Oh ! Faublas... voilà mon héros, mon modèle ! — dit le clerc en dé-
posant son parapluie et en désarticulant ses socques.

— Tu as raison, Jabulot. Car, comme dit Homère, le sublime aveugle :

Faublas, cet amoureux scélérat,
De la duchesse passe au rat.

Vous saurez, messieurs, qu'un *rat* est une figurante d'Opéra.

— Je demande la tête de Chalamel.

— Voyons, messieurs, parlons du vicomte de Saint-Remy. A entendre Jabulot, c'est superbe, sa maison.

— Pyramidal.

— Je crois bien alors qu'il a des dettes et des contraintes par corps, ce vicomte.

— Une recommandation de 34.000 francs que l'huissier a envoyée ici, puisque c'est à l'étude qu'on doit venir payer; le créancier aime mieux ça, je ne sais pas pourquoi.

— Il faut bien qu'il puisse payer maintenant, ce beau vicomte, puisqu'il est revenu hier soir de la campagne, où il était caché depuis trois jours pour échapper aux gardes du commerce.

— Mais comment n'a-t-on pas déjà saisi chez lui?

— Lui, pas bête! la maison n'est pas à lui, son mobilier est au nom de son valet de chambre, qui est censé lui louer en garni, de même que ses chevaux et ses voitures sont au nom de son cocher, qui dit, lui, qu'il donne à loyer au vicomte des équipages magnifiques à tant par mois. Oh! c'est un malin, allez, M. de Saint-Remy. Mais, qu'est-ce que vous disiez? qu'il est arrivé encore du nouveau ici?

— Figure-toi qu'il y a deux heures le patron entre ici comme un furieux : — « Germain n'est pas là? » nous crie-t-il. — Non, monsieur. — « Eh bien, le misérable m'a volé hier soir 17,000 francs » — reprit le patron.

— Germain... voler... allons donc!

— Tu vas voir.

— Comment donc, monsieur, vous êtes sûr? mais ce n'est pas possible, que nous nous écrions. — Je vous dis, messieurs, reprend le patron, que j'avais mis hier dans le tiroir du bureau où il travaille quinze billets de mille francs, plus 2,000 francs en or dans une petite boîte : tout a disparu. — A ce moment, voilà le père Marriton, le portier, qui arrive en disant : — Monsieur, la garde va venir.

— Et Germain?

— Attends donc... Le patron dit au portier : Dès que M. Germain viendra, envoyez-le ici, à l'étude, sans lui rien dire... Je veux le confondre devant vous, messieurs, reprend le patron. Au bout d'un quart d'heure, le pauvre Germain arrive comme si de rien n'était; la mère Séraphin venait d'apporter notre ratatouille : il salue le patron, nous dit bonjour très-tranquillement. — Germain, vous ne déjeunez pas! dit M. Ferrand. — Non, monsieur; merci, je n'ai pas faim. — Vous venez bien tard! — Oui, monsieur... j'ai été obligé d'aller à Belleville ce matin. — Sans doute pour cacher l'argent que vous m'avez volé! — s'écria M. Ferrand d'une voix terrible.

— Et Germain?

— Voilà le pauvre garçon qui devient pâle comme un mort, et qui répond

tout de suite en balbutiant : — Monsieur, je vous en supplie, ne me perdez pas...
— Il avait volé !

— Mais attends donc, Jabulot. — Ne me perdez pas ! — dit-il au patron.
— Vous avouez donc, misérable ! — Oui, monsieur... mais voici l'argent qui
manque. Je croyais pouvoir le remettre ce matin avant que vous fussiez levé :
malheureusement une personne qui avait à moi une petite somme, et que je
croyais trouver hier soir chez elle, était à Belleville depuis deux jours ; il m'a
fallu y aller ce matin... C'est ce qui a causé mon retard... Grâce, monsieur,
ne me perdez pas ! En prenant cet argent, je savais bien que je pourrais le
remettre ce matin. Voici les 1,300 francs en or. — Comment, les 1,300 francs !
— s'écria M. Ferrand. — Il s'agit bien de 1,300 francs ! Vous m'avez volé, dans
le bureau de la chambre du premier, quinze billets de mille francs dans un
portefeuille vert et 2,000 francs en or. — Moi !... jamais ! — s'écria ce pauvre
Germain d'un air renversé. — Je vous avais pris 1,300 francs en or... mais
pas un sou de plus. Je n'ai pas vu de portefeuille dans le tiroir ; il n'y avait que
2,000 francs en or dans une boîte. — Oh ! l'infâme menteur !... — s'écria le
patron. — Vous avez volé 1,300 francs, vous pouvez bien en avoir volé davantage ; la justice prononcera... Je serai impitoyable pour un si affreux abus
de confiance. Ce sera un exemple... — Enfin, mon pauvre Jabulot, la garde
arrive sur ce coup de temps-là, avec le secrétaire du commissaire, pour dresser
procès-verbal ; on empoigne Germain, et voilà !

— Ah bien ! quelle nouvelle !.. c'est comme si on me donnait un coup de
poing sur la tête... Germain... Germain... qui avait l'air si honnête... à qui
on aurait donné le bon Dieu sans confession !

— On dirait qu'il avait comme un pressentiment de son malheur...

— Pourquoi ?

— Depuis quelque temps il avait comme quelque chose qui le rongeait.

— C'était peut-être à propos de Louise.

— De Louise ?

— Après ça, je ne fais que répéter ce que disait ce matin la mère Séraphin.

— Quoi donc ? quoi donc ?

— Qu'il était l'amant de Louise... et le père de l'enfant...

— Voyez-vous, le sournois !

— Tiens, tiens, tiens !

— Ah ! bah !

— Ça n'est pas vrai !

— Comment sais-tu cela, Jabulot ?

— Il n'y a pas quinze jours que Germain m'a dit, en confidence, qu'il était
amoureux fou, mais fou, fou, d'une petite ouvrière, bien honnête, qu'il avait
connue dans une maison où il avait logé ; il avait les larmes aux yeux en me
parlant d'elle.

— Ohé, Jabulot ! est-il rococo !

— Il dit que Faublas est son héros, et il est assez bon enfant, assez cruche, assez *actionnaire* pour ne pas comprendre qu'on peut être amoureux de l'une et être l'amant de l'autre. Car, comme dit le tendre Fénelon dans ses Instructions au duc de Bourgogne,

> Un bon drille doit, de par le monde,
> Caucaner avec la brune et la blonde.

— Je demande la tête de Chalamel !

— Je vous dis, moi, que Germain parlait sérieusement...

A ce moment le maître-clerc entra dans l'étude.

— Eh bien ! — dit-il — monsieur Jabulot, avez-vous fait toutes les courses ?

— Oui, monsieur Dubois, j'ai été chez M. de Saint-Remy, il va venir tout à l'heure pour payer.

— Et chez madame la comtesse Mac-Gregor !

— Aussi... voilà la réponse.

— Et chez la comtesse d'Orbigny ?

— Elle remercie bien le patron ; elle est arrivée hier matin de Normandie, elle ne s'attendait pas à avoir sitôt sa réponse : voilà sa lettre. J'ai aussi passé chez l'intendant de M. le marquis d'Harville, comme il l'avait demandé, pour les frais du contrat que j'ai été faire signer l'autre jour à l'hôtel.

— Vous lui avez bien dit que ce n'était pas si pressé !

— Oui ; mais l'intendant a voulu payer tout de même. Voilà l'argent... Ah ! j'oubliais encore. M. Badinot a dit que c'était bon, que M. Ferrand fasse comme il l'entendrait, que ça serait toujours bien.

— Il n'a pas donné de réponse par écrit !

— Non, monsieur, il a dit qu'il n'avait pas le temps.

— Très-bien.

— M. Charles Robert viendra aussi dans la journée parler au patron ; il paraît qu'il s'est battu hier en duel avec le duc de Lucenay.

— Et est-il blessé !

— Je ne crois pas, on me l'aurait dit chez lui.

— Tiens ! une voiture qui s'arrête..

— Oh ! les beaux chevaux ! sont-ils fougueux !

— Et ce gros cocher anglais, avec sa perruque blanche et sa livrée brune à galons d'argent, et ses épaulettes comme un colonel !

— C'est un ambassadeur, bien sûr.

— Et le chasseur, en a-t-il aussi, de cet argent, sur le corps !

— Et de grandes moustaches !

— Tiens ! — dit Jabulot — c'est la voiture du vicomte de Saint-Remy.

— Que ça de genre ! merci !...

Bientôt après, M. de Saint-Remy entrait dans l'étude.

Nous avons dépeint la charmante figure, l'élégance exquise, la tournure ravissante de M. de Saint-Remy, arrivé la veille de la ferme d'Arnouville (propriété de madame la duchesse de Lucenay), où il avait trouvé un refuge contre les poursuites des gardes du commerce Malicorne et Bourdin. Le vi-

Le Vicomte de S. Remy.

comte entra brusquement dans l'étude, son chapeau sur la tête, l'air haut et fier, fermant à demi les yeux, et demandant d'un air souverainement impertinent, sans regarder personne :

— Le notaire, où est-il ?

— Monsieur Ferrand travaille dans son cabinet — dit le maître-clerc — si vous voulez attendre un instant, monsieur, il pourra vous recevoir.

— Comment, attendre ?

— Mais, monsieur...

— Il n'y a pas de Mais, monsieur ; allez lui dire que M. de Saint-Remy est là... Je trouve encore singulier que ce notaire me fasse faire antichambre... Ça empeste le poêle ici !

— Veuillez passer dans la pièce à côté, monsieur — dit le premier clerc — j'irai tout de suite prévenir M. Ferrand.

M. de Saint-Remy haussa les épaules, et suivit le maître-clerc. Au bout d'un quart d'heure qui lui sembla fort long et qui changea son dépit en colère, le vicomte fut introduit dans le cabinet du notaire.

Rien de plus curieux que le contraste de ces deux hommes, tous deux profondément physionomistes et généralement habitués à juger presque du premier coup d'œil à qui ils avaient affaire. M. de Saint-Remy voyait Jacques Ferrand pour la première fois. Il fut frappé du caractère de cette figure blafarde, rigide, impassible, au regard caché par d'énormes lunettes vertes, au crâne disparaissant à demi sous un vieux bonnet de soie noire. Le notaire était assis devant son bureau, sur un fauteuil de cuir, à côté d'une cheminée dégradée, remplie de cendre, où fumaient deux tisons noircis. Des rideaux de percaline verte, presque en lambeaux, ajustés à de petites tringles de fer sur les croisées, cachaient les vitres inférieures et jetaient dans ce cabinet, déjà sombre, un reflet livide et sinistre. Des casiers de bois noir remplis de cartons étiquetés, quelques chaises de merisier recouvertes de velours d'Utrecht râpé, une pendule d'acajou, un carrelage jaunâtre, humide et glacial, un plafond sillonné de crevasses et orné de guirlandes de toiles d'araignée, tel était le *sanctus sanctorum* de M. Jacques Ferrand.

Le vicomte n'avait pas fait deux pas dans ce cabinet, n'avait pas dit une parole, que le notaire, qui le connaissait de *réputation*, le haïssait déjà D'abord il voyait en lui, pour ainsi dire, un rival en fourberies ; et puis, par cela même que M. Ferrand était d'une mine basse et ignoble, il détestait chez les autres l'élégance, la grâce et la jeunesse, surtout lorsqu'un air suprêmement insolent accompagnait ces avantages. Le notaire affectait ordinairement une sorte de brusquerie rude, presque grossière, envers ses clients, qui n'en ressentaient que plus d'estime pour lui en raison de ces manières de paysan du Danube. Il se promit de redoubler de brutalité envers M. de Saint-Remy. Celui-ci, ne connaissant aussi Jacques Ferrand que de *réputation*, s'attendait à trouver en lui une sorte de tabellion, bonhomme ou ridicule, le vicomte se représentant toujours sous des dehors presque niais les hommes de probité proverbiale, dont Jacques Ferrand était, disait-on, le type achevé. Loin de là, la physionomie, l'attitude du *tabellion* imposaient au vicomte un ressentiment indéfinissable, moitié crainte, moitié haine. Dès lors, en conséquence de son caractère résolu, M. de Saint-Remy exagéra encore son insolence et sa fatuité habituelles. Le notaire gardait son bonnet sur sa tête, le vicomte garda son chapeau, et s'écria dès la porte, d'une voix haute et mordante.

— Il est, pardieu! fort étrange, monsieur, que vous me donniez la peine de venir ici, au lieu d'envoyer chercher chez moi l'argent des traites que j'ai souscrites à ce Badinot, et pour lesquelles ce drôle-là m'a poursuivi... Vous me dites, il est vrai, qu'en outre vous avez une communication très-importante à me faire... soit... mais alors vous ne devriez pas m'exposer à attendre un quart d'heure dans votre antichambre : cela est inconvenant, monsieur.

M. Ferrand, impassible, termina un calcul qu'il faisait, essuya méthodiquement sa plume sur l'éponge imbibée d'eau qui entourait son encrier de faïence ébréché, et leva vers le vicomte sa face glaciale, terreuse et camuse, chargée d'une paire de lunettes. On eût dit une tête de mort dont les orbites auraient été remplacées par de larges prunelles fixes, glauques et vertes. Après avoir un moment considéré le vicomte, le notaire lui dit d'une voix brusque et brève :

— Où est l'argent?

Ce sang-froid exaspéra M. de Saint-Remy.

Lui... lui, l'idole des femmes, l'envie des hommes, le parangon de la meilleure compagnie de Paris, le duelliste redouté, ne pas produire plus d'effet sur un misérable notaire! cela était odieux; quoiqu'il fût en tête-à-tête avec Jacques Ferrand, son orgueil se révoltait.

— Où sont les traites?

Reprit le vicomte aussi brièvement.

Du bout d'un de ses doigts durs comme du fer et couverts de poils roux, le notaire, sans répondre, frappa sur un large portefeuille de cuir posé près de lui... Décidé à être aussi laconique, mais frémissant de colère, M. de Saint-Remy prit dans la poche de sa redingote un agenda de cuir de Russie fermé par des agrafes d'or, en tira quarante billets de mille francs, et les montra au notaire.

— Combien y a-t-il? — demanda celui-ci.

— Quarante mille francs.

— Donnez...

— Tenez, et finissons vite, monsieur; faites votre métier, payez-vous, remettez-moi les traites.

Dit le vicomte en jetant impatiemment le paquet de billets de banque sur la table.

Le notaire prit les billets, se leva, alla les examiner près de sa fenêtre, les tournant et les retournant un à un, avec une attention si scrupuleuse, et pour ainsi dire si insultante pour M. de Saint-Remy, que ce dernier en blêmit de

rage. Jacques Ferrand, comme s'il eût deviné les pensées qui agitaient le vicomte, hocha la tête, se tourna à demi vers lui, et lui dit avec un accent indéfinissable :

— Ça s'est vu...

Un moment interdit, M. de Saint-Remy reprit sèchement :

— Quoi ?

— Des billets de banque faux — répondit le notaire en continuant de sou-
mettre ceux qu'il tenait à un examen attentif.

— A propos de quoi me faites-vous cette remarque, monsieur ?

Jacques Ferrand s'arrêta un moment, regarda fixement le vicomte à travers
ses lunettes; puis, haussant imperceptiblement les épaules, il se remit à in-
ventorier les billets sans prononcer une parole.

— Mort-Dieu, monsieur le notaire ! sachez que lorsque j'interroge on me
répond ! — s'écria M. de Saint-Remy irrité par le calme de Jacques Ferrand.

— Ces billets sont bons...

Dit le notaire en retournant vers son bureau, où il prit une petite liasse de
papiers timbrés auxquels étaient annexées deux lettres de change; mettant
ensuite un des billets de mille francs et trois rouleaux de cent francs sur le
dossier de la créance, il dit à M. de Saint-Remy, en lui indiquant du bout du
doigt l'argent et les titres :

— Voici ce qui vous revient des 40,000 francs; mon client m'a chargé de
percevoir la note des frais.

Le vicomte s'était contenu à grand'peine pendant que Jacques Ferrand établissait ses comptes. Au lieu de lui répondre et de prendre l'argent, il s'écria
d'une voix tremblante de colère :

— Je vous demande, monsieur, pourquoi vous m'avez dit, à propos des
billets de banque que je viens de vous remettre, qu'*on en avait vu de faux* ?

— Pourquoi ?

— Oui.

— Parce que.. je vous ai mandé ici pour une affaire de faux...

Et le notaire braqua ses lunettes vertes sur le vicomte.

— Et en quoi cette affaire de faux me concerne-t-elle ?

Après un moment de silence, M. Ferrand dit au vicomte, d'un air sévère :

— Vous rendez-vous compte, monsieur, des fonctions que remplit un
notaire ?

— Ces fonctions sont parfaitement simples, monsieur; j'avais tout à l'heure
40,000 francs, il m'en reste 1,300...

— Vous êtes très-plaisant, monsieur... Je vous dirai, moi, qu'un notaire
est aux affaires temporelles ce qu'un confesseur est aux affaires spirituelles..
Par état, il connaît souvent d'ignobles secrets.

— Après, monsieur ?

— Il se trouve souvent forcé d'être en relation avec des fripons...

— Ensuite, monsieur ?

— Il doit, autant qu'il le peut, empêcher un nom honorable d'être traîné dans la boue.

— Qu'ai-je de commun avec tout cela ?

— Le nom de votre père est aussi respecté que respectable, et vous le déshonorez, monsieur !...

— Qu'osez-vous dire ?

— Sans l'intérêt qu'inspire à tous les honnêtes gens l'homme vénérable dont je vous parle, au lieu d'être cité ici, devant moi, vous le seriez à cette heure devant le juge d'instruction.

— Je ne comprends pas.

— Il y a deux mois, vous avez escompté, par l'intermédiaire d'un agent d'affaires, une traite de 58,000 francs, souscrite par la maison Meulaert et compagnie, de Hambourg, au profit d'un William Smith, et payable dans trois mois chez M. Grimaldi, banquier à Paris.

— Eh bien !

— Cette traite est fausse.

— Cela n'est pas vrai...

— Cette traite est fausse !... la maison Meulaert n'a jamais contracté d'engagement avec William Smith ; elle ne le connaît pas.

— Serait-il vrai ! — s'écria M. de Saint-Remy avec autant de surprise que d'indignation ; — mais alors j'ai été horriblement trompé, monsieur... car j'ai reçu cette valeur comme argent comptant.

— De qui ?

— De M. William Smith lui-même ; la maison Meulaert est si connue... je connaissais moi-même tellement la probité de M. William Smith, que j'ai accepté cette traite en payement d'une somme qu'il me devait...

— William Smith n'a jamais existé... c'est un personnage imaginaire...

— Monsieur, vous m'insultez !

— Sa signature est fausse et supposée comme le reste.

— Je vous dis, monsieur, que M. William Smith existe ; mais j'ai sans doute été dupe d'un horrible abus de confiance.

— Pauvre jeune homme !...

— Expliquez-vous.

— En quatre mots, le dépositaire actuel de la traite est convaincu que vous avez commis le faux...

— Monsieur !...

— Il prétend en avoir la preuve ; avant-hier il est venu me prier de vous mander chez moi et de vous proposer de vous rendre cette fausse traite... moyennant transaction... Jusque-là tout était loyal ; voici qui ne l'est plus, et je ne vous en parle qu'à titres de renseignements : il demande 100,000 francs écus... aujourd'hui même ; ou sinon demain, à midi, le faux est déposé au parquet du procureur du roi.

— C'est une indignité !

— Et de plus une absurdité... Vous êtes ruiné , vous étiez poursuivi pour une somme que vous venez de me payer, grâce à je ne sais quelle ressource... voilà ce que j'ai déclaré à ce tiers-porteur... Il m'a répondu à cela... que certaine grande dame très-riche ne vous laisserait pas dans l'embarras...

— Assez, monsieur !... assez !...

— Autre indignité, autre absurdité ! D'accord.

— Enfin, monsieur, que veut-on ?

— Indignement exploiter une action indigne. J'ai consenti à vous faire sa-. voir cette proposition , tout en la flétrissant comme un honnête homme doit la flétrir. Maintenant cela vous regarde. Si vous êtes coupable , choisissez entre la cour d'assises ou la rançon qu'on vous impose .. Ma démarche est tout officieuse , et je ne me mêlerai pas davantage d'une affaire aussi sale. Le tiers-porteur s'appelle M. Petit-Jean , négociant en huiles ; il demeure sur le bord de la Seine , quai de Billy , n° 10. Arrangez-vous avec lui. Vous êtes dignes de vous entendre... si vous êtes faussaire, comme il l'affirme.

M. de Saint-Remy était entré chez Jacques Ferrand le verbe insolent , la tête haute. Quoiqu'il eût commis dans sa vie quelques actions honteuses , il restait encore en lui une certaine fierté de race, un courage naturel qui ne s'était jamais démenti. Au commencement de cet entretien, regardant le notaire comme un adversaire indigne de lui , il s'était contenté de le persifler. Lorsque Jacques Ferrand eut parlé de faux... le vicomte se sentit écrasé. A son tour il se trouvait dominé par le notaire. Sans l'empire absolu qu'il avait sur lui-même, il n'aurait pu cacher l'impression terrible que lui causa cette révélation inattendue; car elle pouvait avoir pour lui des suites incalculables... que le notaire ne soupçonnait même pas... Après un moment de silence et de réflexion, il se résigna, lui, si orgueilleux, si irritable, si vain de sa bravoure, à implorer cet homme grossier qui lui avait si rudement parlé l'austère langage de la probité.

— Monsieur, vous me donnez une preuve d'intérêt dont je vous remercie ; je regrette la vivacité de mes premières paroles... — dit M. de Saint-Remy d'un ton cordial.

— Je ne m'intéresse pas du tout à vous — reprit brutalement le notaire. — Votre père est l'honneur même : je n'aurais pas voulu qu'au fond de la solitude où il vit , dit-on , retiré à Angers, il apprît que son nom a été flétri en cour d'assises... voilà tout.

— Je vous répète , monsieur, que je suis incapable de l'infamie dont on m'accuse.

— Vous direz cela à M. Petit-Jean.

— Mais, je l'avoue, l'absence de M. Smith, qui a indignement abusé de ma bonne foi...

— Infâme Smith !

— L'absence de M. Smith me met dans un cruel embarras; je suis innocent. Qu'on m'accuse, je le prouverai; mais une telle accusation flétrit toujours un galant homme.

—Après !

— Soyez assez généreux pour employer la somme que je viens de vous remettre à désintéresser en partie la personne qui a cette traite entre les mains.

—Cet argent appartient à mon client, il est sacré !

— Mais dans deux ou trois jours je le rembourserai.

— Vous ne le pourrez pas.

— J'ai des ressources.

— Aucunes... d'avouables du moins... Votre mobilier, vos chevaux ne vous appartiennent plus, dites-vous... Ce qui m'a l'air d'une fraude ignoble.

— Vous êtes bien dur, monsieur. Mais, en admettant cela, ne ferai-je pas argent de tout dans une extrémité aussi désespérée ? Seulement, comme il m'est impossible de me procurer, d'ici à demain midi, 100,000 francs, je vous en conjure, employez l'argent que je viens de vous remettre à retirer cette malheureuse traite ; ou bien... vous qui êtes si riche... faites-moi cette avance, ne me laissez pas dans une position pareille...

— Moi ? Ah çà, vous êtes fou ?

— Monsieur, je vous en supplie... au nom de mon père... dont vous m'avez parlé... soyez assez bon pour...

— Je suis bon pour ceux qui le méritent — dit rudement le notaire ; — honnête homme, je hais les escrocs, et je ne serais pas fâché de voir un de ces beaux fils sans foi ni loi, impies et débauchés, attaché au pilori pour servir d'exemple aux autres... Mais j'entends vos chevaux qui s'impatientent, monsieur le vicomte — dit le notaire en souriant du bout de ses dents noires.

A ce moment on frappa à la porte du cabinet.

—Qu'est-ce ! — dit Jacques Ferrand.

— Madame la comtesse d'Orbigny — dit le maître-clerc.

— Priez-la d'attendre un moment.

— La belle-mère de la marquise d'Harville ! — s'écria M. de Saint-Remy.

— Oui, monsieur... elle a rendez-vous avec moi... Ainsi, serviteur.

— Pas un mot de ceci, monsieur ! — s'écria M. de Saint-Remy d'un ton menaçant.

— Je vous ai dit, monsieur, qu'un notaire était aussi discret qu'un confesseur.

Jacques Ferrand sonna, le clerc parut.

— Faites entrer madame d'Orbigny. — Puis, s'adressant au vicomte : — Prenez ces 1,300 francs, monsieur, ce sera toujours un à-compte pour M. Petit-Jean.

Madame d'Orbigny (autrefois madame Roland) entra au moment où M. de Saint-Remy sortait, les traits contractés par la rage de s'être inutilement humilié devant le notaire.

— Eh ! bonjour, monsieur de Saint-Remy — lui dit madame d'Orbigny ; — combien il y a de temps que je ne vous ai vu !...

— En effet, madame, depuis le mariage de d'Harville, dont j'étais témoin, je n'ai pas eu l'honneur de vous rencontrer — dit M. de Saint-Remy en s'inclinant et en donnant tout à coup à ses traits une expression affable et souriante. — Depuis lors vous êtes toujours restée en Normandie?

— Mon Dieu! oui. M. d'Orbigny ne veut vivre maintenant qu'à la campagne... et ce qu'il aime, je l'aime... Aussi vous voyez en moi une vraie provinciale : je ne suis pas venue à Paris depuis le mariage de ma chère belle-fille avec cet excellent M. d'Harville... le voyez-vous souvent?...

— D'Harville est devenu très-sauvage... et très-morose... On le rencontre assez peu dans le monde — dit M. de Saint-Remy avec une nuance d'impatience, car cet entretien lui était insupportable, et par son inopportunité, et parce que le notaire semblait s'en amuser beaucoup... Mais la belle-mère de madame d'Harville, enchantée de cette rencontre avec un *élégant*, n'était pas femme à lâcher sitôt sa proie.

— Et ma chère belle-fille — reprit-elle — n'est pas, je l'espère, aussi sauvage que son mari?

— Madame d'Harville est fort à la mode et toujours fort entourée, ainsi qu'il convient à une jolie femme. Mais je crains, madame, d'abuser de vos moments... et...

— Mais pas du tout, je vous assure. C'est une bonne fortune pour moi de rencontrer l'élégant des élégants, le roi de la mode : en dix minutes je vais être au fait de Paris comme si je ne l'avais quitté... Et votre cher M. de Lucenay, qui était avec vous témoin du mariage de M. d'Harville?

— Plus original que jamais : il part pour l'Orient, et il en revient juste à temps pour recevoir hier matin un coup d'épée, fort innocent du reste.

— Ce pauvre duc! Et sa femme, toujours belle et ravissante?

— Vous savez, madame, que j'ai l'honneur d'être un de ses meilleurs amis; mon témoignage à ce sujet serait suspect. Veuillez, madame, à votre retour aux Aubiers, me faire la grâce de ne pas m'oublier auprès de M. d'Orbigny.

— Il sera très-sensible, je vous assure, à votre aimable souvenir; car il s'informe souvent de vous, de vos succès... Il dit toujours que vous lui rappelez le duc de Lauzun.

— Cette comparaison seule est tout un éloge; mais malheureusement pour moi elle est beaucoup plus bienveillante que vraie. Adieu, madame; car je n'ose espérer que vous puissiez me faire l'honneur de me recevoir avant votre départ.

— Je serais désolée que vous prissiez la peine de venir chez moi. Je suis tout à fait campée pour quelques jours en hôtel garni; mais si, cet été ou cet automne, vous passez sur notre route en allant à quelqu'un de ces châteaux à la mode où les merveilleuses se disputent le plaisir de vous recevoir... accordez-nous quelques jours, seulement par curiosité de contraste, et pour vous reposer chez de pauvres campagnards de l'étourdissement de cette vie de château si élégante et si folle... car c'est toujours fête où vous allez!...

— Madame...

— Je n'ai pas besoin de vous dire combien M. d'Orbigny et moi nous serons heureux de vous recevoir. Mais adieu, monsieur; je crains que le bourru bienfaisant (elle montra le notaire) ne s'impatiente de nos bavardages.

— Bien au contraire, madame, bien au contraire — dit Ferrand avec un accent qui redoubla la rage contenue de M. de Saint-Remy.

— Avouez que M. Ferrand est un homme terrible... — reprit madame d'Orbigny en faisant l'évaporée. — Mais prenez garde; puisqu'il est heureusement pour vous chargé de vos affaires, il vous grondera furieusement, c'est un homme impitoyable. Mais que dis-je?... au contraire... un merveilleux comme vous... avoir M. Ferrand pour notaire... mais c'est un brevet d'amendement; car on sait bien qu'il ne laisse jamais faire de folies à ses clients, sinon il leur rend leurs comptes... Oh! il ne veut pas être le notaire de tout le monde... — Puis, s'adressant à Jacques Ferrand : — Savez-vous, monsieur le puritain, que c'est une superbe conversion que vous avez faite là... rendre sage l'élégant par excellence, le roi de la mode?

— C'est justement une conversion, madame... M. le vicomte sort de mon cabinet tout autre qu'il n'y était entré.

— Quand je vous dis que vous faites des miracles!... ce n'est pas étonnant, vous êtes un saint.

— Ah! madame... vous me flattez... — dit Jacques Ferrand avec componction.

M. de Saint-Remy salua profondément madame d'Orbigny; puis, au moment de quitter le notaire, voulant tenter une dernière fois de l'apitoyer, il lui dit d'un ton dégagé, qui laissait pourtant deviner une anxiété profonde :

— Décidément... mon cher monsieur Ferrand... vous ne voulez pas m'accorder ce que je vous demande?

— Quelque folie... sans doute?... Soyez inexorable, mon cher puritain — s'écria madame d'Orbigny en riant.

— Vous entendez... monsieur... je ne puis contrarier une aussi belle dame...

— Mon cher monsieur Ferrand, parlons sérieusement... des choses sérieuses... et vous savez que celle-là... l'est beaucoup... Décidément vous me refusez? — demanda le vicomte avec une angoisse à peine dissimulée.

Le notaire fut assez cruel pour paraître hésiter. M. de Saint-Remy eut un moment d'espoir.

— Comment, homme de fer, vous cédez! — dit en riant la belle-mère de madame d'Harville — vous subissez aussi le charme de l'irrésistible!...

— Ma foi, madame, j'étais sur le point de céder, comme vous dites; mais vous me faites rougir de ma faiblesse — reprit M. Ferrand; puis, s'adressant au vicomte, il lui dit, avec une expression dont celui-ci comprit toute la signification : — Là, *sérieusement* (et il appuya sur ce mot), c'est impossible...

— Oh! le puritain! Voyez-vous le puritain! — dit madame d'Orbigny.

— Du reste, adressez-vous à M. Petit-Jean; il pensera, j'en suis sûr, absolument comme moi; et, comme moi, il vous dira... non!

M. de Saint-Remy sortit désespéré.

Après un moment de réflexion, il se dit : — Il le faut ! — Puis il ajouta en
s'adressant à son chasseur, qui tenait ouverte la portière de sa voiture :

— A l'hôtel de Lucenay !

Pendant que M. de Saint-Remy se rend chez la duchesse, nous ferons assister le lecteur à l'entretien de M. Ferrand et de la belle-mère de madame
d'Harville.

CHAPITRE XI.

Le lecteur a peut-être oublié le portrait de la belle-mère de madame d'Harville, tracé par celle-ci. Répétons que madame d'Orbigny est une petite femme blonde, mince, ayant les cils presque blancs, les yeux ronds et d'un bleu pâle ; sa parole est mielleuse, son regard hypocrite, ses manières insinuantes et insidieuses. En étudiant sa physionomie fausse et perfide, on y découvre quelque chose de sournoisement cruel.

— Quel charmant jeune homme que M. de Saint-Remy ! — dit madame d'Orbigny à Jacques Ferrand lorsque le vicomte fut sorti.

— Charmant... Mais, madame, causons d'affaires... Vous m'avez écrit de Normandie que vous vouliez me consulter sur de graves intérêts...

— N'avez-vous pas toujours été mon conseil depuis que ce bon docteur Polidori m'a adressée à vous ?... A propos, avez-vous de ses nouvelles ! — demanda madame d'Orbigny d'un air parfaitement détaché.

— Depuis son départ de Paris il ne m'a pas écrit une seule fois — répondit non moins indifféremment le notaire.

Avertissons le lecteur que ces deux personnages se mentaient effrontément l'un à l'autre. Le notaire avait vu récemment Polidori (un de ses deux complices) et lui avait proposé d'aller à Asnières, chez les Martial, pirates d'eau douce dont nous parlerons plus tard, lui avait proposé d'aller, disons-nous, empoisonner Louise Morel, sous le nom du *docteur Vincent*. De son côté, la belle-mère de madame d'Harville se rendait à Paris afin d'avoir aussi une conférence secrète avec ce scélérat, depuis assez long-temps caché, nous l'avons dit, sous le nom de César Bradamanti.

— Mais il ne s'agit pas du bon docteur — reprit la belle-mère de madame d'Harville ; — vous me voyez très-inquiète : mon mari est indisposé ; sa santé s'affaiblit de plus en plus. Sans me donner de craintes graves... son état me tourmente... ou plutôt le tourmente... — dit madame d'Orbigny en essuyant ses yeux légèrement humectés.

— De quoi s'agit-il ?

— Il parle incessamment de dernières dispositions à prendre... de testament...

Ici madame d'Orbigny cacha son visage dans son mouchoir pendant quelques minutes.

— Cela est triste, sans doute — reprit le notaire — mais cette précaution n'a en elle-même rien de fâcheux... Quelles seraient d'ailleurs les intentions de M. d'Orbigny, madame ?...

— Mon Dieu, que sais-je !... Vous sentez bien que, lorsqu'il met la conversation sur ce sujet, je ne l'y laisse pas long-temps.

— Mais, enfin, à ce propos, ne vous a-t-il rien dit de positif ?

— Je crois — reprit madame d'Orbigny avec un profond soupir — je crois qu'il veut non-seulement me donner tout ce que la loi lui permet de me donner... mais... Oh ! tenez, je vous en prie, ne parlons pas de cela...

— De quoi parlerons-nous ?

— Hélas ! vous avez raison, homme impitoyable !... Il faut malgré moi revenir au triste sujet qui m'amène auprès de vous... Eh bien ! M. d'Orbigny pousse la bonté jusqu'à vouloir... dénaturer une partie de sa fortune et me faire don... d'une somme considérable.

— Mais sa fille... sa fille ? — s'écria sévèrement M. Ferrand. — Je dois vous déclarer que depuis un an M. d'Harville m'a chargé de ses affaires... Je lui ai dernièrement encore fait acheter une terre magnifique... Vous connaissez ma rudesse en affaires... peu m'importe que M. d'Harville soit un client ; ce que je plaide, c'est la cause de la justice. Si votre mari veut prendre envers sa fille, madame d'Harville, une détermination qui ne me semble pas convenable... je vous le dirai brutalement, il ne faudra pas compter sur mon concours... Nette et droite, telle a toujours été ma ligne de conduite.

— Et la mienne donc ! Aussi je répète sans cesse à mon mari ce que vous me dites là : « Votre fille a de grands torts envers vous, soit... mais ce n'est pas une raison pour la déshériter. »

— Très-bien... à la bonne heure... Et que répond-il ?

— Il répond : « Je laisserai à ma fille vingt-cinq mille livres de rentes. Elle a eu plus d'un million de sa mère ; son mari a personnellement une fortune énorme ; ne puis-je pas vous abandonner le reste, à vous, ma tendre amie, le seul soutien, la seule consolation de mes vieux jours, mon ange gardien ? » Je vous répète ces paroles trop flatteuses — dit madame d'Orbigny avec modestie — pour vous montrer combien M. d'Orbigny est bon pour moi ; mais, malgré cela, j'ai toujours refusé ses offres ; ce que voyant, il s'est décidé à me prier de venir vous trouver.

— Mais je ne connais pas M. d'Orbigny.

— Mais lui, comme tout le monde, connaît votre loyauté.

— Mais comment vous a-t-il adressée à moi ?

— Pour couper court à mes refus, à mes scrupules, il m'a dit : « Je ne vous propose pas de consulter mon notaire, vous le croiriez trop à ma dévotion ; mais je m'en rapporterai absolument à la décision d'un homme dont je vous ai entendue vanter souvent la sévère probité... M. Jacques Ferrand. S'il trouve votre délicatesse compromise par votre acquiescement à mes offres, nous n'en parlerons plus... sinon vous vous résignerez. » J'y consens, dis-je à M. d'Orbigny, et voilà comme vous êtes devenu notre arbitre. « Si M. Ferrand m'approuve — ajouta mon mari — je lui enverrai un plein pouvoir pour réaliser, en mon nom, mes valeurs de rentes et de portefeuille ; il gardera cette somme en dépôt, et après moi, ma tendre amie, vous aurez au moins une existence digne de vous. »

Jamais peut-être M. Ferrand ne sentit plus qu'en ce moment l'utilité de ses lunettes. Sans elles, madame d'Orbigny eût sans doute été frappée du regard étincelant du notaire, dont les yeux semblèrent s'illuminer à ce mot de *dépôt*. Il répondit néanmoins d'un ton bourru :

— C'est impatientant... voilà la dix ou la douzième fois qu'on me choisit ainsi pour arbitre... toujours sous le prétexte de ma probité... on n'a que ce mot à la bouche... Ma probité ! ma probité !... bel avantage... ça ne me vaut que des ennuis... que des tracas...

— Mon bon monsieur Ferrand... voyons.. ne me rudoyez pas. Vous écrirez donc à M. d'Orbigny ; il attend votre lettre afin de vous adresser ses pleins pouvoirs... pour réaliser cette somme...

— Combien à peu près ?...

— Il m'a parlé, je crois, de quatre à cinq cent mille francs.

— La somme est moins considérable que je ne le croyais ; après tout, vous vous êtes dévouée à M. d'Orbigny... Sa fille est fort riche... vous n'avez rien... je puis approuver cela ; il me semble que loyalement vous devez accepter...

— Vrai... vous croyez ! — dit madame d'Orbigny, dupe comme tout le monde de la probité proverbiale du notaire, et qui n'avait pas été détrompée à cet égard par Polidori

— Vous pouvez accepter... répéta-t-il.

— J'accepterai donc — dit madame d'Orbigny avec un soupir.

Le premier clerc frappa à la porte.

— Qu'est-ce ? — demanda M. Ferrand.

— Madame la comtesse Mac-Gregor.

— Faites attendre un moment...

— Je vous laisse donc, mon cher monsieur Ferrand — dit madame d'Orbigny — vous écrirez à mon mari... puisqu'il le désire, et il vous enverra ses pleins pouvoirs demain...

— J'écrirai...

— Adieu, mon digne et bon conseil...

— Ah ! vous ne savez pas, vous autres gens du monde, combien il est désagréable de se charger de pareils dépôts... la responsabilité qui pèse sur nous. Je vous dis qu'il n'y a rien de plus détestable que cette belle réputation de probité, qui ne vous attire que des corvées !

— Et l'admiration des gens de bien !...

— Dieu merci ! je place ailleurs qu'ici-bas la récompense que j'ambitionne ! — dit M. Ferrand d'un ton béat.

A madame d'Orbigny succéda Sarah Mac-Gregor.

Sarah entra dans le cabinet du notaire avec son sang-froid et son assurance habituels. Jacques Ferrand ne la connaissait pas, il ignorait le but de sa visite ; il s'observa plus encore que de coutume, dans l'espoir de faire une nouvelle dupe... Il regarda très-attentivement la comtesse, et, malgré l'impassibilité de cette femme au front de marbre, il remarqua un léger tressaillement des sourcils, qui lui parut trahir un embarras contraint. Le notaire se leva de son fauteuil, avança une chaise, la montra du geste à Sarah et lui dit :

— Vous m'avez demandé, madame, un rendez-vous pour aujourd'hui ; j'ai été très-occupé hier, je n'ai pu vous répondre que ce matin ; je vous en fais mille excuses.

— Je désirais vous voir, monsieur... pour une affaire de la plus haute importance... Votre réputation de probité, de bonté, d'obligeance, m'a fait espérer le succès de la démarche que je tente auprès de vous...

Le notaire s'inclina légèrement sur sa chaise.

— Je sais, monsieur, que votre discrétion est à toute épreuve...

— C'est mon devoir, madame.

— Vous êtes, monsieur, un homme rigide et incorruptible.

— Oui, madame.

— Pourtant, si l'on vous disait, monsieur... Il dépend de vous de rendre la vie... plus que la vie... la raison, à une malheureuse mère, auriez-vous le courage de refuser ?...

— Précisez des faits... madame, je répondrai.

— Il y a quatorze ans environ, à la fin du mois de décembre 1824, un homme, jeune encore et vêtu de deuil... est venu vous proposer de prendre en viager la somme de 150,000 francs, que l'on voulait placer à fonds perdus sur la tête d'un enfant de trois ans dont les parents désiraient rester inconnus.

— Ensuite, madame !

Dit le notaire, s'épargnant ainsi de répondre affirmativement.

— Vous avez consenti à vous charger de ce placement, et de faire assurer à cet enfant une rente viagère de 8,000 francs ; la moitié de ce revenu devait être capitalisée à son profit jusqu'à sa majorité ; l'autre moitié devait être payée par vous à la personne qui prenait soin de cette petite fille.

— Ensuite, madame !

— Au bout de deux ans — dit Sarah sans pouvoir vaincre une légère émotion — le 28 novembre 1827, cette enfant est morte...

— Avant de continuer cet entretien, madame, je vous demanderai quel intérêt vous portez à cette affaire !

— La mère de cette petite fille est... ma sœur, monsieur¹... J'ai là, pour preuve de ce que j'avance, l'acte de décès de cette pauvre petite, les lettres de la personne qui a pris soin d'elle, l'obligation d'un de vos clients, chez lequel vous aviez placé les 150,000 écus.

— Voyons ces papiers, madame.

Assez étonnée de ne pas être crue sur parole, Sarah tira d'un portefeuille plusieurs papiers, que le notaire examina soigneusement.

— Eh bien ! madame, que désirez-vous? L'acte de décès est parfaitement en règle, les 150,000 écus ont été acquis à M. Petit-Jean, mon client, par la mort de l'enfant; c'est une des chances des placements viagers, je l'ai fait observer à la personne qui m'a chargé de cette affaire. Quant aux revenus, ils ont été exactement payés par moi jusqu'à la mort de l'enfant.

— Rien de plus loyal que votre conduite en tout ceci, monsieur, je me plais à le reconnaître. La femme à qui l'enfant a été confiée a eu aussi des droits à notre gratitude, elle a eu les plus grands soins de ma pauvre petite nièce.

— Cela est vrai, madame; j'ai même été si satisfait de la conduite de cette femme que, la voyant sans place après la mort de cet enfant, je l'ai prise à mon service, et depuis ce temps... elle y est encore...

— Madame Séraphin est à votre service, monsieur?

— Depuis quatorze ans, comme femme de charge... Et je n'ai qu'à me louer d'elle.

— Puisqu'il en est ainsi, monsieur... elle pourrait nous être d'un grand secours si... vous... vouliez bien accueillir une demande... qui vous paraîtra étrange... peut-être même... coupable au premier abord; mais quand vous saurez dans quelle intention...

— Une demande coupable, madame, je ne vous crois pas capable de me l'adresser.

— Je connais, monsieur, la sévérité de vos principes... mais tout mon espoir... mon seul espoir... est dans votre pitié... En tout cas, je puis compter sur votre discrétion?

— Oui, madame.

— Je continue donc. La mort de cette pauvre petite fille a jeté sa mère dans une désolation telle que sa douleur est aussi vive à cette heure qu'il y a quatorze ans, et qu'après avoir craint pour sa vie, aujourd'hui nous craignons pour sa raison.

— Pauvre mère ! — dit M. Ferrand avec componction.

— Oh! oui, bien malheureuse mère, monsieur; car elle ne pouvait que rougir de la naissance de sa fille à l'époque où elle l'a perdue, tandis qu'à cette heure les circonstances sont telles que ma sœur, si son enfant vivait encore, pourrait la légitimer, s'en enorgueillir, ne plus jamais la quitter. Aussi

---

¹ Nous croyons inutile de rappeler au lecteur que l'enfant dont il est question est Fleur-de-Marie, fille de Rodolphe et de Sarah, et que celle-ci, en parlant d'une prétendue sœur, fait un mensonge nécessaire à ses projets, ainsi qu'on va le voir. Sarah était d'ailleurs convaincue comme Rodolphe de la mort de la petite fille.

ce regret incessant venant se joindre à ses autres chagrins, nous craignons à chaque instant de voir sa raison s'égarer.

— Il n'y a malheureusement rien à faire à cela.

— Si, monsieur...

— Comment, madame?

— Supposez qu'on vienne dire à la pauvre mère : On a cru votre fille morte... elle ne l'est pas... la femme qui a pris soin d'elle étant toute petite pourrait l'affirmer.

— Un tel mensonge serait cruel, madame... pourquoi donner en vain un espoir à cette pauvre mère?

— Mais si ce n'était pas un mensonge, monsieur? ou plutôt si cette supposition pouvait se réaliser?

— Par un miracle? s'il ne fallait pour l'obtenir que joindre mes prières aux vôtres, je les joindrais du plus profond de mon cœur... croyez-le, madame... Malheureusement l'acte de décès est formel.

— Mon Dieu, je le sais, monsieur, l'enfant est mort; et pourtant, si vous vouliez, le malheur ne serait pas irréparable.

— Est-ce une énigme, madame?

— Je parlerai donc plus clairement... Que ma sœur retrouve demain sa fille, non-seulement elle renaît à la vie, mais encore elle est sûre d'épouser le père de cet enfant, aujourd'hui libre comme elle. Ma nièce est morte à six ans. Séparée de ses parents dès l'âge le plus tendre, ils n'ont conservé d'elle aucun souvenir... Supposez qu'on trouve une jeune fille de dix-sept ans, ma nièce aurait maintenant cet âge... une jeune fille comme il y en a tant, abandonnée de ses parents; qu'on dise à ma sœur : « Voilà votre fille, car on vous a trompée; de graves intérêts ont voulu qu'on la fît passer pour morte. La femme qui l'a élevée, un notaire respectable vous affirmeront, vous prouveront que c'est bien elle... »

Jacques Ferrand, après avoir laissé parler la comtesse sans l'interrompre, se leva brusquement, et s'écria d'un air indigné :

— Madame, cela est infâme!

— Monsieur!...

— Oser me proposer, à moi... à moi... une supposition d'enfant... l'anéantissement d'un acte de décès... une action criminelle, enfin! C'est la première fois de ma vie que je subis un pareil outrage... je ne l'ai pourtant pas mérité, mon Dieu... vous le savez!

— Mais, monsieur, à qui cela fait-il du tort? Ma sœur et la personne qu'elle désire épouser sont veufs et sans enfants... tous deux regrettent amèrement la fille qu'ils ont perdue. Les tromper... mais c'est les rendre au bonheur, à la vie... mais c'est assurer le sort le plus heureux à quelque pauvre fille abandonnée... c'est donc là une noble, une généreuse action, et non pas un crime!

— En vérité, madame, j'admire combien les projets les plus exécrables peuvent se colorer de beaux semblants!...

— Mais, monsieur, réfléchissez...

— Je vous répète, madame, que cela est infâme... C'est une honte de voir une femme de votre qualité machiner de telles abominations... auxquelles votre sœur, je l'espère, est étrangère...

— Monsieur...

— Assez, madame, assez !... Je ne suis pas *galant*, moi... Je vous dirais brutalement de dures vérités...

Sarah jeta sur le notaire un de ses regards noirs, profonds, presque acérés, et lui dit froidement :

— Vous refusez ?

— Pas de nouvelle insulte, madame !...

— Prenez garde !...

— Des menaces ?...

— Des menaces... Et pour vous prouver qu'elles ne seraient pas vaines... apprenez d'abord que je n'ai pas de sœur...

— Comment, madame ?...

— Je suis la mère de cet enfant...

— Vous ?...

— Moi !... J'avais pris un détour pour arriver à mon but, imaginé une fable pour vous intéresser... Vous êtes impitoyable... Je lève le masque... Vous voulez la guerre... eh bien ! la guerre...

— La guerre ? parce que je refuse de m'associer à une machination criminelle ! quelle audace !...

— Écoutez-moi, monsieur... votre réputation d'honnête homme est faite et parfaite... retentissante et immense...

— Parce qu'elle est méritée... Aussi faut-il avoir perdu la raison pour oser me faire des propositions comme les vôtres... et me menacer parce que je ne les accepte pas.

— Mieux que personne je sais, monsieur, combien il faut se défier de ces réputations de vertu farouche, qui souvent voilent la galanterie des femmes et la friponnerie des hommes...

— Madame...

— Depuis le commencement de notre entretien, je ne sais pourquoi... je doute que vous méritiez l'estime et la considération dont vous jouissez.

— Vraiment, madame ?... ce doute fait honneur à votre perspicacité.

— N'est-ce pas ?... car ce doute est fondé sur des riens... sur l'instinct, sur des pressentiments inexplicables... mais rarement ces prévisions m'ont trompée.

— Finissons cet entretien, madame.

— Avant, connaissez ma résolution... Je commence par vous dire, de vous à moi, que je suis convaincue de la mort de ma pauvre fille... Mais il n'importe, je prétendrai qu'elle n'est pas morte : les causes les plus invraisemblables se plaident... Vous êtes à cette heure dans une position telle que vous devez avoir beaucoup d'envieux, ils regarderont comme une bonne fortune l'occasion de vous attaquer... je la leur fournirai...

— Vous?...

— Moi, en vous attaquant sous quelque prétexte absurde, sur une irrégularité dans l'acte de décès, je suppose... il n'importe. Je soutiendrai que ma fille n'est pas morte. Comme j'ai le plus grand intérêt à faire croire qu'elle vit encore, quoique perdu, ce procès me servira en donnant un retentissement immense à cette affaire. Une mère qui réclame son enfant est toujours intéressante; j'aurai pour moi vos envieux, vos ennemis et toutes les âmes sensibles et romanesques.

— C'est aussi fou que méchant! Dans quel intérêt aurais-je fait passer votre fille pour morte si elle ne l'était pas?

— C'est vrai, le motif est assez embarrassant à trouver; heureusement les avocats sont là!... Mais, j'y pense, en voici un excellent : voulant partager avec votre client la somme placée en viager sur la tête de cette malheureuse enfant... vous l'avez fait disparaître...

Le notaire impassible haussa les épaules.

— Si j'avais été assez criminel pour cela, au lieu de la faire disparaître, je l'aurais tuée!

Sarah tressaillit de surprise, resta muette un moment, puis reprit avec amertume :

— Pour un saint homme, voilà une pensée de crime profondément creusée!... Aurais-je donc touché juste en tirant au hasard?... Cela me donne à penser... et je penserai... Un dernier mot... Vous voyez quelle femme je suis, j'écrase sans pitié tout ce qui fait obstacle à mon chemin... Réfléchissez bien... il faut que demain vous soyez décidé... Vous pouvez faire impunément ce que je vous demande... Dans sa joie, le père de ma fille ne discutera pas la possibilité d'une telle résurrection si nos mensonges, qui le rendront si heureux, sont adroitement combinés. Il n'a d'ailleurs d'autres preuves de la mort de notre enfant que ce que je lui en ai écrit il y a quatorze ans; il me sera facile de le persuader que je l'ai trompé à ce sujet, car alors j'avais de justes griefs contre lui... Je lui dirai que dans ma douleur j'avais voulu briser à ses yeux le dernier lien qui nous attachait encore l'un à l'autre. Vous ne pouvez donc être en rien compromis : affirmez seulement... homme irréprochable, affirmez que tout a été autrefois concerté entre vous, moi et madame Séraphin, et l'on vous croira. Quant aux cinquante mille écus placés sur la tête de ma fille, cela me regarde seule; ils resteront acquis à votre client, qui doit ignorer complétement ceci; enfin vous fixerez vous-même votre récompense...

Jacques Ferrand conserva tout son sang-froid malgré la bizarrerie de cette situation si étrange et si dangereuse pour lui. La comtesse, croyant réellement à la mort de sa fille, venait proposer au notaire de faire passer pour vivante cette enfant qu'il avait, lui, fait passer pour morte, quatorze années auparavant. Il était trop habile, il connaissait trop bien les périls de sa position

pour ne pas comprendre la portée des menaces de Sarah. Quoique admirablement et laborieusement construit, l'édifice de sa réputation reposait sur le sable.
Le public se détache aussi facilement qu'il s'engoue, aimant à avoir le droit
de fouler aux pieds celui que naguère il portait aux nues. Comment prévoir les
conséquences de la première attaque portée à la réputation de Jacques Ferrand? Si folle que fût cette attaque, son audace même pouvait éveiller les
soupçons. Voulant se donner le temps de chercher à parer ce coup dangereux,
le notaire dit froidement à Sarah :

— Vous m'avez demandé jusqu'à demain midi, madame; c'est moi qui vous
donne jusqu'à après-demain pour renoncer à un projet dont vous ne soupçonnez
pas la gravité. Si d'ici là je n'ai pas reçu de vous une lettre qui m'annonce
que vous abandonnez cette criminelle et folle entreprise, vous apprendrez à vos
dépens que la justice sait protéger les honnêtes gens qui refusent de coupables
complicités, et qu'elle peut atteindre les fauteurs d'odieuses machinations.

— Cela veut dire, monsieur, que vous me demandez un jour de plus pour
réfléchir à mes propositions? C'est bon signe, je vous l'accorde... Après-
demain, à cette heure, je reviendrai ici, et ce sera entre nous... la paix...
ou la guerre, je vous le répète... mais une guerre acharnée, sans merci ni
pitié...

Et Sarah sortit...

. . . .

— Tout va bien... — se dit-elle. — Cette misérable jeune fille à laquelle
Rodolphe s'intéressait par caprice, et qu'il avait envoyée à la ferme de Bouqueval afin d'en faire sans doute plus tard sa maîtresse, n'est maintenant
à craindre... grâce à la borgnesse qui m'en a délivrée... L'adresse de Rodolphe
a sauvé madame d'Harville du piége où j'avais voulu la faire tomber; mais il
est impossible qu'elle échappe à la nouvelle trame que je médite : elle sera
donc à jamais perdue pour Rodolphe. Alors, attristé, découragé, isolé de toute
affection, ne sera-t-il pas dans une disposition d'esprit telle qu'il ne demandera
pas mieux que d'être dupe d'un mensonge auquel je puis donner toutes les apparences de la réalité avec l'aide du notaire?... Et le notaire m'aidera, car
je l'ai effrayé. Je trouverai facilement une jeune fille orpheline, intéressante et
pauvre, qui, instruite par moi, remplira le rôle de notre enfant si amèrement
regretté par Rodolphe... Je connais la grandeur, la générosité de son cœur...
Oui, pour donner un nom, un rang à celle qu'il croira sa fille, jusqu'alors
malheureuse et abandonnée, il renouera nos liens que j'avais crus indissolubles... Les prédictions de ma nourrice se réaliseront enfin, et j'aurai cette fois
sûrement atteint le but constant de ma vie... UNE COURONNE!!!

. . . .

A peine Sarah venait-elle de quitter la maison du notaire que M. Charles
Robert y entra, descendant du cabriolet le plus élégant : il se dirigea *en habitué* vers le cabinet de Jacques Ferrand.

Le *Commandant*, ainsi que disait madame Pipelet, entra sans façon chez

C. STAAL.

H. LAVOIGNAT.

LE COMMANDANT CHARLES ROBERT.

le notaire, qu'il trouva d'une humeur sombre et atrabilaire, et qui lui dit brutalement :

— Je réserve les après-midi pour mes clients. . quand vous voulez me parler,
venez donc le matin.

— Mon cher *tabellion* (c'était une des plaisanteries de M. Robert), il s'agit
d'une affaire importante... d'abord, et puis je tenais à vous rassurer par moi-
même sur les craintes que vous pouviez avoir...

— Quelles craintes ?

— Vous ne savez donc pas ?

— Quoi ?

— Mon duel...

— Votre duel ?

— Avec le duc de Lucenay. Comment ! vous ignoriez !

— Complétement.

— Ah ! bah !

— Et pourquoi ce duel ?

— Une chose excessivement grave, qui voulait du sang. Figurez-vous qu'en
pleine ambassade M. de Lucenay s'était permis de me dire en face que... j'a-
vais la pituite !

— Que vous aviez ?...

— La pituite, mon cher tabellion ; une maladie qui doit être très-ridicule !

— Vous vous êtes battu pour cela ?

— Et pourquoi diable voulez-vous donc qu'on se batte ?... Vous croyez qu'on
peut, là... de sang-froid... s'entendre dire froidement qu'on a la pituite ? et
devant une femme charmante, encore !... devant une petite marquise... que...
Enfin, suffit... ça ne pouvait se passer comme cela...

— Certainement.

— Nous autres militaires, vous comprenez... nous sommes toujours sur la
hanche... Mes témoins ont été avant-hier s'entendre avec ceux du duc... J'a-
vais très-nettement posé la question... ou un duel ou une rétractation.

— Une rétractation... de quoi ?

— De la pituite, pardieu ! de la pituite qu'il se permettait de m'attribuer !
Le notaire haussa les épaules.

— De leur côté, les témoins du duc disaient : — Nous rendons justice au
caractère honorable de M. Charles Robert ; mais M. de Lucenay ne peut, ne
doit ni ne veut se rétracter. — Ainsi, messieurs, ripostèrent mes témoins,
M. de Lucenay s'opiniâtre à soutenir que M. Charles Robert a la pituite ? —
Oui, messieurs ; mais il ne croit pas en cela porter atteinte à la considération
de M. Robert. — Alors, qu'il se rétracte. — Non, messieurs ; M. de Lucenay
reconnaît M. Robert pour un galant homme, mais il prétend qu'il a la pituite.

— Vous voyez qu'il n'y avait pas moyen d'arranger une affaire aussi grave...

— Aucun... vous étiez insulté dans ce que l'homme a de plus respectable.

— N'est-ce pas ? Aussi on convient du jour, de l'heure de la rencontre ; et

hier matin, à Vincennes, tout s'est passé le plus honorablement du monde :
j'ai donné un léger coup d'épée dans le bras au duc de Lucenay; les témoins
ont déclaré l'honneur satisfait. Alors le duc a dit à haute voix : — Je ne me
rétracte jamais avant une affaire; après, c'est différent : il est donc de mon
devoir, de mon honneur de proclamer que j'avais faussement accusé M. Charles
Robert d'avoir la pituite. Messieurs, je reconnais non-seulement que mon loyal
adversaire n'a pas la pituite, mais j'espère qu'il ne l'aura jamais... — Puis le duc
m'a tendu cordialement la main en me disant : — Êtes-vous content? — C'est
entre nous à la vie à la mort! — lui ai-je répondu. — Et je lui devais bien
ça... Le duc a parfaitement fait les choses... il aurait pu ne rien dire du tout,
ou se contenter de déclarer que je n'avais pas la pituite... Mais former le vœu
que je ne l'aie jamais... c'était un procédé très-délicat de sa part.

— Voilà ce que j'appelle du courage bien employé!... Mais que voulez-
vous?

— Mon cher *garde-notes* (autre plaisanterie de M. Robert), il s'agit de
quelque chose de très-important pour moi... Vous savez que, d'après nos
conventions, lorsque je vous ai avancé trois cent cinquante mille francs pour
achever de payer votre charge, il a été stipulé qu'en vous prévenant trois mois
d'avance je pourrais retirer de chez vous... ces fonds, dont vous me payez
l'intérêt.

— Après !

— Eh bien ! — dit M. Robert avec embarras — je... non... mais... c'est que...

— Quoi ?

— Vous concevez, c'est un pur caprice... l'idée de devenir seigneur terrien, cher tabellion.

— Expliquez-vous donc !... vous m'impatientez !

— En un mot, on me propose une acquisition territoriale, et, si cela ne vous était pas désagréable... je voudrais, c'est-à-dire je désirerais retirer mes fonds de chez vous... et je viens vous en prévenir, selon nos conventions...

— Ah ! ah !

— Cela ne vous fâche pas, au moins ?

— Pourquoi cela me fâcherait-il ?

— Parce que vous pourriez croire...

— Je pourrais croire ?...

— Que je suis l'écho des bruits...

— Quels bruits ?...

— Non, rien, des bêtises...

— Mais parlez donc !...

— Ce n'est pas une raison parce qu'il court sur vous de sots propos...

— Quels propos ?

— Il n'y a pas un mot de vrai là-dedans... mais les méchants affirment que vous vous êtes trouvé malgré vous engagé dans de mauvaises affaires .. Purs cancans, bien entendu .. C'est comme lorsqu'on a dit que nous jouions à la Bourse ensemble... Ces bruits sont tombés bien vite .. car je veux que vous et moi nous devenions chèvres si...

— Ainsi vous ne croyez plus votre argent en sûreté chez moi !

— Si fait, si fait... mais j'aimerais autant l'avoir entre mes mains...

— Attendez-moi là...

M. Ferrand ferma le tiroir de son bureau et se leva.

— Où allez-vous donc, mon cher garde-notes !

— Chercher de quoi vous convaincre de la vérité des bruits qui courent de l'embarras de mes affaires — dit ironiquement le notaire.

Et, ouvrant la porte d'un petit escalier dérobé qui lui permettait d'aller au pavillon du fond sans passer par l'étude, il disparut.

A peine était-il sorti que le maître-clerc frappa

— Entrez, dit Charles Robert.

— M. Ferrand n'est pas là !

— Non, mon digne *basochien*. (Autre plaisanterie de M. Robert.)

— C'est une dame voilée qui veut parler au patron à l'instant, pour une affaire très-pressante...

— Digne basochien, le patron va revenir tout à l'heure, je lui dirai cela. Est-elle jolie, cette dame !

— Il faudrait être malin pour le deviner ; elle a un voile noir si épais qu'on ne voit pas sa figure...

— Bon, bon ! je vais joliment la dévisager en sortant. Je vais prévenir M. Ferrand dès qu'il va rentrer.

Le clerc sortit.

— Où diable est allé le tabellion ? — se demanda M. Charles Robert — me chercher sans doute l'état de sa caisse... Si ces bruits sont absurdes, tant mieux !... Après cela... bah ! ce sont peut-être de méchantes langues qui font courir ces propos-là... les gens intègres comme Jacques Ferrand ont tant d'envieux !... C'est égal, j'aime autant avoir mes fonds... j'achèterai le château dont on m'a parlé... il y a des tourelles gothiques du temps de Louis XIV, vrai genre renaissance... en un mot, tout ce qu'il y a de plus rococo... Ça me donnera un petit air seigneurial qui ne sera pas piqué des vers... Ça ne sera pas comme mon amour pour cette bégueule de madame d'Harville... M'a-t-elle fait aller !... mon Dieu ! m'a-t-elle fait aller !... Oh ! non, je n'ai pas fait mes frais... comme dit cette stupide portière de la rue du Temple, avec sa perruque à l'enfant... Cette plaisanterie-là me coûte au moins mille écus... Il est vrai que les meubles me restent... et que j'ai de quoi compromettre la marquise... Mais voici le tabellion.

M. Ferrand revenait, tenant à la main quelques papiers qu'il remit à M. Charles Robert.

— Voici — dit-il à ce dernier — 350,000 francs en bons du trésor... Dans quelques jours nous réglerons nos comptes d'intérêt... Faites-moi un reçu...

— Comment !... — s'écria M. Robert stupéfait. — Ah çà ! n'allez pas croire au moins que...

— Je ne crois rien...

— Mais...

— Ce reçu !...

— Cher garde-notes !...

— Écrivez donc... et dites aux gens qui vous parlent de l'embarras de mes affaires de quelle manière je réponds à ces soupçons.

— Le fait est que, dès qu'on va savoir cela, votre crédit n'en sera que plus solide ; mais, vraiment, reprenez cet argent, je n'en ai que faire à ce moment ; je vous disais dans trois mois.

— Monsieur Charles Robert, on ne me soupçonne pas deux fois.

— Vous êtes fâché ?

— Ce reçu !

— Barre de fer, allez ! — dit M. Charles Robert. — Puis il ajouta, en écrivant le reçu :

— Il y a une dame on ne peut pas plus voilée qui veut vous parler tout de suite, tout de suite, pour une affaire très-pressée... Je me fais une joie de la bien regarder en passant devant elle... Voilà votre reçu : est-il en règle ?

— Très-bien ! Maintenant allez-vous-en par ce petit escalier.

— Mais la dame ?

— C'est justement pour que vous ne la voyiez pas.

Et le notaire, sonnant son maître-clerc, lui dit :

— Faites entrer cette dame... Adieu, monsieur Robert.

— Allons, il faut renoncer à la voir. Sans rancune, tabellion. Croyez bien que...

— Bien, bien ! adieu...

Et le notaire referma la porte sur M. Charles Robert.

Au bout de quelques instants le maître-clerc introduisit madame la duchesse de Lucenay, vêtue très-modestement, enveloppée d'un grand châle, et la figure complétement cachée par l'épais voile de dentelle noire qui entourait son chapeau de moire de la même couleur.

Madame de Lucenay, assez troublée, s'approcha lentement du bureau du notaire, qui alla quelques pas à sa rencontre.

— Qui êtes-vous, madame... et que me voulez-vous ? — dit brusquement Jacques Ferrand, dont l'humeur, déjà très-assombrie par les menaces de Sarah, s'était exaspérée aux soupçons fâcheux de M. Charles Robert. D'ailleurs la duchesse était vêtue si modestement, que le notaire ne voyait aucune raison pour ne pas la rudoyer. Comme elle hésitait à ne pas parler, il reprit durement :

— Vous expliquerez-vous enfin , madame ?

— Monsieur... — dit-elle d'une voix émue , en tâchant de cacher son visage sous les plis de son voile — monsieur... peut-on vous confier un secret de la plus haute importance ?...

— On peut tout me confier, madame ; mais il faut que je sache et que je voie à qui je parle.

— Monsieur... cela , peut-être, n'est pas nécessaire... Je sais que vous êtes l'honneur, la loyauté même...

— Au fait, madame... au fait, il y a là... quelqu'un qui m'attend. Qui êtes-vous ?

— Peu vous importe mon nom , monsieur... Un... de... mes amis... de mes parents... sort de chez vous.

— Son nom ?

— M. Florestan de Saint-Remy.

— Ah ! — fit le notaire ; et il jeta sur la duchesse un regard attentif et inquisiteur ; puis il reprit : — Eh bien! madame ?

— M. de Saint-Remy... m'a tout dit... monsieur...

— Que vous a-t-il dit, madame ?

— Tout !...

— Mais encore ?...

— Mon Dieu ! monsieur... vous le savez bien.

— Je sais beaucoup de choses sur M. de Saint-Remy...

— Hélas ! monsieur ! une chose terrible !...

— Je sais beaucoup de choses terribles sur M. de Saint-Remy...

— Ah ! monsieur ! il me l'avait bien dit, vous êtes sans pitié...

— Pour les escrocs et les faussaires comme lui... oui , je suis sans pitié. Ce Saint-Remy est-il votre parent ? Au lieu de l'avouer vous devriez en rougir ! Venez-vous pleurer ici pour m'attendrir ? c'est inutile... sans compter que vous faites là un vilain métier pour une honnête femme...

Cette brutale insolence révolta l'orgueil et le sang patricien de la duchesse. Elle se redressa , rejeta son voile en arrière : alors, l'attitude altière, le regard impérieux , la voix ferme , elle dit :

— Je suis la duchesse de Lucenay. . monsieur...

Cette femme prit alors un si grand air, son aspect devint si imposant , que le notaire dominé , charmé , recula tout interdit , ôta machinalement le bonnet de soie noire qui couvrait son crâne, et salua profondément.

Rien n'était, en effet, plus gracieux et plus fier que le visage et la tournure de madame de Lucenay : elle avait pourtant alors trente ans bien sonnés. une figure pâle et un peu fatiguée ; mais aussi elle avait de grands yeux bruns étincelants et hardis , de magnifiques cheveux noirs , le nez fin et arqué , la lèvre rouge et dédaigneuse , le teint éclatant , les dents éblouissantes , la taille haute et mince , souple et pleine de noblesse, *une démarche de déesse sur les nuées*, comme dit l'immortel Saint-Simon. Avec un œil de poudre et le grand

La Duchesse de Langeais

les hommes peu philosophiques achevent

Quoique vieux, laid, bien fait

autre capable d'aptesse

et la rage du

brutale

habit du dix-huitième siècle , madame de Lucenay eût représenté au physique et au moral une de ces libertines[1] duchesses de la Régence, qui mettaient
à la fois tant d'audace , d'étourderie et de séduisante *bonhomie* dans leurs
nombreuses amours , qui s'accusaient de temps à autre de leurs erreurs avec
tant de franchise et de naïveté que les plus rigoristes disaient en souriant : —
Sans doute elle est bien légère, bien coupable ; mais elle est si bonne, si charmante ! elle aime ses amants avec tant de dévouement, de passion... de fidé-
lité... tant qu'elle les aime... qu'on ne saurait trop lui en vouloir. Après tout,
elle ne damne qu'elle-même, et elle fait tant d'heureux ! — Sauf la poudre et les
grands paniers, telle était aussi madame de Lucenay lorsque de sombres préoccupations ne l'accablaient pas. Elle était entrée chez le notaire en timide
bourgeoise... elle se montra tout à coup grande dame altière , irritée Jamais
Jacques Ferrand n'avait de sa vie rencontré une femme d'une beauté si insolente, d'une tournure à la fois si noble et si hardie. Le visage un peu fatigué
de la duchesse, ses beaux yeux entourés d'une imperceptible auréole d'azur ,
ses narines roses fortement dilatées annonçaient une de ces natures ardentes que
les hommes peu platoniques adorent avec autant d'ivresse que d'emportement.

Quoique vieux , laid , ignoble , sordide , Jacques Ferrand était autant qu'un
autre capable d'apprécier le genre de beauté de madame de Lucenay. La haine
et la rage du notaire contre M. de Saint-Remy s'augmentaient de l'admiration
brutale que lui inspirait sa fière et belle maîtresse. Rongé de toutes sortes de
fureurs contenues , il se disait avec rage que ce gentilhomme faussaire , qu'il
avait presque forcé de s'agenouiller devant lui en le menaçant des assises , inspirait un tel amour à cette grande dame qu'elle risquait une démarche qui
pouvait la perdre. A ces pensées , le notaire sentit renaître son audace un moment paralysée. La haine, l'envie , une sorte de ressentiment farouche et brû-
lant allumèrent dans son regard , sur son front et sur sa joue, les feux des plus
honteuses , des plus méchantes passions. Voyant madame de Lucenay sur le
point d'entamer un entretien si délicat, il s'attendait de sa part à des détours,
à des tempéraments. Quelle fut sa stupeur ! Elle lui parla avec autant d'assurance et de hauteur que s'il se fût agi de la chose la plus naturelle du monde ,
et comme si devant un homme de son espèce elle n'avait aucun souci de la ré·
serve et des convenances qu'elle eût certainement gardées avec ses pareils , à
elle. En effet , l'insolente grossièreté du notaire, en la blessant au vif, avait
forcé madame de Lucenay de sortir du rôle humble et implorant qu'elle avait
pris d'abord à grand'peine. Revenue à son caractère, elle crut au-dessous d'elle
de descendre jusqu'à la moindre réticence devant ce griffonneur d'actes. Spirituelle, charitable et généreuse , pleine de bonté, de dévouement et de cœur ,
malgré ses fautes, mais fille d'une mère qui , par sa crapuleuse immoralité ,
avait trouvé moyen d'avilir jusqu'à la noble et sainte infortune de l'émigra-
tion ; madame de Lucenay , dans son naïf mépris de certaines races , eût dit

---

[1] Alors *libertinage* signifiait indépendance de caractère, insouciance du qu'en dira-t-on.

comme cette impératrice romaine qui se mettait au bain devant un esclave : — *Ce n'est pas un homme.*

— *M'sieu* le notaire — dit donc résolument la duchesse à Jacques Ferrand — M. de Saint-Remy est un de mes amis ; il m'a confié l'embarras où il se trouve par l'inconvénient d'une double friponnerie dont il est victime... Tout s'arrange avec de l'argent : combien faut-il pour terminer ces misérables tracasseries?...

Jacques Ferrand restait abasourdi de cette façon cavalière et délibérée d'entrer en matière.

— On demande 100,000 francs... — reprit-il après avoir surmonté son étonnement.

— Vous aurez vos 100,000 francs... Renvoyez tout de suite ces mauvais papiers à M. de Saint-Remy.

— Où sont les 100,000 francs, madame la duchesse?

— Est-ce que je ne vous ai pas dit que vous les auriez, monsieur?...

— Il les faut demain avant midi, madame ; sinon la plainte en faux sera déposée au parquet.

— Eh bien ! donnez cette somme, je vous en tiendrai compte... Quant à vous, je vous payerai bien...

— Mais, madame, il est impossible...

— Mais, monsieur, vous ne me direz pas, je crois, qu'un notaire comme vous ne trouve pas 100,000 francs du jour au lendemain.

— Et sur quelles garanties, madame?

— Qu'est-ce que cela veut dire? expliquez-vous.

— Qui me répondra de cette somme?

— Moi...

— Pourtant... madame...

— Faut-il vous dire que j'ai une terre de quatre-vingt mille livres de rente à quatre lieues de Paris?... Ça peut suffire, je crois, pour ce que vous appelez des garanties.

— Oui, madame, moyennant inscription hypothécaire.

— Qu'est-ce encore que ce mot-là? Quelque formalité sans doute... Faites, monsieur, faites...

— Un tel acte ne peut pas être dressé avant quinze jours, et il faut le consentement de M. votre mari, madame.

— Mais cette terre m'appartient, à moi, à moi seule — dit impatiemment la duchesse.

— Il n'importe, madame ; vous êtes en puissance de mari, et les actes hypothécaires sont très-longs et très-minutieux.

— Mais, encore une fois, monsieur, vous ne me ferez pas accroire qu'il soit si difficile de trouver cent mille francs en deux heures.

— Alors, madame, adressez-vous à votre notaire habituel, à votre intendant... Quant à moi, ça m'est impossible.

— J'ai des raisons, monsieur, pour tenir ceci secret — dit madame de Lucenay avec hauteur. — Vous connaissez les fripons qui veulent rançonner M. de Saint-Remy; c'est pour cela que je m'adresse à vous…

— Votre confiance m'honore infiniment, madame; mais je ne puis faire ce que vous me demandez.

— Vous n'avez pas cette somme ?

— J'ai beaucoup plus que cette somme en billets de banque ou en bel et bon or… ici, dans ma caisse.

— Oh! que de paroles!… est-ce ma signature que vous voulez ?… je vous la donne, finissons…

— En admettant, madame, que vous fussiez madame de Lucenay…

— Venez dans une heure à l'hôtel de Lucenay, monsieur. Je signerai chez moi ce qu'il faudra signer.

— M. le duc signera-t-il aussi ?

— Je ne comprends pas… monsieur…

— Votre signature seule est sans valeur pour moi, madame.

Jacques Ferrand jouissait avec de cruelles délices de la douloureuse impatience de la duchesse, qui, sous cette apparence de sang-froid et de dédain, cachait de pénibles angoisses.

Elle était pour le moment à bout de ressources. La veille, son joaillier lui avait avancé une somme considérable sur ses pierreries, dont quelques-unes avaient été confiées à Morel le lapidaire. Cette somme avait servi à payer les lettres de change de M. de Saint-Remy, à désarmer d'autres créanciers; M. Dubreuil, le fermier d'Arnouville, était en avance de plus d'une année de fermage, et d'ailleurs le temps manquait; malheureusement encore pour madame de Lucenay, deux de ses amis, auxquels elle aurait pu recourir dans une situation extrême, étaient alors absents de Paris. A ses yeux, le vicomte était innocent du faux; il s'était dit, et elle l'avait cru, dupe de deux fripons; mais sa position n'en était pas moins terrible. Lui accusé, lui traîné en prison!… alors même qu'il prendrait la fuite, son nom en serait-il moins déshonoré par un soupçon pareil ? A ces terribles pensées, madame de Lucenay frémissait de terreur… elle aimait aveuglément cet homme à la fois si misérable et doué de si profondes séductions; sa passion pour lui était une de ces passions désordonnées que les femmes de son caractère et de son organisation ressentent ordinairement lorsqu'elles atteignent la maturité de l'âge.

Jacques Ferrand épiait attentivement les moindres mouvements de la physionomie de madame de Lucenay, qui lui semblait de plus en plus belle et attrayante… son admiration et contrainte augmentait d'ardeur; il éprouvait un âcre plaisir à tourmenter par ses refus cette femme, qui ne pouvait avoir pour lui que dégoût et mépris. Celle-ci se révoltait à la pensée de dire au notaire un mot qui pût ressembler à une prière : pourtant c'est en reconnaissant l'inutilité d'autres tentatives qu'elle avait résolu de s'adresser à lui, qui seul pouvait sauver M. de Saint-Remy. Elle reprit, en tâchant de dissimuler son émotion :

— Puisque vous possédez la somme que je vous demande, monsieur, et qu'après tout ma garantie est suffisante, pourquoi me refusez-vous?

— Parce que les hommes ont leurs caprices comme les femmes, madame.

— Mais encore quel est ce caprice? Qui vous fait agir contre vos intérêts! car, je vous le répète, faites les conditions, monsieur... quelles qu'elles soient, je les accepte!

— Vous accepteriez toutes les conditions, madame! — dit le notaire avec une expression singulière.

— Toutes!... deux, trois, quatre mille francs, plus si vous voulez! car, tenez, je vous le dis — ajouta franchement la duchesse d'un ton presque affectueux : — je n'ai de ressources qu'en vous, monsieur, qu'en vous seul!... Il me serait impossible de trouver ailleurs ce que je vous demande pour demain... et il le faut... vous entendez!... il le faut absolument... Aussi, je vous le répète, quelle que soit la condition que vous mettiez à ce service, je l'accepte; rien ne me coûtera... rien...

La respiration du notaire s'embarrassait, ses tempes battaient, son front devenait pourpre; heureusement les verres de ses lunettes éteignaient la flamme impure de ses prunelles; un nuage ardent s'étendit sur sa pensée ordinairement si claire et si froide, sa raison l'abandonna. Dans son ignoble aveuglement, il interpréta les derniers mots de madame de Lucenay d'une manière indigne; il entrevit vaguement, à travers son intelligence obscurcie, une femme hardie comme quelques femmes de l'ancienne cour, une femme poussée à bout par la crainte du déshonneur de celui qu'elle aimait, et peut-être capable d'un abominable sacrifice pour le sauver. Cela était encore plus stupide qu'infâme à penser; mais, nous l'avons dit, quelquefois Jacques Ferrand devenait tigre ou loup; alors la bête l'emportait sur l'homme.

Il se leva brusquement et s'approcha de madame de Lucenay. Celle-ci, interdite, se leva comme lui et le regarda fort étonnée...

— Rien ne vous coûtera? à vous qui êtes si belle!! — s'écria-t-il d'une voix tremblante et entrecoupée, en s'approchant encore de la duchesse. — Eh bien! cette somme, je vous la prêterai à une condition, à une seule condition... et je vous jure que...

Il ne put achever sa déclaration...

Par une de ces contradictions bizarres de la nature humaine, à la vue des traits hideusement enflammés de M. Ferrand, aux pensées étranges et grotesques que soulevèrent ses prétentions amoureuses dans l'esprit de madame de Lucenay, qui les devina, celle-ci, malgré ses inquiétudes, ses angoisses, partit d'un éclat de rire si franc, si fou, si éclatant, que le notaire recula stupéfait. Puis, sans lui laisser le temps de prononcer une parole, la duchesse s'abandonna de plus en plus à son hilarité croissante, rabaissa son voile, et, entre deux redoublements d'éclats de rire, elle dit au notaire bouleversé par la haine, la rage et la fureur :

— Franchement, j'aime encore mieux demander ce service à M. de Lucenay.

Puis elle sortit en continuant de rire si fort que, la porte de son cabinet fermée, le notaire l'entendait encore.

Jacques Ferrand ne revint à la raison que pour maudire amèrement son imprudence. Pourtant peu à peu il se rassura en songeant qu'après tout la duchesse ne pouvait parler de cette aventure sans se compromettre gravement.

Néanmoins la journée était pour lui mauvaise. Il était plongé dans de noires pensées lorsque la porte dérobée de son cabinet s'ouvrit, et madame Séraphin entra tout émue.

— Ah! Ferrand! — s'écria-t-elle en joignant les mains — vous aviez bien raison de dire que nous serions peut-être un jour perdus pour l'avoir laissée vivre!

— Qui!

— Cette maudite petite fille.

— Comment?

— Une femme borgne que je ne connaissais pas, et à qui Tournemine avait livré la petite pour nous en débarrasser, il y a quatorze ans, quand on l'a eu fait passer pour morte... Ah! mon Dieu! qui aurait cru cela!...

— Parle donc!... parle donc!...

— Cette femme borgne vient de venir... Elle était en bas tout à l'heure... Elle m'a dit qu'elle savait que c'était moi qui avais livré la petite.

— Malédiction! qui a pu le lui dire?... Tournemine est aux galères...

— J'ai tout nié, en traitant cette borgnesse de menteuse. Mais, bah! elle soutient qu'elle a retrouvé cette petite fille, qui est grande maintenant; qu'elle sait où elle est, et qu'il ne tient qu'à elle de tout découvrir... de tout dénoncer...

— Mais l'enfer est donc aujourd'hui déchaîné contre moi! — s'écria le notaire dans un accès de rage qui le rendit hideux.

— Mon Dieu! que dire à cette femme? que lui promettre pour la faire taire?

— A-t-elle l'air heureuse?

— Comme je la traitais de mendiante... elle m'a fait sonner son cabas... il y avait de l'argent dedans...

— Et elle sait où est maintenant cette jeune fille?

— Elle affirme le savoir...

— Et c'est la fille de la comtesse Sarah Mac-Gregor! — se dit le notaire avec stupeur. — Et tout à l'heure elle m'offrait tant pour dire que sa fille n'était pas morte!... Et cette fille vit... je pourrais la lui rendre!... Oui, mais ce faux acte de décès! Si on fait une enquête... je suis perdu! Ce crime peut mettre sur la voie des autres...

Après un moment de silence, il dit à madame Séraphin :

— Cette borgnesse sait où est cette jeune fille?

— Oui.

— Et cette femme doit revenir?

— Demain.

— Écris à Polidori qu'il vienne me trouver ce soir, à neuf heures.

— Est-ce que vous voudriez vous défaire de la jeune fille... et de la vieille?... Ce serait beaucoup en une fois, Ferrand!

— Je te dis d'écrire à Polidori d'être ici ce soir, à neuf heures!

A la fin de ce jour, Rodolphe dit à Murph :

— Que M. de Graün fasse partir un courrier à l'instant même... il faut que Cecily soit à Paris dans six jours...

— Encore cette infernale diablesse! l'exécrable femme du pauvre David, aussi belle qu'elle est infâme!... A quoi bon, monseigneur?...

— A quoi bon, sir Walter Murph!... Dans un mois vous demanderez cela au notaire Jacques Ferrand.

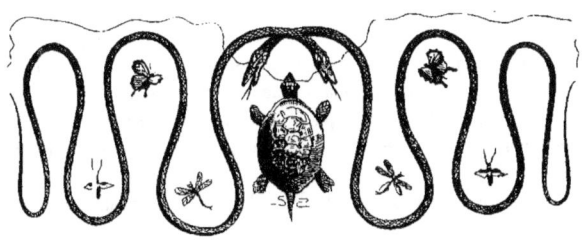

CHAPITRE XII.

Le jour de l'enlèvement de Fleur-de-Marie par la Chouette et par le Maître d'école, un homme à cheval était arrivé vers dix heures du soir à la métairie de Bouqueval, venant, disait-il, de la part de M. Rodolphe, rassurer madame Georges sur la disparition de sa jeune protégée, qui lui serait ramenée d'un jour à l'autre. Pour plusieurs raisons très-importantes, ajoutait cet homme, M. Rodolphe priait madame Georges, dans le cas où elle aurait quelque chose à lui mander, de ne pas lui écrire à Paris, mais de remettre une lettre à l'exprès, qui s'en chargerait. Cet émissaire appartenait à Sarah. Par cette ruse, elle tranquillisait madame Georges, et retardait ainsi de quelques jours le moment où Rodolphe apprendrait l'enlèvement de la Goualeuse. Dans cet intervalle, Sarah espérait forcer le notaire Jacques Ferrand à favoriser l'indigne supercherie (la supposition d'enfant) dont nous avons parlé. Ce n'était pas tout... La comtesse voulait aussi se débarrasser de madame d'Harville, qui lui inspirait des craintes sérieuses, et qu'une fois déjà elle eût perdue sans la présence d'esprit de Rodolphe.

Le lendemain du jour où le marquis avait suivi sa femme dans la maison de la rue du Temple, Tom s'y rendit, fit facilement jaser madame Pipelet, et apprit qu'une jeune dame, sur le point d'être surprise par son mari, avait été sauvée, grâce à l'adresse d'un locataire de la maison nommé M. Rodolphe.

Instruite de cette circonstance, Sarah ne possédant aucune preuve matérielle des rendez-vous que Clémence avait donnés à M. Charles Robert, Sarah conçut un autre plan odieux : il se réduisait encore à envoyer un écrit anonyme à M. d'Harville, afin d'amener une rupture complète entre Rodolphe et le marquis, ou du moins de jeter dans l'âme de ce dernier des soupçons assez violents pour qu'il défendît à sa femme de recevoir jamais le prince.

Cette lettre anonyme était ainsi conçue :

« On vous a indignement joué ; l'autre jour votre femme, avertie que vous la suiviez, a imaginé un prétexte de bienfaisance imaginaire : elle allait à un rendez-vous chez un *très-auguste personnage* qui a loué dans la maison de la rue du Temple une chambre au quatrième étage, sous le nom de *Rodolphe.*

Si vous doutez de ces faits, si bizarres qu'ils vous paraissent, allez rue du
Temple, n° 17; informez-vous; dépeignez les traits de l'*auguste personnage*
dont on vous parle, et vous reconnaîtrez facilement que vous êtes le mari le
plus crédule et le plus débonnaire qui ait jamais été *souverainement* trompé.
Ne négligez pas cet avis... sinon l'on croira que vous êtes aussi par trop...
l'ami du prince. »

Ce billet fut mis à la poste sur les cinq heures par Sarah, le jour de son
entretien avec le notaire.

Ce même jour, après avoir recommandé à M. de Graün de hâter le plus
possible l'arrivée de Cécily à Paris, Rodolphe sortit le soir pour aller faire une
visite à madame l'ambassadrice de ***; il devait ensuite se rendre chez madame d'Harville pour lui annoncer qu'il avait trouvé une *intrigue charitable*
digne d'elle.

Nous conduirons le lecteur chez madame d'Harville. On verra, par l'entretien suivant, que cette jeune femme, en se montrant généreuse et compatissante envers son mari, qu'elle avait jusqu'alors traité avec une froideur extrême, suivait déjà les nobles conseils de Rodolphe. Le marquis et sa femme
sortaient de table; la scène se passait dans le petit salon dont nous avons parlé;
l'expression des traits de Clémence était affectueuse et douce; M. d'Harville
semblait moins triste que d'habitude.

Hâtons-nous de dire que le marquis n'avait pas encore reçu la nouvelle et
infâme lettre anonyme de Sarah.

— Que faites-vous ce soir? — dit-il machinalement à sa femme

— Je ne sortirai pas... Et vous-même, que faites-vous?

— Je ne sais... — répondit-il avec un soupir; — le monde m'est insupportable... Je passerai cette soirée... comme tant d'autres soirées... seul.

— Pourquoi,... puisque je ne sors pas?

M. d'Harville regarda sa femme avec surprise.

— Sans doute... mais...

— Eh bien?

— Je croyais que vous préfériez être seule lorsque vous n'alliez pas dans
le monde...

— Oui, mais comme je suis très-capricieuse — dit Clémence en souriant—
aujourd'hui j'aimerais beaucoup à partager ma solitude avec vous... si cela
vous était agréable.

— Vraiment? — s'écria M. d'Harville avec émotion. —Que vous êtes aimable d'aller ainsi au-devant d'un désir que je n'osais vous témoigner.

— Savez-vous que votre étonnement a presque l'air d'un reproche?

— Un reproche?... oh! non, non! mais après mes injustes et cruels soupçons de l'autre jour, vous trouver si bienveillante, c'est, je l'avoue, une surprise pour moi, mais la plus douce des surprises.

— Oublions le passé — dit madame d'Harville à son mari avec un sourire
d'une douceur angélique.

— Clémence, le pourrez-vous jamais? — répondit-il tristement — n'ai-je
pas osé vous soupçonner?... Vous dire à quelle extrémité m'aurait poussé une
aveugle jalousie... Mais qu'est-ce que cela auprès d'autres torts plus grands,
plus irréparables!

— Oublions le passé, vous dis-je — reprit Clémence en contenant une émotion pénible.

— Qu'entends-je?... ce passé-là aussi, vous pourriez l'oublier?...

— Je l'espère.

— Il serait vrai! Clémence... vous seriez assez généreuse!... Mais non,
non, je ne puis croire à un pareil bonheur; j'y avais renoncé pour toujours.

— Vous aviez tort, vous le voyez.

— Quel changement, mon Dieu? est-ce un rêve?... oh! dites-moi que je ne
me trompe pas...

— Non... vous ne vous trompez pas...

— En effet, votre regard est moins froid... votre voix presque émue... Oh!
dites! est-ce donc bien vrai?... Ne suis-je pas le jouet d'une illusion?

— Non... car moi aussi j'ai besoin de pardon...

— Vous?

— Souvent n'ai-je pas été à votre égard dure, peut-être même cruelle? Ne
devais-je pas songer qu'il vous aurait fallu un rare courage, une vertu plus
qu'humaine, pour agir autrement que vous ne l'avez fait?... Isolé, malheureux... comment résister au désir de chercher quelques consolations dans un
mariage qui vous plaisait!... Hélas! quand on souffre, on est si disposé à
croire à la bonté des autres!... Votre tort avait été jusqu'ici de trop compter
sur ma générosité... Eh bien! désormais je tâcherai de vous donner raison.

— Oh! parlez... parlez encore — dit M. d'Harville les mains jointes, dans
une sorte d'extase.

— Nos existences sont à jamais liées l'une à l'autre... Je ferai tous mes efforts pour vous rendre la vie moins amère.

— Mon Dieu!... mon Dieu!... Clémence, est-ce vous que j'entends?...

— Je vous en prie, ne vous étonnez pas ainsi... Cela me fait mal... c'est
une cruelle censure de ma conduite passée... Qui donc vous plaindrait, qui
donc vous tendrait une main amie et secourable... si ce n'est moi?.. Une bonne
inspiration m'est venue... j'ai réfléchi, bien réfléchi sur le passé, sur l'avenir...
J'ai reconnu mes torts, et j'ai trouvé, je crois, le moyen de les réparer...

— Vos torts, pauvre femme?

— Oui, je devais le lendemain de mon mariage en appeler à votre loyauté,
et vous demander franchement de nous séparer.

— Ah! Clémence!.. pitié!... pitié!...

— Sinon, puisque j'acceptais ma position, il me fallait l'agrandir par le
dévouement. Au lieu d'être pour vous un reproche incessant par ma froideur
hautaine et silencieuse, je devais tâcher de vous consoler d'un effroyable malheur et ne me souvenir que de votre infortune. Peu à peu je me serais attachée

à mon œuvre de commisération ; en raison même des soins, peut-être des sacrifices qu'elle m'aurait coûtés, votre reconnaissance m'eût récompensée, et
alors... Mais, mon Dieu! qu'avez-vous?... vous pleurez!

— Oui, je pleure, je pleure avec délices; vous ne savez pas tout ce que
vos paroles remuent en moi d'émotions nouvelles... Oh! Clémence! laissez-
moi pleurer!.. . Jamais plus qu'en ce moment je n'ai compris à quel point j'ai
été coupable en vous enchaînant à ma triste vie!

— Et jamais, moi, je ne me suis sentie plus décidée au pardon. Ces douces
larmes que vous versez me font connaître un bonheur que j'ignorais. Courage
donc, mon ami! courage! à défaut d'une vie radieuse et fortunée, cherchons
notre satisfaction dans l'accomplissement des devoirs sérieux que le sort nous
impose. Soyons-nous indulgents l'un à l'autre; si nous faiblissons, regardons
le berceau de notre fille, concentrons sur elle toutes nos affections, et nous
aurons encore quelques joies mélancoliques et saintes.

— Un ange... c'est un ange!... — s'écria M. d'Harville en joignant les
mains et en contemplant sa femme avec une admiration passionnée. — Oh!
vous ne savez pas le bien et le mal que vous me faites, Clémence! vos plus
dures paroles d'autrefois, vos reproches les plus amers et les plus mérités, ne
m'ont jamais autant accablé que cette mansuétude adorable, que cette résignation généreuse... Et pourtant, malgré moi, vous me faites renaître à l'espérance. Vous ne savez pas l'avenir que j'ose entrevoir...

— Et vous pouvez avoir une foi aveugle et entière dans ce que je vous dis,
Albert... Cette résolution, je la prends fermement; je n'y manquerai jamais,
je vous le jure... Plus tard même je pourrai vous donner de nouvelles garanties
de ma parole...

— Des garanties! — s'écria M. d'Harville de plus en plus exalté par un
bonheur si peu prévu — des garanties! en ai-je besoin? Votre regard, votre
accent, cette divine expression de bonté qui vous embellit encore, les batte-
ments, les ravissements de mon cœur, tout cela ne me prouve-t-il pas que vous
dites vrai? Mais, vous le savez, Clémence, l'homme est insatiable dans ses
vœux — ajouta le marquis en se rapprochant du fauteuil de sa femme. — Vos
nobles et touchantes paroles me donnent le courage, l'audace d'espérer... d'espérer le ciel, oui... d'espérer ce qu'hier encore je regardais comme un rêve
insensé!...

— Expliquez-vous, de grâce!... — dit Clémence un peu inquiète de ces
paroles passionnées de son mari.

— Eh bien! oui... — s'écria-t-il en saisissant la main de sa femme — oui,
à force de tendresses, de soins, d'amour... entendez-vous, Clémence!... à
force d'amour... j'espère me faire aimer de vous!... non d'une affection pâle
et tiède... mais d'une affection ardente, comme la mienne... Oh! vous ne la
connaissez pas, cette passion!... Est-ce que j'osais vous en parler, seulement...
vous vous montriez toujours si glaciale envers moi!... jamais un mot de bonté...
jamais une de ces paroles... qui tout à l'heure m'ont fait pleurer... qui main-

tenant me rendent ivre de bonheur... et ce bonheur... je le mérite... je vous
ai toujours tant aimée! et j'ai tant souffert... sans vous le dire! Ce chagrin
qui me dévorait... c'était cela!... Oui, mon horreur du monde... mon caractère sombre, taciturne, c'était cela... Figurez-vous donc aussi... avoir dans
sa maison une femme adorable et adorée, qui est la vôtre; une femme que l'on
désire avec tous les emportements d'un amour contraint... et être à jamais
condamné par elle à de solitaires et brûlantes insomnies... Oh! non, vous ne
savez pas mes larmes de désespoir! mes fureurs insensées! Je vous assure que
cela vous eût touchée... Mais, que dis-je? cela vous a touchée... vous avez
deviné mes tortures, n'est-ce pas? vous en aurez pitié... La vue de votre ineffable beauté, de vos grâces enchanteresses, ne sera plus mon bonheur et mon
supplice de chaque jour... Oui, ce trésor que je regarde comme mon bien le
plus précieux... ce trésor qui m'appartient et que je ne possédais pas... ce
trésor sera bientôt à moi... Oui, mon cœur, ma joie, mon ivresse, tout me le
dit... n'est-ce pas, mon amie... ma tendre amie?

En disant ces mots, M. d'Harville couvrit la main de sa femme de baisers
passionnés.

Clémence, désolée de la méprise de son mari, ne put s'empêcher, dans un
premier mouvement de répugnance, presque d'effroi, de retirer brusquement
sa main.

Sa physionomie exprima trop clairement ses ressentiments pour que
M. d'Harville pût s'y tromper.

Ce coup fut pour lui terrible.

Ses traits prirent alors une expression déchirante ; madame d'Harville lui tendit vivement la main et s'écria :

— Albert, je vous le jure, je serai toujours pour vous la plus dévouée des amies, la plus tendre des sœurs... mais rien de plus !... Pardon, pardon... si malgré moi mes paroles vous ont donné des espérances que je ne puis jamais réaliser !...

— Jamais !... — s'écria M. d'Harville en attachant sur sa femme un regard suppliant, désespéré.

— Jamais !... — répondit Clémence.

Ce seul mot, l'accent de la jeune femme, révélaient une résolution irrévocable.

Clémence, ramenée à de nobles résolutions par l'influence de Rodolphe, était fermement décidée à entourer M. d'Harville des soins les plus touchants ; mais elle se sentait incapable d'éprouver jamais de l'amour pour lui. Une impression plus inexorable encore que l'effroi, que le mépris, que la haine, éloignait pour toujours Clémence de son mari...

C'était une répugnance... invincible.

Après un moment de douloureux silence, M. d'Harville passa la main sur ses yeux humides, et dit à sa femme, avec une amertume navrante :

— Pardon... de m'être trompé... pardon de m'être ainsi abandonné à une espérance insensée...

Puis, ensuite d'un nouveau silence, il s'écria :

— Ah ! je suis bien malheureux !

— Mon ami — lui dit doucement Clémence — je ne voudrais pas vous faire de reproches ; pourtant... comptez-vous donc pour rien ma promesse d'être pour vous la plus tendre des sœurs ? Vous devrez à l'amitié dévouée des soins que l'amour ne pourrait vous donner... Espérez... espérez des jours meilleurs. Jusqu'ici vous m'avez trouvée presque indifférente à vos chagrins ; vous verrez combien j'y saurai compatir, et quelles consolations vous trouverez dans mon affection...

Un valet de chambre annonça : — Monseigneur le grand-duc de Gerolstein.

M. d'Harville fit un mouvement, reprit son sang-froid et s'avança au-devant du prince.

— Je suis mille fois heureux, madame, d'avoir l'honneur de vous rencontrer chez vous ce soir — dit Rodolphe en s'approchant de Clémence ; — et je m'applaudis doublement de ma bonne fortune, puisqu'elle me procure aussi le plaisir de vous voir, mon cher Albert — ajouta-t-il en se retournant vers le marquis, dont il serra cordialement la main.

— Il y a, en effet, bien long-temps, monseigneur, que je n'ai eu l'honneur de vous présenter mes hommages.

— Entre nous, mon cher Albert — dit le prince en souriant — vous êtes un peu trop platonique en amitié ; bien certain qu'on vous aime, vous ne tenez pas beaucoup à donner ou à recevoir des preuves d'attachement.

Par un manque d'étiquette dont madame d'Harville ressentit une légère contrariété, un valet de chambre entra, apportant une lettre au marquis

C'était la dénonciation anonyme de Sarah, qui accusait Rodolphe d'être l'amant de madame d'Harville.

Le marquis, par déférence pour le prince, repoussa de la main le petit plateau d'argent que le domestique lui présentait, et dit à demi-voix :

— Plus tard... plus tard...

— Mon cher Albert — dit Rodolphe du ton le plus affectueux — faites-vous de ces façons avec moi ?...

— Monseigneur...

— Avec la permission de madame d'Harville, je vous en prie... lisez cette lettre...

— Je vous assure, monseigneur, que je n'ai aucun empressement...

— Encore une fois, Albert, lisez donc cette lettre...

— Mais... monseigneur...

— Je vous en prie... je le veux...

— Puisque Votre Altesse l'exige... — dit le marquis en prenant la lettre sur le plateau.

— Certainement j'exige que vous me traitiez en ami. — Puis, se tournant vers la marquise pendant que M. d'Harville décachetait la lettre fatale, dont Rodolphe ne pouvait imaginer le contenu, il ajouta en souriant : — Quel triomphe pour vous, madame, de faire toujours céder cette volonté si opiniâtre !

M. d'Harville s'approcha d'un des candélabres de la cheminée, et ouvrit la lettre de Sarah.

Ses traits restèrent calmes ; un tremblement nerveux presque imperceptible agita seulement sa main, lorsqu'après un moment d'hésitation il mit le billet dans la poche de son gilet.

— Au risque de passer encore pour un sauvage — dit-il à Rodolphe en souriant — je vous demanderai la permission, monseigneur, d'aller répondre à cette lettre... plus importante que je ne le pensais d'abord...

— Ne vous reverrai-je pas ce soir ?

— Je ne crois pas avoir cet honneur, monseigneur. J'espère que Votre Altesse voudra bien m'excuser.

— Quel homme insaisissable ! — dit gaiement Rodolphe. — N'essaierez-vous pas, madame, de le retenir !

— Je n'ose tenter ce que Votre Altesse a essayé en vain.

— Sérieusement, mon cher Albert, tâchez de nous revenir dès que votre lettre sera écrite... sinon promettez-moi de m'accorder quelques moments un matin... j'ai mille choses à vous dire.

— Votre Altesse me comble — dit le marquis en saluant profondément.

Et il se retira laissant Clémence avec le prince.

— Votre mari est préoccupé —dit Rodolphe à la marquise ; — son sourire m'a paru contraint...

— Lorsque Votre Altesse est arrivée, M. d'Harville était profondément ému ; il a eu grand'peine à vous le cacher.

— Je suis peut-être arrivé mal à propos ?

— Non, monseigneur. Vous m'avez même épargné la fin d'un entretien pénible...

— Comment cela ?

— J'ai dit à M. d'Harville la nouvelle conduite que j'étais résolue de suivre à son égard... en lui promettant soutien et consolation.

— Qu'il a dû être heureux !

— D'abord il l'a été autant que moi ; car ses larmes, sa joie, m'ont causé une émotion que je ne connaissais pas encore... Autrefois je croyais me venger en lui adressant un reproche ou un sarcasme... Triste vengeance! mon chagrin n'en était ensuite que plus amer... Tandis que tout à l'heure... quelle différence!... J'avais demandé à mon mari s'il sortait; il m'avait répondu tristement qu'il passerait la soirée seul, comme cela lui arrivait souvent. Quand je lui ai offert de rester auprès de lui... si vous aviez vu son étonnement, monseigneur! Combien ses traits, toujours sombres, sont tout à coup devenus radieux... Ah! vous aviez bien raison... rien de plus charmant à ménager que ces surprises de bonheur!...

— Mais comment ces preuves de bonté de votre part ont-elles amené cet entretien pénible dont vous me parliez?

— Hélas! monseigneur — dit Clémence en rougissant — à des espérances que j'avais fait naître, parce que je pouvais les réaliser,.. ont succédé chez M. d'Harville des espérances plus tendres... que je m'étais bien gardée de provoquer, parce qu'il me sera toujours impossible de les satisfaire... Autant j'avais d'abord été touchée de sa reconnaissance... autant je me suis sentie glacée, effrayée, dès que son langage est devenu passionné... Enfin, lorsque dans son exaltation il a posé ses lèvres sur ma main... un froid mortel m'a saisie, je n'ai pu dissimuler ma frayeur... Je lui portai un coup douloureux... en manifestant ainsi l'invincible éloignement que me causait son amour. Je le regrette... Mais au moins M. d'Harville est maintenant à jamais convaincu, malgré mon retour vers lui, qu'il ne doit attendre de moi que l'amitié la plus dévouée...

— Je le plains... sans pouvoir vous blâmer; il est des susceptibilités pour ainsi dire sacrées... Pauvre Albert, si bon, si loyal pourtant!!! d'un cœur si vaillant, d'une âme si ardente! Si vous saviez combien j'ai été long-temps préoccupé de la tristesse qui le dévorait, quoique j'en ignorasse la cause... Attendons tout du temps, de la raison. Peu à peu il reconnaîtra le prix de l'affection que vous lui offrez, et il se résignera comme il s'était résigné jusqu'ici sans avoir les touchantes consolations que vous lui offrez...

— Et qui ne lui manqueront jamais, je vous le jure, monseigneur.

— Maintenant, songeons à d'autres infortunes. Je vous ai promis une *bonne œuvre*, ayant tout le charme d'un roman en action... Je viens remplir mon engagement.

— Déjà, monseigneur? quel bonheur!

— Ah! que j'ai été bien inspiré en louant cette pauvre chambre de la rue du Temple dont je vous ai parlé... Vous n'imaginez pas tout ce que j'ai trouvé là de curieux, d'intéressant!... D'abord vos protégés de la mansarde jouissent du bonheur que votre présence leur avait promis; ils ont cependant encore à subir de rudes épreuves; mais je ne veux pas vous attrister... Un jour vous saurez combien d'horribles maux peuvent accabler une seule famille...

— Quelle doit être leur reconnaissance envers vous!

— C'est votre nom qu'ils bénissent...

— Vous les avez secourus en mon nom, monseigneur?

— Pour leur rendre l'aumône plus douce... D'ailleurs, je n'ai fait que réaliser vos promesses.

— Oh! j'irai les détromper... leur dire ce qu'ils vous doivent.

— Ne faites pas cela! vous le savez, j'ai une chambre dans cette maison ; redoutez de nouvelles lâchetés anonymes de vos ennemis... ou des miens... Et puis les Morel sont maintenant à l'abri du besoin... Songeons à d'autres.. songeons à notre *intrigue*. Il s'agit d'une pauvre mère et de sa fille qui, autrefois dans l'aisance, sont aujourd'hui, par suite d'une spoliation infâme.. réduites au sort le plus affreux.

— Malheureuses femmes!... Et où demeurent-elles, monseigneur?

— Je l'ignore.

— Mais comment avez-vous connu leur misère?

— Hier je vais au Temple... Vous ne savez pas ce que c'est que le Temple, madame la marquise?

— Non, monseigneur...

— C'est un bazar très-amusant à voir ; j'allais donc faire là quelques emplettes avec ma voisine du quatrième...

— Votre voisine?

— N'ai-je pas ma chambre, rue du Temple?

— Je l'oubliais, monseigneur...

— Cette voisine est une ravissante petite grisette : elle s'appelle Rigolette ; elle rit toujours, et n'a jamais eu d'amant.

— Quelle vertu... pour une grisette!

— Ce n'est pas absolument par vertu qu'elle est sage, mais parce qu'elle n'a pas, dit-elle, le loisir d'être amoureuse ; cela lui prendrait trop de temps, car il lui faut travailler douze à quinze heures par jour pour gagner vingt-cinq sous, avec lesquels elle vit...

— Elle peut vivre de si peu !

— Comment donc ! elle a même comme objet de luxe deux oiseaux qui mangent plus qu'elle ; sa chambrette est des plus proprettes, et sa mise des plus coquettes.

— Vivre avec vingt-cinq sous par jour! c'est un prodige...

— Un vrai prodige d'ordre, de travail, d'économie et de philosophie pratique, je vous assure : aussi je vous la recommande ; elle est, dit-elle, très-habile couturière... En tous cas, vous ne seriez pas obligée de porter les robes qu'elle vous ferait.

— Dès demain je lui enverrai de l'ouvrage... Pauvre fille!... vivre avec une somme si minime, et pour ainsi dire si inconnue à nous autres riches, que le prix du moindre de nos caprices a cent fois cette valeur !

— Vous vous intéressez donc à ma petite protégée, c'est convenu ; revenons à notre aventure. J'étais donc allé au Temple, avec mademoiselle Rigolette, pour quelques achats destinés à vos pauvres gens de la mansarde, lorsque, fouillant par hasard dans un vieux secrétaire à vendre, je trouvai un brouillon de lettre, écrite par une femme qui se plaignait à un tiers d'être réduite à la misère, elle et sa fille, par l'infidélité d'un dépositaire. Je demandai au marchand d'où lui venait ce meuble. Il faisait partie d'un modeste mobilier qu'une femme, jeune encore, lui avait vendu, étant sans doute à bout de ressources. Cette femme et sa fille, me dit le marchand, semblaient être des *bourgeoises* et supporter fièrement leur détresse.

— Et vous ne savez pas leur demeure, monseigneur?

— Malheureusement, non... jusqu'à présent. Mais j'ai donné ordre à M. de Graün de tâcher de la découvrir, en s'adressant, s'il le faut, à la préfecture de police. Il est probable que, dénuées de tout, la mère et la fille auront été chercher un refuge dans quelque misérable hôtel garni. S'il en est ainsi, nous avons bon espoir; car les maîtres de ces maisons y inscrivent chaque soir les étrangers qui y sont venus dans la journée.

— Quel singulier concours de circonstances!... — dit madame d'Harville avec étonnement. — Combien cela est attachant...

— Ce n'est pas tout. Dans un coin du brouillon de la lettre trouvée dans le vieux meuble se trouvaient ces mots : *Écrire à madame de Lucenay.*

— Quel bonheur! peut-être saurons-nous quelque chose par la duchesse — s'écria vivement madame d'Harville; puis elle reprit avec un soupir : — Mais, ignorant le nom de cette femme, comment la désigner à madame de Lucenay?

— Il faudrait lui demander si elle ne connaît pas une veuve, jeune encore, d'une physionomie distinguée, et dont la fille, âgée de seize à dix-sept ans, se nomme Claire... Je me souviens du nom.

— Le nom de ma fille! il me semble que c'est un motif de plus de s'intéresser à ces infortunées.

— J'oubliais de vous dire que le frère de cette veuve s'est suicidé il y a quelques mois.

— Si madame de Lucenay connaît cette famille — reprit madame d'Harville en réfléchissant — de tels renseignements suffiront pour la mettre sur la voie; dans ce cas encore, le triste genre de mort de ce malheureux aura dû frapper la duchesse. Mon Dieu! que j'ai hâte d'aller la voir... je lui écrirai un mot ce soir pour avoir la certitude de la rencontrer demain matin... Quelles peuvent être ces femmes? D'après ce que vous savez d'elles, monseigneur, elles paraissent appartenir à une classe distinguée de la société... Et se voir réduites à une telle détresse!... Ah! pour elles la misère doit être doublement affreuse.

— Et cela par la volerie d'un notaire, abominable coquin dont je savais déjà d'autres méfaits... un certain Jacques Ferrand.

— Le notaire de mon mari! — s'écria Clémence — le notaire de ma belle-mère! Mais vous vous trompez, monseigneur; on le regarde comme le plus honnête homme du monde.

— J'ai les preuves du contraire... Mais veuillez ne dire à personne mes doutes, ou plutôt mes certitudes, au sujet de ce misérable; il est aussi adroit que criminel, et, pour le démasquer, j'ai besoin qu'il croie encore quelques jours à l'impunité. Oui, c'est lui qui a dépouillé ces infortunées en niant un dépôt qui, selon toute apparence, lui avait été remis par le frère de cette veuve

— Et cette somme?...

— Était toutes leurs ressources!...

— Oh! voilà de ces crimes...

— De ces crimes — s'écria Rodolphe — de ces crimes que rien n'excuse... ni le besoin... ni la passion... Souvent la faim pousse au vol, la vengeance au meurtre... Mais ce notaire déjà riche; mais cet homme revêtu par la société d'un caractère presque sacerdotal, d'un caractère qui impose, qui force la confiance... cet homme est poussé au crime, lui, par une cupidité froide et implacable... L'assassin ne vous tue qu'une fois... et vite... avec son couteau... lui vous tue lentement, par toutes les tortures du désespoir et de la misère où il vous plonge... Pour un homme comme ce Ferrand, le patrimoine de l'orphelin, les deniers du pauvre si laborieusement amassés... rien n'est sacré!... Vous lui confiez de l'or, cet or le tente... il le vole... De riche et d'heureux, la *volonté* de cet homme vous fait mendiant et désolé!... A force de privations et de travaux, vous avez assuré le pain et l'abri de votre vieillesse... la *volonté* de cet homme arrache à votre vieillesse ce pain et cet abri. Ce n'est pas tout. Voyez les effrayantes conséquences de ses spoliations infâmes... Que cette veuve dont nous parlons, madame, meure de chagrin et de détresse; sa fille, jeune et belle, sans appui, sans ressources, habituée à l'aisance, inapte, par son éducation, à gagner sa vie, se trouve bientôt entre le déshonneur et la faim!... Qu'elle s'égare, qu'elle succombe... la voilà perdue, avilie... Par sa spoliation, Jacques Ferrand est donc cause de la mort de la mère, du déshonneur de la fille!... il a tué le corps de l'une, il tue l'âme de l'autre; et cela, encore une fois, non pas tout d'un coup, comme les autres homicides, mais avec lenteur et cruauté.

Clémence n'avait pas encore entendu Rodolphe parler avec autant d'indignation et d'amertume; elle l'écoutait en silence, frappée de ces paroles d'une éloquence sans doute morose, mais qui révélaient une haine vigoureuse contre le mal.

— Pardon, madame — lui dit Rodolphe après quelques instants de silence — je n'ai pu retenir mon indignation en songeant aux malheurs horribles qui pourraient atteindre vos futures protégées... Ah! croyez-moi, on n'exagère jamais les terribles conséquences qu'entraînent souvent la ruine et la misère...

— Oh! merci, au contraire, monseigneur, merci d'avoir, par ces terribles paroles, encore augmenté, s'il est possible, la tendre pitié que m'inspire cette mère infortunée. Hélas! c'est surtout pour sa fille qu'elle doit souffrir... oh! c'est affreux... Mais nous les sauverons... nous assurerons leur avenir, n'est-ce pas, monseigneur? Dieu merci, je suis riche; pas autant que je le voudrais, maintenant que j'entrevois un nouvel emploi de la richesse; mais, s'il le faut, je m'adresserai à M. d'Harville, je le rendrai si heureux qu'il ne pourra se refuser à aucun de mes nouveaux *caprices*, et je prévois que j'en aurai beaucoup de ce genre. Nos protégées sont fières, m'avez-vous dit, monseigneur? Je les en aime davantage : la fierté dans l'infortune prouve toujours une âme élevée... Je trouverai le moyen de les sauver sans qu'elles croient devoir mes secours à un bienfait... Ce sera difficile... tant mieux! Oh! j'ai déjà mon projet; vous verrez, monseigneur... vous verrez que l'adresse et la finesse ne me manqueront pas.

— J'entrevois déjà les combinaisons les plus machiavéliques — dit Rodolphe en souriant.

— Mais il faut d'abord les découvrir... Que j'ai hâte d'être à demain! En sortant de chez madame de Lucenay, j'irai à leur ancienne demeure; j'interrogerai leurs voisins, je verrai par moi-même, je demanderai des renseignements à tout le monde... Je serais si fière d'obtenir moi seule le résultat que je désire... Oh! j'y parviendrai... cette aventure est si touchante... Pauvres femmes! il me semble que je m'intéresse encore davantage à elles quand je songe à ma fille...

Rodolphe, ému de ce charitable empressement, souriait avec mélancolie en voyant cette femme de vingt ans, si belle, si aimante, tâchant d'oublier dans de nobles distractions les malheurs domestiques qui la frappaient; les yeux de Clémence brillaient d'un vif éclat, ses joues étaient légèrement colorées; l'animation de son geste, de sa parole, donnait un nouvel attrait à sa ravissante physionomie.

Madame d'Harville s'aperçut que Rodolphe la contemplait en silence. Elle rougit, baissa les yeux; puis, les relevant avec une confusion charmante, elle lui dit :

— Vous riez de mon exaltation, monseigneur! C'est que je suis impatiente de goûter ces douces joies qui vont animer ma vie, jusqu'à présent triste et inutile. Tel n'était pas sans doute le sort que j'avais rêvé .. Il est un sentiment, un bonheur, le plus vif de tous... que je ne dois jamais connaître... Quoique bien jeune encore, il me faut y renoncer! — ajouta Clémence avec un soupir contraint. Puis elle reprit : — Mais enfin, grâce à vous, mon sauveur, toujours grâce à vous, je me serai créé d'autres intérêts; la charité remplacera l'amour... J'ai déjà dû à vos conseils de si touchantes émotions!... Vos paroles, monseigneur, ont tant d'influence sur moi!... Plus je médite, plus j'approfondis vos idées, plus je les trouve justes, grandes, fécondes. Puis quand je songe que, non content de prendre en commisération des peines qui devraient vous être indifférentes, vous me donnez encore les avis les plus salutaires, en me guidant pas à pas dans cette voie nouvelle que vous avez ouverte à un pauvre cœur chagrin et abattu... Oh! monseigneur, quel trésor de bonté renferme donc votre âme? Où avez-vous puisé tant de généreuse pitié?

— J'ai beaucoup souffert, je souffre encore; voilà pourquoi je sais le secret de bien des douleurs!

— Vous, monseigneur, vous, malheureux!

—Oui, car l'on dirait que, pour me préparer à compatir à toutes les infortunes, le sort a voulu que je les subisse toutes... Ami, il m'a frappé dans mon ami; amant, il m'a frappé dans la première femme que j'ai aimée avec l'aveugle confiance de la jeunesse; époux, il m'a frappé dans ma femme; père, il m'a frappé dans mon enfant...

— Je croyais, monseigneur, que la grande-duchesse ne vous avait pas laissé d'enfant.

—En effet; mais avant mon mariage j'avais une fille, morte toute petite... Eh bien! si étrange que cela vous paraisse, la perte de cette enfant, que j'ai vue à peine, est le regret de toute ma vie... Plus je vieillis, plus ce chagrin devient profond. Chaque année en redouble l'amertume; on dirait qu'il grandit en raison de l'âge que devrait avoir ma fille... Maintenant elle aurait dix-sept ans!...

— Et sa mère, monseigneur, vit-elle encore? — demanda Clémence après un moment d'hésitation.

—Oh! ne m'en parlez pas!... — s'écria Rodolphe, dont les traits se rembrunirent à la pensée de Sarah. —Sa mère est une indigne créature, une âme bronzée par l'égoïsme et par l'ambition. Quelquefois je me demande s'il ne vaut pas mieux pour ma fille d'être morte que d'être restée aux mains de sa mère...

Clémence éprouva une sorte de satisfaction en entendant Rodolphe s'exprimer ainsi:

— Oh! je conçois alors — s'écria-t-elle — que vous regrettiez doublement votre fille!

—Je l'aurais tant aimée!... Et puis il me semble que chez nous autres princes il y a toujours dans notre amour pour un fils une sorte d'intérêt de race et de nom, d'arrière-pensée politique... Mais une fille! une fille! on l'aime pour elle seule... Par cela même que l'on a vu, hélas! l'humanité sous ses faces les plus sinistres, quelles délices de se reposer dans la contemplation d'une âme candide et pure! de respirer son parfum virginal, d'épier avec une tendresse inquiète ses tressaillements ingénus!... La mère la plus fière de sa fille n'éprouve pas ces ravissements; elle appréciera bien davantage les mâles qualités d'un fils vaillant et hardi. Car enfin ne trouvez-vous pas que ce qui rend encore plus touchant peut-être l'amour d'une mère pour son fils, l'amour d'un père pour sa fille, c'est que dans ces affections il y a un être faible qui a toujours besoin de protection? Le fils protége sa mère, le père protége sa fille.

—Oh! c'est vrai, monseigneur..

—Mais, hélas! à quoi bon comprendre ces jouissances ineffables lorsqu'on ne doit jamais les éprouver! —reprit Rodolphe avec abattement.

Clémence ne put retenir une larme, tant l'accent de Rodolphe avait été profond, déchirant. Après un moment de silence, rougissant presque de l'émotion à laquelle il s'était laissé entraîner, il dit à madame d'Harville en souriant tristement:

—Pardon, madame, mes regrets et mes souvenirs m'ont emporté malgré moi.

— Ah! monseigneur, croyez que je partage vos chagrins. N'en ai-je pas le droit? N'avez-vous pas partagé les miens? Malheureusement les consolations que je puis vous offrir sont vaines...

—Non, non... le témoignage de votre intérêt m'est doux et salutaire; c'est déjà presque un soulagement de dire que l'on souffre... Allons, courage — ajouta Rodolphe avec un sourire mélancolique. — Cet entretien me laisse rassuré sur vous... Une voie salutaire vous est ouverte; en la suivant vous traverserez sans faillir ces années d'épreuves si dangereuses pour les femmes, et surtout pour une femme douée comme vous l'êtes. Votre mérite sera grand... vous aurez encore à lutter, à souffrir... car vous êtes bien jeune; mais vous reprendrez des forces en songeant au bien que vous aurez fait... à celui que vous aurez à faire encore...

Madame d'Harville fondit en larmes.

—Au moins — dit-elle — votre appui, vos conseils ne me manqueront jamais; n'est-ce pas, monseigneur?

—De près ou de loin, toujours je prendrai le plus vif intérêt à ce qui vous touche... toujours, autant qu'il sera en moi, je contribuerai à votre bonheur... à celui de l'homme auquel j'ai voué la plus constante amitié.

—Oh! merci de cette promesse, monseigneur — dit Clémence en essuyant ses larmes. — Sans votre généreux soutien, je le sens, mes forces m'abandonneraient... mais, croyez-moi... je vous le jure ici, j'accomplirai courageusement mon devoir.

A ces mots, une petite porte cachée dans la tenture s'ouvrit brusquement.

Clémence poussa un cri; Rodolphe tressaillit.

M. d'Harville parut, pâle, ému, profondément attendri, les yeux humides de larmes.

Le premier étonnement passé, le marquis dit à Rodolphe en lui donnant la lettre de Sarah:

—Monseigneur... voici la lettre que j'ai reçue tout à l'heure devant vous... Veuillez la brûler après l'avoir lue.

Clémence regardait son mari avec stupeur. — Oh! c'est infâme! — s'écria Rodolphe indigné.

—Eh bien! monseigneur... il y a quelque chose de plus lâche encore que cette lâcheté anonyme... C'est ma conduite!

—Que voulez-vous dire?

—Tout à l'heure, au lieu de vous montrer cette lettre franchement, hardiment, je vous l'ai cachée; j'ai feint le calme pendant que j'avais la jalousie, la rage, le désespoir dans le cœur... Ce n'est pas tout... Savez-vous ce que j'ai fait, monseigneur? je suis allé honteusement me tapir derrière cette porte pour vous épier... Oui, j'ai été assez misérable pour douter de votre loyauté, de votre honneur... Oh! l'auteur de ces lettres sait à qui il les adresse...

Après ce que je viens d'entendre, car je n'ai pas perdu un mot de votre entretien, car je sais quels intérêts vous attirent rue du Temple... après avoir été assez bassement défiant pour me faire le complice de cette horrible calomnie en y croyant... n'est-ce pas à genoux que je dois vous demander grâce et pitié ?...

— Eh ! mon Dieu, mon cher Albert, qu'ai-je à vous pardonner ? — dit Rodolphe en tendant ses deux mains au marquis avec la plus touchante cordialité. — Maintenant, vous savez *nos secrets*, à moi et à madame d'Harville ; j'en suis ravi... je pourrai vous sermonner tout à mon aise. Me voici votre confident forcé, et, ce qui vaut encore mieux, vous voici le confident de madame d'Harville : c'est dire que vous connaissez maintenant tout ce que vous devez attendre de ce noble cœur.

— Et vous, Clémence — dit tristement M. d'Harville à sa femme — me pardonnerez-vous encore cela ?

— Oui... à condition que vous m'aiderez à assurer votre bonheur... — et elle tendit sa main à son mari, qui la serra avec émotion.

— Ma foi, mon cher marquis — s'écria Rodolphe — nos ennemis sont maladroits !... grâce à eux, vous n'avez jamais plus justement apprécié madame d'Harville... jamais elle ne vous a été plus dévouée... Nous voici bien vengés des envieux et des méchants !... C'est toujours cela, en attendant mieux... car je devine d'où le coup est parti... et je n'ai pas l'habitude de souffrir patiemment le mal que l'on fait à mes amis .. Mais ceci me regarde... Adieu, madame ; notre *intrigue* est découverte, vous ne serez plus seule à secourir vos protégés... Soyez tranquille, nous renouerons bientôt quelque mystérieuse entreprise... et le marquis sera bien fin s'il la découvre.

. . . .

Après avoir accompagné Rodolphe jusqu'à sa voiture pour le remercier encore, le marquis rentra chez lui sans revoir Clémence.

CHAPITRE XIII.

RÉFLEXIONS.

Il serait difficile de peindre les sentiments tumultueux et contraires dont fut agité M. d'Harville lorsqu'il se trouva seul. Il reconnaissait avec joie l'indigne fausseté de l'accusation portée contre Rodolphe et contre Clémence ; mais il était aussi convaincu qu'il lui fallait renoncer à l'espoir d'être aimé d'elle. Plus, dans sa conversation avec Rodolphe, Clémence s'était montrée résignée, courageuse, résolue au bien ; plus il se reprochait amèrement d'avoir, par un coupable égoïsme, enchaîné cette malheureuse jeune femme à son sort. Loin d'être consolé par l'entretien qu'il avait surpris, il tomba dans une tristesse, dans un accablement inexprimables.

La richesse oisive a cela de terrible, que rien ne la distrait, que rien ne la défend des ressentiments douloureux. N'étant jamais forcément préoccupée des nécessités de l'avenir ou des labeurs de chaque jour, elle demeure tout entière en proie aux grandes afflictions morales. Pouvant posséder ce qui se possède à prix d'or, elle désire ou elle regrette, avec une violence inouïe, ce que l'or seul ne peut donner.

La douleur de M. d'Harville était désespérée, car il ne voulait, après tout, rien que de juste, que de *légal*...

La possession... sinon l'amour de sa femme.

Or, en face des refus inexorables de Clémence, il se demandait si ce n'était pas une dérision amère que ces paroles de la loi :

La femme appartient à son mari.

A quel pouvoir, à quelle intervention recourir pour vaincre cette froideur, cette répugnance qui changeait sa vie en un long supplice, puisqu'il ne devait, ne pouvait, ne voulait aimer que sa femme ?

Il lui fallait reconnaître qu'en cela, comme en tant d'autres incidents de la vie conjugale, la simple volonté de l'homme ou de la femme se substituait impérieusement, sans appel, sans répression possible, à la volonté souveraine de la loi.

A ces transports de vaine colère succédait parfois un morne abattement. L'avenir lui pesait, lourd, sombre, glacé. Il pressentait que le chagrin rendrait sans doute plus fréquentes encore les crises de son effroyable maladie.

— Oh ! — s'écria-t-il, à la fois attendri et désolé — c'est ma faute... c'est ma faute !..... pauvre malheureuse femme ! je l'ai trompée... indignement trompée !... Elle peut... elle doit me haïr... et pourtant, tout à l'heure encore elle m'a témoigné l'intérêt le plus touchant ; mais, au lieu de me contenter de cela... ma folle passion m'a égaré, je suis devenu tendre... j'ai parlé de mon amour... et à peine mes lèvres ont-elles effleuré sa main qu'elle a tressailli de frayeur... Si j'avais pu douter encore de la répugnance invincible que je lui inspire, ce qu'elle a dit au prince ne m'aurait laissé aucune illusion... Oh ! c'est affreux... affreux !... Et de quel droit lui a-t-elle confié ce hideux secret ? cela est une trahison indigne !... De quel droit ? Hélas ! du droit que les victimes ont de se plaindre de leur bourreau... Pauvre enfant !... si jeune, si aimante, tout ce qu'elle a trouvé de plus cruel à dire contre l'horrible existence que je lui ai faite... c'est que *tel n'était pas le sort qu'elle avait rêvé*... et qu'elle était bien jeune pour renoncer à l'amour !... Je connais Clémence... cette parole qu'elle m'a donnée, qu'elle a donnée au prince, elle la tiendra désormais : elle sera pour moi la plus tendre des sœurs... Eh bien !... ma position n'est-elle pas encore digne d'envie ? Aux rapports froids et contraints qui existaient entre nous vont succéder des relations affectueuses et douces... tandis qu'elle aurait pu me traiter toujours avec un mépris glacial sans qu'il me fût possible de me plaindre.

Allons... je me consolerai en jouissant de ce qu'elle m'offre... Ne serai-je pas encore trop heureux ? Trop heureux ! oh ! que je suis faible ! que je suis lâche ! N'est-ce pas ma femme, après tout ? n'est-elle pas à moi, bien à moi ? La loi ne reconnaît-elle pas mon pouvoir sur elle ? Ma femme résiste... eh bien ! j'ai le droit de... — Il s'interrompit avec un éclat de rire sardonique.

— Oh ! oui... la violence, n'est-ce pas ? Maintenant la violence ! Autre infamie... Mais que faire alors ? car je l'aime, moi ! je l'aime comme un insensé... Je n'aime qu'elle... Je ne veux qu'elle... Je veux son amour, et non sa tiède affection de sœur... Oh ! à la fin il faudra bien qu'elle ait pitié... elle est si bonne, elle me verra si malheureux ! Mais non, non ! jamais ! il est une cause d'éloignement qu'une femme ne surmonte pas. Le dégoût... oui... le dégoût... entends-tu ? le dégoût !... Il faut bien te convaincre de cela : ton horrible infirmité lui fera horreur... toujours... entends-tu ? toujours !..... — s'écria M. d'Harville dans une douloureuse exaltation.

Après un moment de farouche silence, il reprit :

— Cette délation anonyme, qui accusait le prince et ma femme, part encore d'une main ennemie; et tout à l'heure, avant de l'avoir entendu, j'ai pu un instant le soupçonner ! Lui, le croire capable d'une si lâche trahison !... Et ma femme... l'envelopper dans le même soupçon ! Oh ! la jalousie est incurable !... Et pourtant il ne faut pas que je m'abuse... Si le prince, qui m'aime comme l'ami le plus tendre, le plus généreux, engage Clémence à occuper son esprit et son cœur par des œuvres charitables ; s'il lui promet ses conseils, son appui, c'est qu'elle a besoin de conseils, d'appui... Au fait, si belle, si jeune, si entourée, sans amour au cœur qui la défende, presque excusée de ses torts par les miens, qui sont atroces, ne peut-elle pas faillir ! Autre torture ! Que j'ai souffert, mon Dieu ! quand je l'ai crue coupable... quelle terrible agonie!... Mais non... cette crainte est vaine... Clémence a juré de ne pas manquer à ses devoirs... elle tiendra ses promesses... mais à quel prix, mon Dieu !... à quel prix !... Tout à l'heure, lorsqu'elle revenait à moi avec d'affectueuses paroles, combien son sourire doux, triste, résigné, m'a fait de mal !... Combien ce retour vers son bourreau a dû lui coûter ! Pauvre femme ! qu'elle était belle et touchante ainsi ! Pour la première fois j'ai senti un remords déchirant ; car jusqu'alors sa froideur hautaine l'avait assez vengée. Oh ! malheureux... malheureux que je suis !...

. . . .

Après une longue nuit d'insomnie et de réflexions amères, les agitations de M. d'Harville cessèrent comme par enchantement... Il avait pris une résolution inébranlable.

Il attendit le jour avec impatience.

. . . .

Dès le matin, il sonna son valet de chambre.

Le vieux Joseph en entrant chez son maître l'entendit, à son grand étonnement, fredonner un air de chasse, signe aussi rare que certain de la bonne humeur de M. d'Harville.

— Ah ! monsieur le marquis — dit le fidèle serviteur attendri — quelle jolie voix vous avez... quel dommage que vous ne chantiez pas plus souvent !

— Vraiment, monsieur Joseph, j'ai une jolie voix ! — dit M. d'Harville en riant.

— M. le marquis aurait la voix aussi enrouée qu'un chat-huant ou qu'une crécelle, que je trouverais encore qu'il a une jolie voix.

— Taisez-vous, flatteur !

— Dame !... quand vous chantez, monsieur le marquis, c'est signe que

vous êtes content... et alors votre voix me paraît la plus charmante musique
du monde...

— En ce cas, mon vieux Joseph, apprête-toi à ouvrir tes longues oreilles.

C.ST.   H.

— Que dites-vous ?

— Tu pourras jouir tous les jours de cette charmante musique, dont tu pa-
rais si avide.

— Vous seriez heureux tous les jours, monsieur le marquis ! — s'écria
Joseph en joignant les mains avec un radieux étonnement.

— Tous les jours, mon vieux Joseph, heureux tous les jours. Oui, plus de
chagrins, plus de tristesse... Je puis te dire cela, à toi, seul et discret confident de mes peines... Je suis au comble du bonheur... Ma femme est un ange
de bonté... elle m'a demandé pardon de son éloignement passé, l'attribuant,
le devinerais-tu !... à la jalousie !...

— A la jalousie !

— Oui, d'absurdes soupçons excités par des lettres anonymes...

— Quelle indignité !...

— Tu comprends... les femmes ont tant d'amour-propre... il n'en a pas
fallu davantage pour nous séparer ; mais heureusement hier soir elle s'en est

franchement expliquée avec moi... Je l'ai désabusée ; te dire son ravissement serait impossible, car elle m'aime, oh ! elle m'aime ! La froideur qu'elle me témoignait lui pesait aussi cruellement qu'à moi-même... Enfin, notre cruelle séparation a cessé... juge de ma joie !

— Il serait vrai ? — s'écria Joseph les yeux mouillés de larmes. — Il serait donc vrai... monsieur le marquis ! vous voilà heureux pour toujours, puisque l'amour de madame la marquise vous manquait seul... ou plutôt puisque son éloignement faisait seul votre malheur... comme vous me le disiez...

— Et à qui l'aurais-je dit, mon pauvre vieux Joseph ?... Ne possédais-tu pas... un secret plus triste encore ?... Mais ne parlons pas de tristesse... ce jour est trop beau... Tu t'aperçois peut-être que j'ai pleuré ?... c'est qu'aussi, vois-tu, le bonheur me débordait... Je m'y attendais si peu !... Comme je suis faible, n'est-ce pas ?

— Allez... allez... monsieur le marquis, vous pouvez bien pleurer de contentement..... vous avez assez pleuré de douleur. Et moi donc ! tenez..... est-ce que je ne fais pas comme vous ? Braves larmes !... je ne les donnerais pas pour dix années de ma vie... Je n'ai plus qu'une peur, c'est de ne pouvoir pas m'empêcher de me jeter aux genoux de madame la marquise la première fois que je vais la voir...

— Vieux fou ! tu es aussi déraisonnable que ton maître... Maintenant, j'ai une crainte aussi, moi...

— Laquelle ? mon Dieu !

— C'est que cela ne dure pas... je suis trop heureux... qu'est-ce qui me manque ?

— Rien... rien, monsieur le marquis, absolument rien...

— C'est pour cela ; je me défie de ces bonheurs si parfaits... si complets...

— Hélas ! si ce n'est que cela... monsieur le marquis ; mais non, je n'ose..

— Je t'entends... eh bien, je crois tes craintes vaines... La révolution que mon bonheur me cause est si vive, si profonde, que je suis sûr d'être à peu près sauvé !

— Comment cela ?

— Mon médecin ne m'a-t-il pas dit cent fois que souvent une violente émotion suffisait pour donner ou pour guérir cette funeste maladie...

— Vous avez raison... monsieur le marquis... vous êtes guéri ! Mais c'est donc un jour béni que celui-ci ?... Ah ! comme vous le dites, monsieur, madame la marquise est un bon ange descendu du ciel, et je commence presque à m'effrayer aussi, monsieur, c'est peut-être trop de félicité en un jour ; mais j'y songe.. si pour vous rassurer il ne vous faut qu'un petit chagrin, Dieu merci ! j'ai votre affaire.

— Comment ?

— Un de vos amis a reçu très-heureusement et très à propos... un coup d'épée... bien peu grave, il est vrai ; mais c'est égal, ça suffira pour qu'il y ait, comme vous le désiriez, une petite tache dans ce trop beau jour.

— Veux-tu te taire !... Et de qui veux-tu parler ?

-- De M. le duc de Lucenay.

—- Il est blessé ?

— Une égratignure au bras. M. le duc est venu hier pour voir monsieur, et il a dit qu'il reviendrait ce matin lui demander une tasse de thé...

— Ce pauvre Lucenay ! et pourquoi ne m'as-tu pas dit...?

—- Hier soir je n'ai pu voir monsieur le marquis.

Après un moment de réflexion, M. d'Harville reprit :

— Tu as raison, ce léger chagrin satisfera sans doute la jalouse destinée... Mais il me vient une idée : j'ai envie d'improviser ce matin un déjeuner de garçons, tous amis de M. de Lucenay, pour fêter l'heureuse issue de son duel... Ne s'attendant pas à cette réunion, il sera enchanté.

— A la bonne heure ! monsieur le marquis. Vive la joie ! rattrapez le temps perdu... Combien de couverts, que je donne les ordres au maître-d'hôtel ?

— Six personnes dans la petite salle à manger d'hiver.

— Et les invitations ?

— Je vais les écrire. Un homme d'écurie montera à cheval et les portera à l'instant ; il est de bonne heure, on trouvera tout le monde... Sonne.

Joseph sonna.

M. d'Harville entra dans son cabinet et écrivit les lettres suivantes, sans autre variante que le nom de l'invité.

« Mon cher ***, ceci est une circulaire ; il s'agit d'un impromptu. Lucenay doit venir déjeuner avec moi ce matin ; il ne compte que sur un tête-à-tête ; faites-lui la très-aimable surprise de vous joindre à moi et à quelques-uns de ses amis que je préviens aussi.

» A midi sans faute.

» A. d'Harville. »

Un domestique entra.

— Faites monter quelqu'un à cheval, et que l'on porte à l'instant ces lettres — dit M. d'Harville ; puis, s'adressant à Joseph : — Écris les adresses... M. le vicomte de Saint-Remy... Lucenay ne peut se passer de lui — se dit M. d'Harville ; — M. de Monville... un des compagnons de voyage du duc ; — lord Douglas, son fidèle partner au whist ; — le baron de Sézannes, son ami d'enfance. As-tu écrit ?...

— Oui, monsieur le marquis.

— Envoyez ces lettres sans perdre une minute — dit M. d'Harville... Ah ! Philippe, priez M. Doublet de venir me parler

Philippe sortit.

— Eh bien, qu'as-tu ? — demanda M. d'Harville à Joseph, qui le regardait avec ébahissement.

— Je n'en reviens pas, monsieur... je ne vous ai jamais vu l'air si en train, si gai... Et puis, vous qui êtes ordinairement pâle, vous avez de belles couleurs... vos yeux brillent...

— Le bonheur... mon vieux Joseph... toujours le bonheur... Ah çà! il faut que tu m'aides dans un complot... Tu vas aller t'informer auprès de mademoiselle Juliette, celle des femmes de madame d'Harville qui a soin, je crois, de ses diamants...

— Oui, monsieur le marquis, c'est mademoiselle Juliette qui en est chargée; je l'ai aidée, il n'y a pas huit jours, à les nettoyer.

— Tu vas lui demander le nom et l'adresse du joaillier de sa maîtresse... mais qu'elle ne dise pas un mot de ceci à la marquise!...

— Ah! je comprends, monsieur... une surprise...

— Va vite. Voici M. Doublet.

En effet, l'intendant entra au moment où sortait Joseph.

— J'ai l'honneur de me rendre aux ordres de M. le marquis.

— Mon cher monsieur Doublet, je vais vous épouvanter — dit M. d'Harville en riant; — je vais vous faire pousser d'affreux cris de détresse.

— A moi, monsieur le marquis?

— A vous.

— Je ferai tout mon possible pour satisfaire monsieur le marquis.

— Je vais dépenser beaucoup d'argent, monsieur Doublet, énormément d'argent.

— Qu'à cela ne tienne, monsieur le marquis, nous le pouvons; Dieu merci! nous le pouvons.

— Depuis long-temps je suis poursuivi par un projet de bâtisse : il s'agirait d'ajouter une galerie sur le jardin à l'aile droite de l'hôtel... Après avoir hésité devant cette folie, dont je ne vous ai pas parlé jusqu'ici, je me décide... Il faudra prévenir aujourd'hui mon architecte afin qu'il vienne causer des plans avec moi... Eh bien! monsieur Doublet, vous ne gémissez pas de cette dépense?

— Je puis affirmer à monsieur le marquis que je ne gémis pas...

— Cette galerie sera destinée à donner des fêtes; je veux qu'elle s'élève comme par enchantement : or, les enchantements étant fort chers, il faudra vendre quinze ou vingt mille livres de rente pour être en mesure de fournir aux dépenses; car je veux que les travaux commencent le plus tôt possible.

— Et c'est très-raisonnable : autant jouir tout de suite... Je me disais toujours : Il ne manque rien à M. le marquis, si ce n'est un goût quelconque... Celui des bâtiments a cela de bon que les bâtiments restent... Quant à l'argent, que M. le marquis ne s'en inquiète pas. Dieu merci! il peut, s'il lui plaît, se passer cette fantaisie de galerie-là.

Joseph rentra.

— Voici, monsieur le marquis, l'adresse du joaillier; il se nomme M. Baudoin — dit-il à M. d'Harville.

— Mon cher monsieur Doublet, vous allez aller, je vous prie, chez ce bijoutier, et lui direz d'apporter ici, dans une heure, une rivière de diamants, à laquelle je mettrai environ deux mille louis... Les femmes n'ont jamais trop de pierreries, maintenant qu'on en garnit les robes... Vous vous arrangerez avec le joaillier pour le payement.

—Oui, monsieur le marquis. C'est pour le coup que je ne gémirai pas... Des diamants, c'est comme des bâtiments, ça reste; et puis cette surprise fera sans doute bien plaisir à madame la marquise, sans compter le plaisir que cela vous procure à vous-même. C'est qu'aussi, comme j'avais l'honneur de le dire l'autre jour, il n'y a pas au monde une existence plus belle que celle de monsieur le marquis.

—Ce cher monsieur Doublet — dit M. d'Harville en souriant — ses félicitations sont toujours d'un à-propos inconcevable...

—C'est leur seul mérite, monsieur le marquis; et elles l'ont peut-être, ce mérite, parce qu'elles partent du fond du cœur. Je cours chez le joaillier — dit M. Doublet. Et il sortit.

Dès qu'il fut seul, M. d'Harville se promena dans son cabinet, les bras croisés sur la poitrine, l'œil fixe, méditatif.

Sa physionomie changea tout à coup; elle n'exprima plus ce contentement un peu fébrile dont l'intendant et le vieux serviteur du marquis venaient d'être dupes, mais une résolution calme, morne, froide.

Après avoir marché quelque temps, il s'assit lourdement et comme accablé sous le poids de ses peines; il posa ses deux coudes sur son bureau, et cacha son front dans ses mains. Au bout d'un instant, il se redressa brusquement, essuya une larme qui vint mouiller sa paupière rougie, et dit avec effort:

—Allons... courage... allons!

Il écrivit alors à diverses personnes sur des objets assez insignifiants; mais dans ces lettres il donnait ou ajournait différents rendez-vous à plusieurs jours de là. Le marquis terminait cette correspondance lorsque Joseph rentra. Ce dernier était si gai, qu'il s'oubliait jusqu'à chantonner à son tour.

— Monsieur Joseph, vous avez une bien jolie voix — lui dit son maître en souriant.

— Ma foi, tant pis, monsieur le marquis, je n'y tiens pas; ça chante si fort au dedans de moi qu'il faut bien que ça s'entende au dehors...

— Tu feras mettre ces lettres à la poste.

—Oui, monsieur le marquis; mais où recevrez-vous ces messieurs tout à l'heure?

— Ici, dans mon cabinet; ils fumeront après déjeuner, et l'odeur du tabac n'arrivera pas chez madame d'Harville.

A ce moment, on entendit le bruit d'une voiture dans la cour de l'hôtel.

—C'est madame la marquise qui va sortir; elle a demandé ce matin ses chevaux de très-bonne heure — dit Joseph.

—Cours alors la prier de vouloir bien passer ici avant de sortir.

— Oui, monsieur le marquis.

A peine le domestique fut-il parti que M. d'Harville s'approcha d'une glace, et s'examina attentivement.

— Bien, bien — dit-il d'une voix sourde — c'est cela... les joues colorées...
le regard brillant... Joie ou fièvre, peu importe... pourvu qu'on s'y trompe...
Voyons... maintenant... le sourire aux lèvres... Il y a tant de sortes de sou-
rires!... Mais qui pourrait distinguer le faux du vrai? qui pourrait pénétrer
sous ce masque menteur, dire : Ce rire cache un sombre désespoir, cette gaieté
bruyante cache une pensée de mort? Qui pourrait deviner cela? personne...
heureusement, personne... Personne? Oh! si... l'amour ne s'y méprendrait
pas, lui; son instinct l'éclairerait. Mais j'entends ma femme... ma femme!!!
Allons... à ton rôle, histrion sinistre...

Clémence entra dans le cabinet de M. d'Harville.

— Bonjour, Albert, mon bon frère — lui dit-elle d'un ton plein de douceur
et d'affection en lui tendant la main. Puis, remarquant l'expression souriante
de la physionomie de son mari : — Qu'avez-vous donc, mon ami! Vous avez
l'air radieux.

— C'est qu'au moment où vous êtes entrée, ma chère petite sœur, je pensais à vous... De plus, j'étais sous l'impression d'une excellente résolution.

— Cela ne m'étonne pas...

— Ce qui s'est passé hier, votre admirable générosité, la noble conduite du
prince, tout cela m'a donné beaucoup à réfléchir, et je me suis converti à vos
idées; mais converti tout à fait.

— Quel langage... quel heureux changement! — s'écria madame d'Harville.

— Ah! j'étais bien sûre qu'en m'adressant à votre cœur, à votre raison, vous
me comprendriez. Maintenant je ne doute plus de l'avenir.

— Ni moi non plus, Clémence, je vous l'assure. Oui, depuis ma résolution
de cette nuit, cet avenir, qui me semblait vague et sombre, s'est singulièrement éclairci, simplifié.

— Rien de plus naturel, mon ami; maintenant nous marchons vers un même
but, appuyés fraternellement l'un sur l'autre. Au bout de notre carrière, nous
nous retrouverons ce que nous sommes aujourd'hui. Ce sentiment sera inalté-
rable. En un mot, je veux que vous soyez heureux; et ce sera, car je l'ai mis là
— dit Clémence en posant son doigt sur son front. Puis elle reprit, avec une expression charmante, en abaissant sa main sur son cœur : — Non, je me
trompe, c'est là... que cette bonne pensée veillera incessamment pour vous...
et pour moi aussi; et vous verrez, monsieur mon frère, ce que c'est que l'entêtement d'un cœur bien dévoué.

— Chère Clémence! — répondit M. d'Harville avec une émotion contenue.

Puis, après un moment de silence, il reprit gaiement :

— Je vous ai fait prier de vouloir bien venir ici avant votre départ, pour
vous prévenir que je ne pouvais pas prendre ce matin le thé avec vous. J'ai
plusieurs personnes à déjeuner; c'est une espèce d'impromptu pour fêter l'heureuse issue du duel de ce pauvre Lucenay, qui, du reste, n'a été que très-lé-
gèrement blessé par son adversaire.

Madame d'Harville rougit en songeant à la cause de ce duel : un propos ridicule adressé devant elle par M. de Lucenay à M. Charles Robert. Ce souvenir fut cruel pour Clémence ; il lui rappelait une erreur dont elle avait honte. Pour échapper à cette pénible impression, elle dit à son mari .

—Voyez quel singulier hasard : M. de Lucenay vient déjeuner avec vous ; je vais, moi, peut-être très-indiscrètement, m'inviter ce matin chez madame de Lucenay ; car j'ai beaucoup à causer avec elle de mes deux protégées inconnues. De là, je compte aller à la prison de Saint-Lazare avec madame de Blinval ; car vous ne savez pas toutes mes ambitions . à cette heure *j'intrigue* pour être admise dans l'œuvre des jeunes détenues.

— En vérité, vous êtes insatiable — dit M. d'Harville en souriant ; puis il ajouta avec une douloureuse émotion qui, malgré ses efforts, se trahit quelque peu : — Ainsi, je ne vous verrai plus... d'aujourd'hui ? — se hâta-t-il de dire.

— Êtes-vous contrarié que je sorte de si matin ? — lui demanda vivement Clémence, étonnée de l'accent de sa voix. — Si vous le désirez, je puis remettre ma visite à madame de Lucenay.

Le marquis avait été sur le point de se trahir ; il reprit du ton le plus affectueux :

—Oui, ma chère petite sœur, je suis aussi contrarié de vous voir sortir que je serai impatient de vous voir rentrer. Voilà de ces défauts dont je ne me corrigerai jamais.

— Et vous ferez bien, mon ami ; car j'en serais désolée.

Un timbre annonçant une visite retentit dans l'hôtel.

—Voilà sans doute un de vos convives — dit madame d'Harville. — Je vous laisse... A propos, ce soir, que faites-vous ? Si vous n'avez pas disposé de votre soirée, *j'exige* que vous m'accompagniez aux Italiens ; peut-être maintenant la musique vous plaira-t-elle davantage.

— Je me mets à vos ordres avec le plus grand plaisir.

—Sortez-vous tantôt, mon ami ? Vous reverrai-je avant dîner ?

—Je ne sors pas... Vous me retrouverez... ici.

—Alors, en revenant, je viendrai savoir si votre déjeuner de garçons a été amusant.

— Adieu, Clémence.

— Adieu, mon ami... à bientôt !... Je vous laisse le champ libre, je vous souhaite mille bonnes folies... Soyez bien gai !

Et, après avoir cordialement serré la main de son mari, Clémence sortit par une porte un moment avant que M. de Lucenay n'entrât par une autre.

— Elle me souhaite mille bonnes folies... elle m'engage à être *gai*... Dans ce mot *adieu*. dans ce dernier cri de mon âme à l'agonie, dans cette parole de suprême et éternelle séparation, elle a compris... à *bientôt*... à ce soir... et elle s'en va tranquille, souriante... Allons... cela fait honneur à ma dissimulation... Par le ciel ! je ne me croyais pas si bon comédien... Mais voici Lucenay...

LE DUC DE LUCENAY.

CHAPITRE XIV.

DÉJEUNER DE GARÇONS.

M. de Lucenay entra chez M. d'Harville.

La blessure du duc avait si peu de gravité qu'il ne portait même plus son bras en écharpe ; sa physionomie était toujours goguenarde et hautaine, son agitation toujours incessante, sa manie de *tracasser* toujours insurmontable. Malgré ses travers, ses plaisanteries de mauvais goût, malgré son nez démesuré qui donnait à sa figure un caractère presque grotesque, M. de Lucenay n'était pas, nous l'avons dit, un type vulgaire, grâce à une sorte de dignité naturelle et de courageuse impertinence qui ne l'abandonnait jamais.

—Combien vous devez me croire indifférent à ce qui vous regarde, mon cher Henri !—dit M. d'Harville en tendant la main à M. de Lucenay ; — mais c'est seulement ce matin que j'ai appris votre fâcheuse aventure...

—Fâcheuse... allons donc, marquis !... Je m'en suis donné pour mon argent, comme on dit... Je n'ai jamais tant ri de ma vie !... Cet excellent

M. Robert avait l'air si solennellement déterminé à ne pas passer pour avoir la pituite... Au fait, vous ne savez pas ? c'était la cause du duel. L'autre soir, à l'ambassade de ***, je lui avais demandé, devant votre femme et devant la comtesse Mac-Gregor, comment il gouvernait sa pituite... *Inde iræ ;* car, entre nous, il n'avait pas cet inconvénient-là... Mais c'est égal... vous comprenez... s'entendre dire cela devant de jolies femmes, c'est impatientant.

— Quelle folie !... Je vous reconnais bien !... Mais qu'est-ce que ce M. Robert ?

— Je n'en sais, ma foi, rien du tout ; c'est un monsieur que j'ai rencontré aux eaux ; il passait devant nous dans le jardin d'hiver de l'ambassade, je l'ai appelé pour lui faire cette bête de plaisanterie ; il y a répondu le surlendemain en me donnant très-galamment un petit coup d'épée ; voilà l'historique de nos relations. Mais ne parlons plus de ces niaiseries... Je viens vous demander une tasse de thé.

Ce disant, M. de Lucenay se jeta et s'étendit sur un sofa ; après quoi, introduisant le bout de sa canne entre le mur et la bordure d'un tableau placé au-dessus de sa tête, il commença de tracasser et de balancer ce cadre.

— Je vous attendais, mon cher Henri, et je vous ai ménagé une surprise — dit M. d'Harville.

— Ah ! bah ! et laquelle ? — s'écria M. de Lucenay en imprimant au tableau un balancement très-inquiétant.

— Vous allez finir par décrocher ce tableau, et vous le faire tomber sur la tête...

— C'est, pardieu, vrai ! vous avez un coup d'œil d'aigle... Mais votre surprise, dites-la donc ?

— J'ai prié quelques-uns de nos amis de venir déjeuner avec nous.

— Ah bien ! par exemple, pour ça, marquis, bravo !... bravissimo !... archi-bravissimo ! — cria M. de Lucenay à tue-tête en frappant de grands coups de canne sur les coussins du sofa. — Et qui aurons-nous ? Saint-Remy ?... Non, au fait, il est à la campagne depuis quelques jours ; que diable peut-il manigancer à la campagne en plein hiver ?

— Vous êtes sûr qu'il n'est pas à Paris ?

— Très-sûr ; je lui avais écrit pour lui demander de me servir de témoin... Il était absent, je me suis rabattu sur lord Douglas et sur Sézannes...

— Cela se rencontre à merveille, ils déjeunent avec nous.

— Bravo ! bravo ! bravo ! — se mit à crier de nouveau M. de Lucenay. Puis, se tordant et se roulant sur le sofa, il accompagna cette fois ses cris inhumains d'une série de sauts de carpe à désespérer un bateleur. Les évolutions acrobatiques du duc de Lucenay furent interrompues par l'arrivée de M. de Saint-Remy.

— Je n'ai pas eu besoin de demander si Lucenay était ici — dit gaiement le vicomte. — On l'entend d'en bas.

— Comment ! c'est vous, beau Sylvain, campagnard ! loup-garou ! — s'écria le duc étonné, en se redressant brusquement; — on vous croyait à la campagne...

— Je suis de retour depuis hier; j'ai reçu tout à l'heure l'invitation de d'Harville, et j'accours... tout joyeux de cette bonne surprise. — Et M. de Saint-Remy tendit la main à M. de Lucenay, puis au marquis.

— Et je vous sais bien gré de cet empressement, mon cher Saint-Remy. N'est-ce pas naturel? Les amis de Lucenay ne doivent-ils pas se réjouir de l'heureuse issue de ce duel, qui, après tout, pouvait avoir des suites fâcheuses...

— Mais — reprit obstinément le duc — qu'est-ce donc que vous avez été faire à la campagne en plein hiver, Saint-Remy? cela m'intrigue.

— Est-il curieux! — dit le vicomte en s'adressant à M. d'Harville. Puis il répondit au duc : — Je veux me sevrer peu à peu de Paris... puisque je dois le quitter bientôt...

— Ah! oui, cette belle imagination de vous faire attacher à la légation de France à Gerolstein... Laissez-nous donc tranquilles avec vos billevesées de diplomatie! vous n'irez jamais là... ma femme le dit, et tout le monde le répète...

— Je vous assure que madame de Lucenay se trompe comme tout le monde.

— Elle vous a dit devant moi que c'était une folie.

— J'en ai tant fait dans ma vie!

— Des folies élégantes et charmantes, à la bonne heure, comme qui dirait de vous ruiner par vos magnificences de Sardanapale, j'admets ça; mais aller vous enterrer dans un trou de cour pareil... à Gerolstein!... Voyez donc la belle poussée!... Ça n'est pas une folie, c'est une bêtise, et vous avez trop d'esprit pour en faire... des bêtises.

— Prenez garde, mon cher Lucenay; en médisant de cette cour allemande, vous allez vous faire une querelle avec d'Harville, l'ami intime du grand-duc régnant, qui, du reste, m'a l'autre jour accueilli avec la meilleure grâce du monde à l'ambassade de ***, où je lui ai été présenté.

— Vraiment, mon cher Henri — dit M. d'Harville — si vous connaissiez le grand-duc comme je le connais, vous comprendriez que Saint-Remy n'ait aucune répugnance à aller passer quelque temps à Gerolstein.

— Je vous crois, marquis, quoiqu'on le dise fièrement original, votre grand-duc; mais ça n'empêche pas qu'un *beau* comme Saint-Remy, la fine fleur de la fleur des pois, ne peut vivre qu'à Paris... il n'est en valeur qu'à Paris.

Les autres convives de M. d'Harville venaient d'arriver, lorsque Joseph entra et dit quelques mots tout bas à son maître.

— Messieurs, vous permettez?... dit le marquis. — C'est le joaillier de ma femme qui m'apporte des diamants à choisir pour elle... une surprise... Vous connaissez cela, Lucenay... nous sommes des maris de la vieille roche, nous autres...

— Ah ! pardieu , s'il s'agit de surprise — s'écria le duc — ma femme m'en a fait une hier... et une fameuse encore !!!

— Quelque cadeau splendide !

— Elle m'a demandé... cent mille francs...

— Et comme vous êtes magnifique.. vous les lui avez...

— Prêtés !... ils seront hypothéqués sur sa terre d'Arnouville... Les bons comptes font les bons amis... Mais c'est égal... prêter en deux heures cent mille francs à quelqu'un qui en a besoin , c'est gentil et c'est rare... N'est-ce pas , dissipateur, vous qui êtes très-connaisseur en emprunts... dit en riant le duc à M. de Saint-Remy, sans se douter de la portée de ses paroles.

Malgré son audace, le vicomte rougit d'abord légèrement un peu , puis il reprit effrontément :

— Cent mille francs ! mais c'est énorme... Comment une femme peut-elle jamais avoir besoin de cent mille francs !... Nous autres hommes, à la bonne heure.

— Ma foi, je ne sais pas ce qu'elle veut faire de cette somme-là... ma femme. D'ailleurs ça m'est égal... Des arriérés de toilette probablement... des fournisseurs impatientés et exigeants; ça la regarde... Et puis vous sentez bien, mon cher Saint-Remy, que , lui prêtant mon argent, il eût été du plus mauvais goût à moi de lui en demander l'emploi.

— C'est pourtant presque toujours une curiosité particulière à ceux qui prêtent, de savoir ce qu'on veut faire de l'argent qu'on leur emprunte... — dit le vicomte en riant.

— Parbleu ! Saint-Remy — dit M. d'Harville — vous qui avez un si excellent goût , vous allez m'aider à choisir la parure que je destine à ma femme ; votre approbation consacrera mon choix, vos arrêts sont souverains en fait de modes...

Le joaillier entra, portant plusieurs écrins dans un grand sac de peau.

— Tiens , c'est monsieur Baudoin ! — dit M. de Lucenay.

— A vous rendre mes devoirs , monsieur le duc.

— Je suis sûr que c'est vous qui ruinez ma femme avec vos tentations infernales et éblouissantes ! — dit M. de Lucenay.

— Madame la duchesse s'est contentée de faire seulement remonter ses diamants cet hiver — dit le joaillier avec un léger embarras. — Et justement, en venant chez monsieur le marquis , je les ai portés à madame la duchesse.

M. de Saint-Remy savait que madame de Lucenay, pour venir à son aide , avait changé ses pierreries pour des diamants faux ; il fut désagréablement frappé de cette rencontre... mais il reprit audacieusement :

— Ces maris sont-ils curieux ! ne répondez donc pas, monsieur Baudoin.

— Curieux ! ma foi, non — dit le duc — c'est ma femme qui paye... elle peut se passer toutes ses fantaisies... elle est plus riche que moi...

Pendant cet entretien, M. Baudoin avait étalé sur un bureau plusieurs admirables colliers de rubis et de diamants.

— Quel éclat !... et que ces pierres sont divinement taillées ! — dit lord Douglas.

— Hélas ! monsieur — répondit le joaillier — j'employais à ce travail un des meilleurs lapidaires de Paris, nommé Morel ; le malheur veut qu'il soit devenu fou, et jamais je ne retrouverai un ouvrier pareil. Ma courtière en pierreries m'a dit que c'est probablement la misère qui lui a fait perdre la tête, à ce pauvre homme.

— La misère !... Et vous confiez des diamants à des gens dans la misère ?

— Certainement, monsieur, et il est sans exemple qu'un lapidaire ait jamais rien détourné, quoique ce soit un rude et pauvre état que le leur.

— Combien ce collier ? — demanda M. d'Harville.

— Monsieur le marquis remarquera que les pierres sont d'une eau et d'une coupe magnifiques, presque toutes de la même grosseur.

— Voici des précautions oratoires des plus menaçantes pour votre bourse — dit M. de Saint-Remy en riant ; — attendez-vous, mon cher d'Harville, à quelque prix exorbitant.

— Voyons, monsieur Baudoin, en conscience, votre dernier mot ! — dit M. d'Harville.

— Je ne voudrais pas faire marchander monsieur le marquis.. Le dernier prix sera de quarante-deux mille francs.

— Messieurs ! — s'écria M. de Lucenay — admirons d'Harville en silence, nous autres maris... Ménager à sa femme une surprise de quarante-deux mille francs !... Diable ! n'allons pas ébruiter cela, ce serait d'un exemple détestable.

— Riez tant qu'il vous plaira, messieurs — dit gaiement le marquis. — Je suis amoureux de ma femme, je ne m'en cache pas ; je le dis, je m'en vante !

— On le voit bien — reprit M. de Saint-Remy ; — un tel cadeau en dit plus que toutes les protestations du monde.

— Je prends donc ce collier — dit M. d'Harville — si toutefois cette monture d'émail noir vous semble de bon goût, Saint-Remy.

— Elle fait encore valoir l'éclat des pierreries ; elle est disposée à merveille !

— Je me décide pour ce collier — dit M. d'Harville. — Vous aurez, monsieur Baudoin, à compter avec M. Doublet, mon homme d'affaires.

— M. Doublet m'a prévenu, monsieur le marquis — dit le joaillier ; et il sortit après avoir remis dans son sac, sans les compter (tant sa confiance était grande), les diverses pierreries qu'il avait apportées, et que M. de Saint-Remy avait long-temps et curieusement maniées et examinées durant cet entretien.

M. d'Harville, donnant le collier à Joseph qui avait attendu ses ordres, lui dit tout bas :

— Il faut que mademoiselle Juliette mette adroitement ces diamants avec ceux de sa maîtresse, sans que celle-ci s'en doute, pour que la surprise soit plus complète.

A ce moment, le maître-d'hôtel annonça que le déjeuner était servi ; les convives du marquis passèrent dans la salle à manger et s'attablèrent.

— Savez-vous, mon cher d'Harville — dit M. de Lucenay — que cette maison est une des plus élégantes et des mieux distribuées de Paris !

— Elle est assez commode, en effet, mais elle manque d'espace... mon projet est de faire ajouter une galerie sur le jardin. Madame d'Harville désire donner quelques grands bals, et nos salons ne suffiraient pas... Puis je trouve qu'il n'y a rien de plus incommode que les empiétements des fêtes sur les appartements que l'on occupe habituellement, et dont elles vous exilent de temps à autre.

— Je suis de l'avis de d'Harville — dit M. de Saint-Remy ; — rien de plus mesquin, de plus bourgeois que ces déménagements forcés par autorité de bals ou de concerts... Pour donner des fêtes vraiment belles sans se gêner, il faut leur consacrer un emplacement particulier ; et puis de vastes et éblouissantes salles, destinées à un bal splendide, doivent avoir un tout autre caractère que celui des salons ordinaires : il y a entre ces deux espèces d'appartements la même différence qu'entre la peinture à fresque monumentale et les tableaux de chevalet.

— Il a raison — dit M. d'Harville ; — quel dommage, messieurs, que Saint-Remy n'ait pas douze à quinze cent mille livres de rente ! quelles merveilles il nous ferait admirer !

— Puisque nous avons le bonheur de jouir d'un gouvernement représentatif — dit le duc de Lucenay — le pays ne devrait-il pas voter un ou deux millions

par an à Saint-Remy, et le charger de représenter à Paris le goût et l'élégance française qui décideraient du goût et de l'élégance de l'Europe... du monde !

— Adopté! — cria-t-on en chœur.

— Et l'on prélèverait ces millions annuels en manière d'impôt forcé sur ces abominables fesse-mathieux qui, possesseurs de fortunes énormes, seraient prévenus, atteints et convaincus de vivre comme des grippe-sous — ajouta M. de Lucenay.

— Et comme tels — reprit M. d'Harville — condamnés à défrayer des magnificences qu'ils devraient étaler.

— Sans compter que ces fonctions de grand-prêtre, ou plutôt de grand-maître de l'élégance — reprit M. de Lucenay — dévolues à Saint-Remy, auraient, par l'imitation, une prodigieuse influence sur le goût général...

— Il serait le type auquel on voudrait toujours ressembler.

— C'est clair.

— Et, en tâchant de le copier, le goût s'épurerait.

— Au temps de la Renaissance le goût est devenu partout excellent, parce qu'il se modelait sur celui des aristocraties, qui était exquis.

— A la grave tournure que prend la question — reprit gaiement M. d'Harville — je vois qu'il ne s'agit plus que d'adresser une pétition aux Chambres pour l'établissement de la charge de grand-maître de l'élégance française.

— Et comme les députés passent pour avoir des idées très-grandes, très-artistiques et très-magnifiques, cela sera voté par acclamation.

— En attendant la décision qui consacrera en droit la suprématie que Saint-Remy exerce en fait — dit M. d'Harville — je lui demanderai ses conseils pour la galerie que je vais faire construire; car j'ai été frappé de ses idées sur la splendeur des fêtes.

— Mes faibles lumières sont à vos ordres, d'Harville.

— Et quand inaugurerons-nous vos magnificences, mon cher?

— L'an prochain, je suppose; car je vais faire commencer immédiatement les travaux.

— Quel homme à projets vous êtes!

— J'en ai bien d'autres, ma foi... Je médite un bouleversement complet du *Val-Richer*.

— Votre terre de Bourgogne?

— Oui; il y a là quelque chose d'admirable à faire, si toutefois... Dieu me prête vie...

— Pauvre vieillard!

— Mais n'avez-vous pas acheté dernièrement une ferme près du *Val-Richer* pour vous arrondir encore?

— Oui, une très-bonne affaire que mon notaire m'a conseillée.

— Et quel est ce rare et précieux notaire qui conseille de si bonnes affaires?

— M. Jacques Ferrand.

A ce nom, un léger tressaillement plissa le front de M. de Saint-Remy.

— Est-il vraiment aussi honnête homme qu'on le dit? — demanda-t-il négligemment à M. d'Harville, qui se souvint alors de ce que Rodolphe avait raconté à Clémence à propos du notaire.

— Jacques Ferrand ? quelle question ! mais c'est un homme d'une probité antique ! — dit M. de Lucenay.

— Aussi respecté que respectable.

— Très-pieux... ce qui ne gâte rien.

— Excessivement avare... ce qui est une garantie pour ses clients.

— C'est enfin un de ces notaires de la vieille roche, qui vous demandent pour qui vous les prenez lorsqu'on s'avise de leur parler de reçu à propos de l'argent qu'on leur confie.

— Rien qu'à cause de cela, moi, je lui confierais toute ma fortune.

— Mais où diable Saint-Remy a-t-il été chercher ses doutes à propos de ce digne homme, d'une intégrité proverbiale ?

— Je ne suis que l'écho de bruits vagues... Du reste, je n'ai aucune raison pour nier ce phénix des notaires... Mais, pour revenir à vos projets, d'Harville, que voulez-vous donc bâtir au *Val-Richer ?* On dit le château admirable...

— Vous serez consulté, soyez tranquille, mon cher Saint-Remy, et plus tôt peut-être que vous ne pensez, car je me fais une joie de ces travaux ; il me semble qu'il n'y a rien de plus attachant que d'avoir ainsi des intérêts successifs qui échelonnent et occupent les années à venir... Aujourd'hui ce projet... dans un an celui-ci... plus tard c'est autre chose... Joignez à cela une femme charmante, que l'on adore, qui est de moitié dans tous vos goûts... dans tous vos desseins... et, ma foi... la vie se passe assez doucement.

— Je le crois, pardieu ! bien, c'est un vrai paradis sur terre...

— Maintenant, messieurs — dit d'Harville lorsque le déjeuner fut terminé — si vous voulez fumer un cigare dans mon cabinet, vous en trouverez d'excellents.

On se leva de table, on rentra dans le cabinet du marquis ; la porte de sa chambre à coucher, qui y communiquait, était ouverte. Nous avons dit que le seul ornement de cette pièce se composait de deux panoplies de très-belles armes.

M. de Lucenay, ayant allumé un cigare, suivit le marquis dans sa chambre.

— Vous voyez, je suis toujours amateur d'armes — lui dit M. d'Harville.

— Voilà, en effet, de magnifiques fusils anglais et français ; ma foi, je ne saurais auxquels donner la préférence... Douglas ! — cria M. de Lucenay — venez donc voir si ces fusils ne peuvent rivaliser avec vos meilleurs *Manton*..

Lord Douglas, Saint-Remy et deux autres convives entrèrent dans la chambre du marquis pour examiner les armes.

M. d'Harville, prenant un pistolet de combat, l'arma, et dit en riant :

— Voici, messieurs, la panacée universelle pour tous les maux... le *spleen*... l'ennui...

Et il approcha, en plaisantant, le canon de ses lèvres.

— Ma foi! moi je préfère un autre spécifique — dit Saint-Remy; — celui-là n'est bon que dans les cas désespérés.

— Oui, mais il est si prompt — dit M. d'Harville. — Zest! et c'est fait; la volonté n'est pas plus rapide... Vraiment, c'est merveilleux.

— Prenez donc garde, d'Harville; ces plaisanteries-là sont toujours dangereuses; un malheur est si vite arrivé! — dit M. de Lucenay, voyant le marquis approcher encore le pistolet de ses lèvres.

— Parbleu... mon cher, croyez-vous que s'il était chargé je jouerais ce jeu-là?

— Sans doute, mais c'est toujours imprudent...

— Tenez, messieurs, voilà comme on s'y prend : on introduit délicatement le canon entre ses dents... et alors...

— Mon Dieu! que vous êtes donc bête, d'Harville.. quand vous vous y mettez! — dit M. de Lucenay en haussant les épaules.

— On approche le doigt de la détente... — ajouta M. d'Harville.

— Est-il enfant... est-il enfant... à son âge!

— Un petit mouvement sur la gâchette... — reprit le marquis — et l'on va droit chez les âmes...

Avec ces mots le coup partit.

M. d'Harville s'était brûlé la cervelle.

.   .   .   .

Nous renonçons à peindre la stupeur, l'épouvante des convives de M. d'Harville.

Le lendemain, on lisait dans un journal :

« Hier, un événement aussi imprévu que déplorable a mis en émoi tout le
» faubourg Saint-Germain. Une de ces imprudences qui amènent chaque année
» de si funestes accidents a causé un affreux malheur. Voici les faits que nous
» avons recueillis, et dont nous pouvons garantir l'authenticité :

» M. le marquis d'Harville, possesseur d'une fortune immense, âgé à peine
» de vingt-six ans, cité pour la bonté de son cœur, marié depuis peu d'années
» à une femme qu'il idolâtrait, avait réuni quelques-uns de ses amis à dé-
» jeuner. En sortant de table, on passa dans la chambre à coucher de M. d'Har-
» ville, où se trouvaient plusieurs armes de prix. En faisant examiner à ses
» convives quelques fusils, M. d'Harville prit en plaisantant un pistolet qu'il
» ne croyait pas chargé et l'approcha de ses lèvres... Dans sa sécurité, il pesa
» sur la gâchette... le coup partit!.. et le malheureux jeune homme tomba
» mort, la tête horriblement fracassée! Que l'on juge de l'effroyable conster-
» nation des amis de M. d'Harville, auxquels un instant auparavant, plein
» de jeunesse, de bonheur et d'avenir, il faisait part de différents projets!
» Enfin, comme si toutes les circonstances de ce douloureux événement de-
» vaient le rendre plus cruel encore par de pénibles contrastes, le matin même
» M. d'Harville, voulant ménager une surprise à sa femme, avait acheté une
» parure d'un grand prix qu'il lui destinait... Et c'est au moment où peut-être
» jamais la vie ne lui avait paru plus riante et plus belle qu'il tombe victime
» d'un effroyable accident...

» En présence d'un pareil malheur, toutes réflexions sont inutiles, on ne
» peut que rester anéanti devant les arrêts impénétrables de la Providence. »

Nous citons ce journal, afin de consacrer, pour ainsi dire, la croyance gé-
nérale, qui attribua la mort du mari de Clémence à une fatale et déplorable
imprudence...

Est-il besoin de dire que M. d'Harville emporta seul dans la tombe le mystérieux secret de sa mort volontaire...

Oui, volontaire et calculée, et méditée avec autant de sang-froid que de
générosité... afin que Clémence ne pût concevoir le plus léger soupçon sur la
véritable cause de ce suicide.

Ainsi les projets dont M. d'Harville avait entretenu son intendant et ses
amis, ces heureuses confidences à son vieux serviteur, la surprise que le matin
même il avait ménagée à sa femme, tout cela était autant de piéges tendus à
la crédulité publique.

Comment supposer qu'un homme si préoccupé de l'avenir, si jaloux de plaire
à sa femme, pût songer à se tuer...

Mort du Marquis de Mauville.

E. Bayard pinx.   G. Rich sculp.

Sa mort ne fut donc attribuée et ne pouvait qu'être attribuée à une imprudence.

Quant à sa résolution, un incurable désespoir l'avait dictée. En se montrant
à son égard aussi affectueuse, aussi tendre qu'elle s'était montrée jadis froide
et hautaine; en revenant noblement à lui, Clémence avait éveillé dans le cœur
de son mari de douloureux remords.

La voyant si mélancoliquement résignée à cette longue vie sans amour,
passée auprès d'un homme atteint d'une incurable et effrayante maladie; bien
certain, d'après la solennité des paroles de Clémence, qu'elle ne pourrait jamais vaincre la répugnance qu'il lui inspirait, M. d'Harville s'était pris d'une
profonde pitié pour sa femme et d'un effrayant dégoût de lui-même et de la vie.

Dans l'exaspération de sa douleur, il se dit :

— Je n'aime, je ne puis aimer qu'une femme au monde... c'est la mienne..,
Sa conduite, pleine de cœur et d'élévation, augmenterait encore ma folle passion, s'il était possible de l'augmenter...

Et cette femme, qui est la mienne, ne peut jamais m'appartenir...

Elle a le droit de me mépriser, de me haïr...

Je l'ai, par une tromperie infâme, enchaînée, jeune fille, à mon détestable
sort...

Je m'en repens... que dois-je faire pour elle maintenant ?

La délivrer des liens odieux que mon égoïsme lui a imposés.

Ma mort seule peut briser ces liens... il faut donc que je me tue...

Et voilà pourquoi M. d'Harville avait accompli ce grand, ce douloureux sacrifice.

Si le divorce eût existé, ce malheureux se serait-il suicidé !

Non !

Il pouvait réparer en partie le mal qu'il avait fait, rendre sa femme à la liberté, lui permettre de trouver le bonheur dans une autre union...

L'inexorable immutabilité de la loi rend donc souvent certaines fautes irré-
médiables, ou, comme dans ce cas, ne permet de les effacer que par un nouveau crime.

CHAPITRE XV.

SAINT-LAZARE.

La prison de Saint-Lazare, spécialement destinée aux voleuses et aux prostituées, est journellement visitée par plusieurs femmes dont la charité, dont le nom, dont la position sociale commandent le respect de tous. Ces femmes, élevées au milieu des splendeurs de la fortune ; ces femmes, à bon droit comptées parmi la société la plus choisie, viennent chaque semaine passer de longues heures auprès des misérables prisonnières de Saint-Lazare ; épiant dans ces âmes dégradées la moindre aspiration vers le bien, le moindre regret d'un passé criminel, elles encouragent les tendances meilleures, fécondent le repentir, et, par la puissante magie de ces mots : *devoir, honneur, vertu*, elles retirent quelquefois de la fange une de ces créatures abandonnées, avilies, méprisées.

Habituées aux délicatesses, à la politesse exquise de la meilleure compagnie, ces femmes courageuses quittent leur hôtel séculaire, appuient leurs lèvres au front virginal de leurs filles pures comme les anges du ciel, et vont dans de sombres prisons braver l'indifférence grossière ou les propos criminels de ces voleuses ou de ces prostituées...

Fidèles à leur mission de haute moralité, elles descendent vaillamment dans cette boue infecte, posent la main sur tous ces cœurs gangrenés, et, si quelque faible battement d'honneur leur révèle un léger espoir de salut, elles disputent et arrachent à une irrévocable perdition l'âme malade dont elles n'ont pas désespéré.

Cela dit à propos de la nouvelle pérégrination où nous engageons le lecteur, nous l'introduirons à Saint-Lazare, immense édifice d'un aspect imposant et lugubre, situé rue du Faubourg-Saint-Denis.

Ignorant le terrible drame qui se passait chez elle, madame d'Harville s'était rendue à la prison, après avoir obtenu quelques renseignements de madame de Lucenay au sujet des deux malheureuses femmes que la cupidité du notaire Jacques Ferrand plongeait dans la détresse. Madame de Blinval, une des patronesses de l'œuvre des jeunes détenues, n'ayant pu ce jour-là accompagner Clémence à Saint-Lazare, celle-ci y était venue seule. Elle fut accueillie avec empressement par le directeur et par plusieurs dames inspectrices, reconnaissables à leurs vêtements noirs et au ruban bleu à médaillon d'argent qu'elles portaient en sautoir. Une de ces inspectrices, femme d'un âge mûr, d'une figure grave et douce, resta seule avec madame d'Harville dans un petit salon attenant au greffe.

On ne peut s'imaginer ce qu'il y a souvent de dévouement ignoré, d'intelligence, de commisération, de sagacité, chez ces femmes respectables qui se consacrent aux fonctions modestes et obscures de surveillantes des détenues. Rien de plus sage, de plus praticable que les notions d'ordre, de travail, de devoir, qu'elles donnent aux prisonnières, dans l'espoir que ces enseignements survivront au séjour de la prison. Tour à tour indulgentes et fermes, patientes et sévères, mais toujours justes et impartiales, ces femmes, sans cesse en contact avec les détenues, finissent, au bout de longues années, par acquérir une telle science de la physionomie de ces malheureuses, qu'elles les jugent presque toujours sûrement du premier coup d'œil, et qu'elles les classent à l'instant selon leur degré d'immoralité.

Madame Armand, l'inspectrice qui était restée seule avec madame d'Harville, possédait à un point extrême cette prescience presque divinatrice du caractère des prisonnières; ses paroles, ses jugements avaient dans la maison une autorité considérable.

Madame Armand dit à Clémence :

— Puisque madame la marquise a bien voulu me charger de lui désigner celles de nos détenues qui par une meilleure conduite ou par un repentir sincère pourraient mériter son intérêt, je crois pouvoir lui recommander une infortunée que je crois plus malheureuse encore que coupable; car je ne me trompe pas en affirmant qu'il n'est pas trop tard pour sauver cette jeune fille..., une malheureuse enfant de seize ou dix-sept ans tout au plus !

— Et qu'a-t-elle fait pour être emprisonnée ?

— Elle est coupable de s'être trouvée aux Champs-Élysées le soir... Comme il est défendu à ses pareilles, sous des peines très-sévères, de fréquenter, soit le jour, soit la nuit, certains lieux publics... et que les Champs-Élysées sont au nombre des promenades interdites, on l'a arrêtée...

— Et elle vous semble intéressante ?

— Je n'ai jamais vu de traits plus réguliers, plus candides. Imaginez-vous, madame la marquise, une figure de vierge. Ce qui donnait encore à sa physionomie une expression plus modeste, c'est qu'en arrivant ici elle était vêtue comme une paysanne des environs de Paris.

— C'est donc une fille de campagne ?

— Non, madame la marquise. Les inspecteurs l'ont reconnue; elle avait séjourné quelques semaines dans une horrible maison de la Cité, dont elle était absente depuis deux ou trois mois; mais comme elle n'a pas demandé sa radiation des registres de la police, elle reste soumise au pouvoir exceptionnel qui l'a envoyée ici.

— Mais peut-être avait-elle quitté Paris pour tâcher de se réhabiliter ?

— Je le pense, madame, c'est ce qui m'a tout de suite intéressée à elle. Je l'ai interrogée sur le passé; je lui ai demandé si elle venait de la campagne, lui disant d'espérer, dans le cas où, comme je le croyais, elle voudrait revenir au bien.

— Qu'a-t-elle répondu ?

— Levant sur moi ses grands yeux bleus mélancoliques et pleins de larmes, elle m'a dit avec un accent de douceur angélique : — « Je vous remercie, madame, de vos bontés; mais je ne puis rien dire sur le passé; on m'a arrêtée, j'étais dans mon tort, je ne me plains pas. — Mais d'où venez-vous ? Où êtes-vous restée depuis votre départ de la Cité ? Si vous êtes allée à la campagne chercher une existence honorable, dites-le, prouvez-le; nous ferons écrire à M. le préfet pour obtenir votre liberté; on vous rayera des registres de la police, et on encouragera vos bonnes résolutions. — Je vous en supplie, madame, ne m'interrogez pas, je ne pourrais vous répondre, » — a-t-elle repris. « Mais en sortant d'ici, voulez-vous donc retourner dans cette affreuse maison ? — Oh ! jamais ! — s'est-elle écriée. — Que ferez-vous donc alors ? — Dieu le sait ! » — a-t-elle répondu en laissant retomber sa tête sur sa poitrine.

— Cela est étrange !... Et elle s'exprime ?...

— En très-bons termes, madame; son maintien est timide, respectueux, mais sans bassesse; je dirai plus : malgré la douceur extrême de sa voix et de son regard, il y a parfois dans son accent, dans son attitude, une sorte de tristesse fière qui me confond. Si elle n'appartenait pas à la malheureuse classe dont elle fait partie, je croirais presque que cette fierté annonce une âme qui a la conscience de son élévation.

— Mais c'est tout un roman ! — s'écria Clémence intéressée au dernier point, et trouvant, ainsi que le lui avait dit Rodolphe, que rien n'était souvent plus *amusant* à faire que le bien — Et quels sont ses rapports avec les autres prisonnières? Si elle est douée de l'élévation d'âme que vous lui supposez, elle doit bien souffrir au milieu de ses misérables compagnes !

— Mon Dieu, madame la marquise, pour moi qui observe par état et par habitude, tout dans cette jeune fille est un sujet d'étonnement. A peine ici depuis trois jours, elle possède déjà une sorte d'influence sur les autres détenues.

— En si peu de temps !

— Elles éprouvent pour elle non-seulement de l'intérêt, mais presque du respect.

— Comment ! ces malheureuses...

— Ont quelquefois un instinct d'une singulière délicatesse pour reconnaître, deviner même les nobles qualités des autres. Seulement, elles haïssent souvent les personnes dont elles sont obligées d'admettre la supériorité.

— Et elles ne haïssent pas cette pauvre jeune fille ?

— Bien loin de là, madame : aucune d'elles ne la connaissait avant son entrée ici. Elles ont été d'abord frappées de sa beauté ; ses traits, bien que d'une pureté rare, sont pour ainsi dire voilés par une pâleur touchante et maladive ; ce mélancolique et doux visage leur a d'abord inspiré plus d'intérêt que de jalousie. Ensuite elle est très-silencieuse, autre sujet d'étonnement pour ces créatures qui, pour la plupart, tâchent toujours de s'étourdir à force de bruit, de paroles et de mouvements. Enfin, quoique digne et réservée, elle s'est montrée compatissante, ce qui a empêché ses compagnes de se choquer de sa froideur. Ce n'est pas tout. Il y a ici, depuis un mois, une créature indomptable surnommée *la Louve*, tant son caractère est violent, audacieux et bestial ; c'est une fille de vingt ans, grande, virile, d'une figure assez belle, mais dure ; nous sommes souvent forcés de la mettre au cachot pour vaincre sa turbulence. Avant-hier, justement, elle sortait de la cellule, encore irritée de la punition qu'elle venait de subir : c'était l'heure du repas ; la pauvre fille dont je vous parle ne mangeait pas ; elle dit tristement à ses compagnes : — « Qui veut mon pain ? — Moi ! — dit d'abord *la Louve*. — Moi ! » — dit ensuite une créature presque contrefaite, appelée *Mont-Saint-Jean*, qui sert de risée, et quelquefois, malgré nous, de souffre-douleur aux autres détenues, quoiqu'elle soit grosse de plusieurs mois..... La jeune fille donna d'abord son pain à cette dernière, à la grande colère de *la Louve*. — « C'est moi qui t'ai d'abord demandé ta ration ! — s'écria-t-elle furieuse. — C'est vrai, mais cette pauvre femme est enceinte, elle en a plus besoin que vous » — répondit la jeune fille. — *La Louve* néanmoins arracha le pain des mains de *Mont-Saint-Jean*, et commença de vociférer en agitant son couteau. Comme elle est très-méchante et très-redoutée, personne n'osa prendre le parti de la pauvre *Goualeuse*. quoique toujours les détenues lui donnassent raison intérieurement.

— Comment dites-vous ce nom, madame ?

— *La Goualeuse...* c'est le nom ou plutôt le surnom sous lequel a été écrouée ici ma protégée, et qui, je l'espère, sera bientôt la vôtre, madame la marquise... Presque toutes ont ainsi des noms d'emprunt.

— Celui-ci est singulier...

— Il signifie, dans leur hideux langage, *la chanteuse* ; car cette jeune fille a, dit-on, une très-jolie voix ; je le crois sans peine, car son accent est enchanteur...

— Et comment a-t-elle échappé à cette vilaine *Louve ?*

— Rendue plus furieuse encore par le sang-froid de la Goualeuse, elle courut à elle l'injure à la bouche, son couteau levé ; toutes les prisonnières jetèrent un cri d'effroi..... Seule, la Goualeuse, regardant sans crainte cette redoutable créature, lui sourit avec amertume, en lui disant de sa voix angélique : « Oh ! tuez-moi, tuez-moi, je le veux bien... mais ne me faites pas trop souffrir ! » Ces mots, m'a-t-on rapporté, furent prononcés avec une simplicité si navrante, que presque toutes les détenues en eurent les larmes aux yeux.

— Je le crois bien — dit madame d'Harville, péniblement émue

— Les plus mauvais caractères — reprit l'inspectrice — ont heureusement quelquefois de bons revirements. En entendant ces mots empreints d'une résignation déchirante, la Louve, remuée, a-t-elle dit plus tard, jusqu'au fond de l'âme, jeta son couteau par terre, le foula aux pieds et s'écria : « J'ai eu tort de te menacer, la Goualeuse, car je suis plus forte que toi ; tu n'as pas eu peur de mon couteau, tu es brave... J'aime les braves : aussi maintenant, si l'on voulait te faire du mal, c'est moi qui te défendrais... »

— Quel caractère singulier !

— L'exemple de *la Louve* augmenta encore l'influence de la Goualeuse, et aujourd'hui, chose à peu près sans exemple, presque aucune des prisonnières ne la tutoie ; la plupart la respectent, et s'offrent même à lui rendre tous les petits services qu'on peut se rendre entre prisonnières. Je me suis adressée à quelques détenues de son dortoir pour savoir la cause de la déférence qu'elles lui témoignaient. « C'est plus fort que nous, m'ont-elles répondu — on voit bien que ce n'est pas une *personne comme nous autres.* — Mais qui vous l'a dit ? — On ne nous l'a pas dit, cela se voit. — Mais encore, à quoi ? — A mille choses. D'abord, hier, avant de se coucher, elle s'est mise à genoux et a fait sa prière : *pour qu'elle prie,* comme a dit la Louve, *il faut bien qu'elle en ait le droit.* »

— Quelle observation étrange !

— Ces malheureuses n'ont aucun sentiment religieux, et elles ne se permettraient pourtant jamais ici un mot sacrilége ou impie ; vous verrez, madame, dans toutes nos salles, des espèces d'autels où la statue de la Vierge est entourée d'offrandes et d'ornements faits par elles-mêmes. Chaque dimanche, il se brûle un grand nombre de cierges en *ex-voto.* Celles qui vont à la chapelle s'y comportent parfaitement ; mais généralement l'aspect des lieux saints leur impose ou les effraie. Pour revenir à la Goualeuse, ses compagnes me disaient encore. « On voit qu'*elle n'est pas comme nous autres,* à son air doux, à sa tristesse, à la manière dont elle parle... Et puis enfin — reprit brusquement *la Louve,* qui assistait à cet entretien — il faut bien qu'elle ne

soit pas des nôtres ; car ce matin... dans le dortoir, sans savoir pourquoi.....
nous étions honteuses de nous habiller devant elle...

— Quelle bizarre délicatesse au milieu de tant de dégradation ! — s'écria
madame d'Harville.

— Oui, madame, devant les hommes et entre elles la pudeur leur est inconnue, et elles sont péniblement confuses d'être vues à demi vêtues par nous
ou par des personnes charitables qui, comme vous, madame la marquise,
visitent les prisons. Ainsi, ce profond instinct de pudeur que Dieu a mis en
nous se révèle encore, même chez ces créatures, à l'aspect des seules personnes
qu'elles puissent respecter.

— Il est au moins consolant de retrouver quelques bons sentiments naturels
plus forts que la dépravation.

— Sans doute, car ces femmes sont capables de dévouements qui, honnêtement placés, seraient très-honorables... Il est encore un sentiment sacré
pour elles qui ne respectent rien, ne craignent rien : c'est la maternité ; elles
s'en honorent, elles s'en réjouissent ; il n'y a pas de meilleures mères, rien
ne leur coûte pour garder leur enfant auprès d'elles ; elles s'imposent, pour
l'élever, les plus pénibles sacrifices ; car, ainsi qu'elles disent, ce petit être
est le seul qui *ne les méprise pas.*

— Elles ont donc un sentiment profond de leur abjection ?

— On ne les méprise jamais autant qu'elles se méprisent elles-mêmes. .
Chez quelques-unes dont le repentir est sincère, cette tache originelle du vice
reste ineffaçable à leurs yeux, lors même qu'elles se trouvent dans une condition meilleure ; d'autres deviennent folles, tant l'idée de leur abjection première est chez elles fixe et implacable. Aussi, madame, je ne serais pas
étonnée que le chagrin profond de la Goualeuse ne fût causé par un remords
de ce genre.

— Si cela est, en effet, quel supplice pour elle ! un remords que rien ne
peut calmer !

— Heureusement, madame, pour l'honneur de l'espèce humaine, ces remords sont plus fréquents qu'on ne le croit ; la conscience vengeresse ne s'en-
dort jamais complétement ; ou plutôt, chose étrange ! quelquefois on dirait
que l'âme veille pendant que le corps est assoupi ; c'est une observation que
j'ai faite de nouveau cette nuit à propos de ma protégée.

— De la Goualeuse ?

— Oui, madame.

— Et comment donc cela ?

— Assez souvent, lorsque les prisonnières sont endormies, je vais faire
une ronde dans les dortoirs... Vous ne pouvez vous imaginer, madame, combien les physionomies de ces femmes diffèrent d'expression pendant qu'elles
dorment. Bon nombre d'entre elles que j'avais vues le jour insouciantes, mo-
queuses, effrontées, hardies, me semblaient complétement changées lorsque
le sommeil dépouillait leurs traits de toute exagération de cynisme ; car le

vice, hélas! a son orgueil. Oh! madame, que de tristes révélations sur ces vi-
sages alors abattus, mornes et sombres! que de tressaillements! que de soupirs douloureux involontairement arrachés par quelque rêve empreint sans
doute d'une inexorable réalité!... Je vous parlais tout à l'heure, madame, de
cette fille surnommée la *Louve*... créature indomptée, indomptable. Il y a
quinze jours environ elle m'injuria brutalement devant toutes les détenues; je
haussai les épaules; mon indifférence exaspéra sa rage... Alors, pour me blesser sûrement, elle s'imagina de me dire je ne sais quelles ignobles injures sur
ma mère... qu'elle avait souvent vue venir me visiter ici...

—Ah! quelle horreur!...

—Je l'avoue, toute stupide qu'était cette attaque, elle me fit mal... La
Louve s'en aperçut, et triompha. Ce soir-là, vers minuit, j'allai faire inspection dans les dortoirs; j'arrivai près du lit de la Louve, qui ne devait être
mise en cellule que le lendemain matin; je fus frappée du calme, je dirais
presque de la douceur de sa physionomie, comparée à l'expression dure et insolente qui lui était habituelle; ses traits semblaient suppliants, pleins de tristesse et de contrition; ses lèvres étaient à demi ouvertes, sa poitrine oppressée; enfin, chose qui me parut incroyable, car je la croyais impossible, deux
larmes... deux grosses larmes coulaient des yeux de cette femme au caractère
de fer!... Je la contemplais en silence depuis quelques minutes, lorsque j'entendis prononcer ces mots : *Pardon!... pardon!... sa mère!...* J'écoutai plus
attentivement... mais tout ce que je pus saisir, au milieu d'un murmure presque
inintelligible, fut mon nom... *madame Armand...* prononcé avec un soupir.

—Elle se repentait pendant son sommeil d'avoir injurié votre mère...

—Je l'ai cru... et cela m'a rendue moins sévère. Sans doute, aux yeux de
ses compagnes, elle avait voulu, par une déplorable vanité, exagérer encore
sa grossièreté naturelle... peut-être un bon instinct la faisait se repentir pendant son sommeil.

—Et le lendemain vous témoigna-t-elle quelque regret de sa conduite
passée?

—Aucun; elle se montra, comme toujours, grossière, farouche et emportée. Je vous assure pourtant, madame, que rien ne dispose plus à la pitié que
ces observations dont je vous parle. Je me persuade, illusion peut-être! que
pendant leur sommeil ces infortunées redeviennent meilleures, ou plutôt redeviennent elles-mêmes, avec tous leurs défauts il est vrai, mais parfois aussi
avec quelques bons instincts non plus dissimulés par une détestable forfanterie
de vice. De tout ceci j'ai été amenée à croire que ces créatures sont généralement moins méchantes qu'elles affectent de paraître; agissant d'après cette
conviction, j'ai souvent obtenu des résultats impossibles à réaliser si j'avais
complétement désespéré d'elles.

Madame d'Harville ne pouvait cacher sa surprise de trouver tant de bon
sens, tant de haute raison joints à des sentiments d'humanité si élevés, si pratiques, chez une obscure inspectrice de filles perdues.

— Mais il vous faut, madame, un grand courage — reprit Clémence — une grande vertu pour ne pas reculer devant l'ingratitude d'une tâche qui vous donne de si rares satisfactions!

— La conscience de remplir un devoir soutient et encourage; puis quelquefois on est récompensé par d'heureuses découvertes : ce sont çà et là quelques éclaircies dans des cœurs que l'on aurait crus tout d'abord absolument ténébreux.

— Il n'importe; les femmes comme vous doivent être bien rares, madame.

— Non, non, je vous assure; ce que je fais, d'autres le font avec plus de succès et d'intelligence que moi... Une des inspectrices de l'autre quartier de Saint-Lazare, destiné aux prévenues de différents crimes, vous intéresserait bien davantage... Elle me racontait ce matin l'arrivée d'une jeune fille prévenue d'infanticide. Jamais je n'ai rien entendu de plus déchirant... Le père de cette malheureuse, un honnête artisan lapidaire, est devenu fou de douleur en apprenant la honte de sa fille; il paraît que rien n'était plus affreux que la misère de toute cette famille, logée dans une misérable mansarde de la rue du Temple.

— La rue du Temple! — s'écria madame d'Harville étonnée, quel est le nom de cet artisan?

— Sa fille s'appelle Louise Morel...

— C'est bien cela...

— Elle était au service d'un homme respectable, M. Jacques Ferrand, notaire.

— Cette pauvre famille m'avait été recommandée — dit Clémence en rougissant; — mais j'étais loin de m'attendre à la voir frappée de ce nouveau coup si terrible... Et Louise Morel?

— Se dit innocente : elle jure que son enfant était mort... et il paraît que ses paroles ont l'accent de la vérité. Puisque vous vous intéressez à sa famille, madame la marquise, si vous étiez assez bonne pour daigner la voir, cette marque de votre bonté calmerait son désespoir, qu'on dit effrayant.

— Certainement je la verrai; j'aurai ici deux protégées au lieu d'une... Louise Morel et la Goualeuse... car tout ce que vous me dites de cette pauvre fille me touche à un point extrême... Mais que faut-il faire pour obtenir sa liberté? Ensuite je la placerais, je me chargerais de son avenir...

— Avec les relations que vous devez avoir, madame la marquise, il vous sera très-facile de la faire sortir de prison du jour au lendemain; cela dépend absolument de la volonté de M. le préfet de police... La recommandation d'une personne considérable serait décisive auprès de lui. Mais me voici bien loin, madame, de l'observation que j'avais faite sur le sommeil de la Goualeuse. Et à ce propos je dois vous avouer que je ne serais pas étonnée qu'au sentiment profondément douloureux de sa première abjection se joignît un autre chagrin... non moins cruel.

— Que voulez-vous dire, madame?

—Peut-être me trompé-je... mais je ne serais pas étonnée que cette jeune
fille, sortie par je ne sais quel évènement de la dégradation où elle était d'a-
bord plongée, eût éprouvé... éprouvât peut-être un amour honnête... qui fût à
la fois son bonheur et son tourment...

—Et pour quelles raisons croyez-vous cela?

—Le silence obstiné qu'elle garde sur l'endroit où elle a passé les trois mois
qui ont suivi son départ de la Cité me donne à penser qu'elle craint de se
faire réclamer par les personnes chez qui peut-être elle avait trouvé un refuge.

—Et pourquoi cette crainte?

—Parce qu'il lui faudrait avouer un passé qu'on ignore sans doute.

—En effet, ses vêtements de paysanne.

—Puis une dernière circonstance est venue renforcer mes soupçons. Hier
au soir, en allant faire mon inspection dans le dortoir, je me suis approchée du
lit de la Goualeuse; elle dormait profondément; au contraire de ses compagnes, sa figure était calme et sereine; ses longs cheveux blonds, à demi déta-
chés sous sa cornette, tombaient en profusion sur son col et sur ses épaules.
Elle tenait ses deux petites mains jointes et croisées sur son sein, comme si
elle se fût endormie en priant. Je contemplais depuis quelques moments avec
attendrissement cette angélique figure, lorsqu'à voix basse, et avec un accent
à la fois respectueux, triste et passionné... elle prononça un nom...

—Et ce nom?

Après un moment de silence, madame Armand reprit gravement :

— Bien que je considère comme sacré ce que l'on peut surprendre pendant le sommeil, vous vous intéressez si généreusement à cette infortunée, madame, que je puis vous confier ce secret... Ce nom était *Rodolphe*.

— Rodolphe! — s'écria madame d'Harville en songeant au prince. Puis, réfléchissant qu'après tout son altesse le grand-duc de Gérolstein ne pouvait avoir aucun rapport avec le *Rodolphe* de la pauvre Goualeuse, elle dit à l'inspectrice, qui semblait étonnée de son exclamation :

— Ce nom m'a surprise, madame, car, par un hasard singulier, un de mes parents le porte aussi ; mais tout ce que vous m'apprenez de la Goualeuse m'intéresse de plus en plus... Ne pourrai-je pas la voir aujourd'hui?... tout à l'heure?...

— Si, madame ; je vais, si vous le désirez, la chercher... Je pourrai m'informer aussi de Louise Morel, qui est dans l'autre quartier de la prison.

Je vous en serai très-obligée, madame — répondit madame d'Harville, qui resta seule.

— C'est singulier — dit elle — je ne puis me rendre compte de l'impression étrange que m'a causée ce nom de Rodolphe... En vérité, je suis folle! entre *lui* et une créature pareille quels rapports peuvent exister? — Puis, après un moment de silence, la marquise ajouta : — Il avait raison! combien tout cela m'intéresse!... l'esprit, le cœur s'agrandissent lorsqu'on les applique à de si nobles occupations!... Ainsi qu'il le dit, il semble que l'on participe un peu au pouvoir de la Providence en secourant ceux qui méritent... Et puis, ces excursions dans un monde que nous ne soupçonnons même pas si attachantes... si *amusantes*, comme *il* se plaît à le dire! Quel roman me donnerait ces émotions touchantes, exciterait à ce point ma curiosité?... Cette pauvre Goualeuse, par exemple, d'après ce qu'on vient de me dire, m'inspire une pitié profonde. Je me laisse aveuglément aller à cette commisération, car la surveillante a trop d'expérience pour se tromper à l'égard de notre protégée. Et cette autre infortunée... la fille de l'artisan... que le prince a si généreusement secourue en mon nom!... Pauvres gens! leur misère affreuse lui a servi de prétexte pour me sauver... J'ai échappé à la honte, à la mort peut-être... par un mensonge hypocrite. Cette tromperie me pèse, mais je l'expierai à force de bienfaisance... cela me sera si facile!... Il est si doux de suivre les nobles conseils de Rodolphe!... c'est encore l'aimer que de lui obéir!... Oh! je le sens avec ivresse... son souffle seul anime et féconde la nouvelle vie qu'il m'a créée pour la consolation de ceux qui souffrent... j'éprouve une adorable jouissance à n'agir que par lui, à n'avoir d'autres idées que les siennes... car je l'aime... oh! oui, je l'aime! et toujours il ignorera cette éternelle passion de ma vie...

.   .   .   .

Pendant que madame d'Harville attend la Goualeuse, nous conduirons le lecteur au milieu des détenues.

CHAPITRE XVI.

MONT-SAINT-JEAN.

Deux heures sonnaient à l'horloge de la prison de Saint-Lazare.

Au froid qui régnait depuis quelques jours avait succédé une température douce, tiède, presque printanière; les rayons du soleil se reflétaient dans l'eau d'un grand bassin carré, à margelles de pierre, situé au milieu d'une cour plantée d'arbres et entourée de hautes murailles noirâtres, percées de nombreuses fenêtres grillées; des bancs de bois étaient scellés çà et là dans cette vaste enceinte pavée, qui servait de promenade aux détenues. Le tintement d'une cloche annonçant l'heure de la récréation, les prisonnières débouchèrent en tumulte par une porte épaisse et guichetée qu'on leur ouvrit. Ces femmes, uniformément vêtues, portaient des cornettes noires et de longs sarraux d'étoffe de laine bleue, serrés par une ceinture à boucle de fer. Elles étaient là deux cents prostituées, condamnées pour contraventions aux ordonnances particulières qui les régissent et les mettent en dehors de la loi commune. Au premier abord, leur aspect n'avait rien de particulier; mais en les observant plus attentivement, on reconnaissait sur presque toutes ces physionomies les stigmates presque ineffaçables du vice, et surtout de l'abrutissement qu'engendrent l'ignorance et la misère. A l'aspect de ces rassemblements de créatures perdues, on ne peut s'empêcher de songer avec tristesse que beaucoup d'entre elles ont été pures et honnêtes au moins pendant quelque temps. Nous faisons cette restriction, parce qu'un grand nombre ont été viciées, corrompues, dépravées, non pas seulement dès leur jeunesse, mais dès leur plus *tendre enfance*... mais dès leur *naissance*, si cela se peut dire, ainsi qu'on le verra plus tard...

On se demande donc avec une curiosité douloureuse quel enchaînement de causes fatales a pu amener là celles de ces misérables qui ont connu la pudeur et la chasteté.

Tant de pentes diverses inclinent à cet égout!...

C'est rarement la passion de la débauche pour la débauche, mais le délaissement, mais le mauvais exemple, mais l'éducation perverse, mais surtout la faim, qui conduisent tant de malheureuses à l'infamie, car les classes pauvres payent seules à la *civilisation* cet impôt de l'âme et du corps.

. . . .

Lorsque les détenues se précipitèrent en courant et en criant dans le préau, il était facile de voir que la seule joie de sortir de leurs ateliers ne les rendait pas si bruyantes. Après avoir fait irruption par l'unique porte qui conduisait à la cour, cette foule s'écarta et fit cercle autour d'un être informe, qu'on accablait de huées. C'était une petite femme de trente-six à quarante ans, courte, ramassée, contrefaite, ayant le cou enfoncé entre des épaules inégales. On lui avait arraché sa cornette, et ses cheveux, d'un blond ou plutôt d'un jaune blafard, hérissés, emmêlés, nuancés de gris, retombaient sur son front bas et stupide. Elle était vêtue d'un sarrau bleu comme les autres prisonnières, et portait sous son bras droit un petit paquet enveloppé d'un mauvais mouchoir à carreaux, troué. Elle tâchait avec son coude gauche de parer les coups qu'on lui portait. Rien de plus tristement grotesque que les traits de cette malheureuse : c'était une ridicule et hideuse figure, allongée en museau, ridée, tannée, sordide, d'une couleur terreuse, percée de deux narines et de deux petits yeux rouges, bridés, éraillés. Tour à tour colère ou suppliante, elle grondait, elle implorait : mais on riait encore plus de ses plaintes que de ses menaces.

Cette femme était le jouet des détenues. Une chose aurait dû pourtant la garantir de ces mauvais traitements... elle était grosse. Mais sa laideur, son imbécillité, et l'habitude qu'on avait de la regarder comme une victime vouée à l'amusement général, rendaient ses persécutrices implacables, malgré leur respect ordinaire pour la maternité.

Parmi les ennemies les plus acharnées de *Mont-Saint-Jean* (c'était le nom du souffre-douleur), on remarquait la Louve.

La Louve était une grande fille de vingt ans, leste, virilement découplée, et d'une figure assez régulière ; ses rudes cheveux noirs se nuançaient de reflets roux ; l'ardeur du sang couperosait son teint ; un duvet brun ombrageait ses lèvres charnues ; ses sourcils châtains, épais et drus se rejoignaient entre eux, au-dessus de ses grands yeux fauves. Quelque chose de violent, de farouche, de bestial, dans l'expression de la physionomie de cette femme : une sorte de rictus habituel, qui, retroussant surtout sa lèvre supérieure lors de ses accès de colère, laissait voir ses dents blanches et écartées, expliquait son surnom de *la Louve*.

Néanmoins, on lisait sur ce visage plus d'audace et d'insolence que de cruauté; en un mot, on comprenait que, plutôt viciée que foncièrement mauvaise, cette femme fût encore susceptible de quelques bons mouvements, ainsi que l'inspectrice venait de le raconter à madame d'Harville.

— Mon Dieu! mon Dieu! qu'est-ce que je vous ai donc fait? — criait Mont-Saint-Jean en se débattant au milieu de ses compagnes. — Pourquoi vous acharnez-vous après moi?...

— Parce que ça nous amuse.

— Parce que tu n'es bonne qu'à être tourmentée...

— C'est ton état.

— Regarde-toi... tu verras que tu n'as pas le droit de te plaindre...

— Mais vous savez bien que je ne me plains qu'à la fin... je souffre tant que je peux...

— Eh bien, nous te laisserons tranquille si tu nous dis pourquoi tu t'appelles Mont-Saint-Jean.

— Oui, oui, raconte-nous ça.

— Eh! je vous l'ai dit cent fois; c'est un ancien soldat que j'ai aimé dans les temps, et qu'on appelait ainsi parce qu'il avait été blessé à la bataille de Mont-Saint-Jean... J'ai gardé son nom, là... Maintenant êtes-vous contentes? quand vous me ferez répéter toujours la même chose!

— S'il te ressemblait, il était frais, ton soldat!

. — Ça devait être un invalide...

— Un restant d'homme...

— Combien avait-il d'œils de verre?

— Et de nez de fer-blanc?

— Il fallait qu'il ait les deux jambes et les deux bras de moins, avec ça sourd et aveugle... pour vouloir de toi...

— Je suis laide, un vrai monstre... je le sais bien, allez. Dites-moi des sottises, moquez-vous de moi tant que vous voudrez... ça m'est égal; mais ne me battez pas, je ne vous demande que ça.

— Qu'est-ce que tu as dans ce vieux mouchoir? — dit la Louve.

— Oui!... oui!... qu'est-ce qu'elle a là?

— Qu'elle nous le montre!

— Voyons! voyons!

— Oh! non, je vous en supplie!... — s'écria la misérable en serrant de toutes ses forces son petit paquet entre ses mains.

— Il faut lui prendre...

— Oui, arrache-lui... la Louve!

— Mon Dieu! faut-il que vous soyez méchantes, allez!... Mais laissez donc ça... laissez donc ça...

— Qu'est-ce que c'est?

— Eh bien! c'est un commencement de layette pour mon enfant... je fais ça avec les vieux morceaux de linge dont personne ne veut et que je ramasse; ça vous est égal, n'est-ce pas?

— Oh! la layette du petit à Mont-Saint-Jean! C'est ça qui doit être farce!

— Voyons!!

— La layette!... la layette!

— Elle aura pris mesure sur le petit chien de la gardienne... bien sûr...

— A vous, à vous la layette! — cria la Louve en arrachant le paquet des mains de Mont-Saint-Jean.

Le mouchoir presque en lambeaux se déchira; bon nombre de rognures d'étoffes de toutes couleurs et de vieux morceaux de linge à demi façonnés voltigèrent dans la cour et furent foulés aux pieds par les prisonnières, qui redoublèrent de huées et d'éclats de rire.

— Que ça de guenilles!

— On dirait le fond de la hotte d'un chiffonnier!

— En voilà des échantillons de vieilles loques!

— Quelle boutique!...

— Et pour coudre tout ça...

— Il y aura plus de fil que d'étoffe...

— Ça fera des broderies!

— Tiens, rattrape-les maintenant, tes haillons... Mont-Saint-Jean!

— Faut-il être méchant, mon Dieu! faut-il être méchant! — s'écriait la pauvre créature en courant çà et là après les chiffons qu'elle tâchait de ramasser, malgré les bourrades qu'on lui donnait. — Je n'ai jamais fait de mal à personne — ajouta-t-elle en pleurant — je leur ai offert, pour qu'elles me laissent tranquille, de leur rendre tous les services qu'elles voudraient, de leur donner la moitié de ma ration, quoique j'aie bien faim; eh bien! non, non, c'est tout de même... Mais qu'est-ce qu'il faut donc que je fasse pour avoir la paix?... Elles n'ont pas seulement pitié d'une pauvre femme enceinte! Faut être plus sauvage que des bêtes!... J'avais eu tant de peine à ramasser ces petits bouts de linge! Avec quoi voulez-vous que je fasse la layette de mon enfant, puisque je n'ai de quoi rien acheter? A qui ça fait-il du tort de ramasser ce que personne ne veut plus, puisqu'on le jette?... — Mais tout à coup Mont-Saint-Jean s'écria avec un accent d'espoir : — Oh! puisque vous voilà... la Goualeuse... je suis sauvée... parlez-leur pour moi... elles vous écouteront, bien sûr, puisqu'elles vous aiment autant qu'elles me haïssent.

La Goualeuse, arrivant la dernière des détenues, entrait alors dans le préau.

Fleur-de-Marie portait le sarrau bleu et la cornette noire des prisonnières; mais, sous ce grossier costume, elle était encore charmante. Pourtant, depuis son enlèvement de la ferme de Bouqueval (enlèvement dont nous expliquerons plus tard l'issue), ses traits semblaient profondément altérés ; sa pâleur, autrefois légèrement rosée, était mate comme la blancheur de l'albâtre ; l'expression de sa physionomie avait aussi changé ; elle était alors empreinte d'une sorte de dignité triste. Fleur-de-Marie sentait qu'accepter courageusement les douloureux sacrifices de l'expiation, c'est presque atteindre à la hauteur de la réhabilitation.

— Demandez-leur donc grâce pour moi, la Goualeuse — reprit Mont-Saint-Jean implorant la jeune fille ; — voyez comme elles traînent dans la cour tout ce que j'avais rassemblé avec tant de peine pour commencer la layette de mon enfant... Quel beau plaisir ça peut-il leur faire ?

Fleur-de-Marie ne dit mot, mais elle se mit à ramasser activement un à un, sous les pieds des détenues, tous les chiffons qu'elle put recueillir... Une prisonnière retenait méchamment sous son sabot une sorte de brassière de grosse toile bise ; Fleur-de-Marie, toujours baissée, leva sur cette femme son regard enchanteur et lui dit de sa voix douce :

— Je vous en prie, laissez-moi reprendre cela, au nom de cette pauvre femme qui pleure...

La détenue recula son pied...

La brassière fut sauvée ainsi que presque tous les autres haillons, que la Goualeuse *conquit* ainsi pièce à pièce. Il lui restait à récupérer un petit bonnet d'enfant que deux détenues se disputaient en riant. Fleur-de-Marie leur dit :

— Voyons, soyez tout à fait bonnes... rendez-lui ce petit bonnet...

— Ah ! bien oui... c'est donc pour un arlequin au maillot, ce bonnet ! il est fait d'un morceau d'étoffe grise, avec des pointes en futaine vertes et noires, et une doublure de toile à matelas.

Cela était exact... Cette description du bonnet fut accueillie avec des huées et des rires sans fin.

— Moquez-vous-en, mais rendez-le-moi — disait Mont-Saint-Jean — et surtout ne le traînez pas dans le ruisseau comme le reste... Pardon de vous avoir fait ainsi salir les mains pour moi, la Goualeuse — ajouta Mont-Saint-Jean d'une voix reconnaissante.

— A moi le bonnet d'arlequin ! — dit la Louve, qui s'en empara et l'agita en l'air comme un trophée.

— Je vous supplie, donnez-le-moi — dit la Goualeuse.

— Non ! c'est pour rendre à Mont-Saint-Jean !

— Certainement !

— Ah ! bah ! ça en vaut bien la peine... une pareille guenille !

— C'est parce que Mont-Saint-Jean, pour habiller son enfant, n'a que des guenilles... que vous devriez avoir pitié d'elle, la Louve — dit tristement Fleur-de-Marie en étendant la main vers le bonnet.

— Vous ne l'aurez pas ! — reprit brutalement la Louve ; — ne faudrait-il pas toujours vous céder, à vous, parce que vous êtes la plus faible ?... Vous abusez de cela, à la fin !...

Où serait le mérite de me céder... si j'étais la plus forte!... — répondit la Goualeuse avec un demi-sourire plein de grâce.

— Non, non... vous voulez encore m'entortiller avec votre petite voix douce... vous ne l'aurez pas !

— Voyons, la Louve... ne soyez pas méchante...

— Laissez-moi tranquille, vous m'ennuyez...

— Je vous en prie!...

— Non.

— Je vous en prie!

— Tiens! ne m'impatiente pas... J'ai dit non, c'est non — s'écria la Louve tout à fait irritée.

— Ayez donc pitié d'elle... voyez comme elle pleure!

— Qu'est-ce que ça me fait à moi!... Tant pis pour elle!... elle est notre souffre-douleur...

— C'est vrai... c'est vrai... il ne fallait pas lui rendre ses loques — murmuraient les détenues, entraînées par l'exemple de la Louve. — Tant pis pour Mont-Saint-Jean !

— Vous avez raison, tant pis pour elle! — dit Fleur-de-Marie avec amertume — elle est votre souffre-douleur... elle doit se résigner. Ses gémissements vous amusent... ses larmes vous font rire.. il vous faut bien passer le temps à quelque chose!... On la tuerait sur place, qu'elle n'aurait rien à dire... Vous avez raison, la Louve... cela est juste!... Cette pauvre femme ne fait de mal à personne, elle ne peut pas se défendre, elle est seule contre toutes... vous l'accablez... cela est surtout bien brave et bien généreux !

— Nous sommes donc des lâches ! — s'écria la Louve emportée par la violence de son caractère et par son impatience de toute contradiction. — Répondras-tu ?... Sommes-nous des lâches, hein?... — reprit-elle de plus en plus irritée.

Des rumeurs menaçantes pour la Goualeuse commencèrent à se faire entendre. Les détenues offensées se rapprochèrent et l'entourèrent en vociférant, oubliant ou plutôt se révoltant contre l'ascendant que la jeune fille avait jusqu'alors pris sur elles.

— Elle nous appelle lâches !

— De quel droit vient-elle nous blâmer?

— Est-ce qu'elle est plus que nous?

— Nous avons été trop bonnes enfants pour elle.

— Et maintenant elle veut prendre des *airs*... avec nous.

— Si ça nous plaît de faire la misère à Mont-Saint-Jean, qu'est-ce qu'elle a à dire?

— Puisque c'est comme ça, tu seras encore plus battue qu'auparavant, entends-tu, Mont-Saint-Jean!

— Tiens, voilà pour commencer!... — dit l'une en lui donnant un coup de poing.

—Et si tu te mêles encore de ce qui ne te regarde pas, la Goualeuse, on te traitera de même.

— Oui... oui !

— Ça n'est pas tout ! — cria la Louve — il faut que la Goualeuse nous demande pardon de nous avoir appelées lâches ! C'est vrai... si on la laissait faire elle finirait par nous manger la laine sur le dos... Nous sommes bien bêtes, aussi... de ne pas nous apercevoir de ça !

—Qu'elle nous demande pardon !

- -A genoux !

—-A deux genoux !

—Ou nous allons la traiter comme Mont-Saint Jean, sa protégée.

- A genoux ! à genoux !

— Ah ! nous sommes des lâches ?

— Répète-le donc, hein !

Fleur-de-Marie ne s'émut pas de ces cris furieux ; elle laissa passer la tourmente ; puis, lorsqu'elle put se faire entendre, promenant sur les prisonnières son beau regard calme et mélancolique, elle répondit à la Louve, qui vociférait de nouveau : — Ose donc répéter que nous sommes des lâches !

—Vous ? Non, non... c'est cette pauvre femme dont vous avez déchiré les vêtements, que vous avez battue, traînée dans la boue : c'est elle qui est lâche... Ne voyez-vous pas comme elle pleure, comme elle tremble en vous regardant ? Encore une fois, c'est elle qui est lâche... puisqu'elle a peur de vous !

L'instinct de Fleur-de-Marie la servait parfaitement. Elle eût invoqué la justice, le devoir, pour désarmer l'acharnement stupide et brutal des prisonnières contre Mont-Saint-Jean, qu'elle n'eût pas été écoutée. Elle les émut en s'adressant à ce sentiment de générosité naturelle qui jamais ne s'éteint tout à fait, même dans les masses les plus corrompues. La Louve et ses compagnes murmurèrent encore, mais elles se sentaient, elles s'avouaient lâches.

Fleur-de-Marie ne voulut pas abuser de ce premier triomphe, et continua :

—Votre souffre-douleur ne mérite pas de pitié, dites-vous ; mais, mon Dieu ! son enfant en mérite, lui ! Hélas ! ne ressent-il pas les coups que vous donnez à sa mère ? Quand elle vous crie grâce, ce n'est pas pour elle .. c'est pour son enfant ! Quand elle vous demande un peu de votre pain, si vous en avez de trop, parce qu'elle a plus faim que d'habitude, ce n'est pas pour elle... c'est pour son enfant ! Quand elle vous supplie, les larmes aux yeux, d'épargner ses haillons qu'elle a eu tant de peine à rassembler, ce n'est pas pour elle... c'est pour son enfant ! Ce pauvre petit bonnet de pièces et de morceaux doublé de toile à matelas, dont vous vous moquez tant, est bien risible... peut-être : pourtant, rien qu'à le voir, il me donne envie de pleurer, je vous l'avoue... Moquez-vous de moi et de Mont-Saint-Jean si vous voulez.

Les détenues ne rirent pas.

La Louve regarda même tristement ce petit bonnet qu'elle tenait encore à la main.

Église de la paroisse de St-Lazare

— Mon Dieu — reprit Fleur-de-Marie en essuyant ses yeux du revers de sa main blanche et délicate — je sais que vous n'êtes pas méchantes... Vous tourmentez Mont-Saint-Jean par désœuvrement, non par cruauté... Mais vous oubliez qu'ils sont deux... elle et son enfant... Elle le tiendrait entre ses bras, qu'il la protégerait contre vous... Non-seulement vous ne la battriez pas, de peur de faire du mal à ce pauvre innocent... mais, s'il avait froid, vous donneriez à sa mère tout ce que vous pourriez pour le couvrir, n'est-ce pas, la Louve?

— C'est vrai... un enfant, qui est-ce qui n'en aurait pas pitié?...

— C'est tout simple, ça.

— S'il avait faim, vous vous ôteriez le pain de la bouche pour lui, n'est-ce pas, la Louve?

— Oui, et de bon cœur... je ne suis pas plus méchante qu'une autre.

— Ni nous non plus.

— Un pauvre petit innocent!

— Qu'est-ce qui aurait le cœur de vouloir lui faire mal?

— Faudrait être des monstres!

— Des sans-cœur!

— Des bêtes sauvages!

— Je vous le disais bien — reprit Fleur-de-Marie — que vous n'étiez pas méchantes; vous êtes bonnes, votre tort c'est de ne pas réfléchir que Mont-Saint-Jean, au lieu d'avoir son enfant dans ses bras pour vous apitoyer... l'a dans son sein... Voilà tout.

— Voilà tout? — reprit la Louve avec exaltation — non, ça n'est pas tout. Vous avez raison, la Goualeuse, nous étions des lâches... et vous êtes brave d'avoir osé nous le dire... et vous êtes brave de n'avoir pas tremblé après nous l'avoir dit. Voyez-vous... nous avons beau dire et beau faire, nous débattre contre ça, que *vous n'êtes pas une créature comme nous autres*... faut toujours finir par en convenir... Ça me vexe... mais ça est. Tout à l'heure encore nous avons eu tort... vous étiez plus courageuse que nous...

— C'est vrai qu'il lui a fallu du courage, à cette blondinette, pour nous dire comme ça nos vérités en face...

— Oh! mais, c'est que ces yeux bleus tout doux, tout doux, une fois que ça s'y met...

— Ça devient de vrais petits lions.

— Pauvre Mont-Saint-Jean! elle lui doit une fière chandelle!

— Après tout, c'est que c'est vrai... quand nous battons Mont-Saint-Jean, nous battons son enfant.

— Je n'avais pas pensé à cela

— Ni moi non plus.

— Mais la Goualeuse, elle, pense à tout.

— Et battre un enfant... c'est affreux!.

— Pas une de nous n'en serait capable.

Rien de plus mobile que les passions populaires; rien de plus brusque, de

plus rapide que leurs retours du mal au bien et du bien au mal. Quelques simples et touchantes paroles de Fleur-de-Marie avaient opéré une réaction subite
en faveur de Mont-Saint-Jean, qui pleurait d'attendrissement. Tous les cœurs

étaient émus, parce que, nous l'avons dit, les sentiments qui se rattachent à
la maternité sont toujours vifs et puissants chez les malheureuses dont nous
parlons. Tout à coup la Louve, violente et exaltée en toute chose, prit le petit
bonnet qu'elle tenait à la main, en fit une sorte de bourse, fouilla dans sa poche,
en tira vingt sous, les jeta dans le bonnet, et s'écria en le présentant à ses compagnes :

— Je mets vingt sous pour acheter de quoi faire une layette au petit de
Mont-Saint-Jean. Nous taillerons et nous coudrons tout nous-mêmes, afin que
la façon ne lui coûte rien ..

— Oui!... oui!...

— C'est ça!... cotisons-nous!...

— J'en suis!

— Fameuse idée !

— Pauvre femme !

— Elle est laide comme un monstre... mais elle est mère comme une autre !

— La Goualeuse avait raison ; au fait, c'est à pleurer toutes les larmes de son corps que de voir cette malheureuse layette de haillons.

— Je mets dix sous.

— Moi trente.

— Moi vingt.

— Moi quatre sous... je n'ai que ça.

— Moi je n'ai rien... mais je vends ma ration de demain pour mettre à la masse... Qui me l'achète ?

— Moi — dit la Louve — je mets dix sous pour toi... mais tu garderas ta ration, et Mont-Saint-Jean aura une layette comme une princesse.

Exprimer la surprise, la joie de Mont-Saint-Jean serait impossible ; son grotesque et laid visage, inondé de larmes, devenait presque touchant. Le bonheur, la reconnaissance y rayonnaient.

Fleur-de-Marie aussi était bien heureuse, quoiqu'elle eût été obligée de dire à la Louve, quand celle-ci lui tendit le petit bonnet.

— Je n'ai pas d'argent... mais je travaillerai tant qu'on voudra...

— Oh ! mon bon petit ange du paradis — s'écria Mont-Saint-Jean en tombant aux genoux de la Goualeuse, et en tâchant de lui prendre la main pour la baiser ; — qu'est-ce que je vous ai donc fait pour que vous soyez aussi charitable pour moi... et toutes ces *dames* aussi ! C'est-il bien possible, mon bon Dieu sauveur !... une layette pour mon enfant, une bonne layette, une vraie layette... tout ce qu'il lui faudra ! Qui aurait jamais cru cela pourtant... j'en deviendrai folle, c'est sûr... Moi qui tout à l'heure étais le *pâtiras* de tout le monde... En un rien de temps... parce que vous leur avez dit quelque chose... de votre chère petite voix de séraphin... voilà que vous les retournez de mal à bien... voilà qu'elles m'aiment à cette heure. Et moi... aussi je les aime... Elles sont si bonnes !... j'avais tort de me fâcher... Étais-je donc bête : et injuste... et ingrate !... tout ce qu'elles me faisaient... c'était pour rire... elles ne me voulaient pas de mal... c'était pour mon bien... en voilà bien la preuve. Oh ! maintenant on m'assommerait... sur la place, que je ne dirais pas ouf... J'étais par trop susceptible aussi !...

— Nous avons quatre-vingt-huit francs et sept sous — dit la Louve en finissant de compter le montant de la collecte qu'elle enveloppa dans le petit bonnet... — Qui est-ce qui sera la trésorière jusqu'à ce qu'on ait employé l'argent ? Faut pas le donner à Mont-Saint-Jean ; elle est trop sotte.

— Que la Goualeuse garde l'argent ! — cria-t-on tout d'une voix.

— Si vous m'en croyez — dit Fleur-de-Marie — vous prierez l'inspectrice, madame Armand, de se charger de cette somme et de faire les emplettes nécessaires à la layette ; et puis, qui sait ! madame Armand sera sensible à la bonne action que vous avez faite... et peut-être demandera-t-elle qu'on ôte

quelques jours de prison à celles qui sont bien notées... Eh bien ! la Louve —
ajouta Fleur-de-Marie en prenant sa compagne par le bras — est-ce que vous
ne vous sentez pas plus contente que tout à l'heure... quand vous jetiez au
vent les pauvres haillons de Mont-Saint-Jean ?

La Louve ne répondit pas d'abord.

A l'exaltation généreuse qui avait un moment animé ses traits succédait
une sorte de défiance farouche.

Fleur-de-Marie la regardait avec surprise, ne comprenant rien à ce changement subit.

— La Goualeuse... venez... j'ai à vous parler... — dit la Louve d'un air
sombre.

Et, se détachant du groupe des détenues, elle emmena brusquement
Fleur-de-Marie près du bassin à margelle de pierre creusé au milieu du préau.
Un banc était tout près.

La Louve et la Goualeuse s'y assirent, et se trouvèrent ainsi presque isolées
de leurs compagnes.

CHAPITRE XVII.

LA LOUVE ET LA GOUALEUSE.

Nous croyons fermement à l'influence de certains caractères dominateurs, assez sympathiques aux masses, assez puissants sur elles pour leur imposer le bien ou le mal. Les uns, audacieux, emportés, indomptables, s'adressant aux mauvaises passions, les soulèveront comme l'ouragan soulève l'écume de la mer ; mais, ainsi que tous les orages, ces orages seront aussi furieux qu'éphémères ; à ces funestes effervescences succéderont de sourds ressentiments de tristesse, de malaise, qui empireront les plus misérables conditions. Le déboire d'une violence est toujours amer, le réveil d'un excès toujours pénible.

La Louve, si l'on veut, personnifiera cette influence funeste.

D'autres organisations, plus rares, parce qu'il faut que leurs généreux instincts soient fécondés par l'intelligence, et que chez elles l'esprit soit au niveau du cœur ; d'autres, disons-nous, inspireront le bien, ainsi que les premiers inspirent le mal. Leur action salutaire pénétrera doucement les âmes, comme les tièdes rayons du soleil pénètrent les corps d'une chaleur vivifiante... comme la fraîche rosée d'une nuit d'été imbibe la terre aride et brûlante.

Fleur-de-Marie, si l'on veut, personnifiera cette influence bienfaisante.

La réaction en bien n'est pas brusque comme la réaction en mal ; ses effets se prolongent davantage. C'est quelque chose d'onctueux, d'ineffable, qui peu à peu détend, calme, épanouit les cœurs les plus endurcis, et leur fait goûter une sensation d'une inexprimable sérénité. Malheureusement le charme cesse...

Après avoir entrevu de célestes clartés, les gens pervers retombent dans les ténèbres de leur vie habituelle ; le souvenir des suaves émotions qui les ont un moment surpris s'efface peu à peu... Parfois pourtant ils cherchent vaguement à se les rappeler, de même que nous essayons de murmurer les chants dont notre heureuse enfance a été bercée.

Grâce à la bonne action qu'elle leur avait inspirée, les compagnes de la Goualeuse venaient de connaître la douceur passagère de ces ressentiments, aussi partagés par la Louve... Mais celle-ci, pour des raisons que nous dirons bientôt, devait rester moins long-temps que les autres prisonnières sous cette bienfaisante impression. Si l'on s'étonne d'entendre et de voir Fleur-de-Marie, naguère si passivement, si douloureusement résignée, agir, parler avec courage et autorité, c'est que les nobles enseignements qu'elle avait reçus pendant son séjour à la ferme de Bouqueval avaient rapidement développé les rares qualités de cette nature excellente. Fleur-de-Marie comprenait qu'il ne suffisait pas de pleurer un passé irréparable, et qu'on ne se réhabilite qu'en faisant le bien ou en l'inspirant.

. . . .

Nous l'avons dit, la Louve s'était assise sur un banc de bois à côté de la Goualeuse. Le rapprochement de ces deux jeunes filles offrait un singulier contraste.

Les pâles rayons d'un soleil d'hiver les éclairaient ; le ciel pur se pommelait çà et là de petites nuées blanches et floconneuses ; quelques oiseaux, égayés par là tiédeur de la température, gazouillaient dans les branches noires des grands marronniers de la cour ; deux ou trois moineaux, plus effrontés que les autres, venaient boire et se baigner dans un petit ruisseau où s'écoulait le trop-plein du bassin ; des mousses vertes veloutaient les revêtements de pierre des margelles ; entre leurs assises disjointes poussaient çà et là quelques touffes d'herbe et de plantes pariétaires épargnées par la gelée. Cette description d'un bassin de prison semblera puérile, mais Fleur-de-Marie ne perdait pas un de ces détails ; les yeux tristement fixés sur ce petit coin de verdure et sur cette eau limpide, où se réfléchissait la blancheur mobile des nuées courant sur l'azur du ciel... où se brisaient avec un miroitement lumineux les rayons d'or d'un beau soleil... elle songeait en soupirant aux magnificences de la nature qu'elle aimait, qu'elle admirait si poétiquement, et dont elle était encore privée.

—Que vouliez-vous me dire ?—demanda la Goualeuse à sa compagne, qui, assise auprès d'elle, restait sombre et silencieuse.

—Il faut que nous ayons une explication — s'écria durement la Louve ;— ça ne peut pas durer ainsi.

—Je ne vous comprends pas... la Louve.

— Tout à l'heure, dans la cour, à propos de Mont-Saint-Jean, je m'étais dit : Je ne veux plus céder à la Goualeuse... et pourtant je viens encore de vous céder...

— Mais...

... Mais je vous dis que ça ne peut pas durer...

— Qu'avez-vous contre moi, la Louve ?

— J'ai... que je ne suis plus la même depuis votre arrivée ici... non... je n'ai plus ni cœur, ni force, ni hardiesse...

Puis, s'interrompant, la Louve releva tout à coup la manche de sa robe, et montrant à la Goualeuse son bras blanc, nerveux et couvert d'un duvet noir, elle lui fit remarquer, sur la partie antérieure de ce bras, un tatouage indélébile représentant un poignard bleu à demi enfoncé dans un cœur rouge ; au-dessous de cet emblème on lisait ces mots :

Mort aux lâches !
Martial.
P. L. V. (pour la vie).

— Voyez-vous cela ? — s'écria la Louve.

— Oui... cela est sinistre et me fait peur — dit la Goualeuse en détournant la vue.

— Quand Martial, mon amant, m'a écrit, avec une aiguille rougie au feu, ces mots sur le bras : *Mort aux lâches !* il me croyait brave ; s'il savait ma conduite depuis trois jours, il me planterait son couteau dans le corps comme ce poignard est planté dans ce cœur... et il aurait raison, car il a écrit là... *Mort aux lâches !* et je suis lâche.

— Qu'avez-vous fait de lâche ?

— Tout...

— Regrettez-vous votre bonne pensée de tout à l'heure ?

— Oui.

— Ah ! je ne vous crois pas...

— Je vous dis que je la regrette, moi, car c'est encore une preuve de ce que vous pouvez sur toutes. Est-ce que vous n'avez pas entendu Mont-Saint-Jean, quand elle était à genoux... à vous remercier ?...

— Qu'a-t-elle dit ?...

— Elle a dit, en parlant de nous, que d'*un rien vous nous tourniez de mal à bien*. Je l'aurais étranglée quand elle a dit ça..... car, pour notre honte..... c'était vrai. Oui, en un rien de temps, vous nous changez du blanc au noir. on vous écoute, on se laisse aller à ses premiers mouvements... et on est votre dupe comme tout à l'heure...

— Ma dupe... pour avoir secouru généreusement cette pauvre femme ?

— Il ne s'agit pas de tout ça — s'écria la Louve avec colère — je n'ai jusqu'ici courbé la tête devant personne... La Louve est mon nom, et je suis bien nommée... plus d'une femme porte mes marques... plus d'un homme aussi... et il ne sera pas dit qu'une petite fille comme vous me mettra sous ses pieds...

— Moi !... et comment !

— Est-ce que je le sais, comment !... Vous arrivez ici... vous commencez d'abord par m'offenser...

— Vous offenser !...

— Oui... vous demandez qui veut votre pain... la première, je réponds : *Moi !...* Mont-Saint-Jean ne vous le demande qu'ensuite... et vous lui donnez la préférence... Furieuse de cela, je m'élance sur vous, mon couteau levé ..

— Et je vous dis : Tuez-moi si vous voulez... mais ne me faites pas trop souffrir... — reprit la Goualeuse... — voilà tout.

— Voilà tout !... oui, voilà tout !... et pourtant ces seuls mots-là m'ont fait tomber mon couteau des mains... m'ont fait vous demander pardon... à vous qui m'aviez offensée... Est-ce que c'est naturel !... Tenez, quand je reviens dans mon bon sens, je me fais pitié à moi-même... Et le soir de votre arrivée ici, lorsque vous vous êtes mise à genoux pour votre prière, pourquoi, au lieu de me moquer de vous et d'ameuter tout le dortoir, pourquoi ai-je dit : Faut la laisser tranquille... Elle prie, c'est qu'elle en a le droit... Et le lendemain, pourquoi, moi et les autres, avons-nous eu honte de nous habiller devant vous ?

— Je ne le sais pas... la Louve.

— Vraiment ! — reprit cette violente créature avec ironie ; — vous ne le savez pas ! C'est sans doute, comme nous vous l'avons dit quelquefois en plaisantant, que vous êtes d'une autre espèce que nous. Vous croyez peut-être cela ?

— Je ne vous ai jamais dit que je le croyais.

— Non, vous ne le dites pas... mais vous faites tout comme

— Je vous en prie, écoutez-moi...

— Non, ça m'a été trop mauvais de vous écouter... de vous regarder. Jusqu'ici je n'avais jamais envié personne. Eh bien ! deux ou trois fois je me suis surprise... faut-il être bête et lâche !... je me suis surprise à envier votre figure de Sainte-Vierge, votre air doux et triste... Oui, j'ai envié jusqu'à vos cheveux blonds et à vos yeux bleus, moi qui ai toujours détesté les blondes, vu que je suis brune... Vouloir vous ressembler... moi, la Louve !... moi !... Il y a huit jours, j'aurais *marqué* celui qui m'aurait dit ça... Ce n'est pourtant pas votre sort qui peut tenter; vous êtes chagrine comme une Madeleine. Est-ce naturel, dites ?

— Comment voulez-vous que je me rende compte des impressions que je vous cause ?

— Oh ! vous savez bien ce que vous faites... avec votre air de ne pas y toucher.

— Mais quel mauvais dessein me supposez-vous ?

— Est-ce que je le sais, moi ? C'est justement parce que je ne comprends rien à tout cela que je me défie de vous. Il y a autre chose : jusqu'ici j'avais été

toujours gaie ou colère... mais jamais *songeuse*... et vous m'avez rendue *son-*
geuse. Oui, il y a des mots que vous dites qui, malgré moi, m'ont remué le
cœur et m'ont fait songer à toutes sortes de choses tristes.

— Je suis fâchée de vous avoir peut-être attristée, la Louve... mais je ne
me souviens pas de vous avoir dit...

— Eh ! mon Dieu — s'écria la Louve en interrompant sa compagne avec
une impatience courroucée — ce que vous faites est quelquefois aussi émouvant
que ce que vous dites !... Vous êtes si maligne !...

— Ne vous fâchez pas, la Louve... expliquez-vous...

— Hier, dans l'atelier de travail, je vous voyais bien... vous aviez la tête
et les yeux baissés sur l'ouvrage que vous cousiez ; sur votre main une grosse
larme est tombée... Vous l'avez regardée pendant une minute... et puis vous
avez porté votre main à vos lèvres, comme pour la baiser et l'essuyer, cette
larme ; est-ce vrai ?

— C'est vrai — dit la Goualeuse en rougissant.

— Ça n'a l'air de rien... mais dans cet instant-là vous aviez l'air si malheureux, si malheureux, que je me suis sentie tout écœurée, toute sens dessus
dessous... Dites donc, est-ce que vous croyez que c'est amusant ? Comment !
j'ai toujours été dure comme roc pour ce qui me touche... personne ne peut se
vanter de m'avoir vu pleurer... et il faut qu'en regardant seulement votre
petite frimousse je me sente des lâchetés plein le cœur !... Oui, car tout ça
c'est des pures lâchetés ; et la preuve, c'est que depuis trois jours je n'ai pas
osé écrire à Martial, mon amant, tant j'ai une mauvaise conscience... Oui,
votre fréquentation m'affadit le caractère, il faut que ça finisse... j'en ai assez ;
ça tournerait mal... je m'entends... Je veux rester comme je suis... et ne pas
me faire moquer de moi...

— Vous êtes fâchée contre moi, la Louve ?

— Oui, vous êtes pour moi une mauvaise connaissance ! si ça continuait,
dans quinze jours, au lieu de m'appeler la Louve, on m'appellerait... *la*
Brebis. Merci ! ça n'est pas moi qu'on châtrera jamais comme ça... Martial
me tuerait... finalement je ne veux plus vous fréquenter ; pour me séparer
tout à fait de vous, je vais demander à être changée de salle ; si on me refuse,
je ferai un mauvais coup pour me remettre en haleine et pour qu'on m'envoie
au cachot jusqu'à ma sortie... Voilà ce que j'avais à vous dire, la Goualeuse.

Prenant timidement la main de sa compagne, qui la regardait avec une
sombre défiance, Fleur-de-Marie lui dit :

— Je vous assure, la Louve... que vous vous intéressez à moi... non pas
parce que vous êtes lâche, mais parce que vous êtes généreuse... Les braves
cœurs sont les seuls qui s'attendrissent sur le malheur des autres.

— Il n'y a ni générosité ni courage là-dedans — dit brutalement la Louve ;
— c'est de la lâcheté... D'ailleurs je ne veux pas que vous me disiez que je
me suis attendrie... ça n'est pas vrai. .

— Je ne le dirai plus, la Louve ; mais puisque vous m'avez témoigné de l'intérêt... vous me laisserez vous en être reconnaissante, n'est-ce pas ?

— Je m'en moque pas mal !... Ce soir je serai dans une autre salle que vous .. ou seule au cachot, et bientôt je serai dehors, Dieu merci !

— Et où irez-vous en sortant d'ici ?

— Tiens... chez moi donc, rue *Pierre-Lescot*. Je suis dans mes meubles.

— Et Martial — dit la Goualeuse, qui espérait continuer l'entretien en parlant à la Louve d'un objet intéressant pour elle — et Martial, vous serez bien contente de le revoir ?

— Oui... oh, oui !... — répondit-elle avec un accent passionné. — Quand j'ai été arrêtée, il relevait de maladie... une fièvre qu'il avait eue parce qu'il demeure toujours sur l'eau... Pendant dix-sept jours et dix-sept nuits, je ne l'ai pas quitté d'une minute ; j'ai vendu la moitié de mon *bazar* pour payer le médecin, les drogues et tout... Je peux m'en vanter, et je m'en vante... si mon homme vit, c'est à moi qu'il le doit... J'ai encore hier fait brûler un cierge pour lui... C'est des bêtises, il n'y a ni Dieu ni diable... mais c'est égal, on a vu quelquefois de très-bons effets des cierges pour la convalescence...

— Et Martial, où est-il maintenant ? que fait-il ?

— Il demeure toujours près du pont d'Asnières, dans une île.

— Dans une île ?

— Oui, il est établi là avec sa famille, dans une maison isolée. Il est toujours en guerre avec les garde-pêche, et une fois qu'il est dans son bateau, avec son fusil à deux coups, il ne ferait pas bon de l'approcher, allez ! — dit orgueilleusement la Louve.

— Quel est donc son état ?

— Il pêche en fraude la nuit ; et puis, comme il est brave comme un lion, quand un poltron veut faire chercher querelle à un autre, il s'en charge, lui...

— Et où l'avez-vous connu, Martial ?

— A Paris. Il avait voulu apprendre l'état de serrurier... un bel état, toujours du fer rouge et du feu autour de soi... du danger, quoi !... ça lui convenait ; mais, comme moi, il avait mauvaise tête, ça n'a pas pu marcher avec ses bourgeois ; sans compter qu'on lui reprochait que son père et un de ses frères... mais ça ne vous regarde pas ; tant il y a qu'il s'en est retourné auprès de sa mère, qui n'a pas sa pareille pour la méchanceté, et il s'est mis à marauder sur la rivière. Il vient me voir à Paris, et moi, dans le jour, je vais le voir à son île, l'île du Ravageur, près Asnières : c'est tout près... ça serait plus loin que j'irais tout de même, quand ça serait sur les genoux et sur les mains, ou à la nage, car je nage comme une vraie loutre.

— Vous serez bien heureuse d'aller à la campagne !... — dit la Goualeuse en soupirant ; — surtout si vous aimez, comme moi, à vous promener dans les champs.

— J'aimerais bien mieux me promener dans les bois, dans les grandes forêts, avec mon homme.

— Dans les forêts?... vous n'auriez pas peur!

— Peur! ah bien oui, peur! est-ce qu'une louve a peur? Plus la forêt serait déserte et épaisse, plus j'aimerais ça. Une hutte isolée où j'habiterais avec Martial, qui serait braconnier; aller avec lui, la nuit, tendre des piéges au gibier... et puis, si les gardes venaient pour nous arrêter, leur tirer des coups de fusil, nous deux mon homme, en nous cachant dans les broussailles, ah! dame... c'est ça qui serait bon!...

— Vous avez donc déjà habité des bois, la Louve?

— Jamais

— Qui vous a donc donné ces idées-là!

— Martial.

— Comment?

— Il était braconnier dans la forêt de Rambouillet. Il y a un an, il a censé tiré sur un garde qui avait tiré sur lui... gueux de garde! enfin ça n'a pas été prouvé en justice, mais Martial a toujours été obligé de quitter le pays... Alors il est venu à Paris pour apprendre l'état de serrurier; c'est là où je l'ai connu. Comme il était trop mauvaise tête pour s'arranger avec son bourgeois, il a mieux aimé retourner à Asnières près de ses parents, et marauder sur la rivière; c'est moins assujettissant... Mais il regrette toujours les bois; il y retournera un jour ou l'autre. A force de me parler du braconnage et des forêts, il m'a fourré ces idées-là dans la tête... et maintenant il me semble que je suis née pour ça. Mais c'est toujours de même... ce que veut votre homme, vous le voulez... Si Martial avait été voleur... j'aurais été voleuse... Quand on a un homme, c'est pour être comme son homme.

— Et vos parents, la Louve, où sont-ils!

— Est-ce que je sais, moi!...

— Il y a long-temps que vous ne les avez vus!

— Je ne sais seulement pas s'ils sont morts ou en vie.

— Ils étaient donc méchants pour vous?

— Ni bons ni méchants : j'avais, je crois bien, onze ans quand ma mère s'en est allée d'un côté avec un soldat. Mon père, qui était journalier, a amené dans notre grenier une maîtresse à lui, avec deux garçons qu'elle avait, un de six ans, et un de mon âge. Elle était marchande de pommes à la brouette. Ça n'a pas été trop mal dans les commencements; mais ensuite, pendant qu'elle était à sa charretée, il venait chez nous une écaillère avec qui mon père faisait des traits à l'autre... qui l'a su. Depuis ce temps-là, il y avait presque tous les soirs à la maison des batteries si enragées que ça nous en donnait la petite mort, à moi et aux deux garçons avec qui je couchais; car notre logement n'avait qu'une pièce, et nous avions un lit pour nous trois... dans la même chambre que mon père et sa maîtresse. Un jour, c'était justement le jour de sa fête, à elle, la Sainte-Madeleine, voilà-t-il pas qu'elle lui reproche de ne pas lui avoir souhaité sa fête! De raisons en raisons, mon père a fini par lui fendre la tête d'un coup de manche à balai. J'ai joliment cru que c'était fini.

Elle est tombée comme un plomb, la mère Madeleine; mais elle avait la vie
dure et la tête aussi. Après ça, elle rendait bien à mon père les coups qu'il
lui donnait . une fois, elle l'a mordu si fort à la main que le morceau lui est
resté dans les dents. Faut dire que ces massacres-là, c'étaient comme qui
dirait les jours de *grandes eaux* à Versailles; les jours ouvrables, les batteries
étaient moins voyantes; il y avait des *bleus*, mais pas de rouge...

— Et cette femme était méchante pour vous?

— La mère Madeleine? non, au contraire, elle n'était que vive; sauf ça,
une brave femme... Mais à la fin mon père en a eu assez; il lui a abandonné
le peu de meubles qu'il y avait chez nous, et il n'est plus revenu. Il était
Bourguignon, faut croire qu'il sera retourné au pays. Alors j'avais quinze
ou seize ans.

— Et vous êtes restée avec l'ancienne maîtresse de votre père?

— Où est-ce que je serais allée? Alors elle s'est mise avec un couvreur qui
est venu habiter chez nous. Des deux garçons de la mère Madeleine, il y en
a un, le plus grand, qui s'est noyé à l'île des Cygnes; l'autre est entré en
apprentissage chez un menuisier.

— Et que faisiez-vous chez cette femme?

— Je tirais sa charrette avec elle, je faisais la soupe, j'allais porter à manger à son homme; et quand il rentrait gris, ce qui lui arrivait plus souvent qu'à son tour, j'aidais la mère Madeleine à le rouer de coups pour en avoir la paix, car nous habitions toujours la même chambre... Il était méchant comme un âne rouge quand il était dans le vin, il voulait tout tuer. Une fois, si nous ne lui avions pas arraché sa hachette, il nous aurait assassinées toutes les deux. La mère Madeleine a eu pour sa part un coup sur l'épaule, qui a saigné comme une vraie boucherie.

— Et comment êtes-vous devenue... ce que nous sommes? — dit Fleur-de-Marie en hésitant.

— Le fils de Madeleine, le petit Charles, qui s'est depuis noyé à l'île des Cygnes, avait été mon amant... à peu près depuis le temps que lui, sa mère et son frère étaient venus loger chez nous, quand nous étions encore deux enfants... quoi!... Après lui ça a été le couvreur... qui m'a forcée en me menaçant de me mettre à la porte. D'un autre côté je craignais d'être chassée par la mère Madeleine si elle s'apercevait de quelque chose. Ce qui n'a pas manqué d'arriver; mais comme elle était bonne femme, elle m'a dit : — « Puisque c'est ainsi, tu as seize ans, tu n'es propre à rien, tu es trop mauvaise tête pour te mettre en place ou pour apprendre un état; tu vas venir avec moi te faire inscrire à la police; à défaut de tes parents, je répondrai de toi, puisque je t'ai quasi élevée, ça te fera toujours un sort autorisé par le gouvernement; t'auras rien à faire qu'à nocer et à te requinquer; je serai tranquille sur toi, et tu ne me seras plus à charge. Qu'est-ce que tu dis de cela, ma fille? — Ma foi, au fait, vous avez raison, que je lui ai répondu, je n'avais pas songé à ça. » — Nous avons été au *bureau des mœurs*, elle m'a recommandée dans une maison de tolérance, et c'est depuis ce temps-là que je suis inscrite. J'ai revu la mère Madeleine... il y a de ça un an; j'étais à boire avec mon homme : nous l'avons invitée; elle nous a dit que le couvreur était aux galères. Depuis je ne l'ai pas rencontrée, elle; je ne sais plus qui, dernièrement, soutenait qu'elle avait été apportée à la Morgue, il y a trois mois. Si ça est, ma foi, tant pis! car c'était une brave femme, la mère Madeleine... elle avait le cœur sur la main, et pas plus de fiel qu'un pigeon.

Fleur-de-Marie, quoique plongée jeune dans une atmosphère de corruption, avait depuis respiré un air si pur, qu'elle éprouva une oppression douloureuse à l'horrible récit de la Louve.

Et si nous avons eu le triste courage de le faire, ce récit, c'est qu'il faut bien qu'on sache que, si hideux qu'il soit, il est encore mille fois au-dessous d'innombrables réalités.

Oui, l'ignorance et la misère conduisent souvent les classes pauvres à ces effrayantes dégradations humaines et sociales...

Oui, il est une foule de tanières où enfants et adultes, filles et garçons, légitimes ou bâtards, gisant pêle-mêle sur la même paillasse, comme des bêtes dans la même litière, ont continuellement sous les yeux d'abominables exemples d'ivresse, de violences, de débauches et de meurtres...

Oui, et trop fréquemment encore... l'INCESTE!!! l'inceste commis à l'âge le plus tendre, vient ajouter une horreur de plus à ces horreurs...

Les riches peuvent entourer leurs vices d'ombre et de mystère, et respecter la sainteté du foyer domestique.

Mais les artisans les plus honnêtes, occupant presque toujours une seule chambre avec leur famille, sont forcés, faute de lits et d'espace, de faire coucher leurs enfants ensemble, *frères et sœurs*... à quelques pas d'eux... *maris et femmes.*

Si l'on frémit déjà des fatales conséquences de telles nécessités, presque toujours inévitablement imposées aux artisans pauvres, mais probes, que sera-ce donc lorsqu'il s'agira d'artisans dépravés par l'ignorance ou par l'inconduite?

Quels épouvantables exemples ne donneront-ils pas à de malheureux enfants abandonnés, ou plutôt excités, dès leur plus tendre jeunesse, à tous les penchants brutaux, à toutes les passions animales! Auront-ils seulement l'idée du devoir, de l'honnêteté, de la pudeur? Ne seront-ils pas aussi étrangers aux lois sociales que les sauvages du Nouveau-Monde?

Pauvres créatures corrompues en naissant, qui, dans les prisons où les conduisent souvent le vagabondage et le délaissement, sont déjà flétries par cette grossière et terrible métaphore :

GRAINES DE BAGNE!!!...

Et la métaphore a raison.

Cette sinistre prédiction s'accomplit presque toujours : galères ou lupanar, chaque sexe a son avenir...

Nous ne voulons justifier ici aucun débordement.

Que l'on compare seulement la dégradation volontaire d'une femme pieusement élevée au sein d'une famille aisée, qui ne lui aurait donné que de nobles exemples; que l'on compare, disons-nous, cette dégradation à celle de la Louve, créature pour ainsi dire élevée dans le vice, par le vice et pour le vice, à qui l'on montre, non sans raison, la prostitution comme un état protégé par le gouvernement!

Ce qui est vrai.

Il y a un bureau où cela s'enregistre, se certifie et se paraphe;

Un bureau où la mère a le droit d'autoriser la prostitution de sa fille; le mari, la prostitution de sa femme...

Cet endroit s'appelle le *Bureau des mœurs !!!*

Ne faut-il pas qu'une société ait un vice d'organisation bien profond, bien incurable, à l'endroit des lois qui régissent le mariage, pour que le pouvoir... LE POUVOIR... cette grave et morale abstraction, soit obligé, non-seulement de tolérer, mais de réglementer, mais de légaliser, mais de protéger, pour la rendre moins dangereuse, cette vente du corps et de l'âme, qui, multipliée par les appétits effrénés d'une population immense, atteint chaque jour à un chiffre presque incommensurable !

. . . .

La Goualeuse, surmontant l'émotion que lui avait causée la triste confession de sa compagne, lui dit timidement :

— Écoutez-moi sans vous fâcher.

— Voyons... dites... j'espère que j'ai assez bavardé ; mais, au fait, c'est égal, puisque c'est la dernière fois que nous causerons ensemble.

— Êtes-vous heureuse, la Louve ?

— Comment ?

— La vie que vous menez vous rend-elle heureuse ?

— Ici, à Saint-Lazare ?

— Non... chez vous... quand vous êtes libre ?

— Oui, je suis heureuse.

— Toujours ?

— Toujours.

— Vous ne voudriez pas changer votre sort contre un autre ?

— Contre quel sort ? Il n'y a pas d'autre sort pour moi.

— Dites-moi, la Louve — reprit Fleur-de-Marie après un moment de silence — est-ce que vous n'aimez pas à faire quelquefois des châteaux en Espagne ?... c'est si amusant... en prison !

— A propos de quoi... des châteaux en Espagne ?

— A propos de Martial.

— De mon homme ?

— Oui...

— Ma foi, je n'en ai jamais fait.

— Laissez-moi en faire un... pour vous et pour Martial...

— Bah !... à quoi bon ?...

— A passer le temps...

— Eh bien ! voyons ce château en Espagne !

— Figurez-vous, par exemple, qu'un hasard comme il en arrive quelquefois vous fasse rencontrer une personne qui vous dise : Abandonnée de votre père et de votre mère, votre enfance a été entourée de si mauvais exemples qu'il faut vous plaindre autant que vous blâmer d'être devenue...

— D'être devenue quoi ?

— Ce que vous et moi... nous sommes devenues... — répondit la Goualeuse d'une voix douce ; et elle continua : — Supposez que cette personne vous dise encore : Vous aimez Martial... il vous aime... vous et lui quittez une vie mauvaise ; au lieu d'être sa maîtresse... soyez sa femme.

La Louve haussa les épaules.

— Est-ce qu'il voudrait de moi pour sa femme ?

— Excepté le braconnage, il n'a commis, n'est-ce pas, aucune autre action coupable ?

— Non... il est braconnier sur la rivière comme il l'était dans les bois, et il a raison. Tiens, est-ce que les poissons ne sont pas comme le gibier, à qui peut les prendre! Où donc est la marque de leur propriétaire?

— Eh bien! supposez qu'ayant renoncé à son dangereux métier de maraudeur de rivière, il veuille devenir tout à fait honnête homme; supposez qu'il inspire, par la franchise de ses bonnes résolutions, assez de confiance à un bienfaiteur inconnu pour que celui-ci lui donne une place... voyons... c'est toujours un château en Espagne... lui donne une place... de garde-chasse, par exemple, à lui qui était braconnier, ça serait dans ses goûts, j'espère; c'est le même état... mais *en bien...*'

— Ma foi, oui, c'est toujours vivre dans les bois.

— Seulement, on ne lui donnerait cette place qu'à la condition qu'il vous épouserait et qu'il vous emmènerait avec lui.

— M'en aller avec Martial?

— Oui, vous seriez si heureuse, disiez-vous, d'habiter ensemble au fond

des forêts! N'aimeriez-vous pas mieux, au lieu d'une mauvaise hutte de braconnier, où vous vous cacheriez tous deux comme des coupables, avoir une honnête petite chaumière dont vous seriez la ménagère active et laborieuse?

— Vous vous moquez de moi... est-ce que c'est possible?

— Qui sait ! le hasard !... D'ailleurs c'est toujours un château en Espagne.

— Ah ! comme ça, à la bonne heure.

— Dites donc, la Louve, il me semble déjà vous voir établie dans votre maisonnette, en pleine forêt, avec votre mari et deux ou trois enfants... Des enfants... quel bonheur ! n'est-ce pas !

— Des enfants de mon homme !... — s'écria la Louve avec une passion farouche — oh ! oui, ils seraient fièrement aimés, ceux-là !...

— Comme ils vous tiendraient compagnie dans votre solitude ! puis, quand ils seraient un peu grands, ils commenceraient à vous rendre bien des services ; les plus petits ramasseraient des branches mortes pour votre chauffage ; le plus grand irait dans les herbes de la forêt faire pâturer une vache ou deux qu'on vous donnerait pour récompenser votre mari de son activité ; car, ayant été braconnier, il n'en serait que meilleur garde-chasse...

— Au fait... c'est vrai... Tiens, c'est amusant, ces châteaux en Espagne. Dites-m'en donc encore, la Goualeuse !

— On serait très-content de votre mari... vous auriez de son maître quelques douceurs... une basse-cour, un jardin ; mais, dame ! aussi, il vous faudrait courageusement travailler, la Louve ! et cela du matin au soir.

— Oh ! si ce n'était que ça, une fois auprès de mon homme, l'ouvrage ne me ferait pas peur, à moi... j'ai de bons bras...

— Et vous auriez de quoi vous occuper, je vous en réponds... Il y a tant à faire... tant à faire !... C'est l'étable à soigner, les repas à préparer, les habits de la famille à raccommoder ; c'est un jour le blanchissage, un autre jour le pain à cuire, ou bien encore la maison à nettoyer du haut en bas, pour que les autres gardes de la forêt disent : — Oh ! il n'y a pas une ménagère comme la femme à Martial ; de la cave au grenier sa maison est un miracle de propreté... et des enfants toujours si bien soignés ! C'est qu'aussi elle est fièrement laborieuse, madame Martial... "

— Dites donc, la Goualeuse, c'est vrai, je m'appellerais madame Martial... — reprit la Louve avec une sorte d'orgueil ; — madame Martial !

— Ce qui vaudrait mieux que de vous appeler la Louve, n'est-ce pas ?

— Pardieu ! il est sûr que j'aimerais mieux le nom de mon homme que le nom d'une bête... Mais... bah !... bah !... *louve* je suis née... *louve* je mourrai...

— Qui sait !... qui sait !... ne pas reculer devant une vie bien dure, mais honnête, ça porte bonheur. . Ainsi le travail ne vous effraierait pas !...

— Oh ! pour ça, non ; ce n'est pas mon homme et trois ou quatre mioches à soigner qui m'embarrasseraient, allez !

— Et puis aussi tout n'est pas labeur : il y a des moments de repos ; l'hiver, à la veillée, pendant que les enfants dorment, et que votre mari fume sa pipe en nettoyant ses armes ou en caressant ses chiens, vous pouvez prendre un peu de bon temps.

— Du bon temps... rester les bras croisés ! Ma foi, non... j'aimerais mieux raccommoder le linge de la famille, le soir, au coin du feu ; ça n'est pas déjà si fatigant. L'hiver, les jours sont si courts !

Aux paroles de Fleur-de-Marie, la Louve oubliait de plus en plus le présent pour ces rêves d'avenir... aussi vivement intéressée que précédemment la Goualeuse, lorsque Rodolphe lui avait parlé des douceurs rustiques de la ferme de Bouqueval. La Louve ne cachait pas les goûts sauvages que lui avait inspirés son amant. Se souvenant de l'impression profonde, salutaire, qu'elle avait ressentie aux riantes peintures de Rodolphe à propos de la vie des champs, Fleur-de-Marie voulait tenter le même moyen d'action sur la Louve, pensant avec raison que si sa compagne se laissait assez émouvoir au tableau d'une existence rude, pauvre et solitaire, pour désirer ardemment une vie pareille, cette femme mériterait intérêt et pitié.

Enchantée de voir sa compagne l'écouter avec curiosité, la Goualeuse reprit en souriant :

— Et puis, voyez-vous, *madame Martial*... laissez-moi vous appeler ainsi. Qu'est-ce que cela vous fait ?...

— Tiens, au contraire, cela me flatte.. — Puis la Louve haussa les épaules en souriant aussi, et reprit. — Quelle bêtise... de *jouer à la madame !*... Sommes-nous enfants !... C'est égal, allez toujours... c'est amusant... Vous dites donc ?...

— Je dis, madame Martial, qu'en parlant de votre vie, l'hiver au fond des bois, nous ne songeons qu'à la pire des saisons.

— Ma foi, non, ça n'est pas la pire... Entendre le vent siffler la nuit dans la forêt, et de temps en temps hurler les loups, bien loin... bien loin... je ne trouverais pas ça ennuyeux, moi, pourvu que je sois au coin du feu avec mon homme et mes mioches, ou même toute seule sans mon homme s'il était à faire sa ronde... oh ! un fusil ne me fait pas peur. Si j'avais mes enfants à défendre... je serais bonne là... La Louve garderait bien ses louveteaux !...

— Oh ! je vous crois : vous êtes très-brave, vous... mais, moi, poltronne, je préfère le printemps à l'hiver... Oh ! le printemps, madame Martial, le printemps ! quand verdissent les feuilles, quand fleurissent les jolies fleurs des bois, qui sentent si bon, si bon, que l'air est embaumé... c'est alors que vos enfants se rouleraient gaiement dans l'herbe nouvelle ; et puis la forêt serait si touffue qu'on apercevrait à peine votre maison au milieu du feuillage. Il me semble que je la vois d'ici... il y a devant la porte un berceau de vigne que votre mari a plantée, et qui ombrage le banc de gazon où il dort durant la grande chaleur du jour, pendant que vous allez et venez en recommandant aux enfants de ne pas réveiller leur père... Je ne sais pas si vous avez remarqué cela ; mais, dans le cœur de l'été, sur le midi, il y a dans les bois autant de silence que pendant la nuit : on n'entend ni les feuilles remuer, ni les oiseaux chanter...

— Ça, c'est vrai — répéta presque machinalement la Louve, qui, oubliant de plus en plus la réalité, croyait presque voir se dérouler à ses yeux les

riants tableaux que lui présentait l'imagination poétique de Fleur-de-Marie...
de Fleur-de-Marie, si instinctivement amoureuse des beautés de la nature.

Ravie de la profonde attention que lui prêtait sa compagne, la Goualeuse
reprit en se laissant elle-même entraîner au charme des pensées qu'elle évo-
quait :

— Il y a une chose que j'aime presque autant que le silence des bois, c'est
le bruit des grosses gouttes de pluie d'été tombant sur les feuilles; aimez-vous
cela aussi !

— Oh! oui... j'aime bien aussi la pluie d'été.

— N'est-ce pas ! lorsque les arbres, la mousse, l'herbe, tout est bien
trempé, quelle bonne odeur fraîche ! Et puis, comme le soleil, en passant à
travers les arbres, fait briller toutes ces gouttelettes d'eau qui pendent aux
feuilles après l'ondée!... Avez-vous aussi remarqué cela !

— Oui... mais je m'en souviens parce que vous me le dites à présent...
Comme c'est drôle pourtant ! vous racontez si bien, la Goualeuse, qu'on semble tout voir, tout voir, à mesure que vous parlez... Et puis, dame ! je ne
sais pas comment vous expliquer cela... mais, tenez, ce que vous dites... ça
sent bon... ça rafraîchit... comme la pluie d'été dont nous parlons.

— Il ne faut pas croire que nous soyons seules à aimer la pluie d'été. Et les
oiseaux donc ! comme ils sont contents, comme ils secouent leurs plumes, en
gazouillant joyeusement... pas plus joyeusement pourtant que vos enfants...
vos enfants libres, gais et légers comme eux. Voyez-vous, à la tombée du
jour, les plus petits courir à travers bois au-devant de l'aîné, qui ramène deux
génisses du pâturage ! car ils ont bien vite reconnu le tintement lointain des
clochettes!...

— Dites donc, la Goualeuse, il me semble voir le plus petit et le plus hardi
qui s'est fait mettre, par son frère aîné qui le soutient, à califourchon sur le
dos d'une des vaches...

— Et l'on dirait que la pauvre bête sait quel fardeau elle porte, tant elle
marche avec précaution... Mais voilà l'heure du souper : votre aîné, tout en
menant pâturer son bétail, s'est amusé à remplir pour vous un panier de belles
fraises des bois, qu'il a rapportées au frais, sous une couche épaisse de violettes sauvages.

— Fraises et violettes... c'est ça qui doit encore être un baume !... Mais,
mon Dieu ! mon Dieu ! où diable allez-vous donc chercher ces idées-là, la
Goualeuse !

— Dans les bois où mûrissent les fraises et où fleurissent les violettes... il
n'y a qu'à regarder et à ramasser, madame Martial... Mais parlons ménage...
Voici la nuit, il faut traire vos génisses, préparer le souper sous le berceau de
vigne; car vous entendez aboyer les chiens de votre mari, et bientôt la voix
de leur maître, qui, tout harassé qu'il est, rentre en chantant... Et comment
n'avoir pas envie de chanter quand, par une belle soirée d'été, le cœur satis-

fait, on regagne la maison où vous attendent une bonne femme et de beaux enfants? n'est-ce pas, madame Martial?

— C'est vrai, on ne peut faire autrement que de chanter — dit la Louve,
devenant de plus en plus *songeuse*...

— A moins qu'on ne pleure d'attendrissement — reprit Fleur-de-Marie,
émue elle-même. — Et ces larmes-là sont aussi douces que des chansons... Et
puis, quand la nuit est venue tout à fait, quel bonheur de rester sous la ton-
nelle à jouir de la sérénité d'une belle soirée... à respirer l'odeur de la forêt...
à écouter babiller ses enfants... à regarder les étoiles... Alors, le cœur est si
plein, si plein... qu'il faut qu'il déborde par la prière... Comment ne pas remercier celui à qui l'on doit la fraîcheur du soir, la senteur des bois, la douce
clarté du ciel étoilé?... Après ce remercîment ou cette prière, on va dormir
paisiblement jusqu'au lendemain ; et on remercie encore le Créateur... car
cette vie pauvre, laborieuse, mais calme et honnête, est celle de tous les
jours...

— De tous les jours!... — répéta la Louve, la tête baissée sur sa poitrine,
le regard fixe, le sein oppressé — car c'est vrai, le bon Dieu est bon de nous
donner de quoi vivre si heureux avec si peu...

— Eh bien, dites maintenant — reprit doucement Fleur-de-Marie — dites, ne devrait-il pas être béni comme Dieu celui qui vous donnerait cette vie paisible et laborieuse, au lieu de la vie misérable que vous menez dans la boue des rues de Paris?...

Ce mot de *Paris* rappela brusquement la Louve à la réalité...

Il venait de se passer dans l'âme de cette créature un phénomène étrange.

Cette peinture naïve d'une condition humble et rude, ce simple récit, tour à tour éclairé des douces lueurs du foyer domestique, doré par quelques joyeux rayons de soleil, rafraîchi par la brise des grands bois ou parfumé de la senteur des fleurs sauvages, ce récit avait fait sur la Louve une impression plus profonde, plus saisissante que ne l'aurait fait une exhortation d'une moralité transcendante.

Oui, à mesure que parlait Fleur-de-Marie, la Louve avait désiré d'être ménagère infatigable, vaillante épouse, mère pieuse et dévouée...

Inspirer, même pendant un moment, à une femme violente, immorale, avilie, l'amour de la famille, le respect du devoir, le goût du travail, la reconnaissance envers le Créateur, et cela seulement en lui promettant ce que Dieu donne à tous, le soleil du ciel et l'ombre des forêts... ce que la société doit à qui travaille, un toit et du pain, n'était-ce pas un beau triomphe pour Fleur-de-Marie!

Le moraliste le plus sévère, le prédicateur le plus fulminant, auraient-ils obtenu davantage en faisant gronder dans leurs prédications monotones et menaçantes toutes les vengeances humaines, toutes les foudres divines?

La colère douloureuse dont se sentit transportée la Louve en revenant à la réalité, après s'être laissé charmer par la rêverie nouvelle et salutaire où, pour la première fois, l'avait plongée Fleur-de-Marie, prouvait l'influence des paroles de cette dernière sur sa malheureuse compagne. Plus les regrets de la Louve étaient amers en retombant de ce consolant mirage dans l'horreur de sa position, plus le triomphe de la Goualeuse était manifeste. Après un moment de silence et de réflexion, la Louve redressa brusquement la tête, passa la main sur son front; et se levant menaçante, courroucée:

— Vois-tu... vois-tu que j'avais raison de me défier de toi et de ne pas vouloir t'écouter... parce que ça tournerait mal pour moi! Pourquoi m'as-tu parlé ainsi? pour te moquer de moi? pour me tourmenter? Et cela, parce que j'ai été assez bête pour te dire que j'aurais aimé à vivre au fond des bois avec mon homme!... Mais qui es-tu donc? pourquoi me bouleverser ainsi?... Tu ne sais pas ce que tu as fait, malheureuse! Maintenant, malgré moi, je vais toujours penser à cette forêt, à cette maison, à ces enfants, à tout ce bonheur que je n'aurai jamais... jamais!... Et si je ne peux pas oublier ce que tu viens de dire, moi, ma vie va donc être un supplice, un enfer.. et cela, par ta faute... oui, par ta faute!...

— Tant mieux! oh! tant mieux! — dit Fleur-de-Marie.

— Tu dis tant mieux? — s'écria la Louve, les yeux menaçants.

— Oui... tant mieux ! car si votre misérable vie d'à présent vous paraît un enfer, vous préférerez celle dont je vous ai parlé.

— Et à quoi bon la préférer, puisqu'elle n'est pas faite pour moi ! à quoi bon regretter d'être une fille des rues, puisque je dois mourir fille des rues ? — s'écria la Louve de plus en plus irritée, en saisissant dans sa forte main le petit poignet de Fleur-de-Marie. — Réponds... réponds !... Pourquoi es-tu venue me faire désirer ce que je ne peux pas avoir ?

— Désirer une vie honnête et laborieuse, c'est être digne de cette vie, je vous l'ai dit — reprit Fleur-de-Marie, sans chercher à dégager sa main.

— Eh bien ! après, quand j'en serai digne, qu'est-ce que cela prouve ! à quoi ça m'avancera-t-il ?

— A voir se réaliser ce que vous regardez comme un rêve — dit Fleur-de-Marie d'un ton si sérieux, si convaincu, que la Louve, dominée de nouveau, abandonna la main de la Goualeuse et resta frappée d'étonnement.

— Écoutez-moi, la Louve — reprit Fleur-de-Marie d'une voix pleine de compassion — me croyez-vous assez méchante pour éveiller chez vous ces pensées, ces espérances, si je n'étais pas sûre, en vous faisant rougir de votre condition présente, de vous donner les moyens d'en sortir ?

— Vous ! vous pourriez cela ?

— Moi... non... mais quelqu'un qui est bon, grand, puissant comme Dieu.

— Puissant comme Dieu ?...

— Écoutez encore, la Louve... Il y a trois mois, comme vous j'étais une pauvre créature perdue... abandonnée... Un jour, celui dont je vous parle avec des larmes de reconnaissance — et Fleur-de-Marie essuya ses yeux — un jour celui-là est venu à moi ; il n'a pas craint, tout avilie, toute méprisée que j'étais, de me dire de consolantes paroles... les premières que j'ai entendues ! Je lui avais raconté mes souffrances, mes misères, ma honte, sans lui rien cacher, ainsi que vous m'avez tout à l'heure raconté votre vie, la Louve... Après m'avoir écoutée avec bonté, il ne m'a pas blâmée, il m'a plainte ; il ne m'a pas reproché mon abjection, il m'a vanté la vie calme et pure que l'on menait aux champs.

— Comme vous tout à l'heure...

— Alors, cette abjection m'a paru d'autant plus affreuse que l'avenir qu'il me montrait me semblait plus beau !

— Comme moi, mon Dieu !

— Oui, et ainsi que vous je disais : — A quoi bon, hélas ! me faire entrevoir ce paradis, à moi qui suis condamnée à l'enfer ?... Mais j'avais tort de désespérer... car celui dont je vous parle est, comme Dieu, souverainement juste, souverainement bon, et incapable de faire luire un faux espoir aux yeux d'une pauvre créature qui ne demandait à personne ni pitié, ni bonheur, ni espérance.

— Et pour vous... qu'a-t-il fait ?

— Il m'a traitée en enfant malade : j'étais, comme vous, plongée dans un air corrompu, il m'a envoyée respirer un air salubre et vivifiant; je vivais aussi parmi des êtres hideux et criminels, il m'a confiée à des êtres faits à son image... qui ont épuré mon âme, élevé mon esprit... car, comme Dieu encore, à tous ceux qui l'aiment et le respectent, il donne une étincelle de sa céleste intelligence... Oui, si mes paroles vous émeuvent, la Louve, si mes larmes font couler vos larmes, c'est que son esprit et sa pensée m'inspirent !! si je vous parle de l'avenir plus heureux que vous obtiendriez par le repentir, c'est que je puis vous promettre cet avenir en son nom, quoiqu'il ignore à cette heure l'engagement que je prends ! Enfin, si je vous dis : Espérez !... c'est qu'il entend toujours la voix de ceux qui veulent devenir meilleurs... car Dieu l'a envoyé sur terre pour faire croire à la Providence...

En parlant ainsi, la physionomie de Fleur-de-Marie devint radieuse, inspirée; ses joues pâles se colorèrent un moment d'un léger incarnat, ses beaux yeux bleus brillèrent doucement ; elle rayonnait alors d'une beauté si noble, si touchante, que la Louve, déjà profondément émue de cet entretien, contempla sa compagne avec une respectueuse admiration, et s'écria :

— Où suis-je ? est-ce que je rêve ? je n'ai jamais rien entendu, rien vu de pareil... ça n'est pas possible !... Mais qui êtes-vous donc ? Oh ! je disais bien que vous étiez tout autre que nous !... Mais alors, vous qui parlez si bien... vous qui pouvez tant, vous qui connaissez des gens si puissants... comment se fait-il que vous soyez ici... prisonnière avec nous ?... Mais... mais ... c'est donc pour nous tenter !!! Vous êtes donc pour le bien... comme le démon pour le mal ?

Fleur-de-Marie allait répondre, lorsque madame Armand vint l'interrompre et la chercher pour la conduire auprès de madame d'Harville.

La Louve restait frappée de stupeur; l'inspectrice lui dit :

— Je vois avec plaisir que la présence de la Goualeuse dans la prison vous a porté bonheur, à vous et à vos compagnes... Je sais que vous avez fait une quête pour cette pauvre Mont-Saint-Jean ; cela est bien... cela est charitable, la Louve. Cela vous sera compté... J'étais bien sûre que vous valiez mieux que vous ne vouliez le paraître... En récompense de votre bonne action, je crois pouvoir vous promettre qu'on fera abréger de beaucoup les jours de prison qui vous restent à subir.

Et madame Armand s'éloigna, suivie de Fleur-de-Marie.

. . . .

L'on ne s'étonnera pas du langage presque éloquent de Fleur-de-Marie en songeant que cette nature, si merveilleusement douée, s'était rapidement développée, grâce à l'éducation et aux enseignements qu'elle avait reçus à la ferme de Bouqueval.

Puis la jeune fille était surtout forte de son *expérience*.

Les sentiments qu'elle avait éveillés dans le cœur de la Louve avaient été éveillés en elle par Rodolphe, lors de circonstances à peu près semblables.

Croyant reconnaître quelques bons instincts chez sa compagne, elle avait

II.   37

tâché de la ramener à l'honnêteté en lui prouvant (selon la théorie de Rodolphe appliquée à la ferme de Bouqueval) qu'il était de son *intérêt* de devenir honnête, et en lui montrant sa réhabilitation sous de riantes et *attrayantes* couleurs...

Et, à ce propos, répétons que l'on procède d'une manière incomplète et, ce nous semble, inintelligente et inefficace, pour inspirer aux classes pauvres et ignorantes l'horreur du mal et l'amour du bien.

Afin de les détourner de la voie mauvaise, incessamment on les menace des vengeances divines et humaines; incessamment on fait bruire à leurs oreilles un cliquetis sinistre : clefs de prison, carcans de fer, chaînes de bagne; et enfin au loin, dans une pénombre effrayante, à l'extrême horizon du crime, on leur montre le coupe-tête du bourreau, étincelant aux lueurs des flammes éternelles...

On le voit, la part de l'intimidation est incessante, formidable, terrible...

A qui fait le mal... captivité, infamie, supplice...

Cela est juste ; mais à qui fait le bien, la société décerne-t-elle dons honorables, distinctions glorieuses !

Non.

Par de bienfaisantes rémunérations, la société encourage-t-elle à la résignation, à l'ordre, à la probité, cette masse immense d'artisans voués à tout jamais au travail, aux privations, et presque toujours à une misère profonde ?

Non.

En regard de l'échafaud où monte le grand coupable, est-il un pavois où monte le grand homme de bien ?

Non.

Étrange, fatal symbole ! on représente la justice aveugle, portant d'une main un glaive pour punir, de l'autre des balances où se pèsent l'accusation et la défense.

Ceci n'est pas l'image de la justice.

C'est l'image de la loi, ou plutôt de l'homme qui condamne ou absout selon sa conscience.

La JUSTICE tiendrait d'une main une épée, de l'autre une couronne : l'une pour frapper les méchants, l'autre pour récompenser les bons.

Le peuple verrait alors que, s'il est de terribles châtiments pour le mal, il est d'éclatants triomphes pour le bien ; tandis qu'à cette heure, dans son naïf et rude bon sens, il cherche en vain le *pendant* des tribunaux, des geôles, des galères et des échafauds.

Le peuple voit bien une *justice criminelle*, composée d'hommes fermes, intègres, éclairés, toujours occupés à rechercher, à découvrir, à punir les scélérats.

Il ne voit pas de *justice vertueuse* [1], composée d'hommes fermes, intègres, éclairés, toujours occupés à rechercher, à récompenser les gens de bien.

[1] Quelques jours après avoir écrit ces lignes, nous relisions le *Mémorial de Sainte-Hélène*, ce livre immortel

Tout lui dit : Tremble !...

Rien ne lui dit : Espère !...

Tout le menace...

Rien ne le console.

L'État dépense annuellement beaucoup de millions pour la stérile punition des crimes. Avec cette somme énorme, il entretient prisonniers et geôliers, galériens et argousins, échafauds et bourreaux.

Cela est nécessaire, soit.

Mais combien dépense l'État pour la rémunération si salutaire, si féconde, des gens de bien ?

Rien...

Et ce n'est pas tout.

Ainsi que nous le démontrerons lorsque le cours de ce récit nous conduira aux prisons d'hommes, combien d'artisans d'une irréprochable probité seraient au comble de leurs vœux s'ils étaient certains de jouir un jour de la condition matérielle des prisonniers, toujours assurés d'une bonne nourriture, d'un bon lit, d'un bon gîte !

Et pourtant, au nom de leur dignité d'honnêtes gens rudement et longuement éprouvée, n'ont-ils pas le droit de prétendre à jouir du même bien-être que les scélérats, ceux-là qui, comme Morel le lapidaire, auraient pendant vingt ans vécu laborieux, probes, résignés, au milieu de la misère et des tentations ?

Ceux-là ne méritent-ils pas assez de la société pour qu'elle se donne la peine de les chercher, et, sinon de les récompenser, à la glorification de l'humanité, du moins de les soutenir dans la voie pénible et difficile qu'ils parcourent vaillamment ?

Le grand homme de bien, si modeste qu'il soit, se cache-t-il donc plus obscurément que le voleur ou l'assassin ?... et ceux-ci ne sont-ils pas toujours découverts par la *justice criminelle?*

Hélas ! c'est une utopie, mais elle n'a rien que de consolant.

Supposez, par la pensée, une société organisée de telle sorte qu'elle ait pour ainsi dire les *assises de la vertu*, comme elle a les *assises du crime ;*

Un ministère public signalant les nobles actions, les dénonçant à la reconnaissance de tous, comme on dénonce aujourd'hui les crimes à la vindicte des lois.

---

qui nous semble un sublime traité de philosophie pratique ; nous avons remarqué ce passage, qui nous avait jusqu'alors échappé :

« Aussi un de mes rêves (c'est *l'Empereur qui parle*), nos grands événements de guerre accomplis et soldés, de retour à l'intérieur, en repos et respirant, eût été de chercher une douzaine de vrais bons philanthropes, de ces braves gens ne vivant que pour le bien, n'existant que pour le pratiquer ; je les eusse disséminés dans l'empire, qu'ils eussent parcouru en secret pour me rendre compte à moi-même ; ils eussent été les ESPIONS DE LA VERTU ; ils seraient venus me trouver directement ; ils eussent été mes confesseurs, mes directeurs spirituels, et mes décisions eussent été mes bonnes œuvres secrètes. Ma grande occupation, lors de mon entier repos, eût été, du sommet de ma puissance, de m'occuper à fond d'améliorer la condition de toute la société ; j'eusse prétendu descendre jusqu'aux *jouissances individuelles.* » (*Mémorial*, t. v, p. 100, édit. de 1824.)

Voici deux exemples, deux *justices* : que l'on dise quelle est la plus féconde en enseignements, en conséquences, en résultats positifs :

Un homme a tué un autre homme pour le voler ;

Au point du jour on dresse sournoisement la guillotine dans un coin reculé de Paris, et on coupe le cou de l'assassin devant la lie de la populace, qui rit du juge, du patient et du bourreau.

Voilà le dernier mot de la société.

Au plus grand crime que l'on puisse commettre contre elle, voilà le châtiment qu'elle oppose... voilà l'enseignement le plus terrible, le plus salutaire qu'elle puisse donner au peuple...

Le seul... car rien ne sert de contre-poids à ce billot dégouttant de sang.

Non... la société n'a aucun spectacle doux et bienfaisant à opposer à ce spectacle funèbre.

Continuons notre utopie...

N'en serait-il pas autrement si presque chaque jour le peuple avait sous les yeux l'exemple de quelques grandes vertus hautement glorifiées et MATÉRIELLEMENT rémunérées par l'ÉTAT ?

Ne serait-il pas sans cesse encouragé au bien, s'il voyait souvent un tribunal auguste, imposant, vénéré, évoquer devant lui, aux yeux d'une foule immense, un pauvre et honnête artisan, dont on raconterait la longue vie probe, intelligente et laborieuse, et auquel on dirait :

« Pendant vingt ans vous avez plus qu'aucun autre travaillé, souffert, courageusement lutté contre l'infortune ; votre famille a été élevée par vous dans des principes de droiture et d'honneur... vos vertus supérieures vous ont hautement distingué : soyez glorifié et récompensé... Vigilante, juste et toute-puissante, la société ne laisse jamais dans l'oubli ni le mal ni le bien... A chacun elle paye selon ses œuvres... l'État vous assure une pension suffisante à vos besoins. Environné de la considération publique, vous terminerez dans le repos et dans l'aisance une vie qui doit servir d'enseignement à tous... et ainsi sont et seront toujours exaltés ceux qui, comme vous, auront justifié, pendant beaucoup d'années, d'une admirable persévérance dans le bien... et fait preuve de rares et grandes qualités morales... Votre exemple encouragera le plus grand nombre à vous imiter... l'espérance allégera le pénible fardeau que le sort leur impose durant une longue carrière. Animés d'une salutaire émulation, ils lutteront d'énergie dans l'accomplissement des devoirs les plus difficiles, afin d'être un jour distingués entre tous et rémunérés comme vous... »

Nous le demandons : lequel de ces deux spectacles, du meurtrier égorgé, du grand homme de bien récompensé, réagira sur le peuple d'une façon plus salutaire, plus féconde ?

Sans doute beaucoup d'esprits *délicats* s'indigneront à la seule pensée de ces ignobles *rémunérations matérielles* accordées à ce qu'il y a au monde de plus éthéré : LA VERTU !

Ils trouveront contre ces tendances toutes sortes de raisons plus ou moins philosophiques, platoniques, théologiques, mais surtout *économiques*, telles que celles-ci :

« Le bien porte en soi sa récompense…

« La vertu est une chose sans prix…

« La satisfaction de la conscience est la plus noble des récompenses. »

Et enfin cette objection triomphante et sans réplique :

« Le bonheur éternel qui attend les justes dans l'autre vie doit uniquement suffire pour les encourager au bien. »

A cela nous répondrons que la société, pour intimider et punir les coupables, ne nous paraît pas exclusivement se reposer sur la vengeance divine qui, dit-on, les atteindra dans l'autre vie.

La société prélude au jugement dernier par des jugements humains…

En attendant l'heure inexorable des archanges aux armures d'hyacinthe, aux trompettes retentissantes et aux glaives de flamme, elle se contente modestement… de gendarmes.

Nous le répétons :

Pour terrifier les méchants, on matérialise, ou plutôt on réduit à des proportions humaines, perceptibles, visibles, les effets anticipés du courroux céleste…

Pourquoi n'en serait-il pas de même des effets de la rémunération divine à l'égard des gens de bien ?

. . . .

Mais oublions ces utopies, folles, absurdes, stupides, impraticables, comme de véritables utopies qu'elles sont.

La société est si bien comme elle est !!! Interrogez plutôt tous ces repus qui, la jambe avinée, l'œil incertain, le rire bruyant, sortent d'un joyeux banquet !!

G. STAAL.

CHAPITRE XVIII.

LA PROTECTRICE.

L'inspectrice entra bientôt avec la Goualeuse dans le petit salon où se trouvait Clémence ; la pâleur de la jeune fille s'était légèrement colorée ensuite de son entretien avec la Louve.

— Madame la marquise , touchée des excellents renseignements que je lui ai donnés sur vous — dit madame Armand à Fleur-de-Marie — désire vous voir, et daignera peut-être vous faire sortir d'ici avant l'expiration de votre peine.

— Je vous remercie, madame — répondit timidement Fleur-de-Marie à madame Armand, qui la laissa seule avec la marquise.

Celle-ci, frappée de l'expression candide des traits de sa protégée, de son maintien rempli de grâce et de modestie , ne put s'empêcher de se souvenir que la Goualeuse avait , en dormant , prononcé le nom de Rodolphe , et que l'inspectrice croyait la pauvre prisonnière en proie à un amour profond et caché... Quoique parfaitement convaincue qu'il ne pouvait être question du grand-duc Rodolphe, Clémence reconnaissait que, du moins quant à la beauté, la Goualeuse était digne de l'amour d'un prince...

A l'aspect de sa protectrice, dont la physionomie, nous l'avons dit, respirait une bonté charmante, Fleur-de-Marie se sentit sympathiquement attirée vers elle.

— Mon enfant — lui dit Clémence — en louant beaucoup la douceur de votre caractère et la sagesse exemplaire de votre conduite, madame Armand se plaint de votre peu de confiance envers elle.

Fleur-de-Marie baissa la tête sans répondre.

— Les habits de paysanne dont vous étiez vêtue lorsqu'on vous a arrêtée, votre silence au sujet de l'endroit où vous demeuriez avant d'être amenée ici, prouvent que vous nous cachez certaines circonstances...

—Madame...

— Je n'ai aucun droit à votre confiance, ma pauvre enfant, je ne voudrais pas vous faire de question importune ; seulement on m'assure que si je demandais votre sortie de prison, cette grâce pourrait m'être accordée. Avant d'agir, je désirerais causer avec vous de vos projets, de vos ressources pour l'avenir. Une fois libérée... que ferez-vous ?... Si, comme je n'en doute pas, vous êtes décidée à suivre la bonne voie où vous êtes entrée, ayez confiance en moi, je vous mettrai à même de gagner honorablement votre vie...

La Goualeuse fut émue jusqu'aux larmes de l'intérêt que lui témoignait madame d'Harville.

Après un moment d'hésitation, elle lui dit :

— Vous daignez, madame, vous montrer pour moi si bienveillante, si généreuse, que je dois peut-être rompre le silence que j'ai gardé jusqu'ici sur le passé... un serment m'y forçait.

— Un serment ?

—Oui, madame, j'ai juré de taire à la justice et aux personnes employées dans cette prison par suite de quels événements j'ai été conduite ici ; pourtant, si vous vouliez, madame, me faire une promesse...

—Laquelle ?

— Celle de me garder le secret, je pourrais, grâce à vous, madame, sans manquer pourtant à mon serment, rassurer des personnes respectables qui, sans doute, sont bien inquiètes de moi.

— Comptez sur ma discrétion : je ne dirai que ce que vous m'autoriserez à dire.

—Oh! merci, madame ; je craignais tant que mon silence envers mes bienfaiteurs ne ressemblât à de l'ingratitude !...

Le doux accent de Fleur-de-Marie, son langage presque choisi, frappèrent madame d'Harville d'un nouvel étonnement.

— Je ne vous cache pas — lui dit-elle — que votre maintien, vos paroles, tout m'étonne au dernier point. Comment, avec une éducation qui paraît distinguée, avez-vous pu?...

—Tomber si bas, n'est-ce pas, madame? — dit la Goualeuse avec amertume. — C'est qu'hélas! cette éducation, il y a bien peu de temps que je l'ai reçue. Je dois ce bienfait à un protecteur généreux, qui, comme vous, madame... sans me connaître... sans même avoir les favorables renseignements qu'on vous a donnés sur moi, m'a prise en pitié...

—Et ce protecteur, quel est-il?

—Je l'ignore, madame.

—Vous l'ignorez?

—Il ne se fait connaître, dit-on, que par son inépuisable bonté; grâce au ciel, je me suis trouvée sur son passage.

—Et où l'avez-vous rencontré?

—Une nuit... dans la Cité... madame — dit la Goualeuse en baissant les yeux — un homme voulait me battre; ce bienfaiteur inconnu m'a courageusement défendue... Telle a été ma première rencontre avec lui.

—C'était donc un homme... du peuple?

—La première fois que je l'ai vu, il en avait le costume et le langage... mais plus tard...

—Plus tard?

—La manière dont il m'a parlé, le profond respect dont l'entouraient les personnes auxquelles il m'a confiée, tout m'a prouvé qu'il avait pris par déguisement l'extérieur d'un de ces hommes qui fréquentent la Cité.

—Mais dans quel but?

—Je ne sais...

—Et le nom de ce protecteur mystérieux, le connaissez-vous?

—Oh! oui, madame — dit la Goualeuse avec exaltation — Dieu merci! car je puis sans cesse bénir, adorer ce nom... Mon sauveur s'appelle M. Rodolphe, madame...

Clémence devint pourpre.

—Et n'a-t-il pas d'autre nom?... — demanda-t-elle vivement à Fleur-de-Marie?

—Je l'ignore, madame... Dans la ferme où il m'avait envoyée, on ne le connaissait que sous le nom de M. Rodolphe.

—Et son âge?

—Il est jeune encore, madame...

—Et beau?

—Oh! oui .. beau, noble... comme son cœur.

L'accent reconnaissant, passionné, de Fleur-de-Marie en prononçant ces mots, causa une impression douloureuse à madame d'Harville.

Un invincible, un inexplicable pressentiment lui disait qu'il s'agissait du prince.

Les remarques de l'inspectrice étaient fondées, pensait Clémence. La Goualeuse aimait Rodolphe... c'était son nom qu'elle avait prononcé pendant son sommeil...

Dans quelles circonstances étranges le prince et cette malheureuse s'étaient-ils rencontrés ?

Pourquoi Rodolphe était-il allé déguisé dans la Cité ?

La marquise ne put résoudre ces questions. Seulement elle se souvint de ce que Sarah lui avait autrefois méchamment et faussement raconté des prétendues excentricités de Rodolphe, de ses amours étranges... N'était-il pas, en effet, bizarre qu'il eût retiré de la fange cette créature d'une ravissante beauté, d'une intelligence peu commune ?

Clémence avait de nobles qualités, mais elle était femme, mais elle aimait profondément Rodolphe, quoiqu'elle fût décidée à ensevelir ce secret au plus profond de son cœur...

Sans réfléchir qu'il ne s'agissait sans doute que d'une de ces actions généreuses que le prince était accoutumé de faire dans l'ombre ; sans réfléchir qu'elle confondait peut-être avec l'amour un sentiment de gratitude exalté ; sans réfléchir enfin que, ce sentiment eût-il été plus tendre, Rodolphe pouvait l'ignorer ; la marquise, dans un premier moment d'amertume et d'injustice, ne put s'empêcher de regarder la Goualeuse comme sa rivale. Son orgueil se révolta en reconnaissant qu'elle souffrait malgré elle d'une rivalité si abjecte. Elle reprit donc, d'un ton sec, qui contrastait cruellement avec l'affectueuse bienveillance de ses premières paroles :

— Et comment se fait-il, mademoiselle, que votre protecteur vous laisse en prison ? Comment vous trouvez-vous ici ?

— Mon Dieu, madame... dit timidement Fleur-de-Marie, frappée de ce brusque changement de langage — vous ai-je déplu en quelque chose ?...

— Et en quoi pouvez-vous m'avoir déplu ? — demanda madame d'Harville avec hauteur.

— C'est qu'il me semble... que tout à l'heure... vous me parliez avec plus de bonté, madame...

— En vérité, mademoiselle, ne faut-il pas que je pèse chacune de mes paroles ?... Puisque je consens à m'intéresser à vous... j'ai le droit, je pense, de vous adresser certaines questions...

A peine ces mots étaient-ils prononcés, que Clémence, pour plusieurs raisons, en regretta la dureté. D'abord par un louable retour de générosité, puis parce qu'elle songea qu'en brusquant sa *rivale* elle n'en apprendrait rien de ce qu'elle désirait savoir. En effet, la physionomie de la Goualeuse, un moment ouverte et confiante, devint tout à coup craintive.

De même que la sensitive, à la première atteinte, referme ses feuilles délicates et se replie sur elle-même... le cœur de Fleur-de-Marie se serra douloureusement.

Clémence reprit doucement, pour ne pas éveiller les soupçons de sa protégée par un revirement trop subit :

II   38

— En vérité, je vous le répète, je ne puis comprendre qu'ayant autant à vous louer de votre bienfaiteur, vous soyez ici prisonnière... Comment, après être revenue sincèrement au bien, avez-vous pu vous faire arrêter la nuit dans une promenade qui vous était interdite?... Tout cela, je vous l'avoue, me semble extraordinaire... Vous parlez d'un serment qui vous a jusqu'ici imposé le silence... mais ce serment même est si étrange!...

— J'ai dit la vérité, madame...

— J'en suis certaine... il n'y a qu'à vous voir, qu'à vous entendre pour vous croire incapable de mentir; mais ce qu'il y a d'incompréhensible dans votre situation augmente, irrite encore mon impatiente curiosité; c'est seulement à cela que vous devez attribuer la vivacité de mes paroles de tout à l'heure. Allons... je l'avoue... j'ai eu tort; car, bien que je n'aie d'autre droit à vos confidences que mon vif désir de vous être utile, vous m'avez offert de me dire ce que vous n'avez dit à personne, et je suis très-touchée, croyez-moi, pauvre enfant, de cette preuve de votre foi dans l'intérêt que je vous porte... Aussi je vous le promets, en gardant scrupuleusement votre secret, si vous me le confiez... je ferai mon possible pour arriver au but que vous vous proposez.

Grâce à ce *replâtrage* assez habile (qu'on nous passe cette trivialité), madame d'Harville regagna la confiance de la Goualeuse, un moment effarouchée. Fleur-de-Marie, dans sa candeur, se reprocha même d'avoir mal interprété les mots qui l'avaient blessée.

— Pardonnez-moi, madame — dit-elle à Clémence — j'ai sans doute eu tort de ne pas vous dire tout de suite ce que vous désiriez savoir ; mais vous m'avez demandé le nom de mon sauveur... malgré moi je n'ai pu résister au bonheur de parler de lui...

— Rien de mieux... cela prouve combien vous lui êtes reconnaissante... Dites-moi par quelle circonstance vous avez quitté les honnêtes gens chez lesquels M. Rodolphe vous avait placée sans doute? Est-ce à cet événement que se rapporte le serment dont vous m'avez parlé?

— Oui, madame ; mais, grâce à vous, je crois maintenant pouvoir, tout en restant fidèle à ma parole, rassurer mes bienfaiteurs sur ma disparition...

— Voyons, ma pauvre enfant, je vous écoute.

— Il y a trois mois environ, M. Rodolphe m'avait placée dans une ferme située à quatre ou cinq lieues d'ici...

— Il vous y avait conduite... lui-même?

— Oui, madame... il m'avait confiée à une dame aussi bonne que vénérable... que j'aimai bientôt comme ma mère... Elle et le curé du village, à la recommandation de M. Rodolphe, s'occupèrent de mon éducation...

— Et monsieur... Rodolphe venait-il souvent à la ferme?

— Non, madame... il y est venu trois fois pendant le temps que j'y suis restée.

Clémence ne put cacher un tressaillement de joie.

— Et quand il venait vous voir, cela vous rendait bien heureuse... n'est-ce pas ?

— Oh ! oui , madame !... c'était pour moi plus que du bonheur... c'était un sentiment mêlé de reconnaissance, de respect, d'admiration et même d'un peu de crainte...

— De la crainte ?

— De lui à moi... de lui aux autres... la distance est si grande !...

— Mais... quel est donc son rang ?

— J'ignore s'il a un rang , madame.

— Pourtant, vous parlez de la distance qui existe entre lui... et les autres...

— Oh ! madame... ce qui le met au-dessus de tout le monde, c'est l'élévation de son caractère... c'est son inépuisable générosité pour ceux qui souffrent... c'est l'enthousiasme qu'il inspire à tous... Les méchants même ne peuvent entendre son nom sans trembler... ils le respectent autant qu'ils le redoutent... Mais, pardon, madame, de parler encore de lui... je dois me taire... je vous donnerais une idée incomplète de celui que l'on doit se borner à adorer en silence... Autant vouloir exprimer par des paroles la grandeur de Dieu !

— Cette comparaison...

— Est peut-être sacrilège, madame... Mais est-ce offenser Dieu que de lui comparer celui qui m'a donné la conscience du bien et du mal, celui qui m'a retirée de l'abîme... celui enfin à qui je dois une vie nouvelle ?

— Je ne vous blâme pas , mon enfant; je comprends toutes les nobles exagérations. Mais comment avez-vous abandonné cette ferme où vous deviez vous trouver si heureuse ?

— Hélas !... cela n'a pas été volontairement , madame !

— Qui vous y a donc forcée ?

— Un soir, il y a quelques jours — dit Fleur-de-Marie, tremblant encore à ce récit — je me rendais au presbytère du village, lorsqu'une méchante femme, qui m'avait tourmentée pendant mon enfance... et un homme, son complice... qui était embusqué avec elle dans un chemin creux, se jetèrent sur moi, et, après m'avoir bâillonnée, m'emportèrent dans un fiacre.

— Et... dans quel but ?

— Je ne sais pas, madame. Mes ravisseurs obéissaient, je crois, à des personnes puissantes.

— Quelles furent les suites de cet enlèvement ?

— A peine le fiacre était-il en marche, que la méchante femme, qui s'appelle la *Chouette*, s'écria : — « J'ai là du vitriol, je vais en frotter le visage de la Goualeuse pour la défigurer. »

— Quelle horreur !... malheureuse enfant !... Et qui vous a sauvée de ce danger ?

— Le complice de cette femme... un aveugle, nommé le *Maître d'école*.

— Il a pris votre défense ?

— Oui, madame, dans cette occasion, et dans une autre encore. Cette fois une lutte s'engagea entre lui et la Chouette... Usant de sa force, le Maître d'école la força de jeter par la portière la bouteille qui contenait le vitriol. Tel est le premier service qu'il m'ait rendu, après avoir pourtant aidé à mon enlèvement... La nuit était profonde... Au bout d'une heure et demie, la voiture s'arrêta, je crois, sur la grande route qui traverse la plaine Saint-Denis; un homme à cheval attendait en cet endroit... — « Eh bien! — dit-il — la tenez-vous enfin? — Oui, nous la tenons! — répondit la Chouette, qui était furieuse de ce qu'on l'avait empêchée de me défigurer. — Si vous voulez vous débarrasser de cette petite, il y a un bon moyen; je vais l'étendre par terre, sur la route, je lui ferai passer les roues de la voiture sur la tête... elle aura l'air d'avoir été écrasée par accident. »

— Mais c'est épouvantable!

— Hélas! madame, la Chouette était bien capable de faire ce qu'elle disait. Heureusement l'homme à cheval lui répondit qu'il ne voulait pas qu'on me fît du mal, qu'il fallait seulement me tenir pendant deux mois enfermée dans un endroit d'où je ne pourrais ni sortir ni écrire à personne. Alors la Chouette proposa de me mener chez un homme appelé *Bras-Rouge*, maître d'une taverne située aux Champs-Élysées. Dans cette taverne il y avait plusieurs chambres souterraines; l'une d'elles pourrait, disait la Chouette, me servir de prison. L'homme à cheval accepta cette proposition; puis il me promit qu'après être restée deux mois chez Bras-Rouge, on m'assurerait un sort qui m'empêcherait de regretter la ferme de Bouqueval.

— Quel mystère étrange!...

— Cet homme donna de l'argent à la Chouette, lui en promit encore lorsqu'on me retirerait de chez Bras-Rouge, et partit au galop de son cheval. Notre fiacre continua sa route vers Paris. Peu de temps avant d'arriver à la barrière, le Maître d'école dit à la Chouette: — « Tu veux enfermer la Goualeuse dans une des caves de Bras-Rouge; tu sais bien qu'étant près de la rivière, ces caves sont dans l'hiver toujours submergées!... Tu veux donc la noyer! — Oui » — répondit la Chouette.

— Mais, mon Dieu! qu'aviez-vous donc fait à cette horrible femme!

— Rien, madame, et depuis mon enfance elle s'est toujours ainsi acharnée sur moi... Le Maître d'école lui répondit: — « Je ne veux pas qu'on noie la Goualeuse; elle n'ira pas chez Bras-Rouge. » — La Chouette était aussi étonnée que moi, madame, d'entendre cet homme me défendre ainsi. Elle se mit alors dans une colère horrible et jura qu'elle me conduirait chez Bras-Rouge malgré le Maître d'école. — « Je t'en défie — dit celui-ci — car je tiens la Goualeuse par le bras, je ne la lâcherai pas, et je t'étranglerai si tu t'approches d'elle. — Mais que veux-tu donc en faire alors! — s'écria la Chouette — puisqu'il faut qu'elle disparaisse pendant deux mois sans qu'on sache où elle est! — Il y a un moyen — dit le Maître d'école; — nous allons aller aux Champs-Élysées, nous ferons stationner le fiacre à quelque distance d'un corps-

de-garde; tu iras chercher Bras-Rouge à sa taverne, il est minuit, tu le trouveras; tu le ramèneras; il prendra la Goualeuse et il la conduira au poste, en
déclarant que c'est une fille de la Cité qu'il a trouvée rôdant autour de son
cabaret. Comme les filles sont condamnées à trois mois de prison quand on les
surprend aux Champs-Elysées, et que la Goualeuse est encore inscrite à la
police, on l'arrêtera, on la mettra à Saint-Lazare, où elle sera aussi bien
gardée et cachée que dans la cave de Bras-Rouge. — Mais — reprit la Chouette
— la Goualeuse ne se laissera pas arrêter. Une fois au corps-de-garde, elle
dira que nous l'avons enlevée, elle nous dénoncera. En supposant même qu'on
l'emprisonne, elle écrira à ses protecteurs, tout sera découvert. — Non, elle
ira en prison de bonne volonté — reprit le Maître d'école — et elle va jurer de
ne nous dénoncer à personne tant qu'elle restera à Saint-Lazare, ni ensuite
non plus; elle me doit cela, car je l'ai empêchée d'être défigurée par toi, la
Chouette, et noyée chez Bras-Rouge; mais si, après avoir juré de ne pas
parler, elle avait le malheur de le faire, nous mettrions la ferme de Bouqueval
à feu et à sang. » Puis, s'adressant à moi, le Maître d'école ajouta : — Décide-toi; fais le serment que je te demande, tu en seras quitte pour aller deux
mois en prison; sinon je t'abandonne à la Chouette, qui te mènera dans la cave
de Bras-Rouge, où tu seras noyée, et nous mettrons le feu à la ferme de Bouqueval. Voyons, décide-toi... Je sais que si tu fais le serment, tu le tiendras. »

— Et vous avez juré ?

— Hélas! oui, madame, tant je craignais qu'on fît du mal à mes protecteurs
de la ferme; et puis je redoutais aussi d'être noyée par la Chouette dans une
cave... cela me paraissait affreux... Une autre mort m'eût paru moins effrayante; je n'aurais peut-être pas cherché à y échapper.

— Quelle idée sinistre, à votre âge!... — dit madame d'Harville en regardant la Goualeuse avec surprise. — Une fois sortie d'ici, remise aux mains de
vos bienfaiteurs, ne serez-vous pas bien heureuse? Votre repentir n'aura-t-il
pas effacé le passé?

— Est-ce que le passé s'efface? Est-ce que le passé s'oublie? Est-ce que le
repentir tue la mémoire, madame! — s'écria Fleur-de-Marie d'un ton si désespéré que Clémence tressaillit.

— Mais toutes les fautes se rachètent, malheureuse enfant!

— Et le souvenir de la souillure... madame, ne devient-il pas de plus en
plus terrible à mesure que l'âme s'épure, à mesure que l'esprit s'élève? Hélas!
plus on monte, plus l'abîme dont on sort paraît profond.

— Ainsi, vous renoncez à tout espoir de réhabilitation, de pardon?

— De la part des autres... non, madame; vos bontés prouvent que l'indulgence ne manque jamais aux remords.

— Vous serez donc la seule impitoyable envers vous?

— Les autres pourront ignorer, pardonner, oublier ce que j'ai été... Moi,
madame, jamais je ne l'oublierai.

— Et quelquefois vous désirez mourir!

— Quelquefois! — dit la Goualeuse en souriant avec amertume. Puis elle reprit après un moment de silence : — Quelquefois... oui, madame.

— Pourtant, vous craigniez d'être défigurée par cette horrible femme, vous teniez donc à votre beauté, pauvre petite? Cela annonce que la vie a encore quelque attrait pour vous. Courage donc, courage!...

— C'est peut-être une faiblesse de penser cela; mais si j'étais belle, comme vous le dites, madame, je voudrais mourir belle, en prononçant le nom de mon bienfaiteur...

Les yeux de madame d'Harville se remplirent de larmes.

Fleur-de-Marie avait dit ces derniers mots si simplement; ses traits angéliques, pâles, abattus, son douloureux sourire, étaient tellement d'accord avec ses paroles, qu'on ne pouvait douter de la réalité de son funeste désir. Madame d'Harville était douée de trop de délicatesse pour ne pas sentir ce qu'il y avait d'inexorable, de fatal dans cette pensée de la Goualeuse :

Je n'oublierai jamais ce que j'ai été.

Idée fixe, incessante, qui devait dominer, torturer la vie de Fleur-de-Marie.

Clémence, honteuse d'avoir un instant méconnu la générosité toujours si désintéressée du prince, regrettait aussi de s'être laissé entraîner à un mouvement de jalousie absurde contre la Goualeuse, qui exprimait avec une naïve exaltation sa reconnaissance envers son protecteur. Chose étrange, l'admiration que cette pauvre prisonnière ressentait si vivement pour Rodolphe augmentait peut-être encore l'amour profond que Clémence devait toujours lui cacher.

Elle reprit, pour fuir ces pensées :

— J'espère qu'à l'avenir vous serez moins sévère pour vous-même. Mais parlons de votre serment : maintenant je m'explique votre silence... Vous n'avez pas voulu dénoncer ces misérables?

— Quoique le Maître d'école eût pris part à mon enlèvement, il m'avait deux fois défendue... j'aurais craint d'être ingrate envers lui.

— Et vous vous êtes prêtée aux desseins de ces monstres?

— Oui, madame... j'étais si effrayée! La Chouette alla chercher Bras-Rouge; il me conduisit au corps-de-garde, disant qu'il m'avait trouvée rôdant autour de son cabaret; je ne l'ai pas nié, on m'a arrêtée, et l'on m'a conduite ici...

— Mais vos amis de la ferme doivent être en proie à une inquiétude mortelle!

— Hélas! madame, dans mon premier mouvement d'épouvante, je n'avais pas réfléchi que mon serment m'empêcherait de les rassurer... Maintenant cela me désole .. mais je crois, n'est-ce pas? que, sans manquer à ma parole, je puis vous prier d'écrire à madame Georges, à la ferme de Bouqueval, de n'avoir aucune inquiétude à mon égard, sans lui apprendre pourtant où je suis, car j'ai promis de le taire...

— Mon enfant, ces précautions deviendront inutiles si à ma recommandation on vous fait grâce. Demain vous retournerez à la ferme, sans avoir trahi pour cela votre serment; plus tard vous consulterez vos amis pour savoir jusqu'à quel point vous engage cette promesse arrachée par la menace.

— Vous croyez, madame... que, grâce à vos bontés... je puis espérer de sortir bientôt d'ici?

— Vous méritez tant d'intérêt, que je réussirai, j'en suis sûre; et je ne doute pas qu'après-demain vous ne puissiez aller vous-même rassurer vos bienfaiteurs...

— Mon Dieu, madame, comment ai-je pu mériter tant de bontés de votre part? comment les reconnaître?..

— En continuant de vous conduire comme vous faites .. Je regrette seulement de ne pouvoir rien faire pour votre avenir : c'est un bonheur que vos amis se sont réservé...

Madame Armand entra tout à coup d'un air consterné.

— Madame la marquise — dit-elle à Clémence avec hésitation — je suis désolée du message que j'ai à remplir auprès de vous.

— Que voulez-vous dire, madame?...

— M. le duc de Lucenay est en bas... il vient de chez vous, madame.

— Mon Dieu, vous m'effrayez! qu'y a-t-il?...

— Je l'ignore, madame; mais M. de Lucenay est chargé pour vous, dit-il, d'une nouvelle... aussi triste qu'imprévue... Il a appris chez madame la duchesse, sa femme, que vous étiez ici, et il est venu en toute hâte...

— Une triste nouvelle!... — se dit madame d'Harville. Puis tout à coup elle s'écria avec un accent déchirant : — Ma fille... ma fille... ma fille... peut-être!... Oh! parlez, madame!...

— J'ignore, madame...

— Oh! de grâce, de grâce, madame, conduisez-moi auprès de M. de Lucenay! — s'écria madame d'Harville en sortant, tout éperdue, suivie de madame Armand.

— Pauvre mère! elle craint pour son enfant — dit tristement la Goualeuse en suivant Clémence du regard. — Oh! non... c'est impossible! au moment même où elle vient de se montrer si bienveillante pour moi, un tel coup la frapper! Non, non, encore une fois, c'est impossible.

.   .   .   .

.   .   .   .

CABRION!!!!

CHAPITRE XIX.

UNE INTIMITÉ FORCÉE.

Nous conduirons le lecteur dans la maison de la rue du Temple, le jour du suicide de M. d'Harville, vers les trois heures du soir. M. Pipelet, seul dans la loge, travailleur consciencieux et infatigable, s'occupait de restaurer la *botte* qui lui était plus d'une fois *tombée des mains* lors de la dernière et audacieuse incartade de Cabrion. La physionomie du chaste portier était abattue et beaucoup plus mélancolique que de coutume.

Tout à coup une voix perçante, partant d'un des étages supérieurs de la maison, fit retentir ces mots dans la cage sonore de l'escalier.

— Monsieur Pipelet, montez donc vite, madame Pipelet se trouve mal!...

— Anastasie!... — s'écria Alfred en se levant de son siége; puis il retomba en se disant à lui-même : — Enfant que je suis... c'est impossible, mon épouse est sortie il y a une heure! Oui; mais ne peut-elle pas être rentrée sans que je l'aie aperçue! Ceci serait peu régulier, mais je dois déclarer que cela peut être.

— Monsieur Pipelet, montez donc! j'ai votre femme entre les bras.

— On a mon épouse entre les bras! — dit M. Pipelet en se levant brusquement.

— Je ne puis pas délacer madame Pipelet tout seul! — ajouta la voix.

Ces mots firent un effet magique sur Alfred ; il devint pourpre... sa chasteté se révolta. .

— *Môssieurr*... — s'écria-t-il d'une voix de Stentor, en sortant éperdument de la loge — au nom de l'honneur, je vous adjure, *Môssieurr*, de ne rien délacer, de laisser mon épouse intacte!... Je monte. — Et Alfred s'élança dans les ténèbres de l'escalier, en laissant dans son trouble la porte de sa loge ouverte.

A peine l'eut-il quittée, que tout à coup un homme y entra vivement, prit sur la table le marteau du savetier, sauta sur le lit, et au moyen de quatre pointes fichées d'avance à chaque coin d'un épais carton qu'il tenait à la main, cloua ce carton dans le fond de l'obscure alcôve de M. Pipelet, puis disparut. Cette opération fut faite si prestement que le portier s'étant souvenu presque au même instant qu'il avait laissé la porte de sa loge ouverte, redescendit précipitamment, la ferma, emporta la clef et remonta sans pouvoir soupçonner que quelqu'un était entré chez lui. Après cette mesure de précaution, Alfred s'élança de nouveau au secours d'Anastasie, en criant de toutes ses forces :

— *Môssieurr*, je monte .. me voici... Je mets mon épouse sous la sauvegarde de votre délicatesse!

Le digne portier devait tomber d'étonnement en étonnement. A peine avait-il de nouveau gravi les premières marches de l'escalier, qu'il entendit la voix d'Anastasie, non pas à l'étage supérieur, mais dans l'allée. Cette voix, plus glapissante que jamais, s'écriait :

— Alfred! comment! tu laisses la loge seule! .. Où es-tu donc, vieux coureur?...

A ce moment, M. Pipelet allait poser son pied droit sur le palier du premier étage ; il resta pétrifié, la tête tournée vers le bas de l'escalier, la bouche béante, les yeux fixes, le pied levé.

— Alfred! — cria de nouveau madame Pipelet.

— Anastasie est en bas... elle n'est donc pas en haut occupée à se trouver mal!... — se dit M. Pipelet, fidèle à son argumentation logique et serrée. — Mais alors... cet organe mâle et inconnu qui me menaçait de la délacer, quel est-il?... c'est donc un imposteur?... il se fait donc un jeu cruel de mon inquiétude?... Quel est son dessein?... Il se passe ici quelque chose d'extraordinaire... Après avoir été répondre à mon épouse, je remonterai pour éclaircir ce mystère et vérifier cet organe.

M. Pipelet descendit fort inquiet et se trouva face à face avec sa femme.

— C'est toi? — lui dit-il.

— Eh bien! oui, c'est moi; qui veux-tu que ça *soye?*

— C'est toi, ma vue ne m'abuse point?

— Ah çà! qu'est-ce que tu as encore à faire tes gros yeux en boules de loto? Tu me regardes comme si tu allais me manger...

— C'est que ta présence me révèle qu'il se passe ici des choses... des choses...

— Quelles choses? Voyons, donne-moi la clef de la loge : pourquoi la laisses-tu seule? Je reviens du bureau des diligences de Normandie, où j'étais allée en fiacre porter la malle de M. Bradamanti, qui ne veut pas qu'on sache qu'il part ce soir, et qui ne se fie pas à ce petit gueux de Tortillard... et il a raison!

En disant ces mots, madame Pipelet prit la clef que son mari tenait à la main, ouvrit la loge et y précéda son mari. A peine le couple était-il rentré qu'un personnage, descendant légèrement l'escalier, passa rapidement et inaperçu devant la loge. C'était Cabrion qui avait si vivement excité les inquiétudes d'Alfred.

M. Pipelet s'assit lourdement sur sa chaise, et dit à sa femme d'une voix émue :

— Anastasie... je ne me sens pas dans mon assiette accoutumée; il se passe ici des choses... des choses...

— Voilà que tu rabâches encore!... mais il s'en passe partout, des choses! Qu'est-ce que tu as?... Voyons... ah! çà, mais tu es tout en eau... tout en nage... mais tu viens donc de faire un effort?... Il ruisselle... ce vieux chéri !

— Oui, je ruisselle... et j'en ai le droit... — et M. Pipelet passa la main sur son visage baigné de sueur — car il se passe ici des choses à vous renverser... d'un côté tu m'appelles en haut... d'un autre je te retrouve en bas... c'est inconcevable.

— Que le diable m'emporte si je comprends rien à ce que tu me chantes là! Ah çà, est-ce que décidément tu perds la boule?... Tiens, vois-tu... je finirai par croire que tu as des absences... un coup de marteau... et ça par la faute de ce gredin de Cabrion, que Dieu confonde!... Depuis sa farce de l'autre jour je ne te reconnais plus; tu as l'air tout ahuri... Cet être-là sera donc toujours ton cauchemar?

A peine Anastasie avait-elle prononcé ces mots qu'il se passa une chose étrange.

Alfred se tenait assis, le visage tourné du côté du lit.

La loge était éclairée par la clarté blafarde d'un jour d'hiver et par une lampe. A la lueur de ces deux lumières douteuses, M. Pipelet, au moment où sa femme prononça le nom de Cabrion, crut voir apparaître dans l'ombre de l'alcôve la figure immobile et narquoise du peintre.

C'était lui, son chapeau pointu, ses longs cheveux, son visage maigre, son rire satanique, sa barbe en pointe et son regard fascinateur... Un moment M. Pipelet crut rêver, il passa sa main sur ses yeux... se croyant le jouet d'une illusion... Ce n'était pas une illusion. Rien de plus réel que cette apparition.. Chose effrayante, on ne voyait pas de corps... mais seulement une tête, dont la carnation vivante se détachait de l'obscurité de l'alcôve.

A cette vue, M. Pipelet se renversa brusquement en arrière, sans prononcer une parole ; il leva le bras droit vers le lit, et désigna cette terrible vision d'un geste si épouvanté que madame Pipelet se retourna pour chercher la cause d'un effroi qu'elle partagea bientôt, malgré sa *crânerie* habituelle.

Elle recula de deux pas, saisit avec force la main d'Alfred, et s'écria :

— CABRION !!!

— Oui !...

Murmura M. Pipelet d'une voix éteinte et caverneuse, en fermant les yeux.

La stupeur des deux époux faisait le plus grand honneur au talent de l'artiste qui avait admirablement peint sur carton les traits de Cabrion. Sa première surprise passée, Anastasie, intrépide comme une lionne, courut au lit, y monta, et, non sans un certain saisissement, arracha le carton du mur où il avait été cloué.

L'amazone couronna cette vaillante entreprise en poussant comme un cri de guerre son exclamation favorite :

— Et alllllez donc !...

Alfred, les yeux toujours fermés, les mains tendues en avant, restait immobile, ainsi qu'il en avait pris l'habitude dans les circonstances critiques de sa vie. L'oscillation convulsive de son chapeau tromblon révélait seule de temps à autre la violence continue de ses émotions intérieures.

— Ouvre donc l'œil, vieux chéri — dit madame Pipelet triomphante — ça n'est rien... c'est une peinture... le portrait de ce scélérat de Cabrion !... Tiens, regarde comme je le trépigne ! — et Anastasie, dans son indignation, jeta la peinture à terre et la foula aux pieds en s'écriant : — Voilà comme je voudrais l'arranger en chair et en os, le gredin ; — puis, ramassant le portrait : — Vois, maintenant il porte mes marques... regarde donc !

Alfred secoua négativement la tête sans dire un mot, et en faisant signe à sa femme d'éloigner de lui cette image détestée.

— A-t-on vu un effronté pareil !... Ça n'est pas tout... il y a écrit au bas, en lettres rouges : *Cabrion à son bon ami Pipelet, pour la vie* — dit la portière en examinant le carton à la lumière.

— Il a raison... *pour la vie*... — reprit Alfred avec un long soupir — c'est à ma vie qu'il en veut... et il finira par l'avoir... Je vais vivre dans des alarmes continuelles, je croirai maintenant que cet être infernal est là... toujours là... sous le plancher, dans la muraille... au plafond ! la nuit, qu'il me regarde dormir aux bras de mon épouse... le jour, qu'il est debout derrière moi, toujours avec son sourire satanique... Et, qui me dit qu'en ce moment même il n'est pas ici... tapi quelque part, comme un insecte venimeux ! Voyons ! y es-tu, monstre ! y es-tu ?... — s'écria M. Pipelet, en accompagnant cette imprécation furibonde d'un mouvement de tête circulaire, comme s'il eût voulu interroger du regard toutes les parties de la loge.

— J'y suis, bon ami !

Dit affectueusement la voix bien connue de Cabrion.

Ces paroles semblaient sortir du fond de l'alcôve, grâce à un simple effet de ventriloquie ; car l'infernal rapin se tenait en dehors de la porte de la loge, jouissant des moindres détails de cette scène. Pourtant, après avoir prononcé ces derniers mots, il s'esquiva prudemment, non sans laisser, ainsi qu'on le verra plus tard, un nouveau sujet de colère, d'étonnement et de méditation à sa victime.

Madame Pipelet, toujours courageuse et sceptique, visita le dessous du lit, les derniers recoins de la loge, sans rien découvrir, explora l'allée sans être plus heureuse dans ses recherches, pendant que M. Pipelet, atterré par ce dernier coup, était retombé assis sur sa chaise, dans un état d'accablement désespéré.

— Ça n'est rien, Alfred — dit Anastasie, qui se montrait toujours très *esprit fort* — le gredin était caché près de la porte, et, pendant que nous cherchions d'un côté, il se sera sauvé de l'autre. Patience, je l'attraperai un jour, et alors... gare à lui ! il mangera mon manche à balai !

La porte s'ouvrit, et madame Séraphin, femme de charge du notaire Jacques Ferrand, entra dans la loge.

— Bonjour, madame Séraphin — dit madame Pipelet, qui, voulant cacher à une étrangère ses chagrins domestiques, prit tout à coup un air gracieux et avenant — qu'est-ce qu'il y a pour votre service ?

— D'abord dites-moi donc ce que c'est que votre nouvelle enseigne ?

— Notre nouvelle enseigne ?

— Le petit écriteau...

— Un petit écriteau ?

— Oui, noir avec des lettres rouges, qui est accroché au-dessus de la porte de votre allée.

— Comment ! dans la rue ?...

— Mais oui, dans la rue, juste au-dessus de votre porte.

— Ma chère madame Séraphin, je donne ma langue aux chiens, je n'y comprends rien du tout; et toi, vieux chéri ?

Alfred resta muet.

— Au fait, c'est M. Pipelet que ça regarde — dit madame Séraphin — il va m'expliquer ça, lui.

Alfred poussa une sorte de gémissement sourd, inarticulé, en agitant son chapeau tromblon.

Cette pantomime signifiait qu'Alfred se reconnaissait incapable de rien expliquer aux autres, étant suffisamment préoccupé d'une infinité de problèmes plus insolubles les uns que les autres.

— Ne faites pas attention, madame Séraphin — reprit Anastasie — ce pauvre Alfred a sa crampe au pylore, ça le rend tout chose... Mais qu'est-ce que c'est donc que cet écriteau dont vous parlez... peut-être celui du rogomiste d'à côté !

— Mais non, mais non, je vous dis que c'est un petit écriteau accroché tout juste au dessus de votre porte.

— Allons, vous voulez rire...

— Pas du tout, je viens de le voir en entrant, il y a dessus écrit en grosses lettres : Pipelet et Cabrion font commerce d'amitié et autres. *S'adresser au portier*.

— Ah! mon Dieu!... il y a cela écrit... au-dessus de notre porte! entends-tu, Alfred?

M. Pipelet regarda madame Séraphin d'un air égaré; il ne comprenait pas, il ne voulait pas comprendre.

— Il y a cela... dans la rue... sur un écriteau ?... — reprit madame Pipelet, confondue de cette nouvelle audace.

— Oui, puisque je viens de le lire. Alors je me suis dit : Quelle drôle de chose! M. Pipelet est cordonnier de son état, et il apprend aux passants, par une affiche, qu'il fait *commerce d'amitié* avec un M. Cabrion... Qu'est-ce que cela signifie?... Il y a quelque chose là-dessous... ça n'est pas clair. Mais comme il y a sur l'écriteau : *Adressez-vous au portier*, madame Pipelet va m'expliquer cela... Mais regardez donc — s'écria tout à coup madame Séra-

phin en s'interrompant — votre mari a l'air de se trouver mal... prenez donc
garde, il va tomber à la renverse!...

Madame Pipelet reçut Alfred dans ses bras, à demi pâmé.

Ce dernier coup avait été trop violent, l'homme au chapeau tromblon perdit
à peu près connaissance en murmurant ces mots :

— Le malheureux! il m'a publiquement affiché!!

— Je vous le disais, madame Séraphin, Alfred a sa crampe au pylore...
sans compter un polisson déchaîné qui le mine à coups d'épingle... Ce pauvre
vieux chéri n'y résistera pas ! Heureusement j'ai là une goutte d'absinthe, ça
va peut-être le remettre sur ses pattes...

En effet, grâce au remède infaillible de madame Pipelet, Alfred reprit peu
à peu ses sens ; mais, hélas ! à peine renaissait-il à la vie qu'il fut soumis à
une nouvelle et cruelle épreuve.

Un personnage d'un âge mur, honnêtement vêtu, et d'une physionomie si
candide ou plutôt si niaise qu'on ne pouvait supposer la moindre arrière-pensée
ironique à ce type du *gobe-mouche* parisien, ouvrit la partie mobile et vitrée
de la porte, et dit d'un air singulièrement *intrigué* :

— Je viens de voir écrit sur un écriteau placé au-dessus de cette allée :
Pipelet et Cabrion font commerce d'amitié et autres. Adressez-vous au por-
tier. Pourriez-vous, s'il vous plaît, me faire l'honneur de m'enseigner ce que
cela veut dire, vous qui êtes le portier de la maison?

— Ce que cela veut dire!... — s'écria M. Pipelet d'une voix tonnante, en
donnant enfin cours à ses ressentiments si long-temps comprimés — cela veut
dire que M. Cabrion est un infâme imposteur... *môssieurr!*

Le gobe-mouche, à cette explosion soudaine et furieuse, recula d'un pas.

Alfred exaspéré, le regard flamboyant, le visage pourpre, avait le corps à
demi sorti de sa loge, et appuyait ses deux mains crispées au panneau infé-
rieur de la porte, pendant que les figures de madame Séraphin et d'Anastasie
se dessinaient vaguement sur le second plan, dans la demi-obscurité de la
loge.

— Apprenez, *môssieurr*... — cria M. Pipelet — que je n'ai aucun commerce avec ce gueux de Cabrion, et celui d'amitié encore moins que tout
autre!...

— C'est vrai... et il faut que vous soyez depuis bien long-temps en bocal,
vieux cornichon que vous êtes, pour venir faire une telle demande — s'écria
aigrement la Pipelet, en montrant sa mine hargneuse au-dessus de l'épaule de
son mari.

— Madame — dit sentencieusement le gobe-mouche en reculant d'un autre
pas — les affiches sont faites pour être lues ; vous affichez, je lis : je suis dans
mon droit, et vous n'êtes pas dans le vôtre en me disant une grossièreté!

— Grossièreté vous-même... grigou ! — riposta Anastasie en montrant les
dents.

— Vous êtes une manante!...

—--Alfred, ton tire-pied... que je prenne mesure de son museau... pour lui apprendre à venir faire le farceur à son âge... Vieux paltoquet!...

— Des injures, quand on vient vous demander les renseignements que vous indiquez sur votre affiche! ça ne se passera pas comme ça, madame!

— Mais, *môssieurr*... — s'écria le malheureux portier.

— Mais, monsieur — reprit le gobe-mouche exaspéré — faites amitié, tant qu'il vous plaira, avec votre M. Cabrion; mais, corbleu! ne l'affichez pas en grosses lettres au nez des passants! Sur ce, je me vois dans l'obligation de vous prévenir que vous êtes un fier malotru, et que je vais déposer ma plainte chez le commissaire.

Et le gobe-mouche s'en alla courroucé.

— Anastasie — dit Pipelet d'une voix dolente — je n'y survivrai pas, je le sens, je suis frappé à mort... je n'ai pas l'espoir de lui échapper. Tu le vois, mon nom est publiquement accolé à celui de ce misérable... Il ose afficher que je fais commerce d'amitié avec lui, et le public le croit, se le dit, se le communique... c'est monstrueux, c'est énorme, c'est une idée infernale; mais il faut que ça finisse... la mesure est comblée... il faut que lui ou moi succombions dans cette lutte!

Et , surmontant son apathie habituelle , M. Pipelet , déterminé à une vigoureuse résolution , saisit le portrait de Cabrion et s'élança vers la porte.

— Où vas-tu , Alfred?

— Chez le commissaire... Je vais enlever en même temps cet infâme écriteau ; alors , cet écriteau et ce portrait à la main , je crierai au commissaire :
Défendez-moi! vengez-moi! délivrez-moi de Cabrion !

— Bien dit , vieux chéri , remue-toi , secoue-toi ; si tu ne peux pas enlever
l'écriteau , dis au rogomiste de t'aider et de te prêter sa petite échelle. Gueux
de Cabrion !... Oh! si je le tenais et si je le pouvais , je le mettrais frire dans
ma poêle , tant je voudrais le voir souffrir... Oui , il y a des gens que l'on
guillotine qui ne l'ont pas autant mérité que lui. Le gredin ! je voudrais le voir
en Grève , le scélérat !

Alfred fit preuve dans cette circonstance d'une longanimité sublime. Malgré
ses terribles griefs contre Cabrion , il eut encore la générosité de manifester
quelques sentiments pitoyables à l'égard du rapin.

— Non — dit-il — non, quand même je le pourrais , je ne demanderais pas
sa tête !

— Moi , si... si... si... Tant pis ! Et... allez donc!... — s'écria la féroce
Anastasie.

— Non — reprit Alfred — je n'aime pas le sang; mais j'ai le droit de réclamer la réclusion perpétuelle de cet être malfaisant : mon repos l'exige, ma
santé me le commande... la loi doit m'accorder cette réparation... sinon , je
quitte la France... ma belle France ! Voilà ce qu'on y gagnera.

Et Alfred , abîmé dans sa douleur , sortit majestueusement de sa loge ,
comme une de ces imposantes victimes de la fatalité antique.

AVIS AU RELIEUR

POUR LE CLASSEMENT DES GRAVURES DE LA SECONDE PARTIE.

—◦◉◦—

Nota. La Veuve du supplicié, qui a été donnée avec la vingt-troisième livraison, devra être classée ultérieurement au troisième volume, auquel cette gravure appartient.

—◦◉◦—

TABLE DES CHAPITRES

DE LA SECONDE PARTIE.

—◦◦◦◦—

—◦◦◦◦—

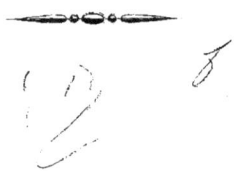

— PARIS, IMPRIMÉ PAR BÉTHUNE ET PLON. —

www.ingramcontent.com/pod-product-compliance
Lightning Source LLC
Chambersburg PA
CBHW050302030726
47505CB00003B/534